中公文庫

ルーキー

刑事の挑戦・一之瀬拓真

堂場瞬一

中央公論新社

目次

ルーキー　刑事の挑戦・一之瀬拓真

〈1〉

「吐《は》くなよ」低く鋭い声で注意され、一之瀬拓真《いちのせたくま》は喉元《のどもと》までこみ上げていたものを何とか飲み下した。酸味で喉《のど》が焼ける。

「お前さんはもう素人《しろうと》じゃないんだぞ。亡くなった人に対して失礼なことをするな」

そう言われても……事件現場で死体を見るのは初めてなのだ。ああ、この感覚は……バリウムを初めて飲んだ時と似ている。バリウム自体は何ということもなかったが、その前に飲まされた発泡剤で胃が膨《ふく》らみ、げっぷをこらえるのが一苦労だった。あの時は辛うじて飲み下し、そのうち何とか落ち着いたが、今はそういう具合にはいかない。

何しろ目の前には、生々しい遺体がある。胃の膨満感は消えるが、遺体は消えてくれない。

「一之瀬拓真、二十五歳、内幸町《うちさいわいちょう》の交番から上がってきました」

刑事課の部屋は静まり返り、自分の声が壁にこだまして戻ってくるようだった。何かへマしたか？　まさか……名乗っただけで失敗するはずがない。背中に棒が入ったような意識で背中を真っ直ぐ伸ばしているし、非難される理由など想像もつかない。

だが、一之瀬はすぐに、誰も怒っているわけではないと気づいた。課員の顔を一渡り見回すと、にやついた表情ばかりが目立つ。

「では、そういうことでよろしく」刑事課長の宇佐美《うさみ》がスーツのボタンを留めながら立ち上がった。「千代田《ちよだ》署の刑事課では久しぶりの新人だから、諸君らもきちんと、厳しく見守って欲しい。指導担当は、イッセイさん、お願いします」

「イッセイ」と呼ばれた男がゆっくりと立ち上がった。軽く目礼したので、慌《あわ》てて最敬礼で返す。顔を上げると、この男もにやにや笑っていた。新人刑事はそんなに珍しいのだろうかと訝《いぶか》りながら、一之瀬は素早く彼の外見を記憶に叩《たた》きこんだ。中肉中背で特徴のない顔つき。短く刈《か》り揃《そろ》えた髪のこめかみには、白い物が少し混じっている。ただし顔には皺《しわ》がないので、年取った感じはしなかった。若白髪ということだろうか……そう考えると、年齢が分からなくなってきた。

「よろしくな」軽やかな声で言って、右手を上げる。

「はい、よろしくお願いします」一之瀬は声を張り上げた。挨拶《あいさつ》は煩《うるさ》がられるぐらい大きな声でしろ——交番勤務の時、ハコ長の秋庭《あきば》からそう叩きこまれていた。

「藤島一成《ふじしまかずなり》だ。数字の一に成功の成。『イッセイさん』と呼ばれることが多い。昔、同じ職場に同じ苗字《みょうじ》の人間がいたんでね。こいつに慣れてるんで、苗字で呼ばれると落ち着かない」立て板に水の調子で喋《しゃべ》り、じっと一之瀬の顔を覗《のぞ》きこむ。

「はい」

「何かと忙《せわ》しない時期だが、こういうのも刑事としては貴重な体験だから」

「はい」忙しない時期——一之瀬はその言葉に改めて気持ちを引き締めた。あの大震災から、まだ三週間しか経っていない。三月十一日のことを思い出すと、緊張と疲労が一気に蘇《よみがえ》ってくるようだった。内幸町の交番に詰めていた一之瀬は、呆然《ぼうぜん》としながら帰宅難民の長い列を誘導していた。必死で交通整理をし、道を訊ねて来た人たちの応対をしているうちに日付が変わってしまい……人の流れが途絶えて落ち着くまでの数時間、記憶は所々《ところどころ》抜け落ちている。

「じゃあ、後はイッセイさんに任せて……今夜は、十八時半から歓迎会。場所は——」宇佐美が、三十歳ぐらいの刑事に顔を向けた。

「はい、『もりわき』です」

「またガード下かよ」宇佐美が顔をしかめた。

「いや、あそこは安いし、顔もききますんで」

「お前、リベートでも受け取ってるんじゃないだろうな」

「とんでもない」若い刑事が顔の前で手を振った。「リベート貰《もら》ってたら、こんなに財布が軽くないです」

軽い笑い声が上がり、すぐに収まる。それを機に、宇佐美が仕事モードに切り替えた。

「では、そういうことで」一之瀬に向かってうなずきかける。「管内全体を歩き回って、早く慣れるように。交番勤務でも分かったと思うが、ここは特殊な署だから。東京で——日本で、こういう署は他《ほか》にはない」

「はい」一之瀬はまた背筋を伸ばした。

「よし、以上だ。では、各自通常業務にかかってくれ」

特殊な署——それは間違いない。警察の本来の仕事が「市民生活を守る」ことなら、千代田署の普段の活動は、そこから大きく外れている。何しろ管内人口は、ほぼゼロなのだ。

他の署へ赴任した警察学校の同期たちは、どうしているだろう、と思った。この春の異動で、交番勤務から本署に引き上げられた人間が何人かいるのだが、自分以外の同期はどんな仕事をすることになるのだろう。

一之瀬と藤島は、刑事課の隣にある小さな会議室で、地図を挟んで座った。すぐに管内視察に出かけると思ったのだが、藤島は丁寧に手順を踏むタイプのようである。

「千代田署が特殊な署なのは分かってるな」藤島も宇佐美と同じことを言った。

「分かってるつもりです」

「ここと似てるのは、他には隣の半蔵門署《はんぞうもん》ぐらいだ」

「はい」

半蔵門署は、皇居を挟んで千代田署の向かいにある。管轄は、北はJR飯田橋駅から、南は総理大臣官邸まで。人が住まない霞《かすみ》が関《せき》の官庁街も管内に持つので、確かに千代田署と似たような状況ではある。

「うちの管内は、居住人口がほぼゼロだ」

「はい」

「住民登録はあるが、ほとんど無視していい人数だ。だから普段つき合う対象は、主に官庁と企業、それに飲食店になる。あとは観光客だな」

確かに……一之瀬が勤務していた内幸町の交番は、日比谷《ひびや》公園の南東にあって、立ち番をしていて見えるのはビル群だけだった。交番の前を通り過ぎる人は多いが、ほとんどが「一時通過」である。生活臭は皆無。交番に来る人のほとんどが、道を訊ねるだけだった。

千代田署全体が、その拡大版と言える。管内は南北に長い長方形で、四隅は大まかに北西が丸紅、北東が三菱総研のビル、南東が東京電力の本社、南西が日本郵政という感じだ。その中には、日本の中枢部の多くがすっぽり入ってしまう。丸の内や大手町《おおてまち》のオフィス街、霞が関の官庁街の一部、そして皇居外苑。鉄道関係でも、JR東京駅と有楽町《ゆうらくちょう》駅のほかに、毛細血管のように走る地下鉄の駅がいくつかある。

居住者がほとんどいないが故に、刑事課が担当する事件の七割が、飲食店などでの窃盗である。暴行・傷害などの粗暴犯は、管内で起きる事件の一割に過ぎない。一之瀬は「刑事課強行犯係」に配属されたのだが、盗犯係の仕事も手伝うことになる、と最初に言われていた。実際、盗犯係は強行犯係の二倍の刑事を抱えており、千代田署刑事課の主役という感じだった。置き引き、呑《の》み屋で上着から財布を抜く手口、ひったくり——窃盗犯の見本市だが、住宅への忍びこみ盗だけはない。

「よし、まずは管内を一回りしてみよう」藤島がうなずいた。

「はい」

一之瀬は立ち上がった。藤島はゆっくり地図を畳んだが、立とうとしない。何かまずいことでもしたか？　一之瀬はその場で直立不動の姿勢を取った。藤島がちらりと一之瀬を見て、薄い笑みを浮かべる。

「お前さん、家はどこだっけ？　寮はもう出たんだよな」

千代田署の上階部分には独身寮がある。交番勤務の独身者は、基本的にそこに住むことになっているが、一之瀬は刑事課に異動するタイミングで寮を出ていた。警察学校からずっと続いた共同生活に飽き飽きしていたせいもある。プライベートがないと駄目、というわけではないが、やはり息が詰まる感じはする。

「下北沢《しもきたざわ》です」

「お、いいところじゃないか。実家か？」

「いえ、実家は千歳烏山《ちとせからすやま》です。京王《けいおう》線の……」

「馬鹿だねえ。実家にいれば、無駄な金を使わないで済むのに。下北沢でマンションなんか借りたら、金がかかって仕方ないだろう」

指摘され、一之瀬はうなずかざるを得なかった。駅徒歩五分、築五年の１Ｋで家賃九万円は、懐に優しくはない。だが、寮暮らしから実家に舞い戻るのは馬鹿馬鹿しく思えたし、これが初めての本格的な一人暮らしのチャンスだったのだ。

「でも、署にも近いですし」

「二十分ぐらいかな？」

「そうですね」

「それじゃ、死んでも遅刻はできないな」藤島がにやりと笑う。

「はい、それは大丈夫ですけど……藤島さんは、お住まいはどちらなんですか？」

「お住まい？　よせよ、そういう気持ち悪い言い方は」藤島が大袈裟《おおげさ》に顔の前で手を振った。「無礼は許さんけど、俺はかしこまった言い方も嫌いなんだ」

「すみません……どこに住んでるんですか」距離感の取り辛い人だと早くも辟易《へきえき》しながら、一之瀬は訊ねた。

「松戸《まつど》。警察官のベッドタウンだよ」

その言葉に、かすかに自虐的な臭いを嗅《か》ぎ取ったが、一之瀬はうなずくだけにした。余計なことを言って、生意気だと思われても困る。

「将来家を買う時は、よく考えろよ。警官がたくさん住んでる街は、結構鬱陶《うっとう》しいぞ」

「松戸がそうなんですか？」

「常磐《じょうばん》線沿線は、千代田線経由で本庁まで一本で来られるから便利なんだ……でも、通勤の電車で毎朝知った顔と一緒になるのは、何となく面倒だろう？」

「そんなものですか？」

「そんなものだ」藤島がうなずく。「お前さん、結婚する予定はないのか？」

「いや、まだまだです」少し慌て過ぎかもしれないと思いながら一之瀬は否定した。相手はいるのだが、二十五歳の今――あるいは一年後でも二年後でも――身を固めるつもりはない。相手も同じように考えているのは、言葉の端々から分かる。今のところは、お互いに仕事優先だ。

「警察官の結婚は早いほどいいんだぜ」藤島がようやく立ち上がった。腰が悪いのか、背中を伸ばすと拳《こぶし》を後ろに回し、背中の下の方を二、三度叩いた。

「藤島さんは何歳の時だったんですか？」

「俺？　二十四」

「早い……ですよね」藤島は四十八歳と聞いている。彼の年だったら、男が結婚する平均年齢は二十七歳か二十八歳だったのではないだろうか。

「周りにプレッシャーをかけられたんだよ。さっさと身を固めろって……よほど女遊びするようなタイプに見えたのかね。お前さん、どう思う？」

「いや、それは、あの……」

藤島が声を上げて笑う。

「ま、俺の若い頃の話をしてもしょうがないな。ただ、つき合ってる女がいるなら、早く結婚を考えた方がいいぞ……お前さんの人生だから、基本的にはお前さんが決めるべきだけどな」

「いや、何でも言っていただいた方が……アドバイスはありがたいです」

「何言ってるんだか」藤島が鼻を鳴らした。「仕事のことだったらいくらでも言うけど、私生活にはなるべく口を挟まないように気を遣ってるんだよ、こっちは。お前さんたちの世代は、プライバシー重視だろう？」

「自分はそうでもないですけど」

「へえ、今時珍しいタイプかね？」藤島が面白そうに顔を歪《ゆが》めた。

「どうなんでしょう？　よく分かりませんけど……とにかく、よろしくお願いします」

頭を下げると、藤島がまた笑った。何事かと慌てて顔を上げると、表情を引き締めたところだった。

「どうやらお前さん、少しは楽させてくれるようだな」

「はい？」

「ま、いいよ。俺の愚痴《ぐち》につき合っても意味はないからな……おいおい話す。さ、行くぞ。自分が日本の中枢を守っているという実感を持ってもらわないとな。半蔵門署の連中に負けたら駄目だ」

「あの……交番勤務の時からそういう話は聞いてたんですけど、何で半蔵門署に対してライバル意識があるんですか？」

「向こうは国会議事堂、こっちは皇居。分かるよな？」藤島がにやりと笑った。

「ああ……」そういうことか。

「署対抗の柔剣道大会が殺伐とするのも当然だろう」

「ええ」自分は今まで出場しなかったが——柔道も剣道もそれほど得意ではないのだ——去年応援に駆り出されて、殺気立った雰囲気《ふんいき》に気圧《けお》された記憶がある。まあ……ライバル意識は悪い物ではないだろうな、と考える。どちらがより重要なポイントを守っているかという、プライドをかけた戦い。子どもっぽいと言えば子どもっぽいが。

「よし、出かけるぞ、歩きやすい靴、履いてるか？」

「大丈夫です」

「結構、結構」嬉しそうに言って、藤島が揉《も》み手をした。「うちの管内を異動するのに、一番早いのは自転車、次は徒歩だ。たっぷり歩き回ることになるから、覚悟しておけよ」

藤島の言葉は大袈裟ではなく、この日、一之瀬は一日中歩き続けることになった。管内の総面積は、約三・五平方キロメートル。数字を見ると、それほど広そうには思えないが、道路が縦横に走っているので、「線」を「面」にするまで歩き回るのはかなり大変だ。まず、日比谷通りを北に向かい、馬場先門の交差点を左折して内堀通りへ。そのまま北進して、北西の角に当たる丸紅本社まで進む。

足にだけは自信のある一之瀬だったが、藤島も健脚だった。まずは管内をぐるりと一周しようという狙《ねら》いのようだったが、まったく音《ね》を上げず、スピードも落ちない。負けてたまるかと意識しているうちに、次第に汗ばんできた。確か、今日の最高気温は十六度ぐらい。ようやく本格的に春が来た感じで、途中で薄いコートが邪魔になってきた。

今年の冬――早春は、ずっと寒いイメージがあった。震災以降「節電」が合い言葉になり、まだ暖房が必要な季節であったにもかかわらず、どこへ行ってもエアコンが弱い設定になっていたからだ。自分たちがいかに人工の環境に慣らされていたか、意識せざるを得なかった。

「一日じゃ回り切れないな」署の近くまで戻って来た時、藤島が漏《も》らした。さすがに疲労の色が濃い。「しかも、夜の分はまだだ」

「あ、そうですね」繁華街の本当の表情は、夜にならなければ分からない。昼間は仮の姿だ。

「今日は歓迎会だから、次の非番の前の日に夜の探訪をやろう」

「そう……ですね」

「何だ、何か不満そうだな」

「いや、そんなことないですけど」

終電近くまで、有楽町駅付近などの繁華街で粘ることになるだろう。交番勤務時代は、こういうことはなかった。日勤、泊まり、非番、休み。その繰り返しだったので、計画も立てやすかった。デートや友だちと会う約束を、直前で反古《ほご》にしたことは一度もない。二年半の交番勤務の間、ローテーションが崩れたのは先月の地震の後だけだった。

「交番勤務はもう終わったんだよ」一之瀬の気持ちを読んだように、藤島が言った。「刑事の仕事には、いろいろなことが突発する。休みが飛ぶのも珍しくないから、覚悟しておかないと」

「はあ」

気の抜けた返事をすると、藤島がふっと笑った。何となく内心を見透かされたようで、気持ちがざわめく。

「だから、早く結婚しろって言ったんだ。この仕事をしていると、女の子とつき合ったり結婚式の準備をしている暇もなくなるからな」

「そんなに大変ですか？」

「千代田署は、まだましだけどな。これが新宿《しんじゅく》や池袋《いけぶくろ》の署だと、ずっと大変だ。扱う事件の数も質もまったく違うから」

「分かりました」

「お前さん、ずいぶん素直だな」

「そうですか？」

「素直なのはいいことだけど、もっと自分を出してもいいんだぞ」

いいことだ、と言いながら一言つけ加える。何だか面倒臭そうな人だな、と一之瀬は顔をしかめた。そんなに煩い感じではないと思っていたが、自分の親でもおかしくない年齢の相手が何を考えているかは分からない。

〈2〉

結構呑んだな……少しばかりふらついた足取りで、一之瀬は帰途についた。

下北沢駅から徒歩五分と言えば、不動産広告的には「駅直近」なのだろうが、ずいぶん長い道のりに感じられる。まだこの街に慣れていないせいもあるだろう。何度か遊びに来たことはあるが、住むのは初めて……小田急《おだきゅう》線の南口を出て、複雑に入り組んだ道を歩いて行かなければならない。道順が分かりにくい上に、酔って騒いでいる人間が道を占拠しているので、ひどく歩きにくかった。狭い通りを埋《う》め尽《つ》くすように飲食店などが並んでいる光景は、一之瀬には馴染《なじ》みにくい雰囲気だった。主役は高校生や大学生であり、若々しい賑《にぎ》やかさは、自分にとっては既《すで》に過去のものになりつつある。通勤に便利だからといって、この街を新しい本拠地に選んでしまったのが正解だったかどうか、まだ分からない。

茶沢通《ちゃざわどお》りまで出ると、急に静かになって気持ちが落ち着いた。ようやくマンションに辿《たど》り着《つ》くと、暗い部屋の中で、デジタル時計が十二時を示している。十二時って……計算が合わない。一次会が八時半まで、二次会が終わってもまだ十時半だったはずだ。日比谷界《かい》隈《わい》からここまでは、地下鉄と小田急線を乗り継いで二十分ほどである。もっと早く帰りついて当然のはずなのに、どこで時間が消えてしまったのだろう。どこかで醜態を晒《さら》していたのでは、と考えると顔から血の気が引く。まあ、思い出せないことを悩んでもしょうがないか……もしかしたら、日比谷駅のホームでベンチに腰かけた時に、少し寝てしまったのかもしれない。

部屋の中は冷たく凍りついていて、震えがきた。エアコンを入れようかどうしようか迷い、結局そのままにする。後は寝るだけだし……初日が金曜日でよかった、とつくづく思う。歩き回っただけで特に何をしたわけでもないが、さすがに疲れた。初めて出勤する職場で緊張していたし、藤島に引っ張り回されて歩いたのが、結構応《こた》えている。これぐらいで疲れてちゃ駄目なんだけど……夜の歓迎会で、気疲れもピークに達した。警察の呑み会は、何というか、慌ただしく激しい。誰が一番先に潰れるか、競争しているようなものなのだ。藤島曰《いわ》く、「早く呑んで早く酔って早く醒《さ》ますのが警察官の呑み方」。そういう彼は、一次会ではビールを、二次会では水割りをちびちび呑んでいただけだったが。別れた時も、酔っていた気配はない。元々あまり呑まないタイプなのだろうか。

　しかし、一之瀬はけっこう呑まされた。歓迎会で自分が主役だったから当然かもしれないが、少し調子に乗り過ぎたかもしれない。大きな声で喋り過ぎて喉も痛かった。一次会、二次会とも店は有楽町のガード下で、電車が通る度に声を張り上げなければ会話が成り立たなかったからだ。二次会でカラオケは断ったが……歌わなくて正解だったと思う。歌っていたら、喉が潰れていたかもしれない。

　それにしても、我ながら意味が通らないな、と思う。カラオケは嫌いだがギターは弾く……というか、ギターは命だ。部屋の片隅に立てかけたギターと小さなアンプに視線をやる。寮にいる間はさすがに弾けなかったが、実家に置いておいたのを久しぶりに持ってきたのだ。学生時代に必死にバイトして買った、フェンダー・ストラトキャスター。「キャンディアップルレッド」と呼ばれる少し暗めの赤は、インテリアらしき物がほとんどない部屋の中では、妙に明るく浮いて見える。

刑事とギターか、と考えると自分でもおかしくなる。もちろんプロになるつもりもそこまでの腕もなかったが、学生時代に唯一打ちこんでいた趣味がバンドなのだ。そういう人間が、警察官という堅い職業に就いているのは、我ながらアンバランスだと思う。

久しぶりに弾いてみようか。マンションなので小型のアンプでも音が大き過ぎ、ヘッドフォンを使わなければならないのが残念だが……少し顔が緩《ゆる》む。「刑事とギター」の組み合わせは確かに変だが、ギターを手放すつもりはない。年取っても弾いていれば、ボケ防止にもなるはずだし。いやいや、そんなことを考えるのはいくら何でも早過ぎるか。

ジミ・ヘンドリックスの「リトル・ウイング」のイントロが頭の中で鳴り響く。弦をつま弾く指先の感覚も蘇ってきた。静かに始まるあの曲は、慌ただしく過ぎた一日の終わりに相応《ふさわ》しいかもしれない。

しかしその前に、シャワーを浴びないと。昼間は結構暖かかったし、歩き回って汗をかいたから、何となく不快である。酔いが残る体に気合いを入れて立ち上がった瞬間、テーブルに置いた携帯がメールの着信を告げた。

ゆっくりと体を折り曲げて携帯を取り上げ、確認する——城田《しろた》。途端に胸が締めつけられたように感じた。

元々メールでは素っ気ない男なのだが、今日も同じだった。


元気か？

今日から刑事だよな。

東京はお前に任せた。


たった三行。いくら何でも、もう少し書くことないのかね、と苦笑しながらもう一度メールを読む――いや、視界に入れる。携帯電話の三行は、一目で全部見えてしまうのだ。返信しておかないと――遠い東北の空の下にいる同期に。この素っ気ないメールにはどういう返しが一番いいだろうと考えた瞬間、携帯が鳴った。あまりのタイミングの良さに、驚いて取り落としそうになる。相手は、今日番号を交換したばかりの藤島だった。

「もう、家に帰ってるか？」藤島が遠慮《えんりょ》がちに切り出す。

「はい、さっき着きました」

「酔っぱらってるか？」

「いえ、あの……はい、結構回ってますね」

「よし。今から俺の言う通りにしろ。まず水を一リットル飲め。それから我慢できるぎりぎりの熱いシャワーを五分浴びろ。その後冷たくして三分だ。それで酔いが醒めなかったら、同じことを繰り返せ。二回やったら、八時間寝た後よりもすっきり目が覚める」

「はあ。あの……何なんですか」訳が分からず、一之瀬は聞き返した。

「殺しだよ」

「殺し」低い声でオウム返しに言ってしまった。殺しって……ピンとこない。千代田署管内で、今まで殺人事件が起きたことなどあるのだろうか。「傷害致死」の類《たぐ》いではないかと思った。有楽町で呑んでいたサラリーマン同士が、酔って喧嘩《けんか》になり、たまたま打ち所が悪くて片方が死んでしまったとか。

「殺しだ。傷害致死じゃないぞ」一之瀬の思考を読んだように藤島が言った。

「どういうことですか」一之瀬は、一気に酔いが遠のくのを感じた。

「腹を滅多刺しにされてる。詳しいことは解剖してみないと分からないが、出血多量というよりショック死かもしれない。あんな死体は俺も初めてだな」

一之瀬は思わず唾《つば》を呑んだ。滅多刺しの殺人……考えただけでぞっとする。

「犯人は……」

「見つかっていない。当直と機動捜査隊の連中がもう現場に出ているし、本庁の捜査一課も出動する。俺たちが出遅れたらまずいぞ。すぐに現場へ向かえ」

「現場、どこですか」シャワーはいらないな、と判断する。水をたっぷり飲めば、現場へ着くまでに酔いは醒めるだろう。緊張感とアドレナリンの噴出が、既にアルコールを追い払いつつあった。

「有楽町二丁目だ」

「さっきまで呑んでた辺《あた》りじゃないですか」まさか、自分たちが呑気《のんき》に呑んでいた頃に、事件が起きたわけじゃないだろうな……アルコールが抜けるというより、顔から血の気が一気に引いていく。

「その通りだ。現場は大騒ぎになってるはずだから、行けばすぐ分かる――腕章を忘れるなよ」

「分かりました」

まさかこんなに早く「捜査」の腕章をつけることになるとは。ゆっくり仕事に慣れていく――一之瀬の思惑は、初日から崩れかけていた。


現場はまさに、少し前まで呑んでいた場所の近くだった。晴海《はるみ》通りとJRの高架、首都高に挟まれた細長い三角地帯。道路の向かいは銀座ファイブ……隣の銀座署との境界だ。ガード下の呑み屋街は、終電ぎりぎりのこの時間でもまだざわついているのだが、そこからほんの少し離れた現場は静まり返っている。東京の真ん中にもこんな場所があるのだ、と改めて驚いた。

細い一方通行の途中に黄色い規制線が張られ、通行禁止になっている。規制線のすぐ外には野次馬が集まり、騒いでいた。時々笑い声が上がり、一之瀬の神経を逆撫《さかな》でする——冗談じゃない、人が死んでるんだぞ。野次馬に加えて、マスコミの数もすごい。新聞やテレビの本社も近い場所だから、殺到してきたのだろう。規制線の内側には警察の投光器が持ちこまれていたが、テレビカメラのライトがまぶしく、そんなものはいらないほどだった。テレビの記者は、規制線に背を向けて、カメラの前でリポートしている。その説明を聞きたいぐらいだよ、と情けなく思った。こっちはまだ、状況をろくに把握《はあく》していないのに。

被害者が倒れていたのは、車道と歩道を分ける細長い緑地の陰だった。既にブルーシートで覆われ、巨大なテントのようになっている。一之瀬はコートの上から着用した腕章を右手で二度叩いて気合いを入れ、ブルーシートの中に入った。風が遮《さえぎ》られ、中にはむっとするような熱気がこもっている。かすかな血の臭いが吐き気を誘発する。死の臭いは、こんなにもはっきりしているんだ……中では、鑑識の係員が忙しなく活動中だった。明るい青の現場服に、「MPD」のロゴ入りのキャップ。全員がマスク着用だった。とても自分が入りこむ余地はない……一之瀬は少し離れたところから、鑑識活動を見守るしかなかった——というか、足がすくんで動けない。

人の足が見える——グレーのズボン、靴は黒。足首から覗いている靴下も、黒、あるいは濃いグレーだった。サラリーマンだな、と判断する。

何故こんな場所で、と首を傾《かし》げてしまう。普段から人通りが多いわけではないが、「都会のエアポケット」というほど寂しい場所ではない。おそらく犯行は、ごく短時間に行われたのだろう。

それにしても滅多刺しというのは……警察学校の座学では様々なことを教わるが、その中には犯行形態の分析もある。「滅多刺し」は、犯人が被害者と顔見知りで恨み骨髄《こつずい》、というケースが多い。徹底的にとどめを刺す覚悟がなければできないと教わった。ただし、人間は簡単に誰かを刺せるものではない。覚悟があっても手は震えるし、相手の抵抗もあるだろう。たとえば十秒で何回刺せるのか……そんなことは教わらなかったが、せいぜい一回か二回だろう。時間がかかればかかるほど、誰かに見つかる可能性も高くなるから、犯人も焦るはずだ。それとも、見つかるのを覚悟で襲ったのだろうか。

「おう、来たな」振り向くと、藤島が立っていた。別れた時と同じように、酔いの気配はまったく見えない。すっと近づいて来て、鼻をひくつかせた。

「藤島――イッセイさん」背筋を伸ばして一礼する。

「シャワー、浴びたか?」藤島がいきなり訊ねる。

「いえ」

「それにしては酒臭くないな」

「話を聞いて、一気に酔いが醒めました」

「結構だ」藤島がうなずいた。「じゃあ、仏さんの顔を拝んでおこう。まだだな?」

「はい」一之瀬は唾を呑んだ。足が震えている……しっかりしろ、と自分に言い聞かせた。ふいに、城田の顔が脳裏に浮かぶ。あの男は、派遣先でどれだけの遺体を見たのだろう。自分よりはるかにハードな道を歩いているはずだ。あいつのことを考えれば、泣き言を言ったりびびったりしている場合じゃない。

「気をしっかり持てよ」

藤島に脅《おど》され、もう一度唾を呑む。右手を握ったり開いたりすると、掌《てのひら》に汗をかいているのが分かった。薄いコートでは震えがくるほどの寒さなのに……とにかく遺体を見ないと何も始まらないんだからな、と自分に言い聞かせ、藤島の背中を追った。

この植え込みは、道路に浮かんだ中洲のようなものだった。素っ気ない都会の中で、緑を与えてくれる貴重な存在ではあるが……被害者は植え込みの歩道側に倒れていた。低い位置で植え込みを囲む鉄柵が巡らせてあるのだが、そこに背中を預ける格好である。鉄柵を軸に、ブリッジしているようなものだった。

覚悟していたことだが、濃い血の臭いに、一之瀬は一気に吐き気がこみ上げるのを感じた。ブルーシートが一種の壁になって、臭いがこもってしまっている。

遺体を直視できない……目を逸《そ》らすと、向かいにある自動販売機が視界に入った。そこまで血が点々と飛んでいる。相当な勢いで刺され、血が噴き出したのだと考えると、また吐き気がこみ上げてきた——というか、突き上げてきた。唾を呑みこもうとしたが、喉が細くなってしまったようで上手《うま》くいかない。

「吐くなよ」

藤島が注意したが、胃の中で酒と食べ物がぐるぐる回っているように感じた。こんなこと、意志の力でコントロールできるわけがない。

「ほら」藤島に背中を押され、仕方なく遺体に向き合う。途端に、胃の内容物が激しく逆流してきた。涙目になりながら、何とか呑みこむ。

「失礼なことをするな」

低い声で脅され、両手をきつく拳に握る。何とか一歩進み出たが、そこで体が固まってしまった。

藤島に平手で背中を叩かれ、こらえきれずに前へよろけ出る。慌てて踏みとどまりながら、もう少し体重を増やさないと、と場違いなことを考えた。一之瀬は身長百七十八センチ、しかし体重は六十五キロしかない。標準体重よりもだいぶ軽いし、筋肉が不足しているのは自分でもよく分かっていた。

ようやく遺体の全容が見えた。意を決して被害者の顔を凝視する。すさまじい形相だった。大きな手で顔を挟まれ、無理やり捻《ね》じ曲《ま》げられたように表情が歪んでいる。それほど苦しかったということか。両手は脇に投げ出され、手首から先は植え込みの中に消えている。オフホワイトのコートの前ははだけ、腹が――腹の残骸と言うべきか――むき出しになっていた。シャツと下着がちぎれたように細く垂れ下がり、真っ赤に染まった傷口が露《あら》わになっている。犯人は刺した後、刃物を大きく動かすようなことはしなかったらしい。もしもそうしていたら、傷はずっと大きく広がり、内臓が外に零《こぼ》れてしまっていただろう。ひたすら真っ直ぐ突き刺す。何度も何度も繰り返し——その場面を想像すると、また吐き気がこみ上げてきた。

「ほら、しゃがめ」

藤島に促されたが何のことか分からず、周囲を見回す。先ほどまで一緒に酒を呑んでいた刑事課の仲間、それに見慣れない顔のスーツ姿の男たちが何人か、蹲踞《そんきょ》の姿勢を取って顔の前で両手を合わせていた。

「遺体には敬意を払うもんだ。そして、誓え」藤島が耳元で囁《ささや》くように言った。

「敬意——」

「お前さんが仏教徒だろうがキリスト教徒だろうが、無宗教だろうが関係ない。とにかくここで祈れ。それで、必ず犯人は捕まえますって誓うんだ」

何というアナクロな……だが、警察の世界とはこういうものだろう。一見古めかしく馬鹿馬鹿しいと思える習慣に、一之瀬もこれまで何度も直面してきた。無意味な習慣など改めるべきだと思う一方、次第に慣れてきてしまったのも事実である。

だが、こういうこと――遺体との対面には慣れるのだろうか。

一之瀬はゆっくりと膝《ひざ》を折り曲げた。何だかぎくしゃくとしか動けず、借り物の体のような感じがする。蹲踞の姿勢を取るのが難しく、結局左膝をついた。硬く冷たいアスファルトの感覚がズボンを通して伝わり、意識が急に鮮明になる。こめかみを汗が伝うのを感じた。

遺体までわずか五十センチ。自分が膝をついたすぐ横が、血で汚れているのに気づいた。アスファルトの上で乾きかけているのだが、今にもこちらに流れ出してきそうに見える。ぎゅっと目を閉じ、開き、顔の前で両手を合わせてからもう一度閉じた。

手を離してから、意を決して目を見開く。しっかり見ておかなくては。これが人生で初めてお目にかかる、殺人事件の被害者なのだ。自分の刑事としての第一歩……一之瀬は、秋庭に言われたことを思い出していた。

「事件づきする刑事はいるもんだ」

行く先々で事件に巻きこまれる、という意味か……赴任初日に遺体と対面することになった自分は、どれほど事件に好かれているのだろう。

断末魔の苦しい表情を残したままの顔を、何とか凝視する。吐き気を堪《こら》えながら、一人の人間の最期を、しっかりと脳裏に焼きつけた。そんなに苦しかったのか……刺されたからというだけではなく、それ以上に生への執念が、こういう表情を浮かべさせたのではないだろうか。

　あなたの無念をそのままにはしない。必ず犯人を挙げてみせる――そんな思いが自然に生まれてきた。


「ま、よく我慢したよ」

「はい」藤島に褒《ほ》められても、少しも嬉しくなかった。相変わらずむかむかするし、こみ上げてきた胃液を無理やり呑みこんだせいか、喉が焼ける感じがする。それに、目もしばしばと痛んだ。

「目が真っ赤だぞ」

「マジですか」思わず顔を擦《こす》ってしまう。

「吐くのをこらえると、そんな風になるな……遺体はしっかり見たか？」

「はい」

「無念そうな表情だっただろう」

「ええ……」断末魔、などという言葉を思い浮かべてしまう。

「こいつは絶対、犯人を捕まえなくちゃいけない」

「捕まりますかね」

「捕まりますか、じゃなくて捕まえるんだ」訂正して、藤島が一之瀬の肩を拳で突いた。

「強い意志がないと、絶対に上手くいかないぞ」

「分かりました」

「よし……じゃあ、聞き込みを始めるぞ」

現場では、既にその指示が出されていた。できるだけたくさんの人を摑《つか》まえて話を聴く――さすがにこの時間になると、飲食店もほとんど閉まっているが、人の流れはまだ途切れていないのだ。一之瀬と藤島は、首都高の下に集まる飲食店街の聞き込みを任された。ここまで来ると住所は銀座六丁目、隣の銀座署の管轄になる。警察署の管轄は厳密に決められているのだが、東京の場合は気にし過ぎてはいけない、と教わっていた。通りを一つ渡ると他の管轄区域に入ってしまうこともままあり、それを厳密に守っていたら聞き込みなどできなくなる。

「銀座」と聞いて多くの人がイメージするのは、晴海通りと中央通りが交差する銀座四丁目辺りだろう。昔からのシンボルである和光と三越があり、その近くには世界の一流ブランド店が並んでいる。四丁目交差点を中心にした半径百メートルほどは間違いなく華やかな世界なのだが、新橋《しんばし》が近いこの辺りは、ずっと気安く下町のイメージが濃い。夜も早い時間なら賑わうのだろうが、既に日付が変わっているので街は眠りにつきつつある。開いている店を探すのに難儀したが、コリドー街沿いに歩いているうちに、一軒の居酒屋を見つけ出した。既に閉店準備中なのか、店員が店の前の歩道に水を撒《ま》いていた。この辺まで来るとさすがに野次馬の姿もなく、二人組の酔っ払いが危なっかしい足取りで歩いているぐらいだった。制服時代だったら声をかけているところだな、と考える。余計なお世話だが、トラブルを未然に防ぐのも制服警官の役割だ。だが今は……意識を変えないと。犯罪を防ぐのではなく、起きた犯罪に対処するのが自分の仕事だ。

「よし、話を聴いてみろ」

「はい」藤島に背中を押され、一之瀬は店員に声をかけ、バッジを見せた。いきなりなので、緊張する暇もない。

「すみません、警察です」

でっぷりと太った店員が顔を上げる。体形は崩れているが、自分とさほど年が変わらないようだった。

「あ、事件のことですか？」

「お忙しいところ、すみません」一之瀬は丁寧に頭を下げた。

「ちょっと待ってもらっていいですか？　店長、呼んできますんで」

引き留める間もなく、店員が店に飛びこんで行った。本人に話を聴かなくていいのか……一之瀬は助けを求めるように藤島の顔を見たが、彼は苦笑するばかりだった。

「ま、とにかくやってみろ」

「分かりました」

一分ほど待っていると、中から店長が出て来た。店の名前入りの濃紺のTシャツの上にグレーのパーカーを羽織り、頭に白いタオルを巻いている。煙草《たばこ》をくわえていたが、火はついていなかった。四十歳ぐらいと見て取る。

「はいはい、さっきの事件ですね」煙草と酒で焼けたしわがれ声。

「ちょっと話を聴かせて下さい。誰か、怪しい人は見ませんでしたか？」

「いや、まだ店をやってたし……厨房《ちゅうぼう》に入ってると、外の様子なんか分からないしね」

店長が煙草に火を点けて忙しなくふかす。

「いつ気づきました？」

「サイレンが鳴ってから。この辺じゃ珍しくはないけど、ちょっと大事《おおごと》だったからね」

確かに。何台のパトカーが集結していたか……数えていないが、現場付近の夜空が、パトランプで赤く染まるほどだった。

「それで、どうしたんですか？」

「いや、俺は行ってないけど、お客さんが面白がって飛び出して行ってね。様子を見てきてくれたんですよ」その時の興奮が蘇ったのか、店長の顔が赤く染まる。

「この辺で、今までこんな事件が起きたこと、ありますか」

「いやあ、ないね」店長がタオルを外し、顔を拭った。「そりゃ、喧嘩沙汰なんかはしょっちゅうだけど、大人しいもんですよ。仮にもここは銀座だから、そんなに荒っぽい人間はいませんよ」

「古谷孝也《こたにたかや》という名前に心当たりはないですか」

「古谷……それが？」

「亡くなった人です」

　店長の顔色が一気に蒼褪《あおざ》めた。自分には関係ないと思っていたのが、急に事件が身近に感じられたのかもしれない。

「いや……知らないですね」

「この辺のお店に、お客さんとして来ていたこともあるんじゃないかと思いますが」

「どうかな」

　顔写真がないのが痛い、と一之瀬は悔いた。そもそも、被害者が古谷孝也だと確定したわけではない……背広の内ポケットに免許証が入っていて、その写真の印象でほぼ間違いないとされていたが、家族の確認が取れるまでは「確定」ではないのだ。

　免許証から調べたところ、本籍地は福島県郡山《こおりやま》市ということだった。家族にとっては何と運の悪いことか……震災に続いてこんな事件である。誰が家族と連絡を取るのだろうと考えると、鬱々《うつうつ》たる気分になった。郡山の実家には、原発事故の直接の影響はないかもしれないが、どこかに避難している可能性もある。そうだったら、見つけ出すのも一苦労だろう。しかも無事に会えても、きちんと事情聴取できる保証はない。息子が殺されたとなったら、親のショックは計り知れないだろう。

一之瀬は何とか情報を引き出そうと、しばらく店長と話を続けたが、結局役に立ちそうな話はまったく出てこない。礼を言って別れる時、ちらりと腕時計を見ると、十五分が経過していた。そんなに長く喋っていたか……その割に実りが少ない聞き込みだった。急に疲れを感じる。

店を離れて歩き出しながら、藤島が短く忠告した。

「切り上げ時を考えろ」

「はい？」

「途中から、聞き込みじゃなくて雑談になってたぞ」

「すみません」耳が赤くなるのを意識する。

「いいか、刑事と話す相手には四種類あると思えよ」

「四種類、ですか？」

「そう。何も知らない人間、知っていてきちんと話す人間、知っていて隠す人間、そして記憶が定かでない人間だ」

ちらりと見ると、藤島は律儀に指を折っていた。残った小指だけがぴんと立っている。

「一番厄介なのが、記憶が定かでない人間なんだ。自分で見たこと、聞いたことをちゃんと覚えていない。混乱している時は、そういうことも多くなるもんだ。この手のタイプに対しては、じっくり話して記憶を引き出してやる必要がある。誰かと話しているうちに、何かを思い出すことはあるだろう?」

「ええ」

「そういう人間だと判断したら、どれだけ時間をかけてもいい。何回も足を運ぶことも必要だ。だがな、本当に何も知らない人間とは、どれだけ話しても時間の無駄だ。その見極めはきちんとしないと」

「今の店長は……何も知らないと思いますか?」

「そりゃそうだ」藤島が肩をすくめる。「ずっと店に出てたんだから、外の様子が見えたわけがない。それが分かった時点で、適当に切り上げるべきだったんだよ。時間の無駄だ」

「……すみません」ヘマしたか、と考えるとまた耳が熱くなる。

「ま、こういうのも経験だ」怒った様子もなく、藤島がさらりと言う。

「でも、時間の無駄だったんでしょう?」

「いいんだよ。刑事の仕事の九割は無駄なんだから。でも、そこで手を抜く人間は、残りの一割で成功しない……おいおい、こういう説教じみたのは嫌いなんだ。言わせるなよ」

藤島が苦笑する。ふいに立ち止まると、急に真顔に変わった。嫌いと言いながら、まだ説教することがあるのか、と一之瀬も緊張する。

「お前さんはまだ白紙なんだ」
「白紙、ですか」答えの書いてない答案ということか、と一之瀬は少しむっとした。
「そう。今はまだ真っ白だ。そこに黒い線を引くのも、赤い丸を描くのもお前の自由なんだよ。どの色を選ぶかで、刑事としてのお前さんの人生は変わってくる」

〈3〉

捜査会議は朝に持ち越しになった。事件の発生が遅かったたし、夜中に初動捜査の取りまとめをやっても効果はない、という判断なのだろう。だいたい、真夜中の会議なんて、集中できるわけがないよな……横になって眠れる場所がなく、一之瀬は刑事課の自席に座って足を伸ばしたまま、毛布を首元まで引っ張り上げた。午前三時。千代田署の刑事課は、暖房も消えて静まり返っている――いや、ソファを使っている先輩刑事の寝息や軽いいびきは聞こえてきた。気持ち良さそうに……椅子《いす》じゃ無理だよ。うとうとする度に椅子からずり落ちそうになり、慌てて姿勢を立て直す――こんなことの繰り返しばかりで、かえって疲れてきた。デスクに突っ伏してみたものの、この姿勢では寝辛く、仕方なくまた椅子に背中を預ける格好にしてはずり落ちかける。

初日からいきなりこれかよ……ひどい疲れを感じ、毛布から右手を引き抜いて顔を擦った。これでは先が思いやられる。だいたい千代田署では、こういう粗暴犯は少ないのではなかったか？

ああ、そう言えば明日——いや、既に今日か——の土曜日が潰れるんだ……もしかしたら、いや、間違いなく日曜日もなくなるだろう。参ったな、と溜息《ためいき》をつく。今日は、深雪《みゆき》が部屋に来る約束になっているのに。どこかのタイミングで連絡を入れなくてはいけないが、どうしようか……夕食を作ってくれると言っていたが、それまでに仕事が片づくとは思えない。だったら早く連絡を入れてキャンセルしてしまおうか。この時間にメールしても、問題はないのだし。だが、急転直下犯人が捕まって事件が解決し、夜までには自由になれるかもしれないという、かすかな望みもある。犯人が自宅近くの警察署に出頭して涙ながらに白状する——そんな場面を想像すると、携帯に手が伸びなかった。

朝になったらメールを打とう。しかし彼女は、どういう反応を示すだろう……ちょっと読めない。つき合いは大学時代からで、もう四年になるが、未だに予想もしない反応に驚かされることがあるのだ。

とにかく今は眠っておこう。眠るのも仕事のうちだと、秋庭は言っていた。警察に入って最初の恩師の忠告ぐらいは、素直に聞いておかないと。

そう思っても、眠れないものは眠れない。

結局、明け方に少しうとうとしただけで、一之瀬は午前六時半には毛布をはねのけていた。最初の捜査会議は午前八時に開かれるから、まだ時間はあるのだが、これ以上眠る努力をしても無駄だ。

真冬のような空気の冷たさに思わず身震いする。そう言えば腹が減った……昨夜《ゆうべ》は散々飲み食いしたのに、胃の中はもう空っぽだった。逆に、すっかり抜けたと思っていたアルコールは、まだ頭に居座っている。興奮状態にある時だけ、酒の影響は消えるのか。とにかく今はまず、冷たい水とコーヒーが必要だ。

「東京の真ん中」とはいっても、千代田署は実は不便な場所にある。この時間に飲み物や食べ物を求めるとなると、コンビニエンスストアに頼らざるを得ない。ファストフード店が開くのは、もう少し先だ。

背広の上着に袖《そで》を通し、一之瀬は音を立てないように刑事課の部屋を抜け出した。当直は一晩中起きているが、それでも署内は静かなものである。特捜本部が設置され、これから騒がしくなるであろうことが想像もできなかった。

署の正面は日比谷通りと晴海通りの交差点に面しており、外へ出ると日比谷濠《ぼり》、さらにその向こうに広がる霞が関の官庁街がよく見渡せる。法務省の建物に隠れるようにちらりと見えているのが警視庁……自分はそこに行くのだろうか、とぼんやりと考える。交番勤務から所轄の刑事課、その後に適性を見極められて本庁の然るべきセクションに異動するのが、刑事としての「正しい道」なのだろうか？　とにかく一刻も早く本庁に上がって、後はずっと居座れ——秋庭はしきりにそう言っていた。「刑事になったからには、一生刑事でいるべきだ」とも。一度も捜査一課を出ることなく、課長に昇り詰めるぐらいの気持ちでいろ、と何度も言われた。

だがそのアドバイスは、一之瀬には今一つぴんとこなかった。刑事課を希望したのは、「消極的選択」の結果である。交通課でスピード違反の取り締まりをするのも、生活安全課に行って繁華街で風俗店の取り締まりをするのも、公安で過激派——まだいるとしてだが——の情報を収集するのも、自分には合わない気がしていた。体力勝負になりがちな警備課も無理。となると、残りは必然的に刑事課だ。希望が叶《かな》った時には、自分は刑事に向いていると評価されたのだと自惚《うぬぼ》れたが、そこで秋庭に釘を刺された。

「最近は刑事の希望者も少ないから、手を上げれば指名されるんだよ」

なるほど……確かに同期でも、刑事を志望している人間は少なかったと思う。

自分がこれからどうしたいのか、どういうキャリアを積んでいくべきか、まだまったく分からない。警察官になって三年、そろそろ人生設計を真面目に考えなければならないのだが……秋庭の言うように、やはり本庁の捜査一課を目指すべきだろうか。警視庁の本庁は、千代田署から直線距離にして一キロも離れていない。だけど今は、「遥かなる警視庁」

だよな、と一之瀬は皮肉に考えた。

　今日も晴れて、昼間は気温も上がりそうだが、今は息が白くなりそうな冷気が街に満ちている。思いきり背伸びをして眠気《ねむけ》を吹き飛ばそうとしたが、上手くいかなかった。どこかで気合いを入れ直さないと、ヘマをしてしまうかもしれない。とにかく一之瀬は、ヘマするのが怖かった——正確に言えば、ヘマして怒られるのが嫌いだった。

　しかしそんな心配をするより、とにかく今は食べ物と飲み物を手に入れないと。

　一番近いのは電気ビルのローソンだが、眠気覚ましに少し歩くことにして、日比谷通りに出た。ペニンシュラホテルの向かいのビルに、セブン‐イレブンが入っている。その横がフレッシュネスバーガーだが、さすがにこの時間では開いていない。確か七時オープンなのだが、それまで時間を潰すのも馬鹿らしかった。あそこのモーニングセットのホットドックは、結構美味《うま》いのだが。

　サンドウィッチを二つ、カップの熱いコーヒーとミネラルウォーター一本。ビニール袋をぶら下げて店を出た瞬間、途方に暮れた。どこで食べようか……署に戻って、まだ寝ている先輩たちの間で食べるのは申し訳ない。かといって、歩道に立ったまま食べるのはもっと情けないだろう。そう言えばこの先にちょっと座れる場所があったと思い出し、一之瀬は東宝ツインタワービルの脇の道に入った。そうそう、ここだ……日比谷シャンテの前が小さな広場になっており、植え込みの周囲にはベンチが設置されている。昼間はサラリーマンのいいさぼり場所になるのだ。しかし、さすがにこの時間は……ありったけの服をまとって寝転んでいるホームレスが一人。徹夜明けなのか、疲れ切った様子でスマートフォンをいじっている二十歳ぐらいの女性が二人。その三人で、二辺が占領されている。一之瀬は、銀行を向いた一角に腰を下ろした。

何だか落ち着かない。忙しなくサンドウィッチを頬張《ほおば》り、コーヒーで飲み下す。そうしているうちに体が温まり、眠気も消えていった。食べ終えて水が残ったが、これはどうしようか……飲んだら体がまた冷えてしまいそうだ。この辺はビルの谷間なので、四月でも時折身を切るように冷たい風が吹き抜ける。

署に帰りたくない気分だった。仕事が嫌なわけではなく、何が何だかよく分からない状況に混乱して、及び腰になっている。「刑事の仕事は目と耳で覚えるもんだ」と秋庭は言っていたし、そういうものなのだろうと納得もしていたが、どうしてマニュアルがないのか、昨日から何度も疑問に思っていた。聞き込みを終える度に藤島が短いアドバイスをくれたが、ああいうことだって、文書に残してあればいいのに……だいたい、捜査技術を口伝えで残すなんて、不可能だろう。現在の捜査手法が、戦後の警察制度改革時代から始まったと考えても、既に六十年を超える歴史がある。途中で零れ落ちてしまった知恵がどれだけあったのかと考えると、本当にもったいなかった。

自分たちの世代が「マニュアル好きだ」と揶揄《やゆ》されているのは分かっているが、実際マニュアルがあった方が、いろいろなことがスムーズに動くのは間違いない。「一子相伝」では、捜査技術は零れ落ちるばかりだ。

水でも飲むか……ペットボトルのキャップに手をかけた瞬間、ワイシャツの胸ポケットに入れた携帯が鳴り出す。それで、深雪に連絡しなければならないと思い出し――深雪本人からの電話かもしれないと一瞬だけ期待した。だが残念なことに、液晶ディスプレイには、「藤島さん」と文字が浮かんでいる。

「おはよう。今、どこだ」

声は元気だった。藤島は当直部屋に潜りこんでいたので、布団で寝ていたはずだ。自分よりはきちんと睡眠を取っただろう。

「ちょっと外へ……飯を食ってます」

「いいことだな。飯を食い逃すようじゃ、刑事失格だ。もう食べ終わったか？」

「はい」

「だったらすぐ戻って来い。捜査会議を前倒しでやることになったから」

「何かあったんですか？」

「タクシーだ」藤島がきっぱりと言った。「タクシー会社に情報提供を頼んでおいたんだが、犯人らしき人間を乗せた運転手がいたらしい。ついさっき、情報が入ってきたんだ」

「すぐ戻ります」一之瀬は立ち上がった。よし。これなら早い段階で犯人を逮捕できるかもしれない。そうしたら夕方には深雪と会って、一緒に料理を作れるのではないか。
それが甘い考えだということを、一之瀬はすぐに思い知らされた。

これが捜査会議か……殺人事件などの重大事件が起きた場合に特捜本部を作る、ということは既に教わっていた。ただし、そうしょっちゅうあるものではない、とも。何十年にも及ぶ警察官人生で、二回か三回しか経験しない者もたくさんいる——と秋庭は言っていた。確かに、秋庭のように基本的に交番勤務で転勤を繰り返してきた外勤警察官の場合、刑事と違って特捜本部に入ることはまずない。あったとしても、どうしても人手が足りない時の助っ人だろう。

六階にある、千代田署で一番大きな会議室に、一之瀬は初めて足を踏み入れた。縦に細長い会議室の前の方は既に埋まっていたので、真ん中から少し後方の席に藤島と並んで腰かける。自分たちがほぼ最後のようだが、中に入っているのは五十人ほどか。前方の演壇にはマイクがなかった。これぐらいの人数なら、マイクなしで済ませるのだろう。

次第に緊張感が高まり、サンドウィッチを詰めこんだばかりの胃が痛くなってきた。犯人「らしき」人を乗せたタクシー。本当に犯人なのだろうか。

会議はなかなか始まらない。次第にざわめきが大きくなってきた。一之瀬はふっと息を吐き、背中を伸ばした。肩と腰がばきばきに凝《こ》っている。椅子の上で寝たせいで、調子が狂ってしまったようだ。

「あまり期待するなよ」小声で藤島が話しかける。

「はい？」

「本当に犯人かどうかは分からない。デートの約束でもしてあるなら、今のうちに取り消した方がいいぞ」

「いや、別に……それより、犯人かどうか分からないって、どういうことですか」

「現場の血、ひどかったよな」

「あ、そうですね」合点がいった。「返り血を浴びているかもしれない、ということですよね。そんな犯人がタクシーに乗れば、すぐに非常通報があるはずです」

「その通り」藤島が薄く笑った。「お前さん、馬鹿じゃないな」

最近のタクシーには、たいてい緊急灯がついている。強盗にでも遭《あ》った場合、他の車や通行人から見ても非常事態だと分かるシステムだ。返り血を大量に浴びた人間が乗りこんできたら、運転手は当然非常点滅灯を作動させるだろう。それが朝になってようやく連絡がきたということは……一目で犯人と分かるような人間ではなかった、ということか。

ざわつきが一瞬で消えた。会議室の前のドアが開き、幹部が揃って顔を見せる。署長と刑事課長の宇佐美は分かるが、後の二人は……藤島が体を横に倒すようにして、「坂元《さかもと》一課長と刈谷《かりや》管理官だ」と耳打ちした。

次の瞬間、座っていた刑事たちが一斉に立ち上がる。一瞬遅れて、一之瀬もそれに倣《なら》った。

「礼！」と誰かが怒鳴り、ぴたりと揃って頭が下がる。

腰を下ろしたが、一課長の坂元だけが立ったままだった。滲《にじ》み出《だ》す殺気にも似た気配は、一番後ろに座る一之瀬にもひしひしと伝わってくる。何というか、人相の悪い男なのだ。目つきは鋭く、薄い唇は薄情で厳しい本性を感じさせる。また、太く強張《こわば》った顎《あご》が、意志の強さを印象づけた。自分なんか一発で吹っ飛ばされてしまいそうだな、と考えると緊張で鼓動が高鳴ってくる。目を合わせないように気をつけよう。

「諸君らも既に知っての通り、今朝になってタクシー会社から連絡があった。現在、捜査員を派遣して確認している。確認が取れ次第連絡がくることになっているが、この会議では取り敢えず、当面の捜査方針を確認する……では、あとは刈谷管理官から」

迫力ある風貌によく合った、太い声だった。集まった捜査員たちを睥睨《へいげい》してからゆっくり腰を下ろすと、それが合図になったように刈谷が立ち上がる。坂元とは対照的にスマートな男だった。濃いグレーの背広を着こなした姿は、銀行員のようでもある。こんな早い時間だというのに、七三に分けた髪に乱れはまったくなく、髭剃《ひげそ》り跡も見当たらない。ただし、よく見ると視線の冷たさは坂元以上だった。

低いがよく通る声で、刈谷が説明を始める。

「まず、基本事項の確認から。被害者は古谷孝也、一九八〇年七月二日生まれ、三十歳」

間もなく三十一歳か……自分とそれほど年齢が変わらない、と一之瀬は気持ちを引き締めた。同時に軽いショックを覚える。同世代の人間が、殺人事件の被害者になるとは。

「住所は目黒《めぐろ》区上目黒《かみめぐろ》四丁目、勤務先は六本木《ろっぽんぎ》に本社のあるIT関連企業、ザップ・ジャパン社だ」

おっと、大企業じゃないか。一之瀬はボールペンを握る手に力が入るのを意識した。ザップ・ジャパンは元々、インターネットのポータルサイトを運営する会社だったが、様々なネット関連企業を起業、あるいは買収し、今やIT系の一大コングロマリットの様相を呈している。数年前、一之瀬が就職活動をしていた頃も、大量に人材を募集していて、理系の学生の人気《にんき》は高かったはずだ。

それにしても、いいところに住んでるな……上目黒と言えば、最寄り駅はたぶん日比谷線の中目黒《なかめぐろ》か祐天寺《ゆうてんじ》だ。六本木にある本社まで、地下鉄で十分もかからないのではないだろうか。それが銀座で殺されていたとは……いや、別におかしくはない。自宅も会社も事件現場も全て日比谷線沿線ということになる。

刈谷の説明が続く。

「昨日の被害者の足取りだが、午後八時に会社を出たのは確認されている。死亡時刻は午後十一時から十二時の間。その間の足取りは分かっていない。家族への通知は終わった……間もなくこちらに、遺体の確認に来ることになっている」

一之瀬は無意識のうちに唾を呑んだ。その場面に自分が立ち会うことはないだろうが――そんな重要な仕事を任せられるわけがない――想像しただけで目の前が真っ暗になるようだった。

「それと、被害者のカバンに入っていた銀行の通帳を調べたんだが……不審な点がある。今年の一月に、五百万円の入金があった。それも、本人が自分で入金している。現金を持ちこんだようだが、詳細は不明だ」

「ボーナスとかではないんですか?」中年の刑事が、手を挙げて質問した。

「一月にボーナスはないと思う。それに、いくら何でも額が多過ぎるだろう。そもそも、ボーナスだったら自分で持ちこまない」

いかにも怪しい。一之瀬は顎を引き、表情を引き締めた。犯罪に絡んだ金ではないか、とも想像できた。

「この件は、会社等への調査で確認することにする……今後の捜査方針だが、全体を四班に分ける。タクシー会社への確認、現場の聞き込み、被害者の部屋の捜索、それに周辺捜査だ。目撃者探しに関しては、今夜、定時通行調査をするので、十時過ぎから聞き込み班の人員を強化する。まず、タクシー会社と聞き込み担当の班のメンバーは、次の通り」

刈谷が、テーブルに置いた紙を見ながら名前を読み上げた。一之瀬の名前は読まれない。

ということは、ガサ入れか、被害者の周辺捜査に回されるのだろう。

案の定、周辺捜査に指名されたが、名前が呼ばれたのは最後だった。それはそうか……ここにいる刑事の中で、自分が最年少なのだから。

「——以上、捜査方針の説明を終わりにする」

刈谷が坂元に目くばせした。坂元がうなずき返し、背広のボタンをとめながら立ち上がる。テーブルに両手をつき、ぐっと身を乗り出すようにして刑事たちを睥睨した。

「捜査に関しては、現段階では動機面を絞らずに行く。強盗、通り魔、交友関係のトラブル、全て動機としてあり得るので、予断を持つことなく捜査を続けて欲しい。諸君らの健闘を期待する。以上だ」

坂元が言葉を切ると同時に、刑事たちが低い声で一斉に「おう」と言って立ち上がった。何という気合い……気圧されそうになりながら、一之瀬は何とか自分に気合いを入れた。

「ちょっと待ってろ」藤島が一之瀬に言い置いて、人ごみを縫うように前に出る。宇佐美、それに刈谷と何か話していたが、すぐに戻って来た。

「お前さんは、俺と回るんだ」

「はい」藤島も周辺捜査班に回されていた。

「所轄の人間は本庁の人間と組むのが通例だが、お前さんはまだ駆け出しだからな。本庁の刑事に迷惑をかけるわけにはいかない」

「……分かりました」そういう話は聞いたことがあった。所轄の刑事は、地元をよく知る人間として先導役を務める。しかし自分には、それだけの経験もないということか……少し悔しかったが、あまり役に立ちそうにないのは間違いないんだから、と自分に言い聞かせる。こういうことは、順を追ってやらないと。いきなりエースになれる人間など、いるわけがない。

「それで、だ」藤島がちらりと腕時計に視線を落とす。「最初の仕事は、遺族のお出迎えだ」

「え」一之瀬は言葉を失った。それだけはやりたくないと思っていた仕事……喉仏《のどぼとけ》が上下するのが分かる。

「父親が、向こうを新幹線で発ってる。予定通りなら、八時四十分頃に到着だ。東京駅のホームで出迎えるんだ……時間がない、行くぞ」

「はい」

まさか、今日最初の仕事が、一番恐れていたこととは。自分にやれるのだろうか、と一之瀬は胸の中で不安が雲のように広がり出すのを意識した。

〈4〉

東京駅二十番ホームの中ほど。藤島がコートの襟《えり》を立てる。一之瀬も思わず藤島に倣った。まだ気温は上がらず、しかもホーム特有の強く冷たい風が吹き抜けて、体を痛めつける。あまりに寒いので、眠気も吹っ飛んでしまった。

「相手の顔、分かるんですか」

「どの車両に乗ったか、確認している」藤島がこともなげに言った。「降りて来る人を観察しろ。様子を見れば分かるから」

「こっちへ来るのは……」その「様子」を見るのは精神的に辛い作業だな、と一之瀬は鬱々たる気分になった。

「父親だけだ」

藤島が首を振る。ひどく緊張しているのが一之瀬にも分かった。藤島ほどのベテランにして、やはり被害者遺族と対面する時には普通の精神状態ではいられないのだ。気づくと、いつの間にか鼓動が高鳴っている。

　新幹線がホームに滑りこんでくる。東北新幹線の全面復旧はまだ先の予定で、福島方面は那須塩原《なすしおばら》までしか開通していない。郡山からどうやって来たのだろう、と一之瀬は訝《いぶか》った。藤島に確認しようと思ったが、ホームの騒音に邪魔されて、難しい話はできない。

　新幹線が停止し、ドアが開く。藤島は背中をぴしりと伸ばして、相手を出迎える準備をした。一之瀬も、それまでコートのポケットに突っこんでいた両手を出し、体の脇に揃える。くれぐれも失礼があってはいけない……だが、何が「失礼」に当たるかも分からないのだ。できるだけ無表情を装うしかないだろう。

　朝早い新幹線から降りて来る人は、一様に疲れた表情を浮かべている。藤島はその中で、いち早く相手を見つけ出した。向こうも気づいたのか、一瞬立ち止まって躊躇《ちゅうちょ》した表情を浮かべた後、のろのろと近づいて来る。六十代半ば……というより七十歳に近いかもしれない。薄いグレーのブルゾンに、だぶついたカーキ色のズボンという格好。肩から下げた黒いバッグは、元の形が分からないぐらいくたびれている。強い風に煽《あお》られ、薄くなった髪がふわふわと揺れた。

「古谷さんですか」藤島が声をかける。

「はい」くたびれた外観に似つかわしくない、意外に太い声。

「お忙しいところ、恐縮です」

「すみません、ご迷惑をおかけして」古谷が深々と頭を下げた。「孝也の父です。古谷守《まもる》です」

「さっそくですが、署の方においでいただけますか。車を用意しています」藤島は丁寧な口調を崩さなかった。

「すみません、お手数をおかけして」本当に申し訳なさそうな口調だった。

ここは自分が出る幕ではないと思い、一之瀬は二人を先導する格好で歩き出した。朝の東京駅はごった返しており、しかも改装中なので通り抜けるだけでも大変だ。慣れない古谷が遅れていないか、一之瀬は何度も振り返った。藤島が横について、上手く誘導している。

駅前に停めた覆面パトカーまで辿り着くと、一之瀬は後部座席のドアを開けた。恐縮しきった様子で古谷が「すみません」と言って、小柄な体を滑りこませる。その横に座る直前、藤島が一之瀬に目配せした。満足しているわけではないが、納得した表情――今のところヘマはしていないようだ、とほっとする。

ハンドルを握った一之瀬は、千代田署までの短い道のりの間、後部座席に座った二人の会話に耳を澄ませることにした。藤島が、雑談のように話を切り出す。すぐに息子の話に触れないのは、父親を緊張させないためだろう。

「今、那須高原にいらっしゃるそうですね。避難されたんですか」

「女房が……家内が入院してまして。郡山だといろいろ不便なものですから。親戚のところに世話になっています」

「それは大変ですね」藤島の同情は本物のようだった。

「いや、もう入院も長いので……慣れていますが」古谷は絞り出すように話している。生来遠慮がちなのか、この状況にショックを受けているのかは分からない。両方、だろうか。

「郡山におられたら、こんなに早く来られませんでしたよね」

「そうですね。新幹線も復旧していないし……毎日、これからどうなるのか不安です」

「無責任なことは言えませんが、お察しします」藤島の声は低く落ち着いていた。

短い雑談の間に、藤島が古谷の実家の状況を把握したのだ、と一之瀬は気づいた。被災して親戚の家に避難中、しかも奥さんは入院していて……さらに息子が殺されたとなったら、まさに三重苦である。古谷は藤島の質問に真面目に答えてはいるが、本当は一言も喋りたくないだろう、と同情した。

しかし、沈黙が心に重い痛みをもたらすとでも思っているのか、藤島は会話を切ろうとしなかった。

「郡山も、被害は相当大変だったでしょう」

「もっとひどい目に遭っている人もいますけど……建物の被害は多かったですよ。阪神大震災の時、あんなのは他人事だと思ってましたけど、まさか自分の街で、ねえ」

「ご家族に怪我《けが》はなかったんですか」

「何とか無事でした。私は女房の世話で病院にいたんですが……自宅の方が……」

「壊れたんですか」

「古い家だったので……倒れるまではいかなかったんですけど、もう住めないみたいですね」

「大変でした」

「でも、街はそろそろ落ち着いてきたようです。昨日あたりから、ガソリンスタンドも平常営業を始めたらしいですよ。地震の直後は、ガソリンも手に入らなかったんですよ」

「そうですか……」

「あと、心配なのは原発だけですけど、これればかりは……」古谷の声には、どこか諦《あきら》めたような調子があった。

「簡単には落ち着きませんね」

それで会話は途切れた。気楽に話せる話題でもないし、今、古谷の頭の中は息子の死のことで一杯だろう。

「この事件に関しては、まだ分からないことが多いんです」藤島が本題に入ったが、口調は曖昧《あいまい》だった。「東京にも、エアポケットのような場所がありまして……まだ人通りのある時間帯の犯行でしたが、目撃者が見つかっていないんです」

「そうですか……」

古谷が溜息をついた。バックミラーを見ると、うなだれ、しきりに目を擦っている。涙を拭いているのか、眠いのか。一之瀬は次第に緊張感が高まってくるのを意識した。息子の遺体と対面した時、この男はどんな反応を示すのだろう。東北の人は粘り強く、弱音《よわね》を吐かずに呑みこんでしまうというが……ハンドルを握る手に思わず力が入り、背中が強張ってきた。

東京駅から千代田署までは、わずか一キロしかない。しかしちょうど朝の渋滞にはまってしまい、車はなかなか前へ進まなかった。次第に苛立《いらだ》ちが募ってきたが、一之瀬はハンドルをきつく握りしめることで、それを封じこめようとした。

ようやく署に着いた時には、緊張感は頂点に達していた。いち早く車から飛び出して後部座席のドアを開けたが、手が震えてしまう。おいおい、しっかりしろ。まだ何も始まっていないんだぞ、と自分を勇気づける。

遺体安置所に入るのは、一之瀬も初めてだった。外よりもいっそう気温が低く、凍りついてしまいそうな雰囲気。誰が用意したのか、線香の香りが濃く漂っている。

藤島が淡々と古谷を案内する。安置台の上には、白い布をかけられた遺体。一歩ずつ確認するように進む古谷の腕が小刻みに震えているのに、一之瀬は気づいた。唾を呑みこむと、嫌な感じで喉に引っかかる。藤島が白い布をめくり、遺体の顔を露わにした。古谷はじっと見下ろしていたが、やがて「間違いないです」とつぶやいた。

「お疲れ様でした。大変なことをお願いして申し訳ありません」藤島が低い声で礼を言い、遺体の顔をまた白い布で覆った。

「息子は……苦しんだんでしょうか」

「残念ながら、おそらく」

「顔が……苦しそうでしたね」

沈黙。閉ざされた部屋で、風など入ってこないはずなのに、線香の煙がかすかに揺らめく。一之瀬は二歩下がり、ドアに手をかけた。藤島が古谷の背中にそっと手を当て、体の向きを変えさせようとする。しかし古谷はそれに抗《あらが》い、自らもう一度、布をめくって顔を確認した。

「こんな顔をして……」低く嗚咽《おえつ》が漏れる。「何で息子がこんな目に遭わなくちゃいけないんですか」

「それは、これから必ず明らかにします」

一瞬の沈黙の後、古谷が息を呑んだ。一之瀬には、それで彼が怒りも悲しみも腹の底に呑みこんでしまったように思えた。

「……お願いします」

低い声で言って頭を下げる。一之瀬に向かっても頭を下げたので、一之瀬も慌てて深く頭《こうべ》を垂れた。歩き出した古谷のために、ドアを開けてやる。廊下の照明が部屋に射しこんできて、古谷がまぶしそうに目を細めた。部屋を出る間際、藤島が一之瀬に小声で告げた。

「この後の事情聴取は、お前さんがやるんだ」

まさか。いきなりそんな重たい仕事を押しつけるんですか？　自分には無理だ……抵抗しようと思ったが、数十分前に初めて会った時より何歳も年取ってしまったような古谷の背中を見た後では、何も言えなかった。

こういう人たちの苦しみを救うことが、刑事の仕事なのではないか。しかし自分が、その仕事に相応しい人間なのかどうか、まだ分からない。

藤島は、古谷を会議室に案内した。さすがに取調室で、というわけにはいかないのだろう。

古谷を座らせると、藤島は「ちょっとお茶を持ってくる」と一之瀬に耳打ちした。二人きりでこの部屋に？　短い時間だろうが、藤島が帰って来るまでの気まずさと緊張を想像しただけで、心臓が喉までせり上がってきそうだった。

しかし古谷は、自分よりもよほど衝撃を受けているはずだと思い直す。静かに悲しみに浸《ひた》らせておくのがいいのか、少しでも情報を引き出すために質問をぶつけたらいいのか分からないまま、一之瀬は椅子に腰を下ろした。テーブルの角を挟んだ格好になるので、少しだけ距離がある。この距離感が適当なのかどうか……一之瀬は背筋をぴんと伸ばし、手帳を取り出した。ボールペンは……やめておこう。いきなり目の前で刑事が手帳を広げ、ボールペンを構えたら、大抵の人は緊張して口を閉ざすはずだ。

「この度は、本当にご愁傷様《しゅうしょうさま》でした」テーブルに額がつくほど低く、頭を下げる。顔を上げると、古谷は何かを否定するように、ゆっくりと首を横に振っていた。

「いや、ご迷惑おかけして」古谷はまだ、自分が悪いと思っているようだった。

「とんでもないです」

「いったい何があったんですか？」

「説明できるほど分かっていないんです。申し訳ありません」こういう台詞《せりふ》は相手を傷つけるだろうなと思いながら、一之瀬は言った。言い訳がましい……。

「そうですか」気合いを入れようとするように、古谷が大きく息を吸いこむ。「だから、東京で仕事をするのは反対だったんです」

「そうなんですか？」

「働くには、田舎《いなか》の方が楽なんですよ。仕事なら私も紹介できましたし」

「お仕事は何をされていたんですか？」

「ずっと教師をしていました」

「だったら顔が広い……」

「別に、コネがどういう問題ではないですけどね」古谷が慌てて言い訳した。「それよりどうして皆、東京で就職したがるんでしょうね。生活費も高いし、大変じゃないですか」

「それは……」一之瀬は一瞬言葉を切った。彼の言い分には納得できる部分もある。「私は元々東京生まれなので、そういう感覚がないんです」

「ああ、地元の人ならね……でも、東京で仕事をするのは大変じゃないですか」

「あまり意識したことはありません」

「そんなものですか……」また溜息。

「仕事のこと、息子さんから何か聞いていましたか？」

「いや、特には。たまに電話がかかってきましたけど、仕事のことは何も言いませんでした。聞いても答えないし。私たちには分からないと思っていたのかもしれません」

「そうですか……」

「息子みたいに、中学生の頃からパソコンをいじっていた人間と、私のようにアナログな人間の間には、越えがたい壁があると思ってたんでしょう」

自虐的な言い方が胸に刺さる。親子仲はあまりよくなかったのだろうか、と一之瀬は想像した。遠回しな言い方で、それを確かめにかかる。

「地震の後、息子さんはそちらへ様子を見に行ったりしなかったんですか」

「いいえ」古谷が寂しそうに首を横に振った。「息子の会社は息子の会社で、いろいろ大変だったみたいですよ」

「IT系は、忙しいみたいですね」

「それに課長になってましたから、普通の社員よりはずっと忙しかったんだと思います」

「三十歳で課長ですか？　それはすごいですね」

「いやいや……」

ザップ・ジャパンというのはどういう会社なんだ？　一之瀬は一瞬頭が混乱した。警察も、年齢より階級が優先される組織で、四十歳の警部に五十歳の巡査部長が頭を下げる光景も珍しくない。それにしても、三十歳で課長というのは……IT系の若い会社は、実力主義を貫いているのかもしれないが、それにしても出世が早過ぎる感じがした。

「失礼ですが……まだ会社の方からも話を聴いていないのでよく分からないんですが、何の課長さんだったんですか？」

「本社の——持ち株会社の総務課長と聞いています」

ザップ・ジャパンがたこ足のように複雑な組織になっていることぐらいは、一之瀬も知っている。社内起業、買収を繰り返してきたので、傘下の会社は相当な数になっているはずだ。それを統合してコントロールするために、持ち株会社を作ったのだろう。そこの総務課長ということは、まさにグループ全体の中枢にいたわけだ。いかに優秀でも、三十歳では大抜擢《だいばってき》だろう。

「息子さん、仕事ができたんでしょうね」

「どうでしょう。仕事はほどほどでよかったと思うんですけどね……あまり忙しいのもどうでしょうか……地震の後ぐらい、顔を見せて欲しかったですよ。本当は、東京に来て息子の家に世話になるのが筋なんでしょうけど、それも言い出せない雰囲気でしたから」

実際には無理ではないか、と思った。上目黒の自宅マンションは、それほど広くないだろう。両親を住まわせるには不十分だったのではないか。

「何か、仕事の不満などは聞いていませんでしたか？」

「特にないんです。いや……分かりません。話してくれなかったので」

「話もできないほど忙しかったんですか」

「さっきも言いましたけど、話しても分からないと思ったんでしょう」諦めたような口調で古谷が言った。「しょうがないんでしょうね。何だか冷たい子になってしまって……そういう教育をした覚えはないんですが」

あるいは息の詰まるような少年時代だったのでは、と一之瀬は想像した。昔ほどではあるまいが、教師の家庭と言えば「堅い」イメージがある。それに反発して、ついには親に無関心になってしまうこともあるだろう。さらには親を馬鹿にして、仕事のことは一切語っていなかったのかもしれない。

「帰省もしなかったんですか？」

「就職してからは、ほとんどなかったですね。東京で仕事していると、そんなに忙しいものですか？」

逆に質問され、一之瀬は言葉に詰まった。それこそ、過労死するほど長時間働かされる職種もあるが……ザップ・ジャパン社の実態については、まったく分からない。

藤島が、紙コップを載せた盆を持って戻って来た。いくら何でも遺族に対して紙コップはないのでは、と思ったが……古谷は気にする様子もなかった。出されたお茶を一口飲み、溜息をつく。藤島が目くばせして、一之瀬の横に座った。このまま続行しろ、のサインと見て取る。一之瀬は気合いを入れ直した。今までのはあくまで雑談。本格的な事情聴取はこれからだ。

「少し時間をいただきます」

一之瀬は硬い口調で告げた。雰囲気の微妙な変化に気づいたのか、古谷もすっと背筋を伸ばす。目が赤くなっているのは、涙の名残《なごり》か……こういう人に話を聴くのは苦痛だ。というより、経験したことがない。交番勤務時代に苦労したのは酔っ払いの相手ぐらいだが、今目の前にいるのは犯罪被害者の遺族である。先ほどまでは、古谷も雑談だと思って気楽に話していたのだろうが、今度はそういうわけにはいかない。

「改めて、お悔やみ申し上げます」

「いえ……」

「最後に息子さんと会った……話をしたのはいつですか」

「地震の後です。なかなか連絡が取れなくて……家が危なくなって避難所にいたんですが、そこで携帯に電話がかかってきました」

「それが――」

「三月十八日です」

震災から一週間後か。その間、息子は必死になって連絡を取ろうとしていたのだろうか、と一之瀬は訝った。今までの話だと、無視していたとしてもおかしくない。

「その時は、どんなお話を?」

「無事だと話して、近々親戚のところに身を寄せると教えました」

「息子さん、結局郡山には来なかったんですね?」

「来辛かったのは確かですよ」自分を納得させるように、古谷が言った。「新幹線も駄目でしたから」

「最近、どんな様子でしたか? 仕事のことはあまり話さないということでしたけど、何か悩んでいる様子などは……」

「聞いていません」きっぱりと言い切った。

「交友関係とかはどうですか? 独身と聞いていますけど、恋人は……」

「そんな暇はなかったと思いますけど、分かりません。昔から、そういうことを親に言う子じゃなかったんです」

子どものことを何も知らないのか、と驚いた。だが、離れて暮らす親子とはこういうものかもしれない。特に子どもの方で、親と話すのを面倒臭がっていれば。その点、自分の場合は過干渉とも言えるぐらい親が突っこんでくるので、どうしても話してしまう羽目になる。行方《ゆくえ》知れずの父親はともかく、母親の方は。

そこで一之瀬の質問は手詰まりになってしまった。口をつぐんで考えているうちに、藤島が助け舟を出す。

「地元の友だちとは、どうでしょうね。中学や高校時代の友だちで、今もつき合っている人はいますか？」

「どうでしょう……」古谷が視線を下に向けた。組み合わせた両手の指をじっと見ている。

「同級生で、東京にいる人はともかく、地元に残っている人とは交流はないと思いますが」

「でも、今はメールとかでもやり取りはできますよ」一之瀬は思わず割って入った。

「そういうことは、よく分かりません」古谷が力なく首を振る。「苦手なんです」

「どうですかね、もしもあればですが……」藤島が遠慮がちに切り出した。「高校の同級生の名簿をお借りできないでしょうか。卒業式の時に、そういう名簿を作りませんか？息子さんのご自宅の方も今捜していますが」

「うちにはないですね……ないと思います」

「そうですか」藤島がうなずく。「それなら、高校の同級生を何人か紹介してもらえると助かります。そういう人たちから伝《つて》を辿りますから。分かる範囲でリストを作っていただけますか？」

「あの、そういうことが――交友関係が、何か事件に関係しているのでしょうか」

「分かりません」藤島が素直に認めた。「今のところ、あらゆる可能性が否定できないんです。それに何より、私たちは息子さんの人となりを知らなければいけませんから」

「分かりました」古谷が深く息を吸った。「今、地震の後で連絡が取りにくい状況なんですが、何とかやってみます」

「お手数おかけします」

藤島が頭を下げたので、一之瀬も慌ててそれに倣った。しかし頭の中には、疑問が渦巻いている。藤島の真意はどこにあるのだろう。地元の郡山に残っているかつての同級生たちも、今は自分のことで精一杯のはずだ。捜査協力を頼んでも、ろくな結果は出てこないのではないだろうか。

藤島は、すぐに具体的な手続きの説明に入った。遺体の引き渡し。今後の連絡について。古谷は律儀な性格らしく、自分のメモ帳に事細かに指示を書きつけている。ちらりと見ると、実に丁寧で読みやすい字だった。現役の教師だった頃、板書は非常に読みやすかったのでは、と想像する。そして今は、そうすることで気持ちを落ち着けようとしているのではないか。

「それでは、ご苦労様でした」藤島が立ちあがる。「先ほどもご説明しましたが、実際に遺体をお引き渡しするまでには、もう少し時間がかかります。一度那須へお戻りいただいても構いませんし、東京でお待ちいただいても結構です。こちらでも宿ぐらいは紹介できますが――」

「一度戻ります」古谷が即座に言った。「女房にも話をしないと……病院ですから、電話もできないんです」

「分かりました。東京駅までお送りしますか？」

「申し訳ありません。お願いします」古谷が頭を下げた。ひどく疲れ、一気に老けてしまったように見える。

犯罪は、人をこれほど痛めつけるのか。

東京駅のホームで古谷を見送った後、一之瀬は軽い頭痛を感じていた。肩にも重い凝りが居座っている。新幹線が見えなくなったところで、両肩をぐるりと回すと、藤島が軽い笑い声を上げた。

「疲れたか」

「疲れました」正直に認める。

「飯でも食っていくか」

「いいんですか？」

「ちょっと忙しいからって飯を抜くようじゃ、刑事失格だ。ただし、急いで食うぞ。立ち食い蕎麦《そば》でいいな？」

「はい」

「お、素直だな。お前さんみたいな若い連中は、いつももっと洒落《しゃれ》たものを食ってるのかと思ってたよ。立ち食い蕎麦なんか、食えないんじゃないか？」

「そんなこともないです。学生時代、金がない時にはよくお世話になりました」

「結構、結構。若い頃は貧乏した方がいいからな」

藤島がうなずいて歩き出そうとする。一之瀬は思わず、その背中に声をかけた。

「藤島――イッセイさん」

「何だ？」振り返った藤島が足を止める。

「さっきの事情聴取のことなんですけど」

「何か疑問でもあるか？」

「最後に、名簿の話をしましたよね？　あれ、結構無理なお願いじゃないかと思うんですけど……高校時代の同級生が何か関係しているんですか？」

「いや」藤島が体を捻って一之瀬に相対する。「可能性ゼロとは言わないが、今の段階ではその説を買う人間はいないだろうな」

「だったらどうして――」

「あの父親に時間を与えないためだよ」

訳が分からず、一之瀬は首を捻《ひね》った。悲しむ時間は、遺族にとって必要なものに思えるのだが。

「時間があると余計なことを考える。そうでなくても、今の古谷さんは震災のショックと奥さんの病気と、問題を二つも抱えこんでるんだぞ。それに息子の死が重なったら、精神的に参ってしまってもおかしくない。でもそこで、こっちからお願いをして忙しく動いてもらえれば、余計なことを考える暇がなくなるだろう。後で時間ができた時に悲しむのはしょうがない。でも、そういうのは少しだけ先送りにした方がいいと思うんだ」

「いつも、そういうやり方をするんですか」

「ケースバイケースだな」藤島が首を横に振る。「お前さん、この仕事にマニュアルがないのが不満かもしれないが、そもそもマニュアルが作れない仕事だってあるんだ。逮捕や送検の手順、書類仕事のやり方についてはいくらでも教えてやれる。だけど、犯人や被害者遺族への接し方は、その時々で違うんだ。一々自分の頭で考えて行動しろ。失敗したら、次への肥やしにすればいい」

マニュアルか……またも考えを読まれてしまったのだろうか。そんな話をした覚えはないのに。

「何だ。何か不満そうじゃないか」

「別にマニュアルが欲しいわけじゃないんですけど」つい、本心に反する台詞を吐いてしまう。

「そうか？　お前さん世代の若い連中は、皆マニュアルが大好きだよな」

「俺は、別に……」声が萎《しぼ》んでしまう。

藤島が声を上げて笑った。ちらりと顔を見ると、特に悪意は感じられない。

「マニュアルが通用しない仕事だっていうことはすぐに分かるよ。だから、この仕事は飽きがこないわけだしな」


〈5〉


飽きがこないというか、何が何だか分からない。

アイドリング状態からいきなりフル回転に入った感じで、しかも一つ一つの仕事の意味を摑んでいないので、一之瀬は戸惑うばかりだった。

まず何よりも、会社絡みの人間関係の調査が必要だったが、土曜日で会社が休みのために始動が遅くなった。総務担当者を摑まえ、さらに必要な人間を呼び出してもらうまでにかなりの時間がかかったので、本格的に事情聴取が始まったのは午後遅くになってからだった。効率を考え、ザップ・ジャパン社に担当刑事が詰めて、一斉に事情聴取を始めることになった。

ザップ・ジャパン社は、六本木にあるタワー型のオフィスビル、「六本木ビジネスセンター」の二十階と二十一階を占有している。一之瀬は何となく居心地の悪さを感じていた。塵一つ落ちていない廊下。柔らかい間接照明のせいで、堅苦しいオフィスのイメージは薄い。それぞれの部屋はガラス張りで、廊下から簡単に中の様子が覗ける。あまりにも清潔で人間味がない感じがした——土曜日のせいかもしれないが。社員がたくさんいれば、また違う感じがするかもしれない。

「何で緊張してるんだ」藤島が不思議そうに訊ねた。会社側から提供された会議室には、「周辺捜査班」の刑事が六人、集まっている。そのうち二人が捜査一課の人間。一之瀬は当然、最年少である。

「いや……会社なんですね」

「何言ってるんだ」藤島が軽く笑った。「当たり前じゃないか。会社の人間関係を調べてるんだから」

「そうですよね」

一之瀬は、目の前のパンフレットに視線を落とした。会社側が提供してくれた、企業紹介のパンフレットである。民間の会社にはこういうものがあるんだよな、と就活時代を思い出しながらページをめくっていく。

パンフレットの「History」の部分を見ると、日本でも一番早い時期に検索・ポータルサイトを立ち上げた、とある。実際一之瀬も、昔からこのサイトをホームページに設定していた。そして今のザップ・ジャパン社は、やはり巨大ITコングロマリットである。年表を見ると、買収と新会社立ち上げを繰り返してきた歴史がはっきりと分かる。現在、傘下にはネット証券、ネット銀行をはじめ、ITとは関係なさそうな不動産、飲食業など「実業」部門の名前も並んでいる。お馴染みのポータルサイトの運営は「ザップ・ジャパンネット」という会社の担当だった。

また、一之瀬はごく自然に頭に入っていた「ザップ・ジャパン」という社名にまったく意味がないことを初めて知った。単なる語感。「創業当初から『ニュアンス』を大事にして」という説明だったが、どうも納得がいかない。何か意味ありげな感じがしていたのに、実態はこんなものなのか、と少し白けてしまった。社名は「顔」のはずなのに、「ニュアンス」で決めてしまっていいのだろうか。

「総従業員数八千人ね……ずいぶんでかいグループ会社なんだな」藤島が感心したように言った。

「そうですね」

「お前さん、就職の時に、この会社を選ぼうとは思わなかったか？」

「全然、眼中になかったです。理系じゃないんで」

「ネット系だって、営業とかもあるだろう。そういうのは文系の仕事じゃないのか」

「営業は……よく分かりませんね」

「そうか」

意味のない会話。自分の緊張を解《ほぐ》そうとしてくれているのだろうか、と一之瀬は訝った。確かに緊張はしているが……肩を二度上下させたところで、ドアが開いた。

「お待たせしました」

総務担当専務の真岡《まおか》が顔を出す。大柄な男で、年齢は四十代後半というところか。こういう会社も、若い社員ばかりではない、と一之瀬は改めて思った。急いで出社してきたためか、ノーネクタイ、下はジーンズという格好である。それが申しわけないと思ったようで、しきりに頭を下げていたが……IT系の社員は皆、ラフな服装に雑な態度だろうとイメージしていた一之瀬にすれば、意外だった。しかしザップ・ジャパンはIT系としては歴史のある会社だし、そもそも起業した二人組も「若者」ではなかった——パンフレットによる当時四十歳と三十八歳で、普通のサラリーマン経験もあった――ので、日本流の古い会社の体質が根づいたのかもしれない。

刑事たちが一斉に立ち上がる。真岡は気圧されたように一瞬引いたが、それでも意を決して室内に足を踏み入れた。

「六人ほど人を集めました。別に会議室を三つ、用意してあります」

「お手数をおかけします」周辺捜査班のキャップ、渕上《ふちがみ》が代表して頭を下げた。四十代半ばの警部補で、実働部隊の中核である。小柄だが筋肉質で、背広を着ていても、肩の辺りにみっちりと肉がついているのが分かる。まだろくに話はしていなかったが、いかにも捜査一課で長年揉まれ、事件慣れしている様子だった。

「じゃあ、それぞれのペアで……二組ずつ担当。六時終了を目処《めど》にする」

一之瀬は左手を上げ、腕時計で時刻を確認した。一人に使える時間は一時間弱、か。それで、会社での古谷の様子を丸裸にできるだろうか。

部屋を出て「取調室」代わりに提供された会議室に向かおうとしたところで、一之瀬は渕上に声をかけられた。

「足引っ張るんじゃないぞ、新人君」

「別に足は……」思わず反論しかけたが、藤島に肩を叩かれ、言葉を呑みこんだ。

「今のところ、必要最低限のことはできてますよ」藤島が庇《かば》ってくれた。

「イッセイさんは、甘いから」

渕上が苦笑する。甘い？　そんなことは絶対にない。俺に対しては、結構厳しく当たってるじゃないか。

「ま、本庁には迷惑かけないように気をつけますから」

「お願いしますよ」

何となく馬鹿にしたような口調……渕上の姿が見えなくなると、一之瀬は思わず反発した。

「そもそも迷惑なんかかけてないと思いますけど」

「気にするな。本庁にいると、所轄を下に見るようになりがちだ」

「でも、異動で本庁と所轄を行ったり来たりするじゃないですか」

「立場が変われば人は変わる」藤島が鼻を鳴らす。「本庁で威張っていても、所轄に来れば俺たちの仲間になるんだ。それもごく普通のことで、誰も変だと思わない。それで所轄から本庁に行くと、急に偉くなって胸を張るわけだよ。お前さんだって、本庁勤務になればそうなる」

「俺は別に――」

「さあさあ、余計なことを考えている暇はない。仕事第一だ。さっさと始めるぞ」

一之瀬は言葉を呑みこんだ。何だか馬鹿にされたような気がして、納得はできなかったが。

三つ並んだ会議室には灯りが灯っていたが、中に入ると照明など必要ないのが分かった。床から天井までがガラス張りで、西日が容赦なく射しこみ、少し眩《まぶ》しいぐらいなのだ。一之瀬は既にテーブルについている男に軽く会釈してから窓に寄り、ブラインドを下ろした。室内の照明だけの方が、よほど柔らかい感じになる――一瞬だけ下を見ると、足がすくんだ。地上二十階から、遮るものもなく道路が見えるのだ。他の部屋も同じような感じなのだろうか……それなら、ここで働くのは落ち着かない気分だろうな、と考える。

「お待たせしました。お休みのところ、申し訳ありません」

男の正面に座りながら、藤島が挨拶する。一之瀬も素早く頭を下げた。相手に気取《けど》られないように唾を呑み、椅子を引いてことさらゆっくり腰を下ろす。今回も、藤島は事情聴取を一之瀬に任せた。遺族に対する対応は、藤島によると「六十五点」。赤点ではないが、結構ぎりぎりの点数だ。自分では頑張ったと思っていたのに……しかし、「オン・ザ・ジョブ・トレーニング」にしても度が過ぎないだろうか。初めての殺人事件。どんな情報が事件解決に結びつくか分からないのだから、ここはベテラン先導で捜査を進めるのが普通だと思うが……もちろん「お前がやれ」と命じられたら断れるものではない。

「千代田署の一之瀬です」名乗り、手帳を広げる。片方が聴いて片方がメモを取るのが、二人組で事情聴取する際の鉄則のようで、この場合は藤島が「書記」になるのだが、一之瀬は自分でもメモを取ることにした。話を聴いただけで満足してしまっては意味がない。

相手は目に見えて緊張していた。三十歳ぐらい……殺された古谷と同年代だろうか。適当に切り揃えたような髪は、あちこちが突き出していたが、てかてかと光っているので、ワックスで整髪しているのだと分かる。こういう髪型している奴、いるよな……しかし、仕事の時もこんな感じなんだろうか。警察官になって、坊主とは言わないが短髪、きちんとした髪型を強制されている一之瀬から見れば、奇異なヘアスタイルだった。

しかし態度は真面目で、背筋をぴしりと伸ばし、就職の面接を受ける時のように厳しい表情をしている。

「内川岳大《うちかわたけひろ》さんですね？」一之瀬は手帳を見ながら確認した。

「はい」

「年齢と所属を教えていただけますか」

「二十九歳です。総務課の経理担当マネージャーです」

「二十九歳……一九八二年生まれですか？」

「八一年です」

「まだ誕生日がきていないんですね？　誕生日は？」

「八月七日です」

一之瀬は自分でも手帳に数字を書きつけた。基礎データはしっかり押さえておきたい。

「経理担当マネージャーということは……」

「ＨＤ全体の経理担当です」

「責任者？」

「いや、責任者じゃありません。ＨＤで『マネージャー』というのは、普通の会社で言えば係長のことですから」

「なるほど……古谷さんの直属の部下、ということですね」

「そうなります」

一歳違いで向こうは課長、内川は係長か……それにしてもこの会社は、役職につくのが早いようだ。一之瀬は手帳から顔を上げ、内川の目を正面から見た。一目で分かるほど緊張している。が、協力しようという態度は消えていないようだった。最初は軽く解していくか。そもそも自分たちは古谷のことを全く知らないのだから、どんな仕事をしていたか、どんな人物だったのか把握しておく必要がある。

「古谷さんは、ずいぶん若い課長なんですね」

「そうですね。確かに若いですね」

「会社が若いから、全体に若い感じなんですか？」

「そうでもないです。三十歳で係長、課長は三十五歳ぐらいが普通ですよ」

「あなたも係長としては若いんですね」一之瀬は笑みを浮かべて見せた。持ち上げたつもりだったが、内川の緊張した表情は崩れない。一之瀬は話を本筋に引き戻した。「古谷さん、仕事はできたんでしょうね」

「そう、ですね」

微妙に間が空いた。気になったが、直接突っこめる感じでもないので、無視して質問を続ける。

「古谷さんは、新卒でこちらに入社した、と聞いています」

「そうですね」

「ということは、二〇〇三年ですか」古谷は今年、三十一歳になる。現役で大学を出て入社したとしたら、そういう計算だ。

「そうなります」

「課長になったのが……」

「去年ですね」

「だったら、本当に早かったわけですね」

「ええ」

「そういうことで、周りから妬《ねた》まれたりしていませんでしたか」

「どういう意味ですか」内川の眼光が急に鋭くなった。

「一般的な意味です」適当な言い訳だな、と思いながら一之瀬は言った。普通の人なら、今の質問の意味は簡単に分かるだろう——社内に怪しい人間はいないか？　「出世が早いと、いろいろ妬む人もいるでしょう。普通の会社はそうだと思いますよ」

「うちは、そういう企業文化じゃないですから」

「というと？」

「一番偉いのは、自分の好きな仕事をやって成果を上げている、クリエイティブな人間です」

「そんなものですか？」

「ウェブデザイン、ネット証券のシステム作り、運営、営業……何でもいいんですけど、やりたいと思っている仕事をずっと続けている人間が、一番羨《うらや》ましがられます」

「古谷さんは違ったんですか？」

「最初は営業だったと聞いてます。まだＨＤに切り替わる前ですね」

「ポータルサイトの営業って、どんな仕事をするんですか？」

「主に広告営業ですね。バナー広告を取ってきたりする……地味だけど、大事な仕事ですよ」内川の口調に熱が入って来た。「バナーは重要な収入源ですから」

「でも、現在は本社——ＨＤの総務課長ですよね。管理部門に移ったのには、何か理由でもあるんですか」

「それは会社が決めることなんで、私には分かりませんが……中枢部の仕事も任せられる人材、ということだったんじゃないんですか」

一年上の先輩に対して、あまり率直には語れないようだった。どこか遠慮が感じられる。こういう場合、同期や上司の方が、より直接的に話してくれるのかもしれない。しかし、今目の前にいるのは「後輩」であり、取り敢えずしっかり話すしかない。一之瀬は両手を組み合わせ、力を入れた。内川の顔色は依然として悪く、唇を不機嫌そうに捻じ曲げている。

「仕事の面では、どんな感じでしたか」

「できる人でしたよ。そうじゃなければ、三十歳――正確には二十九歳でHDの総務課長になれるわけがないし」

「確かにずいぶん若いですよね」

しかしそれも、不思議な話ではない。会社ができてから十数年、設立時に新卒で入社した人間も、まだ四十歳になっていない計算だ。もちろん、会社の規模を拡大していくうえでは、他の業界から引き抜きもしてきたはずだが、そろそろプロパーの管理職が出てきてもおかしくはないはずだ。

「HDの総務課長というと、具体的にはどういう仕事をしてるんですか」

「いろいろありますけど、一番大きいのは傘下の会社の統括ですね。各社の総務部門の上級部署、という感じです」

「だったら責任重大ですね」

「それは、もう……でも、きちんとこなしていましたよ。仕事のトラブルなんかはなかったです——そういうことがお知りになりたいんでしょう?」探るように言った。

「ええ、まあ」先手を取られ、一之瀬は思わず苦笑してしまった。

「残念ですがと言うべきかどうかは分かりませんけど、少なくとも私が知る限り、仕事のトラブルはなかったです。もちろん、業務的な問題はいろいろありましたけど、そういうことに対応するのも仕事のうちですから。悩んだり、誰かと衝突したりということはなかったです」

「あなたは、どれぐらい一緒に仕事してきたんですか」

「それは——」勢いよく話していた内川が、急に口を閉ざした。「私がマネージャーで来てからですから……四か月……いや、三か月です」

「その前はどこのセクションにいたんですか?」

「子会社の一つで、ネット広告の会社の総務で……」

「HDに引き抜かれてきたんですね」

「そういうことです」ふっと視線を逸らす。自分のことはもう喋りたくない様子だった。

「今のポジションにつく前に、古谷さんとつき合いは?」

「ないです。古谷さん自身は、ずっと本体にいて——」

「本体というのは、ＨＤのことですか？」一之瀬は内川の説明を遮った。ザップ・ジャパン社に関しては、誕生から現在の姿になるまで大きく変化してきたから、気をつけていないと話についていけない。

「ああ、いや、ザップ・ジャパンネットの方です。今でも、ＨＤじゃなくて、ザップ・ジャパンネットの方を『本体』って呼ぶんですよ」

「ポータルサイトを運営しているザップ・ジャパンネットですね？」

「はい。そこからＨＤに引き抜かれて……」

「つまり、あなたがＨＤに来るまで、接点はまったくなかったわけですね」

「そうです」

ようやく話がつながった。もつれていた糸は解れたが、結局話はスタート地点以前に戻ってしまったことになる。要するに内川は古谷のことをよく知らない。同じ部署にいても、仕事の共通点もあまりないのだろう。

一之瀬は助けを求めて、ちらりと藤島の顔を見た。藤島は腕組みして、難しい表情を浮かべている。どうやら助けは期待できない。しかしこのまま、愚図愚図《ぐずぐず》と話を進めていくのは時間の無駄だ。一気に結論に持っていこう。

「仕事の面ではトラブルはなかった、と考えていいですね」

「私が知る限りでは」

「他に、プライベートなトラブルはなかったですか？」

「それは分かりませんけど、そもそもあの人にプライベートなんかあったのかなあ」内川が首を傾げる。

「そんなに忙しかったんですか」

「いつも終電ぎりぎりだったみたいですよ。早い時間に帰ったかと思ったら、後でまた戻って来たり……やっぱり、課長になると大変なんですよね」

「プライベートで誰かとつき合っているような暇はなかった、と」

「少なくとも平日は」内川がうなずいた。「古谷さん、つき合いが悪いっていうより、全然つき合わない人でしたから。普通は、部署で呑み会とかあるじゃないですか。そうでなくても一緒に飯を食いに行ったりとか。そういうの、全然ない人でしたから」

「人づき合いを絶っていた感じなんですか？」

「いや、そういう暇がなかった、ということだと思いますけどね」

一之瀬は思わず目を閉じた。そんなに忙しいことがあるのだろうか？　自分には想像もできない。今まで、比較的規則正しい生活を送ってきたからだろう。人間は、自分の枠外のことはイメージしにくいのだ。ふと思いついて、金のことを口にする。

「古谷さんは、五百万円ぐらいの金を扱うことがありましたか？」

「それは、中枢にいる人ですから……」

「会社の金ではなく、自分の口座に大金を入れているんです」

「どういうことですか」内川が目を細める。

「その意味が分からないので、お訊ねしてるんですが」

「全然分かりません」内川が首を横に振る。「まさか、横領とかそういうことじゃないでしょうね？」

その可能性は高いと思ったが、「そうだ」とは言えなかった。会社としてこの事実を摑んでいたかどうかは、あとで突っこんでみなければならない。

エアコンの入っていない部屋は、最初寒いほどだったのに、一之瀬はいつの間にか背中を汗が伝うのを感じた。話が続けば緊張も解れるのではと思っていたのだが、なかなか上手くいかない。ちらりと腕時計を見て、いつの間にか三十分が経ってしまっているのに気づく。ここが限界か……一之瀬は藤島に目配せした。藤島がさっとうなずく。

「これで終わります。何か思い出すか分かったら、連絡してもらえますか」一之瀬は自分の名刺の裏に携帯電話の番号を書きつけ、内川に渡した。内川が、危険物でも扱うかのように、引《ひ》き攣《つ》った顔で受け取る。

内川を送り出してから、一之瀬は椅子の背もたれに体重を預けて溜息をついた。肩がばきばきになるこの感触……「肩凝り」を、経験するのは、生まれて初めてかもしれない。

「ちょっと情報量が少ない相手だったな」藤島が手帳を見下ろした。ほとんど何も書かれていない。それはそうだ。飛び交った言葉の数に比して、得られた情報量の少なさと言ったら――上手くいかなかったな、と反省する。

「同じ会社の同じセクションにいても、よく知っているとは限らないからな。事情聴取する人間の選抜を会社に任せきりにしたら、同じような状況が続くかもしれないな。危ないことを喋らない人間ばかりを選んで、出してくるんじゃないか」

「それは、会社に何かまずいことがあるかもしれないという前提での話ですよね」

「まあ、そうだ……そういう情報はないけどな」藤島が顎をかいた。無精髭《ぶしょうひげ》が、顔の下半分を覆いつつある。昨夜、彼は連絡を受けた時にどこにいたのだろう。家に帰りつく前、もしかしたらまだ電車の中だったかもしれない。それなら髭を剃《そ》っている暇もなかったはずだ。こういうのは相手に悪い印象を与えるだろうなと思ったが、考えてみると自分も同じようなものである。顎に手を伸ばすと、ざらざらした感触が掌に触れた。それほど髭が濃い方ではないのだが、あまり格好のいいものではない。これからはデスクの引き出しに電気剃刀《かみそり》を入れておこう、と決めた。

「どうなんでしょうね。そんなに仕事が忙しかったら、プライベートでトラブルが起きる可能性は低いと思いますけど」

「どんなに忙しくても、人づき合いがなくなることはないぞ」

「そうですかねえ」毎日九時に出社して、夜中の十二時まで仕事していたら、とても会社の外の人間とつき合う暇はないだろう。

　私生活、ないし会社でのトラブルはないのではないか、と一之瀬は想像し始めた。となるとやはり、強盗の線ではないか……しかし、財布などは盗まれていなかった。通り魔だろうか？　何の理由もなく——犯人本人には納得できる理由があるかもしれないが——人を襲う人間は、街のどこかに静かに潜んでいるものだ。そして何かのきっかけで、一気に犯行に走る。

「……今の、何点でしたか？」

「一々点数を聞かないと納得できないのか？」藤島が悪戯《いたずら》っぽく笑った。

「いや、そういうわけでもないですけど……」口ごもってしまったが、点数化して欲しいのは事実だった。所詮《しょせん》藤島の主観に過ぎないとしても、きっちり結果が出た方が、自分を冷静に見詰めることができる。

「六十五点だな」

「さっきと同じじゃないですか」がっくりきた。結構厳しく突っこんだつもりだったのだが。

「ろくな情報が出てこなかったんだから、六十五点でも甘い。あの手の人間は、少し怒らせてみるといいんだ。怒ると冷静さを失って、本音《ほんね》が漏れることもあるからな」

「もう一度彼に事情聴取するチャンスがあったら、そうした方がいいですか」

「いや、必要ないだろう」藤島があっさりと言った。「たぶん彼は、何も知らない」

自分でもそう思っているなら、六十五点は低過ぎるのではないか。だが藤島は、澄ました表情を浮かべていた。一々点数化するのは、やっぱり意味がないか……。

「次も俺がやりますか?」

「何だ、もう疲れたのか?」

「いや」否定したが、実際には頭が痺《しび》れたような感じだった。答えを引き出すために質問をぶつけ続ける——そんな簡単なことが、これほど疲れるとは。

「だったら続けろ。人が事情聴取しているのを聞いてるだけなら、こんな楽なことはないよなあ」

本気で言ってるのか? 自分がサボるために、俺に事情聴取をやらせている? それが、指導する人間の役得だとでも言うのだろうか。

刑事になって二日目。早くもこの仕事が分からなくなってきた。

夜の捜査会議は、午後八時から行われることになった。藤島によると、普通の会議よりも一時間ほど早いスタートだ。今日は午後十時から現場で聞き込みを行うことになっているから、繰り上げになったのだ、という。まだ仕事は終わらないのか……ほぼ徹夜明けで一日働き続け、一之瀬はエネルギーが切れかけているのを意識した。

「よし、飯にしよう。腹が減っただろう」

「はい」藤島の提案に素直に乗るしかなかった。空腹が紛《まぎ》れれば、少しは元気を取り戻せるかもしれない。

六本木なら、いくらでも食べる場所があるなと思ったが、藤島は日比谷線の駅に向かった。

「できるだけ署に近い場所にいよう。何かあっても動きやすいからな」

銀座で食事？　交番勤務時代から、一之瀬は銀座にもしばしば足を延ばしていたので、気軽に食事ができる店があまりないことに気づいていた。特に夜は酒とセットになるし、何より単価が高い。あの街で頻繁に食事をしていたら、給料日まで財布が持たない。

「つけ麺とか、どうだ」

昼も蕎麦だったが、時間をかけずに食べるには麺類がいいかもしれない。どこへ行くのかはすぐに分かった。今日の朝食を買ったセブン‐イレブンの近くにラーメン屋があり、そこはつけ麺も売りにしている。しかも「特大」以外は値段も同じ。最後にライスをもらって「割り飯」にすれば胃は膨れるだろう。魚介系の味が強いスープも一之瀬の好みだった。しかしこの事件の捜査が続いたら、俺の食生活は壊滅的になるな、と心配になった。

仕事に追いまくられて、食生活が乱れる……そんな人生にどんな意味があるんだろう？　まったく、先が思いやられる。

取り敢えず腹は一杯になった。夜の捜査会議で眠くならなければいいがと思いながら歩き出した瞬間、携帯電話が鳴る。何か起きたのかと、慌てて背広のポケットから引っ張り出すと、母親だった。

先を歩いていた藤島が振り返る。一之瀬は何故か慌てて、「私用です」と言い訳するように言ってしまった。

「先に戻ってるぞ」と言い残して、藤島が歩き出す。

一之瀬はほっとして電話に出た。土曜の夜の日比谷……人通りは多く、歩道に立ったままでは邪魔になる。かごしま遊楽館の入ったビルの入り口に引っこみ、話し出した。

「深雪ちゃんから電話がかかってきたけど」母親の声は何故か苛《いら》ついている。

「え？」

「ずいぶん心配してたけど、大丈夫なの」

「いや、別に心配してもらうようなことはないけど……仕事だから」

「デートの約束をすっぽかすほどの？」

「母さん、俺は刑事になったんだ。昨日から。今までみたいなわけにはいかないんだよ」

「あらあら」母親が大袈裟に溜息をついた。「ずいぶんお忙しいことね。その忙しさに見合うだけの給料は貰ってるの？」

「その話なら、十分したじゃないか」

母親は、一之瀬が警察官になるのに反対していた。何も公務員「なんか」にならなくても……という、一之瀬にすれば訳の分からない理由で。安定しているだけが取り柄の公務員に、仕事のやりがいがあるのか？　入った時点で生涯賃金が計算できてしまうような仕事に何の意味がある？

一之瀬には理解不能だった。母親は、金で——金を追い求めた男のせいで痛い目に遭っている。そういう背景があれば、息子には金儲《かねもう》けと関係のない安定した人生を送って欲しいと願うのが普通ではないだろうか。しかし母親は、一之瀬が「安定性」を口にした途端、いきなり「反対」と言い出したのだ。意味が分からない……警察官の給料は、同年代の他の公務員に比べたらずっと高いのだと説明しても、納得してくれなかった。年収五百万円と七百万円にどんな差があるというのか。男なら、安定性ではなく仕事の内容で勝負しろ——と。

あり得ない。思わず、「だったら親父《おやじ》を許してやればいいじゃないか」と口にしそうになった。この件は母子の間ではタブーであり、一之瀬も今まではっきり言ったことはない。

「深雪ちゃんに電話してあげなさい」

「暇がないんだよ」

「五分ぐらい、時間は作れるでしょう。電話が駄目でもメールぐらいしなさい」

母親は――あの年齢にしては――メール魔である。深雪とも頻繁にやり取りしていて、一之瀬にはそれが鬱陶しくなることもあった。「やっぱり女の子の方がよかったわ」と、今更どうにもならない愚痴を零すこともある。いったいどうしろって言うんだ……早く結婚するように急かしている？　しかし一方で、「一人前になるまでは結婚は駄目」と、いつもはっきり釘を刺してくる。藤島とはまったく逆だ。彼の場合、結婚すれば刑事は一人前になると考えているようだが……どちらが正しいかは、それこそ結婚して何年も経ってからでないと分からないだろう。

「分かった。電話しておくから」

そんな暇はないと分かっていたが、取り敢えず電話を切るためにはそう言わなければならなかった。

「深雪ちゃん、泣いてたわよ」

「まさか」深雪は、こういう状況を悲しんで涙を流すタイプではない。いつもどこか超然としているのだ。浮世離れ、と言うべきかもしれないが……俺を脅すために、母親は嘘をついているのかもしれない。

「とにかく、ちゃんとしなさいね。仕事が忙しいからって、彼女のことを放っておくのは、男として最低だから」

「まだ仕事なんだけど……」

「言い訳しない！」威勢良く吐き捨てて、母親がいきなり電話を切ってしまった。

あの人はまったく……苦笑で済ませるには、ちょっと重い話だ。仕事よりも恋人優先？　だったら「仕事よりも家族優先」の理屈も成り立つ。あなたはそうやって夫を責めたことがあるんですか、と一之瀬は皮肉に思った。

〈6〉

捜査会議はてきぱきと進んだ。四つに分けられた班が、それぞれ事前に摺《す》り合わせを済ませていたからだ。摑んだ事実を持ち合い、ダブった材料を捨てて、有力な情報だけを報告する。本番の会議では各班のキャップが喋るだけなので、短い時間で終わりそうだった。

ただし藤島によると、いつもこういう具合にスムーズにいくとは限らないという。事前に摺り合わせができない場合は、刑事が順次報告する形になることも多い。そういう時は、必ず手を挙げられるように準備しておけ、と藤島はアドバイスした。手を挙げて喋った刑事は、必ず上の人間に強い印象を残す。名前と顔を覚えてもらうのは、スムーズに仕事をするための第一歩だ、と。「ネタがない時はどうするんですか」と訊ねると、藤島は思い切り嫌そうな表情を浮かべた。

「ネタを摑んでおくのは最低条件だ。ネタも摑めないようじゃ、そもそも刑事失格だな」

だったら俺は初日で失格か、と一之瀬はうんざりした。一日動き回って、まともな情報は何一つ手に入らなかったのだから。

しかしそれは、他の班も同じだった。何十人もの刑事が一日中動いてもこんなものなのだろうか、と一之瀬は首を捻った。強盗だろうが通り魔だろうが、街中で——しかも東京の真ん中である有楽町で——起きた事件である。目撃者はすぐに見つかって、犯人にたどり着くのは時間の問題だと思っていたのだが。

まず、古谷の自宅を調べた本庁捜査一課のメンバーから報告があった。小太りでもっさりとした外観の男は、話し出す前に「金子《かねこ》です」と名乗った。丁寧ではあるが、声は暗くて聞き取りにくい。一之瀬はわずかに身を乗り出して、彼の声に意識を集中した。

「被害者の自宅は目黒区上目黒四丁目——この情報は既に共有されているので以下は省きますが、四階建てのマンションの三〇一号室です。部屋は1LDK、家賃は十八万円でした」

ほう、と溜息が漏れる。独身の男が家賃十八万円のマンションに住んでも問題はないし、それを払えるだけの高額所得者という証明であるだけの話だが……贅沢《ぜいたく》なものだ、と一之瀬は皮肉に思った。

「部屋には寝るためだけに帰っていたようで、家財道具はほとんどありませんでした。誰かが同居していた形跡もなし。パソコンは押収して、自宅の固定電話の通話記録は問い合わせ中です」

「荒らされた形跡はなし、か」刈谷が突っこんだ。

「ありません。それと管理会社に確認したところ、昨日の朝以降、三〇一号室のドアが開け閉めされた記録はないそうです。時刻は午前八時十五分で、本人が出勤で家を出たタイミングと思われます」

「パソコンの方は？」

「自宅のパソコンは、ほとんどネット閲覧用だったようですね。メールソフトは使われていませんでしたし、ブラウザでウェブメールを使っていた形跡もありません」

「メールは携帯か……」

「そのようです。あとは、会社のパソコンだったと思われます」

「会社のパソコンの押収は？」

「既に手配しています。一応、社の備品担当者の立ち会いが必要なので」

「ＩＴ系の会社は、パソコンの管理も煩いのかね」刈谷がどこか皮肉っぽく言った。「進めてくれ。次」

　聞き込みを担当した班のキャップ、谷《たに》の報告は、淡々としたものだった。

「時間帯が違うせいもありますが、まだ目撃者は見つかっていません。周辺の飲食店の聞き込みを夕方から始めていますが、潰し終えるには時間がかかりそうです」

「分かった。この件は、今夜十時からの定時通行調査に期待しよう」刈谷管理官が、ほとんど感情の揺れを感じさせない声で応じる。この時点で手がかりがないのも当然、とでも言いたそうだった。手元のノートに何か書きつけていたが、すぐに顔を上げると、「タクシー班、報告を」と要請する。

タクシー班キャップの徳永《とくなが》が立ち上がる。軽く百八十センチはありそうな大柄な男だが、背中が丸まっているせいか、迫力はない。背の高い男にありがちな猫背かとも思ったが、すぐに、いい情報がないので肩身の狭い思いをしているのだと分かった。

「最初に、朝方のタクシー会社からの情報について申し上げます。結論から言って、犯人ではありませんでした」

溜息が会議室に満ちる。徳永は口をつぐみ、刑事たちのがっかりした気持ちを一人で背負いこんだようだった。ほどなく、気を取り直したように続ける。

「昨夜、現場近くから乗った人間は、クレジットカードで支払いをしていたので、身元が判明しました。午前中に事情聴取をしましたが、アリバイが成立しています。現場近くの会社に勤めるサラリーマンですが、会社を出てからタクシーを拾うまでは二分ほどしかなく、現場との距離の関係から、犯行は不可能と見ていいと判断します。また、被害者とはまったく面識がありませんでした。現在、他のタクシー会社にも当たって、現場付近で怪しい客を乗せた人間がいないかどうか確認していますが、今のところ、いい情報はありません」

「谷、現場近くで怪しい車やオートバイは見つかっていないか?」刈谷が訊ねる。

谷がすぐに立ち上がり、「現在のところ、そういう情報はありません」と答える。すぐに「十時からの定時通行調査で再度確認します」とつけ加えた。

「了解……現場から立ち去るには、いくらでも方法がある。タクシーの他に、自分で逃走用の車やオートバイを用意していた可能性も捨て切れない。人を殺してから電車に乗ったとは思えないが、それも排除すべきではないな。JRと地下鉄の方にも聞き込みを広げよう」

急に疑念が広がってきた。計画的な犯行だとしたら、確かに逃走用の手段を用意していた可能性が高い。しかし何も、車やオートバイでなくてもいい……気づくと、一之瀬は立ち上がっていた。刈谷がちらりと一之瀬を見たが、まったく関心はない様子だった。

「よろしいですか?」

「どうした?……一之瀬刑事」下を向いたまま刈谷が訊ねる。名前を確認していたようだ。

「はい、あの」立ち上がってみたものの、言葉が出てこない。こんなことを言っていいのかどうか……「何でもありません」と言って座ろうかとも思ったが、それではあまりにも間抜け過ぎる。引っこみがつかなくなって、結局最初に感じた疑問を口にせざるを得なくなった。

「自転車はどうでしょう」

「自転車？」刈谷が顔を上げる。無表情だった。

「はい。都心部だったら、どこへ移動するにも自転車が一番便利だと思いますが」

「仰る通りだがね、どうやって自転車を探す？」

一之瀬は言葉に詰まった。確かに……車やオートバイなら、ナンバーから所有者を割り出すこともできる。しかし自転車ではそれも難しいだろう。仮に目撃者がいたとしても、よほど自転車に詳しくない限り、どのメーカーの物かさえ指摘できないはずだ。

「考えは悪くないが、効率が悪過ぎるな」

刈谷が指摘したので、一之瀬は口を結び、力なく腰を下ろした。隣を見ると、藤島がにやにや笑っている。悪意を感じさせる笑い方だった。一之瀬は、急に風邪でも引いたように顔が熱くなるのを感じた。鼓動も速い。

「では、続いて周辺捜査班の方から」

何事もなかったかのように刈谷が言うと、渕上が立ち上がる。

「まず、会社の方から事情聴取を進めました。土曜日なので効率が悪かったのですが……現在、被害者本人に関するトラブルは発見されていませんが、取り敢えず本人の詳細な経歴をご報告します」

一斉に手帳が開く音がした。この会議で初めて、メモするに値する情報だ、という期待だろう。一之瀬には既に分かっている内容だが、改めてボールペンを構える。

「古谷は二〇〇三年、現在のザップ・ジャパン社の母体となったザップ・ジャパンネット社に入社しています。入社後は広告営業の仕事をしていたということですが、非常に成績がよく、同期では出世頭でした。ザップ・ジャパンネット社は五年前の二〇〇六年、傘下の会社を整理統合して、持ち株会社を作りましたが、古谷は昨年、そこの総務課長に抜擢されています。まだ二十九歳でしたから異例の早さですが、社内ではそれまでの成績からして当然、という受け止められ方だったようです。総務課長としては、主に傘下の会社の状況把握、指導をしていたという話です」

「ザップ・ジャパンは、グループ全体でどれぐらいの社員がいるんだ?」刈谷が訊ねた。

「関連会社まで含めると八千人強。持ち株会社は五十人ほどの所帯ですが、現在も『本体』と呼ばれるザップ・ジャパンネット社だけで、四千人近くになります」

「大企業だな」刈谷がぽつりと言った。

「それは間違いありません」

「社員八千人の大企業グループで、傘下の各社の面倒を見ていたとなると、かなりの権力者だと言っていい。それにしては若過ぎないか?」

「持ち株会社の現社長が四十三歳、役員の平均年齢が四十歳ですから、三十歳で課長というのはおかしな話ではありません。確かに古谷は、同期の出世頭ではありますが」

「それでやっかみがない？」

「何と言いますか……この手の会社は、我々が知っている会社とは流儀が違うようですね。社員の流動性も高いですし」

「出世を目指して会社に居座るだけが人生じゃない、ということか」

「ええ。自分の力が発揮できる場所が他にあれば、平気で転職するようですし」

「我々公務員には無縁の世界だな」

刈谷が言うと、軽い笑いが回った。何だか井戸端会議のようだ……先ほど自分が恥をかいたのも忘れ、一之瀬は違和感を覚えていた。捜査会議というのは、もっと緊迫した雰囲気で行われ、時には怒声も飛ぶぐらいでは、と想像していたのに。自分は、間違ったイメージを抱いていたのだろうか……中にいても、まだまだ分からないことが多い。

「しかし、それだけ重要なポジションにいれば、人にやっかまれることも多いんじゃないか」

「いや、実際には関連会社担当の役員がいて、古谷はさらにその下ですから……直接の責任を負っていたわけではありません」

「何かあっても、怒りの矛先は役員の方に向くわけか……分かった。プライベートの方は？」

「まだ手をつけていません。とにかく仕事一筋の人間だったようで、会社の人間に確認した限りでは、プライベートな時間はほとんどなかったようです」

「ただし、そこを無視するわけにはいかないな」刈谷が顎を撫でた。

「プライベートの問題まで調べるとなると、もう少し人手が必要です」

「近いうちに班を再編する」刈谷がうなずいて、渕上の要請を受け入れた。「五百万については何か分かったか？」

「いや、今のところは何も分かりません」渕上がさらりと言った。

「分かった。それと家族の方だが……藤島さん、面会しましたね」

「報告します」言いながら藤島がゆっくりと立ち上がる。「家族は、古谷とほぼ絶縁状態だったと言っていいと思います。東日本大震災の後、家族は栃木の親戚を頼って避難したんですが、そこへも顔を出していません」

「何かトラブルでもあったのか」刈谷の表情が鋭くなる。親子間の犯罪――親が子を殺したとでも疑っているのだろうか。

「具体的なトラブルはありません。父親は教師で、もう退職していますが、かなり厳しかったようです。息子はそれを嫌がって東京へ出たパターンかと思います。ありがちですね」

「もっと深刻なトラブルがあった可能性は？」

刈谷はこの線に固執しているようだ。まさか……しかしあり得ない話ではない、と一之瀬は思った。家族の間の事件は、最近は特に目立つ。だが、避難生活を送りながら病気の妻の面倒を見ているような状態で、そんなことができるとは思えない。それに父親には、アリバイがあるはずだ。有楽町で息子を殺してから、翌朝──警察から連絡が入るまでに那須へ戻るのは、まず不可能だろう。新幹線の最終は出た後だし、父親は郡山の実家に車を残したままで、普段の足がない。東京との往復も簡単ではないのだ。

「今のところ、あまり気にすることはないと思います。息子の方が一方的に家族を避けていたようで、父親はそれを半ば諦めていた感じですから」

「分かった。家族の方とは……」

「いつでも連絡は取れます」

「会社側と家族が連絡を取ることも当然あるだろうから、注意していて下さい」

「了解です」うなずき、藤島が椅子に腰を下ろした。ほっと吐息をつき、手帳を閉じる。

どうやらこれで捜査会議は終了、らしい。

「では、十時から十二時まで、現場で定時通行調査を行う。何か情報が分かり次第、特捜本部に連絡。以上だ」

刑事たちが一斉に立ち上がる。十二時までって……今日も帰れないのか、と考えるとうんざりする。昨夜も風呂に入っていないせいで、熱い風呂が急に恋しくなってきた。それ以上に今は、自宅のベッドで十時間、何も考えずに眠りたい。

「さて、ここが踏ん張りどころだな」藤島がぽつりと言った。

「今日も帰れないんですかね」

「帰って何かあるのか？　どうせ寂しい一人暮らしだろうが」

「いや、まあ、そうですけど……」一之瀬は言葉を濁《にご》した。

「こういう状況だから仕方ない。それよりお前、着替えは用意してあるのか？」

「いえ」

「署のロッカーに、二日分ぐらいの下着とシャツは置いておけ。急な泊まりこみや出張も珍しくないんだから」

「コンビニで買いますよ」辛うじて溜息を漏らさずに済んだ。

「そうだな……しかし今日の定時通行調査は、あまり役に立たないだろうなあ」

「土曜日だから、ですか？」

「お前さんも馬鹿じゃないみたいだな」藤島がにやりと笑う。「ちゃんと曜日は分かってるわけか」

皮肉に反論する気にもなれないほど疲れていた。昨日は金曜日、今日は土曜日……定時通行調査は、同じ時間帯には、同じ場所に必ず同じ人がいる、あるいは通るという前提で行われるはずだ。金曜日と土曜日では、繁華街の人の動きはまったく違うだろう。調べるなら、むしろ月曜日の方がいいのではないか……それなら、今夜はもう帰れるのに。

何となく無駄というか、非効率的だ。しかしこれも、警察のやり方なのだろうと思う。批判半分、諦め半分。

「それよりお前さん、結構いい度胸してるな」藤島が唐突に言った。

「はい？」

「新人刑事が、捜査会議でいきなり発言を求める——簡単にやれることじゃない」

一之瀬は思わず耳が赤くなるのを感じた。考えもなしに喋ってしまい、ひどい恥をかいたと後悔する。

「だって、発言しろって言ったのはイッセイさんじゃないですか」

「真《ま》に受けるなよ」

「とにかく気になったので」少しむっとしながら答える。

「発言するのは構わないが、もう少し考えろ。意味のない発言をしたら、ただの時間の無駄だぞ」

「その通りだ」

別の声が聞こえてきて、はっと顔を上げる。刈谷が真顔で一之瀬を凝視していた。いきなり胃袋を鷲掴《わしづか》みにされたような痛みと緊張感が走る。

「俺がお前ぐらいの年の時には、捜査会議で簡単に発言できなかった」

「すみません」膝につくほど深く、頭を下げてしまう。

「いや、別に構わないけどな」刈谷が声を上げて笑った。「何も言わないよりはましだ。ただし次は、ちゃんとネタをもってこい。捜査会議は、話し合って方針を決めたり、推理する場所じゃない。お前らに求められるのは報告だけだ」

「分かりました」

「すみませんね、管理官。なにぶん、刑事になってまだ二日目なので」藤島がフォローしてくれたが、茶化すような口調だった。

「藤島さんもお疲れ様です」刈谷の顔に小さな笑みが浮かんだ。「いろいろ大変ですね」

「いや、これが仕事ですから。ちゃんと鍛えておきますので」

「よろしくお願いしますよ」

少し軽いやり取りの後、刈谷がもう一度一之瀬の顔をじっと見てから去って行った。

「やっぱりまずかったですかね」刈谷の背中を眺めながら、一之瀬は藤島に訊ねた。

「度胸は認めるよ。だけど内容はなかったってことだ……俺は度胸の方を評価するけどね。警察だって、他の役所や会社と変わらない組織なんだ。組織ではいつだって、声がデカい奴が勝つ」

警察での勝ち負けとは何だろう。利益を追求する仕事ではなく、「真実」を求めるのがその役目のはずだ。利益を追求する方法はいくらでもあるが、真実に至る道は一本しかないと思う——たぶん。だったら、争いなど必要ない。そして争いがなければ、勝ちも負けも無意味になる。

警察の中には、本当に「争い」があるのだろうか。

〈7〉

土曜の夜……有楽町付近の人出は平日の半分というところだろうか。長く続く不況、それに東日本大震災後の節電ムードで、夜の繁華街からは人が消えている。それでも、安い店が多いガード下には酔客が集まり、交番勤務時代、夜のパトロールは厄介だった。普段、「警官の制服」は犯罪に対する抑止力になるのだが、酔っ払いの目には制服が映らなくなるようなのだ。暴力沙汰になったことはないが、絡まれるのはしょっちゅうだった。酔っ払いたちを上手くいなす方法は学んだが、今夜の自分はまったく別の、新しい仕事を覚えなければならない。

ある意味単純ではある。免許証から起こした古谷の写真を使い、飲食店への聞き込みを続け、さらには街を歩く人にも話を聴く。聞き込みの担当範囲はきっちりブロックで分けられ、システマティックに行われたので、気分的には楽だった。やることが事前にきっちり決まっているのはいい。また「マニュアル好き」と揶揄されそうだが。

……しかし、いい情報はまったく出てこなかった。一之瀬は次第に焦り始めた。昨日は金曜、今日は土曜。人の流れはまったく違うんだから……そう自分に言い聞かせてみても、焦りは消えない。何故何も情報が出てこないのだろうと考えると、胃が痛くなってくる。もしかしたら、自分のやり方が悪いのか？

四軒目の聞き込みを終えると、藤島が「ちょっと休憩しようや」と言い出した。ビルの壁に背中を預け、天を仰ぐ。夜になってぐっと気温が下がってきており、立ち止まると震えがくるほどだった。

「やっぱり大変ですね、聞き込みは」

「そんなに疲れてないみたいだが？」

「まあ、何とか……」

「年は取りたくないね」藤島が溜息を漏らした。「お前さん、何かスポーツでもやってたのか？」

「いや、特には」

「その割には体力がありそうだな。ほとんど徹夜明けなのに」

「気が張ってるんだと思います」しばしば集中力は切れそうになるが、それでも緊張感は間違いなく持続していた。

「元気そうだけど、顔が暗いぞ」藤島が一之瀬の顔を覗きこんだ。

「そうですか?」一之瀬は慌てて顔を擦った。

「彼女に泣かれたのか」

「そんなこと、ないです」母親が因縁《いんねん》をつけてきただけで……しかし、そんなことを藤島には話せない。そもそも、誰かに相談するほど大した話ではないのだ。夜になって深雪からは「無理しないで」と優しいメールがきていたし、一度約束をすっぽかしたぐらいで亀裂が入るような関係ではないと信じている。

「よし、行くか。あと何軒だ?」

「五軒です」

「十一時半には終わるな——何もなければ」藤島は腕時計を見た。

「何もないと思いますか?」

「そう思ってることと、口に出すことは別問題だよ」藤島がにやりと笑う。少し休憩して、元気を取り戻したようだった。

　残りの聞き込みでも、有力な情報は得られなかった。仕方ないんだ、と一之瀬は自分を慰めた。自分たちが任されたエリアは、現場からかなり離れており、悲鳴が聞こえるはずもないのだから。

　結局、手がかり、なし。

「これからどうするんですか」

「明日も明後日も、定時通行調査はやるよ。本番は明後日の月曜日かな」藤島が事も無げに言った。

「俺たちも、またやるんですかね」

「それは分からない」歩き出しながら、藤島が首を横に振った。「状況は日々変わるからな。とにかく休める時には休んで、いつでも出動できるようにしておけよ」

　休める時にって……いったいいつ休めばいいんだ。刑事課に異動になって二日目で、一之瀬は既に生活のリズムが滅茶苦茶になってしまったのを意識している。こんなはずではなかったのに。

　卒配で繁華街の署へ赴任した同期の連中は、「刑事課へは行きたくない」と早いうちから希望を口にするようになった。刃傷沙汰《にんじょうざた》が多く、息をつく暇もない。将来のことを考えると、警備か公安に進んだ方が良さそうだ、と人生計画を話す同期もいた。確かに警備部や公安部なら、比較的予定を立てやすい。昇任試験を受ける勉強の時間もたっぷり取れる、と一之瀬も聞いていた。

　もっとも千代田署の刑事課なら、過酷な毎日に潰されずに済むだろう、とも計算していた。だからゆっくり仕事を覚えて――という読みは、初日から狂ってしまった。もちろん年間平均で考えれば、重要事件は少ない署なのだろうが、まったく平穏ということはあり得ないわけで、たまたまいいタイミング――悪いと言うべきか――で異動してしまっただけなのだ。誰に文句を言っても仕方ないが、少しだけ泣きたい気分ではある。

そんな気分はあっという間に引っこんだ。

「何かありましたか？」いきなり、聞き覚えのない声に呼び止められる。立ち止まって振り返ると、見たことのない顔があった。自分より少し年上だろうか……二十代後半から三十代の始め。しかし、一目見ただけで刑事ではないと分かった。全体にだらしない雰囲気が漂っている。

「おたくは？」藤島が警戒心を露わにして訊ねる。

「どうも。東日《とうにち》新聞の吉崎《よしざき》です」軽い口調だった。

年長の藤島をターゲットと定めたのか、馬鹿丁寧に腰を屈めながら名刺を差し出す。藤島は名刺を一瞥《いちべつ》しただけで、手を伸ばそうとしなかった。

「一方面？」

「昨日からなんです。いきなり事件で、びっくりしましたよ」

「事件は待ってくれないからねえ」藤島が愛想良く応じる。

「そう、そうなんです」藤島の一言に反応して、吉崎が食いついた。「でも、支局でずっと暇してきましたから、忙しいぐらいでいいんです」わざとらしく、左手で右の二の腕を撫でて見せる。

「おたく、支局はどこですか？」

「富山です」

「今までよほど暇だったみたいだね」

「富山は田舎ですからねえ」吉崎はどこか嬉しそうだった。

何なのだろう……こんな近くで新聞記者を見るのは初めてだが、妙な軽さが気に食わなかった。そう言えば服装も軽い。ダメージの入ったジーンズにジャケットという軽装で、ネクタイすら締めていない。シャツの襟が片方だけ、ラペルの上にはみ出している。髪は耳が隠れるほどの長さで、どこか脂《あぶら》っぽい——整髪料のせいではないようだ。左肩に下げた黒いバッグがよほど重いのか、ジャケットが引っぱられて型崩れしそうだった。今時、こんな風にだらしない人間は滅多に見かけない。昭和の事件記者のイメージなのか。

「じゃあ、東京の忙しさをたっぷり味わって下さい」藤島がさらりと言って、踵《きびす》を返しかけた。

「ちょっと……目撃者、出てないんですよね？」

「さあ、どうかな」

「うちもローラー作戦をやってるんですけど、見つからないんですよ。場所がよくないいんですかね」

「どうだろうね。とにかく、こういう風に記者さんと話しちゃいけないんだ。ばれたら怒られるから、この辺で勘弁してよ」

「いやいや、せっかくですから。現場の刑事さんと話をするのが一番なんですよ」だらしない外観の割に、吉崎は粘り強かった。

「駄目駄目。取材は全部、副署長を通して下さいね。富山県警がどういう決まりなのかは知らないけど、警視庁ではそういうルールだから。刑事課にも顔を出さないようにした方がいいよ。俺みたいに優しい人間ばかりじゃないから、叩き出されるかもしれない」

藤島がさっさと歩き出す。ひどく素っ気ない態度であり、さすがに吉崎も追いかけて来なかった。一之瀬は慌てて藤島の後を追った。

「記者に対しては、あんな感じでいいんですか」

「いや」

「え？」

藤島が、歩くスピードを緩めずに説明する。

「記者は上手く利用しろ。たまに当たり障りのない餌《えさ》を投げてやれば素直になる。そうなれば、いろいろ使い勝手がいいんだ」

記者を「使う」か。どんな風に？　想像してみたが、ぴんとこなかった。逆にこっちが使われるんじゃないだろうか。

そんなことになったら、雷を落とされるぐらいでは済まないはずだ。

〈8〉

その夜一つだけ自分を褒めていいと思ったのは、寮の部屋を使おうと思いついたことだった。先日まで自分が使ってた部屋が、ちょうど空いている。警務課長が当直責任者だったので話をつけ、鍵を貸してもらった。その鍵はつい先日、一之瀬自身が返却したものだったが。

一応、藤島も誘ってみた。どうせ泊まりになるにしても、大部屋で寝るよりも寮の部屋の方がましなはずです、と。藤島は苦笑しながら断った。

「俺は大部屋で十分だ。お前さんは、一人じゃないと眠れないんじゃないか」

それは……事実だ。プライバシー重視ではないと藤島には言ったが、警察官になって一番きつかったのが共同生活である。警察学校、卒配で赴任した千代田署の寮——二人部屋は、どちらも同居者が性格のいい同期だったので助かったが、何となく息苦しさを感じていたのは間違いない。

数日ぶりに部屋に入ってみると、その広さに驚かされた。自分の分の荷物がなくなっただけでも、ずいぶん広く感じる。この部屋を出てまだ間もないのだが、まるで知らない空間のようだった。城田の布団は、部屋の片隅に丸められている。本やＤＶＤは出しっ放しで床に積み重ねられ、整頓好きの城田らしくない……それだけ急な派遣だったのだ。話をする余裕はなかったが、あいつにはあいつなりの覚悟があったと分かっている。被災地の治安維持と行方不明者の捜索――二週間の特別派遣は、考えただけでも気が重い。誰かがやらねばならない仕事だとは分かっていても、一之瀬は自分が「選ばれなかった」ことで密かに安堵《あんど》していた。刑事課への異動が決まっていたせいもあるが……いつかこのことについて城田と話す機会があるかもしれないが、あいつの経験した「重み」を自分が理解できるかどうか、自信がない。

ほぼ二日ぶりに風呂に入って、やっと体が弛緩《しかん》してきた。畳の上にごろりと横になり、濡《ぬ》れた頭の下に両手をあてがう。汚れた天井は以前のままで……当たり前か。千代田署の庁舎は結構古いせいで、あちこちにがたがきている。地震の時に被害がなかったのは奇跡だ、と言っていた先輩もいた。実際都内でも、古い建物には亀裂が入るなどの被害が発生し、犠牲者も出ているのだ。

冷えるな……エアコンの効きが悪いせいで、庁舎の上階にある寮は、夏暑く冬寒い。季節の変わり目の今は、春というより冬の気配が濃厚だった。福島にいる城田は、もっと寒い思いをしているだろう——そうだ、昨日の夜、城田からメールを受けたままだった。せめて返信ぐらいしておかないと。

携帯電話を手にし、電池がだいぶ減っているのに気づく。城田の充電器を借りるか……コンセントに挿しっ放しだった。あいつ、自分の充電器は持っていかなかったのだろうか。いや、そんなはずはない。昨日もメールがきたのだから、携帯は生きているはずだ。

何と返事しようか。

キーに指を載せたまま、手が固まってしまう。福島で、一之瀬が想像もできない苦労をしているであろう城田に対しては、どんなメッセージを送っても白々しくなるような感じがした。一応、メールが遅れたことを謝って……俺だって、サボっているわけじゃない。城田ほどではないが、警察官としての責務を果たそうと必死になっている。

ふいに冷静になった。何故自分は、こんなにむきになっているのだろう。劣等感？　災害派遣に比べれば意味がない仕事だから？　こんな風に想像することは、何となく予想できていた。だったら自分も、手を上げて特別派遣に臨めばよかったではないか。異動が決まっていたとはいえ、前代未聞の災害なのだ。現地で力になりたいと言えば、誰も反対しなかっただろう。

だが自分は東京にいる。初めての殺人事件であたふたし、慣れない環境に疲れ切り……

こんな状況でなかったら、城田に愚痴を零したいぐらいだ。


返信遅くなってスマン。初日からいきなり殺人事件発生で、特捜本部に叩きこまれた。

家に帰れないんで、寮の部屋を借りてる。綺麗《きれい》にしておくから。


素っ気ないかな？　読み直したが、これ以上は書きようがない。それにメールにぐだぐだと愚痴を書いても、城田は苦笑するだけだろう。送信……まあ、これでOKだ。返信は待たないようにしよう。とにかくさっさと寝ないと。明日以降も仕事は続く——しかし携帯を手放した瞬間に鳴り出したので、慌てて取り上げる。城田からだった。

「お前、こんな時間に電話してて大丈夫なのか」最初にそれが心配になった。

「ああ、もう仕事は終わってるから」

「それは分かるけど、朝早いだろう」

「そうだけど、仕事はルーティーンだから。交番勤務と変わらないよ。それより、いきなり特捜本部だって？」

「ああ」

「お前、事件の神様に好かれてるんじゃないか」

城田の口調がやけに明るく、テンションが高いのが気になった。向こうへ行って一週間、疲労はピークに達しているだろうし、いろいろきつい目にも遭っているはずなのに……無理しているのでは、と心配になる。あまりにもひどい状況に巻きこまれると、人間は無理矢理テンションを上げ、アドレナリンを放出して乗り切ろうとするものだと、警察学校で教わった覚えがある。それが、人間が生まれもって身につけた危機管理方法なのだ、と。だから、事件事故や災害の現場に妙にテンションの高い人間がいたら、気をつけなければならない。精神が崩壊する一歩手前かもしれないのだ。

「ニュースを見てる暇もないんだけど、どんな事件なんだ？」

「ザップ・ジャパンの総務課長が殺された」

「いや、総務課長って言っても三十歳だから。俺らとそんなに変わらない」

「ザップ・ジャパン？　大物じゃないか」城田が鋭く口笛を吹く。

「でも、ザップ・ジャパンだろう？　俺たちの頃も、就職人気で二十位ぐらいにはランクインしてたんじゃないかな」

「そうだったかな」城田はかなり熱心に就職活動をしていた、と聞いている。企業研究も相当深くやっていたようだ。警察官になったのは、いくつかの選択肢から選んだだけに過ぎない。最初から警察官——公務員一本で動いていた一之瀬とは方向性が違っていた。

「IT系では最大手だぜ。あそこより上は、日本ではグーグルぐらいしかない。被害者がそこの総務課長なら、大事件じゃないか」

「ニュースの扱いは分からない。テレビを見てる暇もないんだ」一之瀬は白状した。

「そりゃそうだろうな……まあ、ついてると思えよ」

「何で？」

「早いうちに特捜を経験できれば、後で何かと役に立つじゃないか」

「お前ほどじゃないけど」

「ああ」急に城田が勢いを失った。「その辺は、帰ってからでも話すわ……お前の方に余裕があれば、な。それで、どうなんだよ」

「分からないなあ。まだ容疑者も浮かんでないんだ」

「しっかりしろよ。お前が一人で事件を解決するぐらいの気持ちじゃないと」

「そんなに簡単じゃないことは分かってるだろう？」何だか城田は変わったな、と思った。本来、こんなにテンションが高い男ではないのに……。

「そりゃそうだ」城田が声を上げて笑った。「ま、俺が帰るまでは、部屋は自由に使ってくれよ。やばいDVDの隠し場所も分かってるだろう？」

「そんな元気、ない」

「若いのに情けないこと言うなよ」オヤジ臭い冗談を言って、城田がまた笑った。「チャンスは逃すなよ」

これがチャンスなのか？　一之瀬にはまったくぴんとこない話だった。

翌日、日曜日は曇りで、最低気温もぐっと低くなった。捜査会議はまた八時から……二日連続でコンビニエンスストアの朝食というのも味気なく、一之瀬は昨日行きそびれたフレッシュネスバーガーに足を運んだ。ファストフードはあまり好きではないのだが、今日に限っては「待望久しい」という感じがする。昨日は昼、夜と藤島と一緒に食事をせざるを得ず、食事はリラックスした時間にはならなかった。今は一人でゆっくり腰を下ろし、コーヒーを味わえるだけでもよしとしよう。

幸福の下限は、どんどん下がっていく。

チーズドックにコーヒー。コーヒーの熱い湯気に気持ちが緩むのを感じながら、まず携帯を取り出した。いい加減、もう一度深雪に連絡しないと。とはいえ、まだ朝の七時。店内に他に客はいないから、電話で話しても迷惑をかけることはないが、そもそも深雪も起きていないだろう。仕事をしている彼女にとって、土日の朝は足りない睡眠時間を補完する貴重な時間なのだ。メールにしておこう。

何と伝えるか……正直に書くしかない。もちろん、事件の細かい部分は明かせないが、取り敢えず無事でいること、しばらく忙しい日が続きそうなことは伝えないと。

連絡できなくてごめん。大きな事件の捜査に巻きこまれたので、しばらく家に帰れないし、連絡も取りにくくなると思います。何とか元気でやってるから心配しないで。

送信して一仕事終えた気分になり、一之瀬は溜息をついた。彼女と結婚したら、いったいどうなるのだろう。家に帰れないのが日常になってしまっても、彼女は納得してくれるだろうか。

だいたい自分も彼女も、警察官というのがどういう仕事なのか、ろくに知りもしなかった。これが民間企業なら、先輩に話を聞いて仕事の実態を知るのが就活の基本なのだが、警察の場合はなかなか情報が伝わってこなかったのだ。人材を集めるのに苦労しているわけではないから、何も宣伝しなくてもいい、ということかもしれない。だから、こんな風に仕事に振り回される日がくるとは、はっきりとは想像できなかった。

もちろん、この三日間が異常に忙しいだけかもしれない。いくら刑事でも、二十四時間三百六十五日、事件に追われるわけではないだろうし。

溜息をつき、ホットドックにかぶりつく。ねっとりしたチーズの味わいは少しだけしつこかったが、刻んだタマネギの軽い刺激で目が覚める。あっという間に食べてしまい、その後でコーヒーに手をつけた。普段は砂糖やミルクを入れないのだが、今日は自分を甘やかしてもいい気分になっていた。少し甘くしようかと砂糖の袋に手を伸ばした瞬間、テーブルに置いた携帯が振動する。深雪だった。慌てて「通話」ボタンを押そうとして、カップをひっくり返しそうになった。

「何だよ、こんな早く」

「メールで目が覚めたから」深雪がのんびりした口調で言った。

「あ、そうか……ごめん。寝てたよな」

「大丈夫。忙しいんだね」

「ああ、昨日は悪かったけど……急だったから。一昨日の夜中に呼び出されたんだ」

「大変ね」本当に心配している様子だった。

「いきなりだったから、何が何だか分からない。でも、警察はこういうものなんだろうね。仕事の内容は詳しくは話せないけど」

「うん、それはいいけど……ちゃんと食べてる？」

「今、朝飯を食べ終わった」重いチーズが、胃の中で強烈に自己主張し始めている。胃弱の一之瀬にはきつい朝食だった。

「ちゃんと食べてね」

「それは何とか。何があっても、ご飯は食べないとね」刑事は、という主語を省いた。他に客がいるわけではないが、何だか人前で「刑事」とは言いたくない。

「いつ頃まで忙しいの？」

「まだ、全然分からない」犯人が捕まれば、それで一段落するだろう。だが、ずっと捕まらなかったら？　去年の春に刑訴法が改正され、殺人事件に関しては時効がなくなった。犯人を捕まえるまで、自分はずっと千代田署の刑事課に置かれた捜査本部にいなければならないのだろうか。まさか、定年までとか？　警察の仕組みや常識がまだよく分からないだけに、無意味な想像が頭の中で膨らんでしまう。

「そうか……」

「ごめん、とにかくしばらくは、会うのも難しいと思う」

「私は大丈夫だから、気にしないで。今は仕事に慣れるのを優先してね」

「悪い」

「別に謝ることじゃないから」深雪が柔らかく笑う。「こんな風に忙しい時って、あるでしょう？」

どうして簡単に許すんだろう？　もちろん、ここで「そんな仕事は辞めて」と泣かれても困るのだが……少しは文句を言ってくれないと、何だか寂しい。

「悪い」その気もないのに、また謝罪の言葉が口を突いて出る。それも何だか情けなかった。

「謝ってもらうこと、ないわよ。でも、いきなり試練で大変ね」

「まあね」一之瀬は顎に力を入れた。突然、脳裏に古谷の遺体が蘇る。あの遺体を見て、俺は何を思ったんだ。あなたの無念は晴らします、と誓ったじゃないか。「試練じゃない」

「どうしたの、急に？」

「死んだ——殺された人がいるんだ。その人の辛さや遺族の無念を考えると、泣き言なんか言っていられない。俺は……まだ慣れてないだけなんだ」

「さすが、一之瀬拓真」深雪が、急に明るい声で言った。「そうじゃないと、あなたらしくないわよ。いつでも真っ直ぐ突っ走らないと」

急に体に力がみなぎるように感じた。そう……刑事の仕事の手順に慣れるには時間がかかるかもしれない。しかし、気持ちだけは一人前の刑事だった。

〈9〉

昨夜の定時通行調査の結果を踏まえて、朝の捜査会議で今日一日の捜査の方針が示された。とはいっても、指示は昨日とほぼ同じである。一之瀬たちは、被害者周辺の捜査。全体の会議が終わると、キャップの渕上が周辺捜査班を集めて手順を指示した。

「会社関係の調査は、明日以降に先送りする。日曜日はどうしても効率が悪いので……今日は、被害者のマンションの住民へ聞き込みに回ろう」

「あの、いいですか」一之瀬は思い切って手を挙げた。

「頓珍漢《とんちんかん》なこと言うなよ、新人君」

渕上が言うと薄い笑いが広がったが、すぐに消散した。冗談ではなく本気の警告なのだと一之瀬には分かった。

「積極的なのはいいけど、中身のない発言は駄目だぞ」渕上が釘を刺す。

「言わせて下さい。お願いします」

渕上が一之瀬の顔を凝視した。生意気な野郎だと思っているだろう。だが、人間は喋る動物だ。それに「声が大きい奴が勝つ」。何をもって「勝ち」なのか分からなかったが、負けるのは嫌だ。渕上が素早くうなずき、「言ってみろ」と促す。

「はい……昨日会社の人たちに事情聴取した限り、古谷さんは会社の人とあまりつき合いがなかったようです。少なくとも、現在所属しているＨＤの中では」

「それは分かってる」

「でも、プライベートがないわけじゃないと思うんです。会社の人が知らないだけで」

「そりゃそうだろうな」渕上はまだ不満そうだった。

「古谷さんは三十歳でした。それぐらいの年齢だと、大学時代の友人ともまだつき合いがあるはずです。そういう人たちに話を聴いてみるのはどうでしょう」

「そう……だな」渕上が顎を撫でた。

「携帯電話は無事だったんですよね？　メモリーに入っている番号に片っ端から電話をかけてみれば、何人かは引っかかると思います」

「携帯は二つある。一つは、会社から支給されているブラックベリーだ」

「もう一つは私用ですよね？　そちらを重点的に調べてみたらどうでしょう。まず電話をかけて、当たりをつけてみるのが早いと思います」

　渕上が、ちらりと藤島の顔を見た。藤島がかすかにうなずく。

「やってみるか。だいたい、近所の人に話を聴いても何か出てくる可能性は低いしな。最近は、近所づき合いなんかほとんどないんだから」

「特にマンションで一人暮らしだと、致命的ですよね」藤島が相槌《あいづち》を打った。

「よし、作戦変更だ。ひとまず電話作戦に出よう。話を聴けそうな人間がいたら、すぐに会いに行く」

　一之瀬は思わず胸を撫で下ろした。思い切って提案してみたものの、頭から却下されたらどうしようと不安に思っていたのだ。

　渕上が古谷の携帯を取りに行くと、藤島が肩を小突いた。

「何でいきなりやる気になってるんだ」

「いや、別に……前からやる気はありますけど」

「昨日の捜査会議で、凹《へこ》まされたと思ったがね」

「何でまた」

「気持ちが切り替わったんです」

「いろいろありまして」恋人の一言でこうなった、とは打ち明けられない。だいたい自分でも、どうしてこんなに簡単に気持ちが変わったのか、分からないのだ。それほど女性の力は大きいということなのだろうが。

「ま、いいけどな。ただし、これぐらいで評価は上げないぞ」

「また六十五点ですか」

「点数をつけるのは、事情聴取や取り調べの時だけだ」藤島が薄く笑う。「内輪の会議や打ち合わせでいくら頑張っても、内弁慶だからな。俺たちは常に、外を向いて仕事しなくちゃいけない。内向きの仕事をするのが大好きな奴らもいるけどな」

「——派閥抗争とかですか?」

「それがどれだけ複雑で馬鹿馬鹿しいか分かる頃には、お前さんは定年で辞めてるよ」藤島が皮肉な笑みを浮かべる。「俺だって、未だにさっぱり分からないんだから。職員が四万人もいる組織には、派閥がいくつあると思う?」

確かに、想像もつかないことだった。

古谷の私用の携帯は電源が落とされていたが、電源を入れた途端、何件も着信があるのが分かった。一之瀬は、まず電話の着信とメールを整理するよう、命じられた。そう言えば秋庭が言っていた——若い奴は、パソコンや携帯の調査を押しつけられるから、そのつもりでいろよ、と。若いというだけで、電子機器に詳しいと思われているとしたら大変だ。一之瀬はパソコンも携帯も普通に使うが、特に詳しいわけではない。専門的な話になったらお手上げだ。

しかし、この程度のことを調べるぐらいは何でもない。まず、事件が起きた後に入っていた留守番電話の発信元とメッセージの内容を書き起こす。どこかで事件のことを知った知り合いからの電話ばかりだった。聞いていると胸が締めつけられるようで、耳に押し当てた携帯電話が汗で濡れてくる。

「孝也？　何で電話に出ないんだよ？」

「お前、マジで何かあったの？　冗談だろう？」

「孝也、ちょっと返事しろって！」

死者への電話——当然返事はないわけで、留守電にメッセージを残した人間は、どれほど悲痛な気持ちを抱えただろう。キーボードを打つ手が震えて、何度もタイプミスしてしまう。

それでも二十分ほどでデータを揃え終えた。すっかり冷えた紙コップのコーヒーを飲み干し、「用意できました」と報告する。

「よし。プリントアウトして、全員分コピーしろ」

渕上に命じられるまま、一之瀬は資料を用意した。留守電にメッセージを残した人、六人。全て、古谷が死んでからかかってきた電話である。それ以前には留守電のメッセージはなし。メッセージが録音されていても、すぐに消していたのだろう。電話番号しか表示されてないものでも、調べればかけてきた人間の名前は割れるだろうが、今は取り敢えず電話で事情を聴いてしまう方が早い。気になるのは、殺された日に二度、「公衆電話」から着信があったことだ。今時、公衆電話から携帯にかける人間など、いるだろうか。

「誰かに呼び出されたのかもしれない」渕上が言った。「それも含めて、電話会社に情報開示を請求しよう。まずは、電話をかけてきた相手だな。ちょうどいい。一人一件ずつ受け持って電話をかけよう。できるだけ話を引き出して、すぐに会う約束を取りつけてくれ」

渕上の指示を機に、刑事たちが一斉に電話に取りついた。一之瀬は「０９０」から始まる電話番号を一件担当し、相手が電話に出るのを待った。

「もしもし……」たった今、眠りから引きずり出されたような声だった。若い感じなので、狙い通り、古谷の大学時代の友人かもしれない。

「お休みのところ、申し訳ありません」日曜なのだ、ということを意識しながら一之瀬は丁寧に切り出した。「こちら、千代田署刑事課の一之瀬と申します。失礼ですが、古谷孝也さんのお知り合いの方ですか？」

「はい、あの……」幽霊でも見たような口調であり、声に色があったら間違いなく「蒼《あお》」だった。

「古谷さんの携帯に電話をかけましたよね」メモを見下ろす。「昨日、土曜日の午後一時頃に」

「はい」

「古谷さんが亡くなったことは、ニュースで知ったんですか？」

「はい、でも……信じられなくて」

「それで電話したんですね？」

「そうです」

一呼吸置き、本題に突っこむ。

「あなたは、古谷さんとはどういうご関係ですか？」

「大学の同級生です」

当たりだ。左手を軽く拳に固める。ここは一気に攻めて、すぐに会う手はずを整えないと。

「お名前は？」

「堀《ほり》です」

「下の名前もお願いします」何となく話がスムーズに転がらないのに苛立ちながら、質問を続ける。

「堀正喜《まさき》です」嫌そうな返事だった。

「今でも連絡は取り合っているんですね？」

「年に何回かは会います。だから、あいつが殺されたって聞いて……」堀が言葉を詰まらせた。

「大変残念なことでした……申し訳ないんですが、捜査にご協力願えますか？　古谷さんについて話を聴かせていただけると助かります。ご都合のいい場所まで出向きますので、指定していただければ……お住まいはどちらですか？」

「狛江《こまえ》なんですけど」

よし、これも自分にとってはラッキーだ。自宅と同じ小田急線沿線。ちょっと家に寄って、着替えを取って来られるかもしれない。

「今日は家にいらっしゃいますか？」

「……います」相変わらず嫌そうな口調だった。それは誰だって、家に刑事が来るのは嫌な気分だろう。だが、一々待ち合わせ場所を考えるのも面倒だった。そもそも狛江駅付近に、落ち着いて話ができそうな場所があるかどうかも分からない。

「これからすぐに伺《うかが》います。一時間ほど後でどうでしょうか」

「一時間ですか?」

「突然で申し訳ありませんが、大事な事件の捜査です。ご協力お願いします」

「それは、まあ……分かりました」

住所を教えてもらって、一之瀬は電話を切った。かなり強引だった感じはあるが、取り敢えず上手くいった。これがヒントになるかどうかはともかく、動いてみないと何も始まらない。

一之瀬は、ちょうど同じタイミングで電話を切ったばかりの藤島に状況を報告した。

「上手く引っかけたな。こっちの相手は大阪へ移動中だった」

「誰だったんですか?」

「大学の同級生」

「こっちも同じです。でも大阪って……」

「向こうへ出張する新幹線の中だったよ」

「日曜日なのに?」

「本当かどうか知らないが、代議士秘書だそうだ」

秘書? そんな人間は近くにいないので、一之瀬には想像もできなかった。三十歳で代議士秘書というのは、別に不思議な話ではないだろうが。

「こいつは、すぐに摑まえるのは難しそうだな。ただ、立場上逃げ隠れはできないだろうから、後で話を聴こう。で?」

「一時間後に行く、と言ってあります」

「おいおい」藤島がバッグを摑んで立ち上がる。「狛江だったら結構時間がかかるぞ。さっさと出かけよう」

藤島に釣られ、一之瀬も慌てて背広を着こんだ。既に三日目……スーツは二着しか持っていないが、いい加減、もう一着に着替えたい。ずっと同じ服を着ていると、傷《いた》みが早いはずだ。藤島と一緒か……家に寄っている暇はないだろうな、と一之瀬は早くも諦めた。


狛江を訪れるのは生まれて初めてだった。二十三区のすぐ外側なのに、結構田舎の雰囲気が強い。特に駅の南側には高い建物もほとんどなく、幹線道路の世田谷《せたがや》通りを外れるとすぐに畑が広がっているのに驚く。十分通勤圏、都心に出るには便利なはずだが、「東京」のイメージは薄かった。

「結構遠いな」駅からの道半ばで、藤島はもうへばっている様子だった。

「そうですね」

駅から徒歩十五分……毎日の通勤は結構面倒だろう。駅の南口から世田谷通りを通り越し、住宅街の中の細い道を歩いて行く道程は、それほど面白いものではないだろうし。

堀の家は三階建てのマンションで、目の前は広い畑だった。やはり狛江にはまだ農家が多いのだろうかと考えながら、三階まで階段を上がる。部屋の前に立った時には、藤島の息は完全に上がっていた。

「藤――イッセイさん、大丈夫ですか?」

「お前さんに心配してもらうようになったら、俺もおしまいだ……若い頃、五十歳っていうのはすごいジイさんだと思ってたけど、実際に五十近くになってみると、想像してたよりも年を取った感じがする」

「そんなことないでしょう」

「ゴマすっても給料は上がらないぞ」

「そんなつもりじゃないですけど……」

「よし、行け。お前さんが引っかけてきた相手だから、お前さんが対応するんだ」

「分かりました」言われなくてもそのつもりだった。今朝火が点いた「やる気」は、まだまったく衰《おとろ》えていない。

インタフォンを鳴らすと、すぐにドアが開いた。玄関に一歩足を踏み入れた瞬間に、一人暮らしだな、と分かる。女物の靴がない。それに、独身男性の部屋に特有の汗臭い臭い――自分の部屋も同じだ――がかすかに漂っていた。

「千代田署の一之瀬です。先ほどは電話で失礼しました」

「いえ」堀の顔色は蒼かった。濃紺のトレーナーに、色の落ちたジーンズという軽装。慌てて髭を剃ったせいか、顎に小さな傷跡が二つ。「あの、どうぞ」

「失礼します」

部屋は小さなキッチンと、それに続く八畳ほどの洋間だった。洋間にドアがあるので、奥にもう一部屋、おそらく寝室があるのだろう。洋間はそこそこ片づいていた。床に置いた薄型テレビに二人がけのソファ、ノートパソコンが載った小さなデスクと、一人暮らしの男の標準装備が揃っている感じである。散らばっていた荷物を慌てて片づけ、もう一つの部屋に押しこんだのかもしれない。一之瀬は、そんなことは絶対にしないが。整理整頓は基本中の基本だ。

「どうぞ、ソファへ」二人にソファを勧めてから、堀がキッチンへ向かった。飲み物の用意をしようとしているのだと気づき、一之瀬は「おかまいなく」と声をかけた。堀は振り向いて「お茶ぐらい淹《い》れます」と言ったのだが、一之瀬はもう少し強い口調で「お茶よりも大事なことがありますので」と告げた。堀の喉仏が上下した。のろのろと部屋に戻って来ると、デスクの椅子を引いて腰を下ろす。それを見届けて、一之瀬と藤島もソファに座った。

「お休みのところ、すみません」一之瀬は改めて頭を下げた。

「いえ」堀の声は低く、ショックを受けているだけではなく体調も悪そうだった。「あの……あいつ、本当に死んだんですよね」

「それは事実です」

「ああ……」嘆息して、堀が天井を見上げる。膝に置いた両手が、小刻みに震え始めた。ゆっくりと視線を一之瀬に戻すと、「参ったな……情報がなかなか入ってこなくて」と零した。

「そうですか」

「警察に電話するわけにもいかないし、あいつの実家の連絡先も分からないし……会社に確認しようと思ってたんですけど、土日でつながらないんですよね」

「これ、持っていて下さい」

藤島が手帳に何かを書きつけ、ページを破いて差し出した。椅子に尻がくっついてしまったように、堀が腕を思い切り伸ばして受け取る。

「これは……」怪訝《けげん》そうに紙を見た。

「古谷さんのご家族の連絡先です」

「すみません」堀が頭を下げると、長い髪がばらりと下に垂れた。

「でも、電話するのはどうしても、という時だけにして下さい……ご家族も大変なんで。葬儀のことなんかは会社でも分かると思いますから、明日以降電話してみたらどうですか」

「分かりました。なるべく、会社の方に確認するようにします。家族とは……こういう状況では話したくないですよね」

「それが普通の感覚ですよ。それと、この番号が私から出たことは内緒にしておいて下さいね。プライバシーの問題もありますから」

言って、藤島が一之瀬に目配せした。ここから先はお前に任せる。一之瀬は一度肩を上下させ、気合いを入れ直した。今回は、少し常道を外れた方法でやってみよう、と決める。人定《じんてい》質問などは後回しだ。

「一番最近、古谷さんに会ったのはいつですか？」

「一年ぐらい前ですかね……去年の五月だったと思うけど」デスクに置いてあった携帯電話を取り上げ、さっと操作する。小さな画面を凝視しながら答えた。「そう、五月十四日。あいつの昇進祝いでした」

「ザップ・ジャパンの総務課長になった時ですね」

「そうです。仲間内では一番出世だったから。ザップ・ジャパンの総務課長って言ったら、大変なものですよ。就活の頃から皆苦労してきて、あいつが先陣を切ってよかったって」

その感覚は、一之瀬にもよく分かる。「就職氷河期」と言われてどれぐらい経つだろう。いつまでも終わりそうにないこの状況に、自分たち学生は疲れ切ってしまったと思う。大学に入った途端に、周りからは就職の話を聞かされ……そうやって苦労した割には、「入社して三年で辞めてしまう」と揶揄されたりするのだが、今は会社の仕組みそのものが歪んでいるのだから、仕方がないとも思う。公務員はまた別だが、民間の会社に行った人たちが苦労しているのは、大学時代の同期から散々聞いていた。何となく、働きにくい雰囲気……それでも就職して数年、仮にも世間に名前を知られた会社で、早々と管理職になった仲間がいれば、祝福したい気持ちにもなるだろう。

「仲が良かったんですね。その時、何人ぐらい集まりました？」

「七人……八人かな？　うちらの仲のいいグループは十五人ぐらいいるんだけど、いつも全員が集まれるわけじゃないですよね」

「分かります」

「俺らの年齢だと、こき使われてることが多いから……だから、あいつが総務課長になったって聞いて、祝福するのと同時に、ちょっと羨ましかったですけどね」

「本人は、どんな風に思ってたんですかね」

「疲れてました」言って、堀が疲れた笑みを浮かべた。「相当こき使われてたんでしょうね。あの会社、人使いが荒いので有名だから。辞める人間も結構多いし……」

「IT奴隷、とかいうやつですか」

「ノルマも厳しいし、拘束時間も長いし。時給で考えたら、ラーメン屋でバイトしている方が儲《もう》かる、なんて話もありますからね」

「でも、管理職になると違う？」

「いや、本人は『ちょっと計算違いだった』って言ってましたけど」

「どういうことですか」

「そう、ですね……」言いにくそうに言葉を濁し、指をいじり始める。

「何か問題でも？」一之瀬は突っこんだ。

「いや、想像していたよりも仕事が大変だった、ということです」

「傘下の会社を担当していたそうですけど」

「それが、総務課長の一番重要な仕事だったみたいですね。役員直属でいろいろやってて、相当ハードな仕事だそうです」

「一言で言うと？」総務担当専務の真岡の顔を思い浮かべながら、一之瀬は聴いた。

「とにかく利益を上げろ、っていうことです。そういう風に子会社に発破をかける仕事ですけど、正直あまりやりたくないですよね」

「そうですか？　民間の会社ではそれが当然かとも思いますけど」

「何も言われなくても、仕事なら一生懸命やりますよ」堀が唇を尖《とが》らせた。「でもそれを可視化されたり、人前で発表されたりするのは、結構なプレッシャーなんです。自分の無能さを晒されるみたいで……」

「堀さん、お仕事は何なんですか?」

「ネット証券です。あ、ザップ・ジャパン系じゃないですけどね。とにかくいつもプレッシャーで、胃薬が手放せませんよ。でもあれ、言われる方も嫌だけど、言う方だってきついんですよ。本当は、ノルマなんか関係なく仕事ができれば一番いいんですけど、そうもいかないでしょう?」

「それはそうですね」

「プレッシャーをかけ続けられて、精神的に参ってしまう人間もいます」

一之瀬はうなずいた。自分たちにもそういうことはある……警察学校に放りこまれて集団生活を強制されるのは、経験したことのないプレッシャーだった。合宿などに慣れている体育会系の連中ならすぐに馴染むだろうが、自分は普通に生活ができるようになるまで、結構時間がかかった。そして自分以上に馴染めず、警察学校の途中で脱落してしまった同期もいる。今は何をしているのだろう……。

常に利益を要求される堀たちも大変だろう。自分たちは、生活態度を叩き直された感じだが、彼らはもっと露骨で分かりやすい形で成果を求められるのだ。

「上からあれこれ言われて、そういうのをパワハラみたいに感じて、辞める奴も少なくないですよね。でも上の人間だって、最初から性格がねじ曲がってたわけじゃないんです。プレッシャーをかけることが仕事になると、どうしてもまともな精神状態ではいられなくなるんじゃないですか。逆に、圧力をかけることでしかストレス解消ができなくなったりして」

「ずいぶん理解があるんですね」話の感じからすると、彼自身も相当痛めつけられている様子なのだが。

「古谷を見るとね……」堀が溜息をついた。「あいつ、元々人にプレッシャーをかけられるようなタイプじゃないんですよ。基本的に優しいですからね。それが仕事とはいえ、人を上から押さえつけるような仕事をするのは辛かったんじゃないかな」

「総務課長の仕事はそんなに大変だったんですか？」

「グループ企業のトップ連中としょっちゅう面談して、業務内容を把握しておかなくちゃいけないわけで……少しでも利益が落ちれば、尻を叩くんです。もちろん直接の担当は役員なんだけど、あいつもそれに全部つき合ってたわけで、だいぶ疲れてましたね」

「そういうやり方は、民間では普通なんですか？」

「あそこまで頻繁に介入するのは珍しいでしょうね。普通はせいぜい、半期に一度ぐらいじゃないですか？　とにかく、調査は大変だったみたいです。ザップ・ジャパンが買収した会社のトップには、あいつよりずっと年上の人も多いですから。っていうか、ほとんどが年上かな。何だか、父親に喧嘩を売るような感じだって零してましたよ」

「それで、子会社の人に恨まれるようなことは……」

「まさか」堀が笑った。だがその笑いは、一瞬にして凍りついてしまった。「そんなこと、ないと思いますけど」と低い声でつけ加える。

「そうですか？」

「それで一々事件が起きていたら、世の中は事件だらけになるでしょう」堀が肩をすくめる。「もちろん、ザップ・ジャパンの内部のことは、詳しくは分かりませんけど」

「いずれにせよ、だいぶ疲れていた様子だったんですね」

「それは間違いないです。体を壊すなよって言ったんですけど……それから、一度も会ってないです。何度か誘ったんだけど、とても余裕がないっていう話で」

この辺りの話は、会社に事情聴取した結果と合致する。毎日朝の九時から夜中の十二時まで働き続ければ、肉体だけではなく精神も蝕《むしば》まれるだろう。バランスを崩してしまうのもおかしくはない――いや、古谷は自殺したわけではない。殺されたのだ。やはり何かトラブルがあったとしか考えられない。もちろん、仕事絡みとは限らないのだが。

「古谷さん、恋人はいなかったんですか？」

「今はいないですね、たぶん。いれば分かるとは思います」

「昔は？」

「学生時代の彼女と、卒業してからもつき合ってましたけど……とっくに別れましたよ」

この線か？　一之瀬は緊張感を高めた。男女問題は、いつでもトラブルの原因になるはずだ。

「どうして別れたんですか」

「古谷が忙し過ぎたんでしょう。会ってる暇もなければ、上手くいくわけがないですよね」

一之瀬はかすかに胸の痛みを感じた。時間がなくて駄目になる……自分も既に、その道を歩き出しているのではないだろうか。

「その女性は、今どうしてますか?」

「結婚しましたよ、とっくに」

「何か問題があるとは……」

「ないと思いますけどねえ」堀が首を捻った。「だいたい、古谷もその娘《こ》の結婚式に出たぐらいだから」

「じゃあ、完全に関係なくなって――」

「無関係というか、友だちに戻った感じです」

一之瀬はちらりと藤島の顔を見た。無表情。手帳は広げているが、手は動いていない。

「仕事の愚痴とか、そういうことをもっと具体的に聞いていませんか?」

「うーん……いろいろ大変だって聞かされていたけど、はっきりした話じゃなかったし。それにその後は一年近く、会ってないんです」

「電話とかメールでは？」

「それはよくありましたけど、愚痴は聞いてないですね。だから、よく分からないです」

一之瀬はなおも質問を続けた。重点は、プライベートな交友関係。何か、トラブルの種になりそうな相手はいなかったか——堀の答えは、一貫して「ノー」。堀と古谷のつき合いは、大学時代のグループ内でのものに限られていた。卒業して数年経ったにしては頻繁に会っていた方だろうが、特に濃い関係とは言えない。たまに会うのも、互いの仕事や家庭の愚痴を零し合う、ストレス解消のためだったようだ。

「大学時代のつき合いは続いていても、それほど深くはなかったわけですね」

「そういうことですね」

堀が疲れた口調で同意した。かなり長く話したが、実のある内容ではなかったと自覚しているのだろう。一之瀬も疲労感で心が蝕まれるのを感じた。

部屋を辞して、ドアを閉めた瞬間に思わず溜息をつく。

「若い癖《くせ》に、溜息なんかつくな」藤島が揶揄するように言った。

「いや……張り切ってたのが馬鹿みたいで。あまり役に立たなかったですね」

「そうかね」

「何かありました？」自分が意識していなかっただけで、何か情報を引き出したのだろうか？　まったく見当がつかないが、藤島は何かに気づいたというのか？

「具体的な話じゃないよ。何となく、古谷が追いこまれていた感じが分かった」

「でも、仕事が忙しいのと、誰かに殺されるのは別問題だと思いますよ」

「そうだよなあ」藤島が疲れた表情で同意する。「そんなことなら、俺なんかもう何回も殺されている」

笑っていいのかどうか、一之瀬は真剣に悩んだ。


〈10〉


自宅へ寄っていいか、と藤島に切り出せたのは、経堂《きょうどう》駅を過ぎてからだった。下北沢まで、急行であと一駅。

「何だ、何かあるのか」藤島が疑わしげな口調で訊ねる。

「着替えを取ってきたいんです」

「コンビニでワイシャツ、買っただろう」

「あと何日泊まりこむか、分からないじゃないですか。そんなに毎日、新しいシャツを買うような余裕はないですよ」

「ま、しょうがないな」藤島は鼻を鳴らした。「駅から近いのか」

「徒歩五分です」一之瀬は右手をぱっと広げてみせた。

「分かった。じゃあ、俺は先に帰ってるから。あまり油を売ってるんじゃないぞ」

「着替えだけしたら、すぐに戻ります」

「そうしろ。仕事はいくらでもあるからな」

清潔な着替えを用意できるのもありがたいが、ほんのわずかな時間だけでも一人になれるのでほっとした。特捜本部に入っていると、睡眠時以外は、誰かと顔を突き合わせることになる。一之瀬が集団生活になかなか馴染めなかった原因も、基本的には孤独を愛する性格にある。せめて一日のうち何時間かは、完全に一人になりたい。

下北沢駅で電車を降りると、急に気持ちが軽くなるのを感じる。そんなに藤島と一緒にいるのが嫌だったのかな、と不思議に思った。今のところ、彼とのつき合いはそれほど苦でもない。他の先輩たちからは「お前らゆとりは……」とすぐに揶揄されるのだが、藤島はそういう決めつけをしないせいもある。だいたい「ゆとり世代」は、自分たちより少し年下である。一之瀬は円周率を「3・14」で習った。一緒くたにされるのはたまらない。

駅を出ると、急に冷たい風に襲われる。狛江にいる時はあまり意識しなかったのだが、今日は最高気温が二桁《けた》まで上がらず、三月初め並みの寒さということだった。季節の変わり目は何だか調子が狂う……薄いコートの襟を立て、背中を丸めて家に急いだ。

ドアの前に立った瞬間、異変に気づく。

誰か、部屋にいる。一瞬、緊張感が高まったが、漂い出す甘い香りを嗅いで、一気に気持ちが緩んだ。

深雪だ。

ノックすべきかどうか、迷う。自分の部屋だけど……しかし、急に開けて深雪を驚かせるのも申し訳ない。判断できないまま佇《たたず》んでいると、いきなりドアが開いて深雪が顔を見せた。その瞬間、一之瀬は心臓を鷲掴みにされたようなショックを覚えた。つき合って四年になるのに、未だにこういう時がある。

深雪は初対面で一目見た瞬間に驚き、言葉を失ってしまうような美人ではない。だがその笑顔は、一之瀬の心を一瞬で溶かす。ヒマワリの開花を早回しで再生するようなもので、一気に笑顔が花咲くのだ。この笑顔だけで、彼女には何物にも代えがたい価値があると思う。ついでに言えば、それを独り占めにしている自分を、一之瀬は誇らしく思っていた。

「あら」

「……どうした?」

「ちょっと差し入れ。入って」

入ってって、俺の部屋なんだけど……苦笑しながら、一之瀬は玄関に足を踏み入れた。

いつの間にか、部屋が片づいているのに気づく。引っ越してからそのままになっていた段ボール箱が、いつの間にかなくなっている。これは助かる——整頓好きの一之瀬としては、引っ越し後に部屋が完全に片づいていないのが気がかりでならなかった。

「片づけてくれたんだ」

「片づけるほど散らかってなかったわよ」

「ありがとう」

真ん中に立って部屋を見回す。それでなくても狭い部屋は、二人が一緒にいるせいでさらに狭く感じられた。もちろん、不快な感覚ではなかったが。

とにかく長居はできない……一之瀬は大き目のバッグを取り出し、ワイシャツを二枚、それに替えの下着と靴下も放りこんだ。背広とネクタイも替える。それからバスルームにこもり、丁寧に顔を洗った。この二日ほど、いつもの洗顔剤を使えなかったので、顔がひどく汚れてしまったように感じる。ようやくさっぱりして部屋に戻ると、深雪がトレイを持って立っていた。

「クッキー、焼いたけど」

「あ？　ああ……」思わず苦笑してしまう。何というか、深雪は時々、浮世離れしたことをするのだ。

「仕事、大変なんでしょう？」

「そう。今も、着替えを取りに戻っただけだから」

「可哀相にねえ。このクッキー、同情の産物だから」

そう言う深雪の表情は、本当に同情しているように見えた。そこまで真剣にならなくてもいいのに、とまた苦笑する。

「すぐ出なくちゃいけないんだけど……」

「あ、大丈夫、大丈夫」左手でトレイを持ったまま、深雪が右手をひらひらと振った。

「クッキーは日持ちするから、好きな時に食べて」

「何も、そんなに親切にしてくれなくてもいいのに」

「親切って……」深雪が苦笑した。「そういうの、私たちの間では変じゃない？」

「そうだな」釣られて一之瀬も苦笑いしてしまった。

「ちょっとだけでも、ゆっくりできない？」

「うん……すぐ戻らないと」

「そう」残念そうに言って、深雪がトレイをダイニングテーブルに置いた。側にあった茶色の紙袋を広げ、中にクッキーを三枚入れる。「じゃあ、これ持っていって。おやつ」

「まさか、チョコチップクッキー？」一之瀬は背筋に汗が伝うのを感じた。

基本的に一之瀬は、甘い物がそれほど好きではない。コーヒーに砂糖を入れるのも、極端に疲れている時だけだ。深雪もそれほど甘いものに執着しているわけではないのだが、時々思い出したようにお菓子を作る。大抵クッキー……それが巨大なうえに、材料の配合を間違えたのではないかと思うほど甘い。砂糖を入れ過ぎると、焼き上げる時に焦げてしまいそうなものだが。

「今日はうんと甘くしておいたから。疲れてる時には、甘い物を食べないとね」

「まあ……そうだね」理屈は合っているのだが、彼女の言う「甘さ」はやはり度を超えている。それがチョコチップクッキーとなったら尚更だ。しかしせっかく焼いてくれたのだからと、一之瀬は素直に袋を受け取った。

「一緒に駅まで行くか？」

「ちょっと片づけないと。キッチン、汚しちゃったから」

「そんなの、後で俺がやっておくよ」

「いつ帰って来るか、分からないんでしょう？」

「ああ……そうだね」

「先に行っていいよ」

「分かった。また連絡するから」

「無理しないで」

彼女は何でこんなに物分かりがいいのだろう、と一之瀬はいつも不思議に思う。学生の頃はともかく、就職してからは、互いに時間が自由にならない。会えないことで不満も募りそうなものだが、彼女はいつも、どこか超然としている。落ち着いた笑みを見ているとこっちは逆に落ち着かなくなるのだが、それはむしろありがたいことだと、一之瀬は自分を納得させようとした。ハコ長・秋庭の金言。「警察官の女房は誰でも、『どうしてあなただけが忙しいのよ』と言う」。仕事に追われて——あるいは追われる振りをして、家庭を顧《かえり》みない警察官がどれほど多いか、ということだ。

自分はまだ家庭を持つ身ではないが、仮に結婚しても、深雪はおっとりと構えていてくれるだろうか。それとも急に人格が変わってしまうのだろうか。

いずれにしても、プロポーズしないことには何も始まらないのだが。

歩き出しながら、一之瀬はクッキーを齧《かじ》った。甘い……普段にも増して甘い。齧っただけで、歯がしくしくと痛み出すようだった。この味は、修正してもらうように言うべきなのだろうか。もしも結婚して、こんな甘い物をしょっちゅう食べさせられるようになったら、体に悪い。しかし甘みが体に染みこむに連れ、疲れが抜けて背筋がしゃんとしてくるのは事実だった。

午後遅くまでに、携帯電話絡みで判明した古谷の大学時代の友人たちに関しては、事情聴取を終えた。ただ一人、藤島がひっかけた「代議士秘書」からはまだ話が聴けていなかったが、こちらは後回しにする。藤島がもう一度電話で話したのだが、どうも事情聴取を渋っている様子だったという。

「代議士秘書は、警察にかかわるのはごめん、ということですかね」渕上が皮肉っぽく藤島に訊ねる。

「こっちの汚い世界とはかかわり合いになりたくないんでしょう」

「政治の世界の方が、よほど薄汚れてると思うけどねえ」渕上が馬鹿にしたように鼻を鳴らす。「しかし、学生時代の友人の証言は当てにならなかったか……」

渕上が零したので、一之瀬は思わず背中を丸めた。言い出したのは自分であり、失敗を非難されたも同然だ。しかし渕上は、直接一之瀬を責めなかった。それどころか見もしなかった。どうでもいいってことか、とどんよりした気分になる。所詮は新米、戦力として当てにしていないのだろう。

「次は葬式だな」渕上が言った。

「明日でしたね……」藤島が手帳をめくる。「東北新幹線の那須塩原駅近くの葬儀場で、午後六時から通夜。明後日の午前十時から葬儀です」

「一之瀬、お前、通夜と葬儀に顔を出してくれ」渕上が話を振った。

「焼香《しょうこう》ですか?」

「阿呆《あほ》」罵《ののし》った後、渕上が声を上げて笑った。「まあ、焼香してもいいが、大事なのは出席者の様子を監視することだ。殺人事件では定番の捜査なんだよ」

「そうなんですか……」

「犯人が葬式に顔を出すこともあるからな。とにかく様子を見て来い。何でもいいから、気になることがあったら報告しろ」

「分かりました」今度は出張か。本当に、いろいろなことがめまぐるしく起きる。

「じゃあ、私も一緒に行きましょう」藤島が手を挙げた。「一人じゃ心もとないから」

「そりゃそうだ。よろしくお願いしますよ、イッセイさん」渕上がおどけて言った。

この葬儀には、誰が参列するのだろう。故郷である郡山ではなく、家族が避難している那須での葬儀。郡山が生活拠点だった親戚や古い友人たちは、ばらばらになってしまっているのではないだろうか。そもそも、郡山市民の避難状況はどうなっているのか……誰とも連絡がつかず、父親だけがぽつんと席に座る葬儀を想像すると、鬱々たる気分になる。何とか参列者を集めることはできないか——そんなことは警察の仕事ではないのだが、手助けすべきではないかと考えてしまう。犯人が捕まっていればともかく、この状態では古谷も成仏できないはずだ。

「出張の準備は進めてくれ——それと、これが古谷の自宅の電話の通話記録だ。三月分を取り寄せてある」

渕上が、全員に紙を配った。今時固定電話を使う人がいるのだろうか……古谷は使っていた。ただし、三月の通話は二回だけ——二回とも震災前である。どちらも同じ、「０２４」から始まる番号。

「郡山の市外局番だ」渕上が説明する。「さっきから鳴らしているんだが、出ない」

「契約者の名前は分かってるんですか」藤島が訊ねる。

「宮原貞雄《みやはらさだお》。住所は郡山市内だ」

「何者ですかねえ」藤島が首を捻る。

「まだ分からない。ついでに言えば、携帯電話の番号も入手したが、こちらも反応がない。つながることはつながるから、契約は生きているはずだが」

「まさか、地震で亡くなったってことはないでしょうね」藤島が声を潜めて訊ねる。

「いや、それはない。現地に確認した」

「どこかへ避難したかもしれませんね」藤島がつけ加える。「古谷さんの家族もそうでした」

「ああ。ただし、現地の警察に所在確認までは頼めないな……今、こっちの仕事を押しつけるのはまずいだろう」渕上がゆっくりと一之瀬を見た。「お前、那須からついでに郡山に足を伸ばしてみるか?」

「俺、ですか?」思わず自分の鼻を指差してしまう。被災地に入ることの意味は分かっているつもりだった。今、あそこにいる警察官の仕事は、行方不明者の捜索と被災者の手助けだ。もちろん殺人事件の捜査は大事だが、警視庁からのこのこ出張《でば》って行って、協力してもらえるかどうかは分からない。

　弱気が顔を出す。一向に復興が進まない街を見て、自分は何を考えるだろう。それでショックを受けて、何もできなくなってしまったら――一之瀬は頭を横に振って、弱い自分を否定しようとした。俺にはできる。必ずこの「宮原」という人間の正体を突き止めてやる。

「どうかしたか」藤島が怪訝そうな表情で訊ねる。

「何でもありません。出張の用意をします」一之瀬は立ち上がった。

「じゃ、俺は被害者のお父さんともう一度話してみますよ」藤島が傍《かたわ》らの電話に手を伸ばした。「もしかしたら、宮原貞雄が何者か、知っているかもしれないし」

「お父さん、どんな様子ですか?」渕上が心配そうに訊ねる。

「何度か電話で話しましたけど、まだ心ここに在らず、という感じですね。礼儀正しい人なんで、一応話はしてくれますが」

「イッセイさんに言う必要はないと思いますが……」

「分かってます。気をつけますよ」藤島が言葉を引き取った。「気を遣い過ぎることはないですからね」

　二人のやり取りを立ったまま見ていた一之瀬は、次第に不安になってきた。今までは必死に走り続けてきたが、立ち止まった瞬間に、古谷の父親の暗い悲しみが蘇ってきそうだ。ゆっくりと首を振り、特捜本部に充てられた会議室を出る。錘《おもり》をつけられたかのように、足が重くなった感じだった。

刑事課に来るのは久しぶりだった。バッグから着替えのワイシャツを取り出してロッカーにしまいこんでいるうちに、こんなことをする必要はない、と気づく。どうせ明日は出張で、しかも泊まりこみなのだ。バッグごとロッカーに突っこんでおけば……しかしロッカーは狭く、バッグが入らない。何だかいろいろなことが一発で決まらないなと苛々《いらいら》しながら、一之瀬はバッグごとしまうのを諦めた。

中身を開けて空にしたバッグを自分のデスクに置いたところで、宇佐美が部屋に入って来た。眼鏡の奥の目は不機嫌そうで、唇をきつく引き締めている。余計なことは言わない方がいいなと思いながら、一之瀬は素早く頭を下げた。

それで宇佐美の目に止まってしまった。急にこちらに向かって来て、「服はどうした」と訊ねる。

「はい？」

「背広だよ。いつの間に着替えたんだ」自分の背広のラペルをつまんで持ち上げて見せる。

「あ、いや……先ほど自宅の近くに聞き込みに行ったもので、その帰りに……」

「ずいぶん気楽なもんだな」宇佐美が鼻を鳴らす。

「いや、そういうつもりでは……」ちょっと因縁じみていないか、と一之瀬は鬱陶しく思った。

「お前、少しばかりピントがずれてるんじゃないか。昨日の捜査会議でも余計なことを言って……まだ雑巾がけなんだから、大人しく上の言うことを聞いていればいいんだ」

「特に問題があるとは思えないんですが」思わず反論してしまった。「仕事の時間は無駄にしてませんよ」

「そういうのを生意気っていうんだ。お前らは、口だけ達者でいつまで経っても仕事を覚えないいんだから。使えないな」

何が悪いのかさっぱり分からない。仕事を放り出したわけではないし、清潔な服装は、社会人の基本ではないか。もっとも、深雪に会っていたのは多少後ろめたいが……あれはまったくの偶然だ。

「まあまあ、課長」いつの間にか部屋にいた藤島が、突然割って入った。「俺が着替えるように言ったんですよ。こいつ、相当汗臭かったから」

「イッセイさん……甘やかし過ぎじゃないですか」

「いやいや、清潔な服装は刑事の基本ですよ」藤島が背広の襟を両手でそっと撫でつけた。「汗臭い格好で会いに行っても、相手を嫌がらせるだけでしょう。これでいいんですよ。それに明日、出張が決まりましたから、ちょうどよかった」

「そうですか。まあ……」不満そうに宇佐美が口をつぐむ。「しかし、イッセイさんは甘いんだよなあ」

「そりゃあ、元々優しい男ですからね」

藤島がにやりと笑う。宇佐美は呆《あき》れたように肩をすくめて部屋を出て行ってしまった。

一之瀬は唾を呑み、「あの……すみません、庇ってもらって」と頭を下げた。

「気にするな。課長は普通の人だから」

「普通って何ですか？」

「あの年齢——課長や俺みたいに五十歳前後の人間は、お前さんたちの世代の人間が鬱陶しくてしょうがないんだ」

「何でですかね」

藤島が声を上げて笑う。一瞬真顔になり、「世代間の断絶なんて、いつの時代にもあるんだよ。俺だって、入って来た頃は『新人類』なんて言われたもんだ」

「はあ」言葉としては知っている「新人類」だが、どういう風に評価されていたかは分からない。何十年も昔の話だ。

「俺たちの上の世代だって、『団塊《だんかい》の世代』だったり『しらけ世代』だったり、いろいろ馬鹿にされてきたんだよ。でも皆、そのうちちゃんと成長して役に立つようになった。お前さんたちの世代も同じだと思うね」

「評判、悪いみたいですけど」

「まあ、今まではかなり異質かもしれないが、そのうち余計なことは言われなくなるだろう」

「イッセイさんは何とも思わないんですか」

「俺？　俺は若い連中に慣れてるからね」藤島が肩をすくめる。

「そうなんですか？」

「何だかんだで、昔から後輩に教える仕事が多いんだ。面倒見がいいように見えるんだろうな」

　確かに。二年余世話になったハコ長の秋庭も「世話焼き」だったが、それは口煩《くちうるさ》さの裏返しでもあった。格言めいたことをよく口にするのは、少しだけ滑稽《こっけい》だったし……よくいる、古いタイプの警察官という感じだった。しかし藤島は、さらりと言ってくる。それ故、自然に耳を傾けようと思えるのだ。

「さて、もう一仕事だな。今夜も定時通行調査だ」

「やっぱり、やるんですよね」何の手がかりもなく時間が過ぎた昨夜を思い出すと、げんなりする。

「そりゃそうだ。まあ、明日はゆっくりできるかもしれないから、安心しろ。刑事の出張っていうのは、悪いもんじゃないぞ」

〈11〉

二日続きで寮の部屋に泊まったが、それにも慣れてきた。というか、つい先日までの寮暮らしの感覚を取り戻しつつあった。月曜日——普通の日常が始まる。特捜本部の面倒を見るために、土日も警務課の職員はフル出勤していたが、今日からは他の課も完全に平常業務である。署内は朝から人でごった返し、騒がしい。

一之瀬は、午前中を電話の解析に費やした。まず、古谷の携帯に電話をかけた公衆電話が割れたので、そこを調べに行く。一件はJR渋谷《しぶや》駅西口、モヤイ像前に二つ並んだ電話ボックスのうちの一つ。もう一件は、東京メトロ神保町《じんぼうちょう》駅のA3出入り口のすぐ前にある一台だった。どちらも人通りが多い場所である。渋谷の方は電話の横にある喫茶店、神保町では銀行とディスカウントショップで話を聴いてみたが、三日前のごく短い時間に誰が公衆電話を使っていたかなど、分かるはずもない。

その聞き込みに許された時間は昼過ぎまでで、一之瀬と藤島はいったん千代田署に戻り、すぐに東北道経由で出発した。新幹線を使わなかったのは、余震によるダイヤの乱れが心配だったのと、まだ那須塩原から先の運転が再開されていなかったからである。

新幹線に比べて、高速道路の復旧は早かった。発生から二週間も経たないうちに九十パーセント以上が応急復旧を終えて通行可能になり、一般車両も通行できるようになった。この作業が遅れていたら、東北地方への援助は決定的に滞っていたに違いない。

首都高から東北道に入ると、トラックやダンプカーが目立つようになった。しかし全体に交通量は少なく、渋滞が起きるほどではない。ハンドルを握る一之瀬は、東京から遠ざかるに連れ、少しずつ緊張が解れていくのを意識した。藤島はさすがに疲れが出たのか、助手席で居眠りしている。隣で寝られると運転しにくいんだよな……BGMもあるわけがなく、一之瀬は一人で眠気との戦いに挑まざるを得なかった。仕方なく、脳内でジミ・ヘンドリックスの曲を再生する。「マニック・ディプレッション」から「ファイヤー」を経て「ボールド・アズ・ラブ」。自分が生まれるはるか前に死んだこの偉大なギタリストを「好きだ」と言うと、学生時代のバンド仲間たちは変な顔をしたものだ。いくら何でも古過ぎるのでは？　頭の中では「勝手にしろ」と憤《いきどお》っていたが、特に言い訳はしなかった。音楽の好みはそれこそ人それぞれで、古いも新しいもない。それに「ジミヘン」の名前は一人歩きしているが、実際に曲を聴いたことのある人間は、自分の世代では超少数派だろう。知らないで笑うような連中を説き伏せて、ジミヘン好きにさせる暇はなかった。

千代田署を出発して二時間半。東北道を黒磯板室《くろいそいたむろ》インターチェンジで降りて、東北新幹線の那須塩原駅方面へ向かう。田園風景が次第に普通の「街」になり、やがて駅が姿を現す。しかし……何もない。駅前の高い建物と言えば、ホテルとマンションがそれぞれ一棟あるだけ。事前に地図を見てきた限り、この街の本当の中心部は、新幹線が停まらない東北本線の黒磯駅周辺のようだ。市役所もそちらに近い場所にある。

「おっと……まず、地元に声をかけておかないとな」突然目を覚ました藤島がぼそりと言った。

「地元って……」

「地元の所轄だ。仁義を切っておくと、何かあった時もスムーズに行くんだよ——ちょっとその辺に停めてくれ」

一之瀬は車を路肩に寄せて停めた。ダンプカーが一台、かなりのスピードで追い越していく。交通課の連中だったら、すぐにサイレンを鳴らして追いかけていきそうな速度違反だったが、今は非常時が続いていると考えるべきだろう。

藤島がカーナビをセットし直し、道順を指示した。所轄は新幹線の駅から西へ五百メートルほど行ったところにあり、庁舎はまだ真新しい。三階建てのこぢんまりとした建物で、クリーム色の壁面が落ち着いた雰囲気を醸《かも》し出《だ》していた。

藤島は副署長と刑事課長に挨拶をし、捜査の様子を簡単に説明した。一之瀬は黙って横で聞いているだけだったが、地方の警察官とも気楽に話す藤島の姿を見て、「警察一家」

などという言葉を思い出していた。全国に警察官は二十五万人もいる。普段一緒に仕事をすることがなくても、ネットワークは全国津々浦々に広がっているのだ。

「よし、これでＯＫだな」藤島が腕時計を見た。「そろそろ行かないと……通夜が始まる前に、様子を見ておきたい」

「家族には挨拶するんですか？」

「それは状況次第だ」

「東京の外で仕事をすることも、結構ありますよね？」覆面パトカーのドアを引き開け、運転席に腰を落ち着けながら一之瀬は訊ねた。「地元の所轄には、必ず挨拶するものなんですか？」

「どうしても時間が取れない時以外は。公安の連中なんかは、よく地元無視で家宅捜索《ガサ》をかけたりしてるようだけど、あの連中のやり方は特殊だからな」

「そうなんですか？」

「そうだよ。何しろ警視庁公安部っていうのは、日本で過激派の捜査ができるのは自分たちだけだと思ってるんだから。ま、実際は過激派も縮小する一方だから、連中の仕事もどんどんなくなってるんだけどな。今後は、人員と予算の確保で、今まで以上に頭を使うことになるだろう」

露骨に馬鹿にしきった口調だった。刑事部と公安部の確執について、先輩たちがよく口にしていたが、あれは本当なのだろうか……秋庭は「公安部は役所だから」と独自の見解を披露したことがある。自分たちも役所の一員なのは間違いないのに。

駅の東側、国道四号線沿いにある葬儀場は、よく見かける「メモリアルセンター」だった。駐車場が都内の小学校の校庭ぐらい広いせいで、入り口付近からは建物がはるか遠くに見える。黄土色と茶色の落ち着いた建物。一之瀬は、小学生の頃に出た母方の祖父の葬儀を思い出した。四つの葬儀が同時並行して行える葬儀場で、何だか工場みたいだ、という印象を抱いたものである。

まだ通夜の時間には早いので、駐車場はがらがらだった。車は四台だけ……家族はもう来ているのだろうか。藤島は躊躇《ちゅうちょ》せずに建物の中に入り、今日の葬儀の予定を確かめた。

「古谷さんのところだけだな」表に出て来て、ぼそりとつぶやく。「好都合だ」

「と言うと？」

「ここに集まる人間は、全員関係者だろう？　話を聴くにしても、相手を選ばなくて済む」

それから顎に手を当て、しばし沈黙した。ほどなく、腿《もも》をぽんと叩くと、「お焼香ぐらいさせてもらおう」と言い出した。

「そういうことして、いいんですか？」

「ケースバイケースだけどな。今回は、とにかく家族に挨拶しておいた方がいい。俺たちは一回会ってるし、こそこそやってるのを見かけたら、向こうだっていい気持ちじゃないだろう。ここまで来たことをアピールするだけでも効果はあるぞ」

あざとい感じがしたが、ここは先輩の言うことに従っておこう。しかし、自分の格好は何ともまずい……スーツは濃い紺色なので、葬儀に出てもぎりぎりおかしくないものだが、ネクタイが金色なのだ。自分にとってはラッキーカラーなのだが、葬儀のことまでは頭が回らなかった。

慌ててネクタイを外すと、藤島が目ざとく気づく。

「どうした」

「いや……さすがに金色のネクタイはないですよね」

「そうだな」藤島が上から下へと視線を落とし、一之瀬の格好を点検した。「金色だったら、ない方がましだ」

そう言う藤島のネクタイは、遠目には黒に見える濃紺だった。スーツも濃いグレーのストライプ柄で、葬儀に出てもおかしくない服装だった。今後、ロッカーに必ず暗い色のネクタイを入れておくこと、と一之瀬は頭の中にメモした。

藤島は、斎場の職員に遺族控室の場所を訊ねた。広い畳部屋で、古谷の父親と、親戚らしい年長の男女が一人ずつついるだけ。部屋の真ん中にぽつんと座った三人の姿は、ひどく寂しく見えた。

一之瀬は、古谷の父親の姿を見てぎょっとした。二日前、土曜日の朝に会ったばかりなのに、ずいぶん様子が変わってしまっている。喪服のサイズがそもそも合っていないのか急激に痩《や》せたのか、肩がずり落ちそうだった。ワイシャツの首もずいぶん余って隙間《すきま》が空いており、ネクタイをきつく締めているせいで布地が不自然に重なっている。背中も丸まり、顔には疲労の色が濃い。声をかけるのも憚《はばか》られる雰囲気だった。

しかし藤島は、平然と近づいて行く。父親が顔を上げると、一度立ち止まってゆっくりと頭を下げた。父親は藤島が誰なのか、一瞬把握し損ねたようだったが、すぐに思い出して正座し、頭が畳につくほど深く頭を下げる。藤島が彼の前で正座したので、一之瀬もその後ろで膝を折った。いつでも動き出せるように、腿は少し浮かせておく。

「お忙しくなる前にご挨拶を、と思いまして」藤島が切り出した。

「ご丁寧に、わざわざすみません」声がしわがれていた。

「最初にお焼香だけさせていただきます」

「……はい」

「申し上げにくいのですが、まだ有力な手がかりはありません」

「はい」

「現在、息子さんの交友関係の調査をしています。このお通夜に、知り合いの方がいらっしゃるようでしたら、お話しさせていただくことになりますので、ご了承下さい……ご迷惑はおかけしないようにしますので」

「いえ」

藤島が一呼吸置き、「電話でもお伺いしましたが、宮原貞雄さんをご存じですか」と訊ねた。

「宮原……」父親の目は泳いでいた。「考えてみたんですが、覚えはないです。そんなに珍しい苗字でもないですよね」

「息子さんが、自宅の電話で何度か話していた人で、郡山の方なんです」

父親が助けを求めるように、男女の二人組を見た。二人とも困惑したような表情で、首を横に振るだけだった。本当に知らないのか、それともそういうことを考える余裕すらなかったのか……後者かもしれない、と一之瀬は思った。忙しく動いたり必死で考えたりすることで悲しみを忘れられるかもしれないが、息子の死を悼《いた》む気持ちは、他のすべてを吹き飛ばしてしまうのではないだろうか。

「……すみません、分からないんです」

「同級生ではないんですかね」

「どうでしょう……リストもまだできていないので」

「こちらでも調べてみます。今日の通夜には、息子さんの同級生の方たちは来られるんでしょうか」

「どうでしょう」父親が溜息をついた。「仲がよかった子に電話はしました。連絡は回っているかもしれませんけど、なにぶんにも地震の後ですから……家族と一緒に避難した子もいますし、地元に残っている子たちも大変なんです」

「無理はできませんよね」藤島が深くうなずく。「出席する人がいたら、我々で勝手に話を聴いてみます。そちらにご面倒はおかけしませんから、どうぞ、我々が動き回るのをお許し下さい」

父親は無言で頭を下げた。言葉も発することができないほど疲れている様子である。一之瀬はずっと、喉に酸っぱいものがこみ上げ続けるのを感じていた。こんな仕事が続いたら、遅かれ早かれ胃潰瘍《いかいよう》になるのではないか。

藤島に促され、一之瀬も正座したまま頭を下げる。父親もまた頭を下げたが、何をしているか自分でも意識せず、脊髄《せきずい》反射になってしまっているようだった。

事件はこれほど人の生気を奪うのか……犯人が捕まったとしても、彼は元の自分を取り戻せるのだろうか。


通夜が始まる前に、遺体と最後の対面をした。通夜に参列してしまったら、他の参列者に目を配ることができなくなるから……棺桶に収まった古谷は、最初に現場で見た時よりは穏やかな表情になっていたが、一之瀬はつい、あの時の苦しそうな表情を重ね合わせてしまい、申し訳ない、と頭の中で謝罪した。

寂しい通夜だった。

会社の人間が十人ほど。それに古谷の地元の友人らしい同年代の男女が十人ばかりと、親戚だろうか、年配の人たちが数人いるだけで、広い斎場はがらんとしていた。大学時代の友人、堀も結局顔を出していない。藤島は焼香が始まる前に受付に向かった。一之瀬も慌てて後に続く。

「誰が来てるか、署名の確認だ。名簿を貸してもらえ」藤島が小声で指示する。

「分かりました」

実際には、貸してもらう必要すらなかった。受付には、古谷の高校時代の同級生らしき男女二人組が陣取っていたが、彼らの後ろから覗きこむ格好でメモし終えるのに、五分もかからなかったのである。それだけ参列者の少ない、寂しい通夜だった。

藤島の目配せに気づく。ついでに今、この二人から話を聴いてしまえ——か。一之瀬は、女性に声をかけた。ひどく背が高い——ヒールの低い靴なのに、百七十八センチの一之瀬とさほど身長が変わらない——ので、正面から向き合うと何とも話し辛かった。

「お忙しいところすみません、東京の千代田署の一之瀬と申します。ちょっとお時間いただいてもいいですか」

「はい、でも……」女性の顔に戸惑いが浮かぶ。「これからまだ人が来るんです」

「そうなんですか？」

「高校の同級生が何人か、郡山から車で一緒に……少し遅れる、と連絡があったので」

「それまでで結構です。お願いします」一之瀬は丁寧に頭を下げた。

女性が、受付でコンビを組んでいた男に視線を向けた。男がひどくくたびれた目つきでうなずく。それを確かめて、一之瀬は女性を建物の外へ連れ出した。空気はひんやりとし、コートなしではきつい。だが女性は、寒さに慣れているのか、まったく平気な様子だった。黒いワンピースの喪服は、自分のスーツよりもよほど薄そうだったが……外へ出たところに灰皿があり、誰かが消しそびれた吸い殻から細く煙が上がっていた。それをちらりと見て、女性が小さなハンドバッグから煙草を取り出してくわえる。流れるような仕草で火を点けようとして、はっとしたように一之瀬に「いいですか？」と訊ねた。

「どうぞ」

女性が煙草に火を点け、深々と一服した。吐き出した紫煙と息が混じり合い、顔の周りで漂う。夜になって、気温は一桁《ひとけた》の前半に下がっているようだ。駐車場には、相変わらず車は少ない。しかも節電で照明を落としているせいでひどく暗く、ここで通夜が行われているのが信じられないぐらいだった。

一之瀬はまず、個人情報の確認から入った。女性が、火を点けたばかりの煙草を慌ててもみ消し、ハンドバッグに手を突っこんで名刺入れを取り出した。一之瀬は両手で名刺をる。


押し頂き、名前を確認する滝田咲《たきたさき》。勤務先は郡山市内の専門学校だった。名前からして、デザイン専門のようであ。

「先生なんですか?」

「事務です」

「古谷さんとは……」

「高校の同級生でした」

「仲はよかったんですか?」

「まあ……どうでしょうね。高校を卒業して二人とも東京に出たので、向こうでも何回か会いましたけど……彼は東京に残って、私は地元に戻ったので、それからはあまり会っていません」

「古谷さんは、あまり地元に戻らなかったそうですけど」

「ああ……」咲の顔が一瞬曇る。また煙草を取り出し、長い指先で弄《いじ》ったが、口にくわえようとはしなかった。「嫌ってましたからね」

「何かあったんですか?」

「詳しく話したことはないけど、田舎を嫌う人、少なくないでしょう?」

「そう……ですかね」東京で生まれ育った自分には、そういう感覚は分からない。元々東京という街には、「故郷」の感覚が薄いからだろう。

「とにかく、ほとんど地元には帰って来てなかったと思います」

「連絡は？　電話やメールはどうですか」

「私はほとんど連絡は取ってませんでしたけど……」

「他には誰かいましたか？」

「いたと思いますけど、よく分かりません。地元にいない人のことは、そんなに話題になりませんよね」

「こんなこと言うと失礼かもしれませんけど、古谷さん、嫌われていたんですか」

「違います」咲がむきになって反論した。しかしすぐに、自信なさげな表情になってしまう。「嫌われていたっていうわけじゃなくて、ちょっと影が薄かったっていうか……目立たなかったですね」

「つまり、友だちは少なかった？」

「そういうわけじゃないですけど……」咲の言葉が溶けて消える。

「仕事が大変だったみたいでしたけど、その辺りの話は何か、聞いてませんか？」

「噂《うわさ》で聞いたぐらいで、直接は……」咲が首を横に振った。いい加減なことは言いたくない、という感じである。

「宮原貞雄さんという人をご存じありませんか？」

「宮原？」咲が首を捻る。「高校の同級生で、宮原由衣《ゆい》っていう子がいますけど……お父さんかもしれません」

「間違いないですか？」

「すみません……ちょっと確認していいですか？」

咲が煙草を指に挟んだまま、建物に入った。受付の男の下に向かい、小声で何か訊ねた。それを聞いた男が、横にいた藤島に顔を向ける。藤島は素早くうなずき、一之瀬に言った。

「今、ちょうどその話をしてたんだ」

「そうなんです？」

一之瀬が訊ねると、藤島が「何でそんなことを聞く？」とでも言いたげな冷たい視線を向けてきた。一之瀬は耳が赤くなるのを意識した。それはそうだ……宮原貞雄という人物を割り出すのは、かなり優先順位の高い仕事なのだから。

「娘さんが高校の同級生らしい」

「宮原由衣さんですね？」一之瀬は確認した。横に立つ咲に顔を向け、「今、どこにいるんでしょう」と訊ねる。

「会津《あいづ》じゃなかったかな……会津若松《わかまつ》」助けを求めるように、男の顔を見た。

「ええ。会津の親戚のところに避難してるはずです」男がはっきりした声で答えた。

「会津ですか」一之瀬は頭の中で福島県の地図をひっくり返した。郡山の西隣だったか……。

「自宅と店が半壊したそうです」男が説明を続けた。「酒屋をやってたんですけど、古い建物だったので……それで、会津若松の親戚を頼って、一時的にそっちへ避難しているみたいです」

「まだ会津にいるんですよね」一之瀬は念押しした。

「どうかな……そう聞いたけど、まだ混乱しているんですよ。俺は直接話してないし」

「その女性——宮原由衣さんですけど、連絡先は分かりますか？」

二人が同時に携帯を取り出した。あまりにもタイミングが良過ぎたせいか、二人がまたも同時に苦笑したが、結局咲が携帯電話の番号を教えてくれた。

「由衣はちょっと変わった子で」咲が言い訳するように言った。「地震の時まで、携帯を持ってなかったんです」

「それだといろいろ困りませんか？」

「いや、由衣は家の仕事を手伝っていたので……だいたい家にいたわけですから、携帯なんかいらないって言って。でも、さすがに地震の後はどうしても携帯が必要になったんですね」

一之瀬はさっそく、由衣の携帯電話に連絡してみた。留守番電話につながる。

「出ませんね」顔をしかめて携帯を閉じる。

「メッセージを残しておけ」

藤島の指示を受け、一之瀬は建物の外に出た。寒さは一層厳しくなっており、思わず身震いしてしまう。リダイヤルして由衣の番号を呼び出し、すぐに連絡が欲しい、とメッセージを残した。これで一安心か……携帯を畳み、溜息をつく。空を見上げると、ひたすら暗い。地震の後、東京でも節電がかまびすしく言われ、繁華街の灯がだいぶ落とされた。二十四時間明るい灯台のような役目を果たしていたコンビニエンスストアさえ照明は控えめで、街全体から灯りが失われたようだが、あれとは比較にならない暗さである。

建物の中に入り、藤島に目配せする。了解、とでも言いたげに藤島がうなずいた。一之瀬は再び、咲に質問をぶつけた。

「古谷さんと宮原さんは、仲はよかったんですか?」

「うーん」

また、助けを求めるように男を見た。男も首を捻るばかりで、答えは出てこない。

「昔、つき合っていたとか?」

「いや、それはないです。絶対に」咲が顔の前で大袈裟に手を振った。「由衣は、高校の時にはつき合ってる子がいたし」

「その後は?」

「どうかな……その子と別れたのは間違いないですけど、詳しいことは……私も、そんなに頻繁に会うわけじゃないので」

「だったら、古谷さんとはどういう関係だったんでしょう」

「知ってるとは思いますよ。確か、三年の時には同じクラスだったし」

男もうなずいた。クラスメートか……しかし、彼らが高校を卒業してから、既に十二年が経っている。微妙な歳月だ、と一之瀬は思った。

地元とほとんど関係を絶っていた古谷が、由衣とだけは連絡を取り合っていたとすれば、特別な関係としか考えられない。それを他人に隠しておくのは、それほど難しくないだろう。しかし……古谷に長距離恋愛は無理ではないかと思った。あれだけ忙しくしていたのだ、会うだけでも一苦労だろう。由衣にしても、実家の仕事を手伝っていたなら、それほど頻繁に休みは取れなかったはずだし。

「この件……古谷さんが亡くなった件について、由衣さんから連絡はありましたか?」

二人が顔を見合わせた。咲が「ないですね」と答える。

「連絡はしたんですか?」

「しましたよ。携帯に出なかったんで、留守電も入れてメールも送って……でも、返信はなかったんです。お通夜と葬儀の日程が決まった時にもう一度連絡したんですけど、やっぱり返事はありませんでした」

「どういうことでしょう」

「分かりません」咲が困ったように首を振った。「さっきも言いましたけど、ちょっと変わった子なんで……」

「どんな風に？」

咲が男の顔を見た。男も困ったような表情を浮かべている。それで、二人とも由衣に対してあまりいい印象を持っていないのだ、と分かった。

厄介なことになるかもしれない。だが、由衣が古谷と話していた可能性は極めて高いのだ。彼に何があったのか……どうしても由衣には話を聴かなければならない。


結局由衣と連絡が取れたのは、翌日の朝だった。由衣は通夜には顔を出さず、一之瀬が何度電話を入れても留守電だったのに……朝の七時に、一之瀬は電話の呼び出し音で、夢さえ見ない眠りから引きずり出された。駅の西口にある、まだ新しいホテルの部屋での睡眠は快適だったが、それが一気に吹っ飛ぶ不快な電話だった。

「何か、電話もらったみたいですけど」いかにも面倒臭そうな声。

「……宮原由衣さんですね」一之瀬は一度電話を耳から離し、着信を確認した。

「そうですけど、何か用ですか」

まだ頭が痺れたままだ。しかしここは、一気に話を持っていかなければならない。

「亡くなった古谷さんのことです」

「ああ、古谷ね」素っ気ない口調だった。

「あなた、地震の直前に何度か古谷さんと電話で話してますよね」

「そうだったかな」

恍《とぼ》けている様子ではなく、本当に覚えていない感じである。もしかしたら彼女の人生は、地震前・後で分断されてしまったのかもしれない。一之瀬はすっかり馴染みになった、喉が詰まるような感触を再び味わった。

「電話なんかしょっちゅうしてるから、一々覚えてないわね」

「三月二日、それと七日にも」

「日付は覚えてないけど」

由衣の声が強張る。怒らせたら何にもならない、と一之瀬は質問を引っこめた。沈黙が訪れると、ノイズが耳に飛びこんでくる。これは——ロードノイズだ。由衣は車に乗っている。もしかしたら、自分でハンドルを握っているかもしれない。警察官が、危険な運転を助長するようなことをしちゃいけないな、と思ったが、途中で切ることもできない。

「私、忙しいんだよね」由衣が唐突に言った。

「それは分かりますけど——」

「昨日も全然寝てないし」

「しかし、あなたと話をする必要があるんです」

「あー、じゃあ、午後でもいい？　郡山で」

「今、会津若松にいるんじゃないんですか」

「そうだけど、あちこち行ったり来たりしてるから。忙しいのよ、地震のせいで」

「……そうですか」

「これから福島まで行って、一度会津に戻って……それから郡山だから、三時頃でもいいかな。私の自宅、分かる？」

「酒屋さんですよね」

「元、酒屋。今は営業してないから」由衣が素早く訂正した。「三時で大丈夫ね？」無理矢理判断を迫る口調だった。

一之瀬は頭の中で今日の予定を反芻《はんすう》した。葬儀は午前十時から……十二時には終わって、那須を離れられるだろう。確か郡山までは、直線距離で七十キロほど、高速を使って一時間もあれば到着できるはずで、三時なら余裕だ。

「分かりました。三時にお伺いします」

「あなた、古谷の葬式に出るの？」

「はい。――十時からです」どうしてあなたは来ないのだ、という質問が喉元まで出かかった。この質問はひどく安直であり、彼女を怒らせてしまいそうな気がする。

「悪いけど、私の代わりにお線香、あげておいてくれる？」

「それは構いませんけど、どうして自分で来ないんですか？　それほど遠いわけでもないでしょう」

「死んだ人に構っててもしょうがないから。私は、生きてる人のために仕事しなくちゃいけないの。じゃあね、運転中だから、事故起こしたらつまらないし」

一之瀬に次の言葉を許さず、由衣はいきなり電話を切ってしまった。何と乱暴な……しかし彼女は、何か知っていそうな気がする。最初の手がかりになるかもしれないと、一之瀬は密かに胸を躍らせた。

〈12〉

「なるほど、ボランティアね」納得したように藤島が言った。

「ええ。古谷さんの同級生——滝田さんから聞いたんですが、家族も放り出してボランティア活動をしているそうです。物資の運送や、被災者の面倒を見たり」

「自分の家族も大変だろうにねえ」助手席の藤島が、ちらりと窓の外を見る。東北道の流れは順調で、あと三十分ほどで郡山に着きそうだ。「実家の酒屋、再開できるのかね。酒屋なんて、地震の時には一番被害を受けるだろう」

一之瀬は、地震のニュースに登場する、コンビニエンスストアや酒屋の様子を脳裏に思い浮かべた。割れて散乱した瓶の山は、揺れの大きさを写真や映像で表現するのに一番適しているのだろう。

「ご両親はもう六十歳を超えてますから、店を再開する気も起きないかもしれませんね」

「だろうな。六十を過ぎると、いろいろなことが一気に面倒臭くなるそうだから」

「本人はやる気満々の様子でしたよ」

「ボランティアと商売じゃ、全然違うだろうけどな……それにしても立派なもんだ。自分も被害に遭ってるのに、自分たちで何とかしようとしてるんだから。頭が下がるよ」

「そうですね」

自分たちが東京で呑気な生活を送っていることを、少しだけ申し訳なく思う。国家的一大事に、警察官として少しの助力もしないのは、間違っていないだろうか。城田、お前はきつい思いをしているかもしれないが、ちょっと羨ましいよ。自分は東北で頑張ったと、何十年経っても胸を張れるのだから。

いや、俺の仕事だって大事なんだ、と改めて自分に言い聞かせる。大震災の復旧作業に手を貸すより、殺人事件の捜査の方が軽い、などとは口が裂けても言えない。人の命に軽重をつけられるわけがないのだ。

郡山南インターチェンジで東北道を下り、市街地を目指す。国道四号線に入ってしばらく北へ向かって走っていると、右側に巨大な建造物……白い鉄骨を網のように組んだ建物がちらりと見えた。建造物というより奇妙なオブジェのようで、やけに目を引く。

「何ですかね」

地図を見ていた藤島が「ビッグパレットだな」と不機嫌な声を上げた。「コンベンションセンターだが、今は避難所になってるみたいだな」

震災の影響は、まだあちこちに残っているわけか……車が市街地に入り、郡山駅に近づくと、一之瀬は再び緊張が高まるのを意識した。

「道路状況もあまりよくないと思う」藤島の声も不機嫌に緊張している。「ナビを当てにしないで、周りをよく見て走れ」

「了解です」

今回の地震では、揺れそのものよりも津波による被害の方がはるかに大きいと聞いていたが、内陸部の郡山でも、建物は大きなダメージを受けていた。一階部分が潰れ、傾いたビルの横を通る時など、冷や冷やする。歩道が波打っているように見えるのも、地震の影響だろうか。市内は一見、平穏な状態を保っていたが、むしろ一之瀬には不気味な静けさに思えた。地方都市は、昼間でも閑散としているというのだが……馬鹿みたいに抜けた青空が、かえって居心地の悪さを感じさせる。

郡山は古い街で、住居表示が分かりにくい。少し迷った後、二人はようやく目的の場所にたどり着いた。駅の東側で、工場地帯の外れ。工場ばかりが延々と続く光景を見ていると、ここは「商業地」でも「観光地」でもなく「工業都市」なのだと実感させられる。大企業の地方工場、地元の小さな工場、それに運送会社の建物が隙間なく並んでいた。車を降りた途端に冬のような冷たさが全身を包みこむ。

見つけ出した「宮原酒店」の看板は斜めになったままで、今にも落ちそうだった。古い木造の建物自体にダメージはないように見えるが、専門家の鑑定で「危険」と判断されたのだろう。

しかし、まるで営業しているようだった。店の前で、由衣らしき女性が酒のケースを積み重ねていたのである。後始末ということか……車を停めて降り立つと、由衣が目を細めてこちらを見た。小柄だががっしりした体形で、肩に筋肉がついているのが分かる。トレーナーにジーンズ、裏地のついたベンチコートという格好で、二人を見ながら軍手をゆっくりと外した。

「ほら、ここはお前に任せたぞ」藤島に背中を押され、一之瀬はゆっくりと彼女に近づいた。

長い髪を後ろで一本に編みこみ、眼鏡の奥の目は険しい。化粧っ気はまったくなく、唇も白かった。丸顔で愛嬌のある顔立ちなのだが、拭い去れない怒りと恐怖のせいか、表情が険しくなっている。

「先ほどお電話しました、千代田署の一之瀬です」

「電話したの、私だけど」

どうして一々突っかかるのか、理由が分からない。午前中、連絡が取れたことを咲に話し、由衣のことを詳しく教えてもらった。何でも、彼らの高校では女子では珍しい理系で、学年でもトップクラスの成績だったらしい。コンピューター部の部長で、自分でプログラムを組むぐらいだった。どこでも好きな大学に楽々入れそうな成績だったにもかかわらず、進学せずに家業の手伝いに入って周りを驚かせた。「一番びっくりしたのは、進路指導の先生でしたけど」と咲は打ち明けた。いい大学に生徒を押しこんで、手柄にするチャンスをあっさり失ったのだから、驚くのも当然だろう。

進学しなかった由衣の言い分は「大学は退屈そうだから」。しかし本音は別だったようだ。由衣は高校生の頃から大酒呑みで、二日酔いで学校を休むことすらあったらしい。周りは胡散臭《うさんくさ》い目で見ていたが、本人はまったく気にする様子も隠す様子もなかった。「近くに呑むものがたくさんあるんだから、しょうがないじゃない」と肩をすくめていたという。高校生でアルコール依存症？　あり得ないと一之瀬は思ったが、咲は嫌そうな表情を浮かべるだけだった。

今の由衣には、アルコールの気配は微塵《みじん》も感じられない。何とか立ち上がろう、人を助けようという強い思いに突き動かされているようだった。

「家の中へ……と言いたいところだけど、入っちゃいけないんで」こともなげに由衣が言った。

「危ないんですか？　そうは見えないけど」

「専門家が言ってるから、しょうがないわ」由衣が肩をすくめた。「中へ入った途端に崩れたら、馬鹿みたいでしょう？　それで死んだら、震災死にカウントされるのかしらね」

次々と勢いよく飛び出す皮肉っぽい台詞に、一之瀬は言葉を失っていた。何なのだろう、彼女は……変わり者なのは間違いないが、一之瀬には判断しにくい相手だった。

由衣がいきなり、店の横にある自動販売機に向かった。財布を取り出すと、乱暴に千円札を突っこみ、立て続けにボタンを押す。缶コーヒーを三本持って、戻って来た。

「どうぞ」

「どうも……」甘いコーヒーが飲みたい気分ではなかったが、仕方なく受け取る。藤島も一本取った。

「座るところぐらいないとね」

由衣がビールケースを持って来て、椅子代わりに三つ置いた。三人がそれぞれ、三角形の一辺を占める格好で座る。何とも間抜けな事情聴取になった。

「自販機はね、すぐに生き返ったの」由衣が、二つ並んだ青い自販機を見ながら言った。

「だから時々、補給に来てるのよ。自販機って、地震の時には命綱なのね」

「このお店はどうするんですか」

「どうしようか」一之瀬の質問に対して、由衣は軽い調子で切り返した。「建て替えなくちゃいけないけど、そんな余裕はないし。親もすっかりやる気をなくしてるから、ちょっと考えないと」

「大変でした」

「別に、全然」

首を横に振って、由衣がベンチコートのポケットから煙草を取り出した。火を点けると、ようやく表情を緩める。ずいぶん珍しい煙草——見たことのない煙草だった。一之瀬の視線に気づいたのか、由衣が箱を振って見せる。

「ポールモール。あんまり見ないでしょ？」

「ええ」煙草を吸わない一之瀬は、銘柄には詳しくないのだが。

「好きなんだけど、地震の後は品薄で大変だったのよ。救援物資にも、煙草はあんまりなかったし……今は、煙草は必需品ってわけじゃないのね。喫煙者は、世間の邪魔者かも」

彼女の無駄な饒舌《じょうぜつ》さに、一之瀬はたじろいだ。話を始める糸口すら摑めない。昔の——高校時代の話から始めるか。

「コンピューター、ずいぶん詳しいんですよね。高校でコンピューター部の部長だったとか」

「まあね。でも、そんなに大した話じゃないから。あの頃はもう、プログラムを組むのなんて、そんなに難しいことじゃなかったし」

「そういうのを生かして仕事をしようとは思わなかったんですか？」

「別に……何か、先が見えちゃったから。プログラマーなんて、三十歳ぐらいまでしかできないのよ。才能が枯渇するっていうかね……で、その先どうするか、全然分からなかったから。今は遊びで弄ってるぐらい……それより、古谷のことだったわね」

「そうです」向こうから話を持ち出してきたのでほっとする。「頻繁に連絡を取ってたんですすか」

「昔はそうでもないけど……最近かな。ここ一、二年ぐらい」

「何かきっかけはあったんですか」

「古谷がフェイスブックをやってるのを見て、それで連絡を取って」

「彼は、ソーシャルメディアの類いはやってなかったはずですが」最近は、そういう物を真っ先に調べるのが捜査の常道らしい。普段の行動が丸見えになるのだ。

「昔はmixi《ミクシィ》とかもやってたけど、最近になって全部やめちゃったみたい。仕事柄、新しいサービスにはすぐに手を出して試すんだけど、実際に続けていくだけの時間がなかったみたいよ。ああいうの、無駄に時間を食うから」

「忙しい」はここでも証明された。一之瀬はうなずき、質問を続けた。手帳は開かない。藤島もボールペンを指先でぶらぶらさせていた。

「あなたもフェイスブックをやっていたんですね」

「そう。新しい物好きなんで」

その割に彼女は、地震が起きるまで携帯を持っていなかった。「変わった人」という評判が脳裏に蘇る。

「それで連絡を取るようになって……？」

「たまに電話とか、ね」由衣が煙を吹き出す。今日は比較的暖かく、最高気温は十五度まで上がっているが、白い息を吐いているようにも見えた。

「古谷さんは、あまり人づき合いのない人のようでしたけど」

「変わってるから……っていうか、忙し過ぎたんじゃない？　一日何時間会社にいたのかしらね。もしかしたら、ブラック企業ってやつじゃないの？」

「そのことで何か愚痴でも？」

「愚痴っていうか、不安がってたかな」

「どういうことですか」一之瀬は座り直した。硬いプラスティックのビールケースは、さすがに尻に優しくない。

「それは私にも分からないんだけど、会社で何かあったみたいね」

「具体的には？」

一之瀬が身を乗り出すと、逆に由衣はすっと引いた。

「分からないって言ったでしょう。とにかく『会社がやばい』って言ってたのは覚えてるけど……具体的に何が『やばい』のかは分からないわね」

一之瀬は藤島と視線を合わせた。藤島が首を捻る。会社が「やばい」と言うと、普通は「経営が思わしくない」とイメージする。売り上げが極端に落ちているとか……しかしザップ・ジャパン社に関しては、そういうことはないはずだ。ＩＴ系では日本で有数の優良企業だ——上場しているので、ある程度の情報は公開されている。

「やばい、ですか」

「そう、やばい」由衣が缶コーヒーをぐっと一口飲んだ。煙草の灰が長くなっている。灰皿があるわけもなく、人目を盗むようにアスファルトの上に灰を落とした。「何か、すごく疲れてたし」

「それはそうでしょう」

「仕事以外のこともあったみたいね」

「プライベートで？」

「いや、会社のことではあったみたいだけど」

「よく分かりませんね」一之瀬は首を捻った。会社のことというのは、プライベートではなく、すなわち仕事ではないだろうか。「要するに、仕事なんでしょう?」

「違うわよ。仕事以外でも忙しくてって言ってたから」

「会社のことで?」

「あなた、何だか回りくどくない?」由衣が唇をねじ曲げ、煙草の煙を横に吐き出した。

「私、さっきからそう言ってるわよね」

「そうなんですけど、何だか筋が通らないじゃないですか」

「まあ、それはそうだけど……」居心地悪そうに言って、由衣が缶コーヒーを飲み干した。吸い殻を空き缶に落としこむと、ごく小さな「じゅっ」という音が響く。「会社で悪さをしてたとか?」

「ちょっと待って下さい。そうなんですか?」

「だから、例えばの話よ、例えば」鬱陶しそうに言って、由衣が新しい煙草に火を点ける。

「会社の金を横領するとか、貴重な情報を盗むとか。会社に勤めながら、損害を与えてる人って一杯いるでしょう?」

「はあ」

「なによ、頼りないわね。あなた、警察官なんでしょう」

「まあまあ、こいつは新人なんで」藤島がいきなり割って入った。「その、悪いことをしてるというのは、あくまであなたの想像ですよね?」

「そう言ってますよ、何度も」

「そういう線かもしれないですねえ」

「そうなんですか?」由衣が目を見開く。

「だって古谷さんは殺されたんですよ？　何かトラブルがなければ、そんな目には遭わないでしょう」

「そうだけど、極端過ぎないですか？　ホワイトカラー犯罪と殺人事件じゃ、全然別物だと思いますよ」

「おや、ホワイトカラー犯罪とか、よくご存じだ」藤島が皮肉っぽく言った。

「それぐらい、常識じゃないですか」由衣が鼻を鳴らす。「あ、あと、こっちに帰るかもしれないって言ってたかな」

「郡山を嫌ってたはずなんですが」一之瀬は言った。

「確かに古谷は、この街を嫌って出て行ったけど、もしかしたら東京にいられないようなことでもしてたのかもね。はっきりとは知らないけど」

ここまでか……かすかな手がかりとさえ言えないかもしれない。しかし、古谷が「忙しい」だけではなく「悩んでいた」ら。その原因が分かれば、次の一歩を踏み出せるのではないか。

〈13〉

「まああ、悪くなかったな」

車の中で、藤島がぽつりと漏らした。郡山駅の東側にある由衣の実家から、駅の西側へ向かう国道四九号線を走っている最中だった。道路はやけに渋滞しており、のろのろ運転が続いていた。阿武隈《あぶくま》川を渡る橋にさしかかったので、少し身を乗り出して様子を見てみる。水量が少なく、河川敷が大きく露出していた。ぽつりぽつりと並ぶ枯れ木が、侘《わび》しさを加速する。橋の欄干はあちこちが錆《さ》びついて白い塗装が剝《は》がれ、茶色が覗いていた。侘しい気分になり、視線を前に戻す。

「それは、褒めてるんですか」

「ゼロよりはいい、ということだ。具体的な話はなかったけど、古谷が間違いなく追いつめられていたのは分かったんだから」

「会社に、ですかね？」

「うーん」助手席に座った藤島が顎を撫でる。「ま、その辺は向こうへ戻ってまた周辺捜査だな。取り敢えず今日中にもう一人、か」由衣が紹介してくれた古谷の高校時代の友人だった。勤務先を訪ねるのが、郡山での最後の仕事になるだろう。

「おっと、お仲間がいるぞ」

阿武隈川を渡り終えたところで、藤島が目ざとく、民家の広い敷地に停まった二台のパトカーを見つけた。確かに「警視庁」と書いてある。応援の連中か……この辺で検問、警戒中なのだろう。

赤色灯を振っている制服警官の脇を通り過ぎようとしたが、その瞬間、赤色灯を振っているのが城田だと気づき、思い切りブレーキを踏みこんだ。ヘルメットを目深《まぶか》に被っているので、すぐ近くに来るまで気づかなかった。

「おい、どうした」藤島が鋭い声で訊ねる。

「城田です……八重洲《やえす》交番の」

「おお、あいつか」

「知ってるんですか?」

「うちの若手の名前と顔ぐらいは、全部分かってるよ」

一之瀬は車を路肩に寄せて停めた。一瞬躊躇《ためら》った後、ハンドルを左に切って敷地に車を乗り入れる。

「ちょっと挨拶してきていいですか」

「もう停めてるじゃないか」

「すみません」

一礼してシートベルトを外し、車を飛び出す。川が近いせいか空気は湿《しめ》って冷たく、冬を思わせたが、「城田！」と叫ぶと体が内側から熱くなる。城田が驚いたように顔を上げ、ヘルメットを少しずらして視界を確保すると、にやりと笑い返してきた。こんなところで偶然会って、驚くかと思ったのに……何だか余裕がある。

「どうした」

訊ねながら、道路を行き来する車に視線を投げ続けている。向き合って喋るのは無理だと判断し、一之瀬は横に並んでやはり道路側を向いた。

「出張なんだ、例の事件で」

「スーツなんか着てるから、分からなかったよ」

「そうだよな……俺もまだ、スーツに着られてる感じがする」

「まだまだ刑事にはなってないってことだね」城田が面白そうに言った。

「交通整理か？」彼の軽い皮肉に直接は答えず、一之瀬は聞き返した。

「というか、検問だ。得体の知れない奴が結構入って来てるから、県外ナンバーはチェックしてるんだよ。無人の家を荒らしている奴もいるようだし」

「とんでもない話だな」一之瀬は怒りで耳が赤くなるのを意識した。

「まあ……こういう状況だといろいろあるんだろう。何が起きてもおかしくないよ」どこか達観したような口調だった。「ところでそっちはどうだ？　例の殺し、何か進展は？」

「あまり上手くないな」

「そうか」

仕事の邪魔になると分かっていても、一之瀬はつい今の捜査の状況を話してしまった。といっても、自分の手の内にあることしか分からないが……昨日から捜査会議にも出ていないので、全体の動きはまったく分からなくなってしまっている。

「——じゃあ、今からその北村俊樹《きたむらとしき》っていう男に会いに行くんだな」

「勤務先へ直行だ」

「場所、分かるか？」

「分かるよ」一之瀬は苦笑した。「ナビがあるんだぜ」

「ああ、そりゃそうだ」城田が笑い声を上げた。

「おいおい、いつまでも大事な仕事の邪魔をしてるんじゃない」ぶらぶらと近づいて来た藤島が注意した。

「すみません」先に頭を下げたのは城田だった。

「お、何だか顔つきが変わったな」藤島が嬉しそうに言った。

「そうですか？」城田が掌で頰を擦る。

「いい顔になってるよ。やる気満々って感じじゃないか。疲れてないか?」

「大丈夫です。気が張ってますから」

城田はどちらかと言えば、飄々《ひょうひょう》としたタイプである。必要以上に熱くなることはなく、要領よくスマートに仕事をこなしていく。それが今、動きからして変わっていた。きびきびして、喋り方にも骨がある。

「ここで鍛えられたのかね」

「ええ、鍛えられてます」城田が笑った。

「お前さんも、刑事課に来る前に、東北で苦労しておくべきだったかもしれないな」藤島が一之瀬に苦言——因縁をぶつけた。「その方が、警察官として幅が広がったんじゃないか」

そうかもしれません、とは言えなかった。手を挙げれば「行け」と命じられたかもしれないが、自分は刑事課で頑張る道を選んだ。それが判断ミスだったとは思いたくない。

「ま、仕事は巡り合わせだからな」藤島が肩をすくめる。

その巡り合わせを、城田は上手く自分の物にしているのだろうか。あいつが帰って来たら、ゆっくり話そう……眩しい存在になって、まともに会話が成り立たないかもしれないが。

「あんたも、きついかもしれないけど頑張ってくれ。警視庁の代表として来てるんだから」

　ずいぶん持ち上げるものだ……自分が嫉妬《しっと》しているのに気づいて、一之瀬は驚いた。仲間が仕事ぶりを認められたからと言って、一々嫉妬していたら馬鹿みたいだ。やっている仕事がまったく違うのだし。

「悪かったな、忙しいのに」どこか後ろめたさを感じながら、一之瀬は城田に言った。

「いや、大丈夫だ」

　明るく話してはいるが、城田の目の下に隈《くま》ができているのに一之瀬は気づいた。それなりに疲れが溜まっているのは間違いない。

「疲れてるだろう」

「まあな」城田が認める。「でも、気が張ってるから。俺、案外田舎の勤務が向いてるのかもしれない」

「お前が？」まさか。城田も東京、しかも浅草《あさくさ》の生まれである。地方の人が想像する「東京人」、それも下町の人間の典型だ。

「何か、濃いんだよ」

「人間関係が？」

　城田が真顔でうなずいた。

「こういう状況だからかもしれないけど、俺たちの方が気を遣ってもらったりしてね。本当は逆なんだけど、結構沁《し》みる。悪くないと思うな、こういうの」

「お前は下町の人間だから、元々そういうのに慣れてるんじゃないか？」

「かもな。少なくとも、千代田署の交番にいるよりはずっとやりがいがある。ま、お互いに頑張ろうや」城田がやけに爽やかな笑みを浮かべる。「お前はお前、俺は俺。それぞれの持ち場で頑張るしかないよな」

「……ああ」

「お前、やっぱり刑事の顔になってるよ」城田はどこか嬉しそうだった。

「そうかな」一之瀬は思わず顔を擦った。

「環境が人を変えるんだろう。頑張れよ」

「ああ」

「あと、深雪ちゃんによろしくな」

「ああ、まあ……」一之瀬は言葉を濁した。城田も深雪には会っていて、三人で食事をしたこともある。城田は深雪に「友だちを紹介してくれ」と盛んに迫っていた。

何となく名残惜しい……しかしそれぞれに仕事があるのだ。一之瀬はわざと素早く一礼して城田の下を去った。覆面パトカーに乗りこんだ時には既に、城田は赤色灯を振っていた。

「お前の彼女、みゆきちゃんっていうのか」助手席に座った藤島がぽつりと言った。

「まあ……そうです」否定するわけにもいかず、一之瀬は言葉を濁した。

「いきなり特捜本部で、会えなくて寂しいだろう」

「そんなことないですよ」偶然家で会った、などとは言えない。ましてや、チョコチップクッキーを焼いてもらったことは絶対に秘密だ。

「ま、こういうのは誰でも同じだから。離れてるのが辛かったら、さっさと結婚しちまえ」

「そんなの、まだ分かりませんから」この件に関してはやけにしつこいな、と辟易した。

「愚図愚図してると、ろくなことがないぞ」

「分かってますよ」

「さ、さっさと事情聴取を済ませよう。今日中に東京へ戻った方がいいだろうしな……まず、向こうに電話だ」

一之瀬は登録したばかりの番号を呼び出し、電話をかけた。最初の一声を聞いただけで、今度の事情聴取は楽だろう、と楽観的になる。もちろん由衣に比べれば、誰と話しても楽だろうが。

北村の勤務先は、市の北部の街道沿いにある家電量販店だった。いかにも地方の店舗らしく、売り場は「広大」という表現がぴったりなほど大きい。端にエスカレーターがあって、一階の駐車場から上がって行くのだが、そこから見て反対側の端がはっきり見えないほどだった。節電のためか照明が落とされた分、やけに閑散とした印象でもある。事務室を訪ねると、北村はすぐにパソコンから顔を上げ、立ち上がって出迎えてくれた。いかにも生真面目そうな男で、一之瀬たちの訪問に恐縮しきっている。

「古谷のことは聞いています。葬式にも行こうと思ったんですが……」

「いろいろと大変なんですよね」

「まだ全然落ち着かなくて」

実際事務室の中は、荷物で溢《あふ》れて混乱していた。段ボール箱などが積み重ねられ、話ができないわけではないが、何となく落ち着かない。かといって、売り場で話をするわけにもいかない……家電量販店の売り場は、音の洪水なのだ。声を張り上げても、会話ができないことも多い。

「ちょっと、外へ出ませんか?」一之瀬は北村を誘った。

「いいですけど、寒いですよ」

「車の中でもいいです。ここだと、落ち着いて話せませんよね」

「……そうですね」

北村は結局同意した。彼が先に立って事務室を出て行く。藤島は、小声で「今の判断は八十点だな」と点数をつけた。

「何で急に点数が上がってるんですか？」

「話をするのに、落ち着いた環境は大事だからだよ。しかし、車の中は避けた方がいい。そこでマイナス二十点だ」

「どうしてですか？」

「横並びになるからだ。話をするには、相手の顔を正面から見た方がいい。そうすると――」ひときわ声を低くする。「嘘がつきにくくなる」

しかし、北村は嘘をつくようなタイプではないだろう、と一之瀬は判断していた。どことなく、純朴な感じがする人物なのだ。古谷の葬儀に行けなかったことについても、本当に申し訳なく思っている様子である。

藤島に言われたことが引っかかり、結局車には乗らずに、一階の駐車場の一角に落ち着いた。車はほとんど停まっていない。白いトヨタ・ヴィッツの中で、中年の女性が深刻そうな表情で携帯電話で話しているのが見えたので、そこからできるだけ離れる。話を聞かれるわけでもないだろうが……吹き抜けで、夕方の冷たい風が遠慮なく吹きこんでくるのを避けるために、太い柱の陰に身を寄せた。まだ新しい店舗なのだが、亀裂が入っていないだろうな、と少しだけ心配になる。

「お忙しいところ、すみません。あなたのことは、宮原由衣さんから聴きました」

「ああ、宮原」薄暗い中、北村がかすかに苦笑した。彼女の変人ぶりにかなり悩まされていた過去が透けて見える。

「最近、古谷さんと会ったそうですね」

「ええ、今年の二月かな？　本社で研修があった時に、東京で会いました」

「それまでも頻繁に会ってたんですか？」

「そんなこともないです。今回はたまたま思いついて……高校を卒業してからは、そんなに何度も会ってないですよ」

「高校時代は、仲はよかったんですか？」

「そうですね……いい方だったと思います。あいつ、高校時代は一人でいることが多かったから、数少ない友だちって感じですかね。でも別に、あいつは変な奴じゃないですからね。基本的に真面目で優しいし」

ずいぶん庇うものだ。むきになっている感じすらする。その割には葬儀に出なかったわけだが……彼自身が、尋常ではない状況に追いこまれているのだから仕方ないのだろう。

「会った時、どんな感じでした？」

「滅茶苦茶疲れてました」

やはりそうか。その辺りは、由衣が電話で話して感じた印象と合致している。

「仕事で、ですか？」

「そうなんでしょうけど……ちょっと引っかかることがあって」

「何ですか」一之瀬は思わず一歩詰め寄った。

「俺のことを聞いてきたんですけど」

「あなたのこと？」

一之瀬は一瞬頭が混乱するのを感じた。もちろんしばらく会わなかった友人同士なら、「今どうしてる？」というのは定番の会話だろう。互いの仕事の内容を聞くのも普通だ。しかし北村の表情は、そういう気楽な会話でなかったことを示唆《しさ》している。

「いや……俺というか、うちの会社のことなんですけど」

「はい」

「お前のところ、ブラックじゃないかって言い出して」

「どういう意味ですか？」

北村が目を伏せる。いかにも言いにくそうだった。ブラック企業……一之瀬たちが就職活動をしている時にはあまり聞かなかった言葉だ。

「ご存じかもしれないけど、うちも世間ではいろいろ言われてるじゃないですか」

「そうですか？」

「サービス残業がやたら多いとか、辞める人間がたくさんいるとか……」

「ああ」北村の家電量販店に限らず、最近そういう話はよく耳にする。要するに、若い社員を「使い捨て」としか見ていない企業が目立つようになった、ということだ。過労死、あるいは自殺から裁判沙汰になるのも珍しくない。昔は過労死と言えば、働き盛りの四十代や少しくたびれてきた五十代が多かったと思うが……人を使い捨てにしても確保しなければならない利益とは何なのだろう。そんなことをしていれば、会社自体が長続きしないはずなのに。

「まあ、うちなんか軽いもんだと思いますけどね」

「なるほど……それで、ちゃんと話したんですか？」

「ちょっと膨らませて」北村が皮肉っぽく目を細め、両の掌の間隔を十センチほど広げた。

「確かにうちはサービス残業はあるし、離職率も高いです。でも田舎にいると、あまり実感できないんですよね。そういうのは首都圏の店舗や本社の話じゃないですか。こっちはのんびりしたものですよ」

「古谷さんは、何で急にそんなことを聞きたがったんでしょう」

「さあ」北村が首を傾げる。「何か意味はあったと思うけど……話の流れで出てきた感じじゃなかったですからね。あるじゃないですか、『ところで』って言って、急に改まって話し始める感じ」

「分かります」

「だけど、うちのことなんか聞いても、ねえ。職種が全然違うんだから、参考にならないでしょう」

「そうですね」相槌を打ちながら、一之瀬は古谷が自分の会社のことを気にしていたのではないか、と疑った。自分の会社に問題があるからこそ、他人の会社の内情が気になる。比較して、どれだけひどいのかを実感したい——そう考えると、古谷がひどく疲れていたという事情にもつながってくる。

もしかしたら古谷は、自分の会社のことを調べていた？　そのために、他の会社の事情が気になった？

「ザップ・ジャパンはどうなんでしょうか」

「どうって？」

不審そうに言って、北村が煙草に火を点ける。駐車場で煙草を吸っていいのだろうか、と一之瀬はぼんやりと考えた。

「ブラック企業かどうか」

「いや、違うでしょう」慌てて左手を振ると、指先に挟んだ煙草から火の粉が散る。「あそこ、優良企業だと思いますよ。ＩＴ系だからエンジニアはきついかもしれないけど、本人がきついと思わなければ、問題にはならないでしょう。プログラマーとかエンジニアは、すぐ仕事に入りこんでむきになるから。連中が疲れてるのは自業自得なんですよ」

「それは——」違う、と反論しようと思って一之瀬は口をつぐんだ。考えてみれば、自分たちの仕事もブラックそのものではないか。金曜の夜に呼び出され、今は火曜日。その間、自宅には一回戻っただけである。へばるまで疲れてはいないが、世間一般の常識からすれば働き過ぎだろう。

「給料もいいし、働いた分は稼いでると思いますよ。あいつ、何も言わなかったけど、多分年俸は俺の倍以上だと思うし」

「そんなに貰ってるんですか？」一之瀬は思わず目を見開いた。

「あそこは上り調子だから」北村が、右手を胸の辺りから顔の高さまで斜めに上げた。

「確かに辞める人は多いですけど、IT系はどこも同じようなものじゃないですか。そんなに大変な話じゃないですよ。気に食わないことがあれば、辞めちゃえばいいんです。プログラミングの腕がある人間なら、働く場所はいくらでもあるから。業界独特の文化みたいなものじゃないですかね」

「だったら、古谷さんは辞めずに生き残ってきた感じですか」

「あー、そうかも」

北村が、煙草を携帯灰皿に突っこむ。ほとんど吸っていなかったことに、一之瀬は今さらながら気づいた。

「だって、三十歳でザップ・ジャパンの総務課長って……普通はあり得ないですよね。よく分からないけど、同期は皆辞めちゃったとか？　ライバルがいなくなったのかもしれませんね」

「それで、会社として成り立つんですかね」大量採用、大量辞職で、生き残ったわずかな人間だけが幹部になる——まさにブラック企業そのものではないか。

「だから、オッサンがいなくてもＩＴ系の会社は成り立つっていう、いい証明なんじゃないですか」

それまで沈黙していた藤島が、いきなり声を上げて笑った。それを見て、北村が耳を赤くする。

「すみません、別に……」

「いやいや、いいんですよ」藤島が北村の謝罪を遮った。「ＩＴ系みたいな新しい仕事だと、年寄りはそもそもよく分からないからね。もちろん、俺たちみたいなオッサンを必要としてくれる仕事もあるから、社会は上手く回ってるんだろうけど……しかし何ですか、そんなに辞めて、一人だけ生き残った三十歳が総務課長ってことは、ちょっと異常に思えるけどね」

「実態は知りませんよ？　単に、あいつが超優秀だっただけかもしれないし」

「高校の時の印象だと、どうですか？　仕事ができそうな感じだった？」

「うーん」北村が腕組みをした。「そういうの、学生時代の感じからは分からないですよね。就職した途端に、人が変わったみたいに仕事する奴もいるし、どんなに成績がよくても、全然使えない奴もいるし」

「古谷さんは、高校時代の成績はよかったですよね？」

「よかったですよ。それにあいつはやっぱり、仕事もできたんじゃないかな。肩書は能力の反映でしょう」

「古谷さん、何か仕事以外のことで時間を取られていた感じはありませんでしたか？」

「いや、どうかな……仕事だけだと思いますけどね。子会社担当は、大変だったみたいです。ザップ・ジャパンの子会社って、何十社もあるそうなんです。全部の子会社の業績に目を配っていたら、それは疲れるでしょう。そのことは零してました」

「なるほど」藤島が納得したようにうなずく。

「あ」北村が突然言って、一之瀬の顔を真っ直ぐ見た。

「何ですか？」

「持ち株会社が、子会社の業績なんかについて調べるのを、何て言うんですかね」

「監査、ですか？」それは古谷の仕事ではなかったはずだが。

「それじゃないか……まあ、言葉はともかく、『会社のことを調べるのは大変なんだ』って零してましたよ」

「どの子会社ですか？　それとも全体に、ということですかね」ザップ・ジャパン社について、一之瀬は簡単にしか調べていないが、規模はともかく「コングロマリット」という表現も大袈裟ではないと分かってきた。それこそ傘下には、ありとあらゆる業種が包含されているのだ。多くがネットをベースに展開されるビジネスで、転職支援サイト、不動産、通販、ネット専門の番組製作会社、リサーチ会社……何故か農業まである。「ザップ・ジャパンファーム」という名前のこの会社は和歌山に本社があるが、具体的に何をしているかまでは調べなかった。きりがない。

「ええとね……コンサル系の子会社があるんですけど、そこの名前は出してたな」

「何という会社ですか」一之瀬は手帳のページを繰った。ザップ・ジャパンの子会社の名前と業務内容は全部書きつけてある。「ザップ・ジャパンビジネスリサーチ、ですか?」

「ああ、それだったかな。BRとか略してました」

「その会社のことを調べていたんですね?」

「だったと思いますよ。でも、突っこまれても困ります。こっちも酔っぱらってたし、そんなに真面目に聞いてなかったし。だいたい、子会社の担当なんだから、いろいろ調べるのは当たり前でしょう?」

「でも、具体的に名前を出したのは、その会社だけなんですよね」

「まあ、そうだったかなあ……」北村は、次第に発言に自信を持てなくなってきたようだった。

「他に何か、その会社――ザップ・ジャパンビジネスリサーチのことを言っていませんでしたか?」

「いや、分かりません……そんな急に思い出せませんよ。それよりあいつ、本当は辞めようとしてたんじゃないかな」

「そんな話、あったんですか」急に話が変わったので、一之瀬は戸惑った。

「独立ですよ。でかい会社で出世するより、小さくても自分の城の方がいいって、しみじみ言ってました」

「具体的に予定していたんですかね」

「分かりませんけど、会社を始める気になれば、いくらでも人は集められるからって言ってましたよ。まあ、吹かしていただけかもしれないけど」北村が、口の前で手をぱっと広げた。

突然、古谷が銀行口座に入金した五百万円を思い出した。あれはもしかしたら、起業のための資金だったのではないか？　どうやって工面したかは分からないが……そのことを訊ねてみたが、さすがに北村は知らなかった。

「思い出したら、連絡して下さい」一之瀬は名刺の裏に携帯電話の番号を書いて差し出した。

「思い出すかどうか、分からないですよ」北村は三歩ぐらい引いた感じだった。

「一生懸命、思い出して下さい。犯人を捕まえないと、古谷さんの無念は晴らせないんです」

〈14〉

ふむ、と藤島が鼻息のような音を鳴らした。特捜本部に連絡を入れて、郡山インターチェンジから東北道に乗ったばかり。既に午後六時近く……東京へ帰り着くのは九時頃になるだろう。体はまだまだ元気だったが、一之瀬もさすがに気持ちの疲れは感じていた。宇都宮まで百二十キロの表示を見て、さすがにげっそりしてしまう。

気になり、藤島をちらりと見る。腕組みをして、暗い道路を凝視していた。

「何か？」気になって、つい聞いてしまう。

「いや、さっきの話なんだけどな」

「北村さんですか？」

「ああ」藤島が腕を解き、両手を組み合わせた。そこに視線を落とし、指先を細かく動かす。そうすることで、考えをまとめようとでもしているようだった。

「ＢＲ……ザップ・ジャパンビジネスリサーチのことだが、古谷は業務として調べてたのかね」

「俺も何か変だと思いました」一之瀬は、ハンドルを握る手に力を入れた。

「どんな風に?」

「俺たち、仕事で知ったことを外に漏らしたら馘《くび》ですよね」

「実態はともかく、建前ではそういうことになってるな」藤島がうなずく。

「民間の会社でも同じじゃないんですか。どこの会社だって、自分の会社の利益にかかわるような秘密を、関係ない人間に話したらまずいでしょう」

「そうだな」藤島が相槌を打った。声に、少しだけ熱が感じられる。

「もしも古谷さんが、業務の一環としてビジネスリサーチ社のことを調べていて、何か問題が出たとしても、外の人には言わないですよね」

「だろうな。まあ、もしかしたら古谷は、口の軽い人間だったかもしれないが」

「そんな人だったら、こんなに早く出世しないんじゃないですか? 上に信頼されてるから、三十歳で総務課長なんですよ」

「一理あるな」藤島が同意した。

「もしかしたら独立するのは本気で、もう会社の秘密を喋ってもいいと思っていたとか……」

「お前、なかなか冴えてるじゃないか。少し疲れてる方が、頭が回るのか?」藤島がからかうように言った。

「そういうわけじゃないですけど……」ほんのわずかな事実からあれこれ推理するぐらいは、誰にでもできる――それこそ刑事でなくても。「あの、もしかしたら古谷さんは、個人的にビジネスリサーチ社のことを調べていたんじゃないかとも思うんです」

「何のために?」

「それは分からないですけど……」

子会社を調べる――何か目的がなければ、そんなことはしないはずだ。そもそも、そういう調査を個人的に行うのは、危険でもあるだろう。古谷は、子会社の様々な情報を知りうる立場にある。それを利用して個人的な調査をしたら、その行為こそが問題になるのではないだろうか。意味が分からない。

「惜しいな。七十点やってもいいが、そこどまりだ。古谷がどうして個人的にビジネスリサーチ社のことを調べていたか、上手く説明できる仮説が出たら、もっと点数をアップしてもいいけどな」

「どうも」むっとして、一之瀬は運転に集中しようとした。

「で、この件をどうやって調べるつもりだ?」藤島が、一之瀬の気持ちをあっさり無視して訊ねた。

「内部調査は難しいでしょうね」答えながら、一之瀬は顎を撫でた。昨夜泊まったホテルに備えつけの剃刀は切れが悪く、大き目の傷が二ついている。指先で触れると、まだひりひりとした痛みが残っているのが分かった。

「潜入捜査でもしてみるか？」

「そんなこと、できるんですか？」

「派遣社員として中に潜りこむのはどうかね。それで、シュレッダーにかけられる前の書類を持ち出して調べてみる、とかな。あるいは社内ネットワークに侵入して、内部資料をコピーしてくる」

「それ、違法じゃないですか」

「無理か……おいおい、こういうのは、お前さんの方が言い出すもんじゃないのか？ 若い、何も知らない人間が無茶な捜査方法を提案して、俺がたしなめるのが普通だろうが。逆だよ」

「はあ」

「何だ、気合いが入ってないな。捜査が動かない時も、気合いだけは入れておかないと駄目だぞ」

「気合い論」が出ちゃったよ……むしろ、冷静で論理的な考え方こそ必要なはずなのに。今のところ、自分たちの捜査はひどく場当たり的な感じがしている。こんなものなのだろうか。ある意味人海戦術で、大量の刑事を動員してひたすらとっかかりを探す。誰も「考えていない」。いや、上は考えているのかもしれないが、きちんとした道筋が示されないのは、誰も推理していない証拠かもしれない。

気づくと、藤島が携帯電話を取り出していた。メールを打っているようだが、キーを叩く手の動きが異常に速い。

「イッセイさん、携帯打つの、速いですね」

「ああ？　馬鹿にするなよ」

「してませんけど……」

「オッサンは、携帯やパソコンが苦手だと思ってるかもしれないが、そんなこともないんだぞ」

「思ってませんよ」実際には、そういう印象を持っている。今五十近い人が、普通にパソコンや携帯電話を使うようになったのは、三十五歳ぐらいの時だったのではないだろうか。三十五歳になって、それまで触ったこともない電子機器に手を伸ばすのは、結構抵抗があるはずだ。

「今は、これがないと仕事にならないからな。携帯は大丈夫なんだ……よし、と」小さな電子音が聞こえ、メールを送信し終えたのだと分かった。

「特捜へ連絡ですか？」

「いや」

「じゃあ……」

「個人的な用事だ」

家族にでも連絡したのだろう、と思った。藤島も事件発生以来、ずっと家に帰っていない。家族——何人家族かも知らないが——はこういうことに慣れているかもしれないが、たまには連絡を入れてフォローするのが、家庭円満のコツかもしれない。そう言えば俺も、また深雪を放ったらかしにしている。せめて後で、メールだけでも入れておくことにしよう。

そこそこ車は走っているのだが、首都高に比べれば東北道はがらがらだった。片側二車線なのであまり飛ばせない……居眠りしないように気をつけようと、一之瀬は昼間のうちに仕入れておいたガムを口に放りこんだ。きついミントの匂いが口から鼻に抜ける。

「おっと……早いな」ぼそぼそと独り言を言って、藤島が携帯を耳に押し当てた。「はい」と低い声で返事をする。一之瀬に内容を聞かれたくないのか、窓に体を押しつけるようにして距離を置いた。

「藤島です。ああ、どうも。ご無沙汰しちゃって……いえいえ、メールぐらい打ちますよ。そちらこそ、メールで返せばいいじゃないですか。え？　俺の声が聞きたい？　また、お戯《たわむ》れを」藤島が声を上げて笑う。どうやら気安い相手のようだ。「すみませんね、お忙しいところ。いや、今ちょうど出先で、東京へ向かってるところなんですよ。着くのは夜遅くになるかな……そう、お会いするのは難しいんです。それでメールを差し上げた次第なんですけどね。ええ。細かい話で恐縮なんですが、ザップ・ジャパンビジネスリサーチという会社、ご存じですか？　そうです。ザップ・ジャパンの子会社なんですけど。通称BR社。はあ……なるほど」

うなずき、藤島が手帳を広げる。だが固定電話の受話器と違って、携帯電話は肩と耳で挟むのはまず不可能だ。ということは、デスクがなければ、電話しながら手帳に書きつけるのは不可能……藤島はすぐに手帳を閉じてしまう。記憶力に頼ることにしたようだ。

「何か、変な噂は聞きませんか？　いや、素人みたいな言い方だってことは分かってますけどね、なにぶん、手持ちの情報が少ないもので。すみませんけど、こういう曖昧《あいまい》な聞き方しかできないんですよ。ええ、すみませんね……はい。そうですか……まあ、そうですよね。いくらあなたでも、いきなりこんな話をされたら困りますよね」

いったい誰と話しているのだろう、と一之瀬は訝った。話し方からして、警察内部の人間とは思えない。情報提供者？　ベテランの刑事は、こういう人を何人も「飼って」いるということか。

「ええ、ちょっとこの件を調べてみたいんですけど、何かヒントを……誰かお知り合いは？　ええ。知り合いはいないけど、分かる……ああ、なるほど。そういうことですか。さすが、人物往来にはお詳しい。え？　調べれば分かること？　いやいや、こっちはまったく知らない業界ですからねえ。馴染みがないところだと、調べるにも時間がかかるんですよ。はい……すみません、ちょっと待っていただけますか」

藤島がもう一度手帳を取り出した。ページをしっかり開き、膝に載せる。これで手帳が閉じなくなり、何とか文字を書けるようになったはずだ。

「どうぞ、お願いします……ええ。はい……知らないですね。いやいや、無知じゃないですよ。普段おつき合いがない業界だってだけです。ええ……なるほど、そこもですね？話すと思いますか？　それはこっちのテクニック次第？　はっ、それはもっともですね」

ひどく親しげな口調。相手は藤島より年上、そして目上だろうが、距離感はゼロに近い。高校の先輩に話すような調子である。藤島がボールペンの先で手帳を突っつき、一人納得したようにうなずいた。

「いやあ、お世話になりました。すみませんね、いつも急な話で……いやいや、近々、必ずお返ししますんで。申し訳ない。ええ……何か分かったら、また」

電話を切り、藤島が細く息を吐いた。一之瀬に向かって、「明日も仕事ができたぞ」と告げる。

「誰と話してたんですか」

「ちょっと、な」電話での威勢のいい話し振りと打って変わって、曖昧な口調になった。

「ネタ元ですか」

「そういうのは、内輪の人間相手でも言えないんだ」

「隠しておかなくちゃいけないような人なんですか」

「あらゆる状況から守らないといけないから。内輪の人間だって、敵《かたき》になるかもしれないしな」

「俺は敵じゃないですよ」

「ま、お前には引き合わせてもいいけどな。それより明日は、他の会社の社長さんにご対面だぞ」

「何なんですか？」

「ザップ・ジャパンが、『IT界の学校』って呼ばれてるのを知ってるか？　あそこの出身で、自分でも会社を起こして成功している人間は、結構多いそうだ」

「そうなんですか？」

「そうだよ。俺も、今聞くまでは知らなかったけどな。会社に在籍していた人間っていうのは、多かれ少なかれ、そこの情報を握ってるもんだろう？　何か分かるかもしれない。それに、一人所在が割れれば、その人をとっかかりにして名簿が作れるかもしれないじゃないか。そうやって、芋づる式に人間関係をつなげていくんだ」

「はい……」

「こういうやり方、覚えておけよ。行き当たりばったりに誰かに話を聴いて、すぐにいい情報が出てくる確率はゼロに近いからな」

「分かりました」

「人間は一人じゃ生きられない。必ず繋《つな》がりを持ってるから、それを探すのが大事なんだよ……さて、俺は寝るからな。近くなったら起こしてくれ」

言うなり、藤島がシートを倒した。ちらりと横を見ると、早くも目を閉じている。ふっと溜息をついて肩を上下させ、前方に意識を集中させ始めた瞬間、もう寝息が聞こえてきた。そう言えば秋庭も言っていた。「眠る時は、五秒で寝つけるように訓練しろ」。そんなことは無理だと苦笑いしたものだが、すぐ横にいい手本がいる。

もっとも、簡単に見習うことはできないだろう。神経質なのは自分でも分かっている。ふとしたことが気になり、眠れなくなってしまう夜も多い。昨夜もそうだった。くたびれていたのに、いつもと違う部屋だというだけで、なかなか眠りにつけなかった。実際には、今はどこが自分の部屋なのかさえ分からなくなっているのだが。下北沢のマンションは引っ越して間もない。寮の元の部屋も既に居場所ではない感じだ。少し落ち着きたいよな、と思いながら、眠気覚ましにガムを嚙《か》むスピードを上げ、頭の中でジミヘンの曲をリピートさせる。何故か、アルバム『バンド・オブ・ジプシーズ』から「ウィ・ガッタ・リブ・トゥギャザー」。ジミのアルバムの中で最もファンク色が濃いこのアルバムの曲は、眠気を追い払うのに最適だ。

藤島は規則正しい寝息をたてている。本当に寝入ってしまったらしい。まあ、いいか……一見元気そうで、とても四十八歳には見えない藤島だが、これだけきつい仕事が続けば疲れるだろう。そして一之瀬は何ともない。寝つきが悪いのに普段あまり寝不足を感じないのは、要するに短い睡眠時間で済む体質、ということではないか。

そんなことを言ったら、藤島は「刑事向きだ」と褒めてくれるだろうか。

承認欲求——こういうことを考えるから「ゆとり」と馬鹿にされるのかもしれない。怒鳴るよりも褒めて育てる方が、互いに楽だと思うのだが。

〈15〉

首都高の渋滞に巻きこまれ、千代田署へ帰り着いたのは結局午後十時近くになった。捜査会議も終わっており、出張の成果を短く報告した後で、あっさり解放される。久しぶりに家でゆっくり眠れる……と思ったが、実際にはそう簡単にはいかなかった。

捜査会議の様子を聞いたり、出張費の精算の準備をしたりして、家に帰り着いた時には日付が変わっていた。それでも何とか気力を奮い起こして洗濯を済ませ、熱い湯を張った風呂に入り、ギターの練習までした。しばらく弾いていなかったので指先が柔になり、二十分でギブアップしてしまったが。手首の動きも硬くなったようだった。ジミヘンの曲を弾く時は、指先だけではなく手首全体を使わないとリズムが取れない。

——五時間は寝ただろうか。先日深雪が作ってくれたチョコチップクッキーを二枚、それにミネラルウォーターをボトル半分ほど飲んで朝飯代わりにする。背広に袖を通した瞬間、カレンダーを放置していたことに気づいた。一日が終わった時に、カレンダーの日付を赤のバツ印で潰すのが昔からの癖なのだ。今月は一日以降、壁のカレンダーは真っ白。デスクの引き出しから赤い油性ペンを取り出し、五日までバツ印で消して唖然《あぜん》とした。時の流れが早過ぎる。

出がけに郵便受けから新聞を引き抜く。「寮を出たら必ず新聞を取るように」と言われたのだ。ニュースぐらいはチェックしておけという意味かもしれないが、そんなものはネットでいくらでも見られる。もしかしたら、警察とマスコミの癒着だろうか。全国の警察官が新聞を取れば、二十五万部になるのだから。

まさか——馬鹿馬鹿しい。

歩きながら、一面の見出しだけをざっと眺める。今日も原発事故の続報、それに政治の混乱のニュースが紙面を埋めている。情けないよな……と思いながら、自分にはそんなことを考える資格もないのだと思い直す。今のこの状況では、誰が国の舵取《かじと》りをやっても上手くいくはずがない。政治家なんか当てにしないで、自分たちで何とかすべきだ。そう、現場で頑張っている城田たちのように。

あとは、大相撲の八百長《やおちょう》問題。これ、まだ揉めてたんだ……結局、実質的に引退勧告を受けた力士や親方の大部分が、引退届を出したようだ。何だか釈然としない幕切れに思えたが、世の中、全てに白黒がはっきりつくものでもないだろう。

警察の仕事はそれではいけないが。

よし。チョコチップクッキーは胃の中で重く澱《よど》んでいたが、久しぶりに自分のベッドで眠って、今朝は気合い十分だ。

結局「気合い」になるんだな、と苦笑しながら、一之瀬は下北沢駅への道のりを急いだ。

八時半には捜査会議が始まるから、急がなければ。

ラッシュアワーに揉まれたが、日比谷駅から地上に出た時も、まだ気力体力ともにみなぎっていた。昨夜の藤島の「気合い」の話に、知らぬ間に影響されてしまったのだろうか、と苦笑する。もう少し気合いを入れるためには、コーヒーだな……刑事課で通常業務をする時は、最年少の自分が朝のお茶の準備をすることになっていると聞いていたが、特捜本部となると別である。警務課が、様々な雑事を一手に引き受けてくれるのだ。毎朝淹れたてのコーヒーが準備されていることに、一之瀬は気づいていた。今朝は、あのコーヒーをいただくことにしよう。

そう思って特捜本部に入ったのだが、とてもコーヒーを飲めるような雰囲気ではなかった。集合時間の十分前なのに、既に席は埋まっている。刑事たちが小声でやり取りをしていて、ノイズが部屋に満ちているようだった。コーヒーを諦め、一之瀬は藤島の姿を探した。いない……仕方なく、後ろの方の空いた椅子に腰かける。藤島が遅れるのも珍しい感じがしたが、そもそもまだ遅れてもいないのだ、と改めて気づく。もしかしたらこれが、「警察時間」なのかもしれない。約束の時間は、実際には十分前倒しとか。

誰かが入って来る気配がしてドアの方を見ると、藤島だった。コートは着ておらず、荷物も持っていない。一度刑事課に寄って来たのかもしれない。

「おはようございます」横に座った藤島に、小声で挨拶する。

「今日は大人しくしてろ。お前さんが喋ることはないからな」藤島がいきなり釘を刺してきた。

「ああ……ないですかね」

「俺たちが今日やる仕事は決まってるし、特捜本部全体では、特にめぼしい成果もないんだから」

残念です、と言おうとして言葉を呑みこんだ。そんなことはわざわざ言う必要もない。会話が弾むこともなく——そもそも話がしにくい雰囲気だったが——一之瀬は壁の時計を眺めながら時間を潰した。その下にコーヒーポットがある……捜査会議が終わったら絶対にコーヒーを飲もう、と決心した。

予定通りに始まった会議では、今日の捜査方針だけが淡々と指示された。動きがないことが事前に分かっていても、何となく苛つく……これだけ多くの刑事が動いていて、まだまともな手がかり一つないのはどういうことなのか。

憮然《ぶぜん》として腕組みをし、部屋の前方を睨《にら》みつける。熱もなければ諦めもない、淡々とした雰囲気だった。こんなものだろうか、と不思議に思う。藤島ではないが、「気合い」が足りないのではないだろうか。

捜査会議が終わると、藤島はさっさと立ち上がって部屋を出て行った。慌てて背中を追いながら、「どこへ行くんですか」と訊ねると、一瞬立ち止まった藤島が振り返り、「黙ってついて来い」と答えた。

日比谷線に乗り、中目黒方面のホームへ。そこまで来て、藤島は初めて「六本木だ」と打ち明けた。

「ザップ・ジャパンですか?」

「いや……昨夜、社長さんたちの話をしたよな」

「ああ、ザップ・ジャパンを辞めて……」

「そのうちの一人に会いに行く。谷内《たにうち》という男だ。今は、スマートフォンのアプリ開発会社を経営している」

「その会社、六本木なんですか?」

「そういうこと」

「六本木ビジネスセンターですか？」それならザップ・ジャパンと同じビルだ。

「いや……」藤島がにやりと笑う。「あそこに入れたら、ＩＴ系企業としては『上がり』だ。これから行く会社は、一回り小さいビルに入ってるよ」

六本木には、オフィスビルは無数にある。しかし地上三十階建ての六本木ビジネスセンターは、間違いなく周囲を睥睨する存在だ。

「ちなみに、いつ場所を調べたんですか？」そんな余裕はなかったはずだが。

「いつの間にか、な」藤島が肩をすくめる。「俺だって手品ぐらいは使えるんだ」

昨夜のネタ元ではないか、と思った。だとしたら、藤島はやはりいい情報源を摑んでいることになる。

目的地は「六本木ウエストビル」。一種の詐欺《さぎ》だ、と一之瀬は皮肉に思った。麻布《あざぶ》税務署のすぐ近く、ということは住所は六本木ではない。「ビジネスセンター」に比べれば月とスッポンの、七階建ての細長いビル。

その五階に、谷内の会社「Ｄｅｅ」はあった。エレベーターを下りると受付代わりに受話器を置いた小さなデスクがあったが、社名のロゴを見た瞬間、一之瀬は谷内がハードロックファンだと確信した。ギブソン・レスポールらしきシルエットに「Ｄｅｅ」とくれば、八〇年代初頭にオジー・オズボーンの片腕だったギタリスト、ランディ・ローズの象徴である。「Ｄｅｅ」は、彼が参加したアルバムに入っている、クラシックギター一本で弾かれた美しい小曲のタイトルだ。

出てきた谷内の格好を見て、一之瀬は思わず笑ってしまいそうになった。少しウエーブがかかった肩までの長さの髪は、明らかにランディ・ローズを意識したものだろう。やたらと細身で腰に張りつくようなジーンズも、胸のボタンを三つ外したウエスタンシャツも、いかにも八〇年代のロックギタリストっぽい。

彼の顔は疑念で埋まっていた。藤島が既に連絡をしていたはずだが、納得がいっていない様子である。しかし藤島は、笑みを浮かべて押し切った。

「ちょっと古い話をお伺いしたいだけですから。今のお仕事には何も関係ないですよ」

「しかし今も、ザップ・ジャパンとは仕事のつき合いがありますから」

「いやいや、そういうこととは関係ないんです」

ドアの外で揉めること三分。結局最後は谷内が折れ、二人を部屋に導き入れた。

ビルの形そのままに、南北に細長い部屋だった。ワンフロア全部を使っているのだが、それでも狭い。部屋の中央にデスクを並べ、社員はそこで向かい合って仕事をしている。無言……巨大なパソコンのモニターを見ているか、携帯を弄っているか。見ると、どの社員のデスクにも、最新の携帯やスマートフォンが大量に置かれている。「これからはスマートフォンの時代」とよく言われるが、一之瀬の感覚では、使っている人は携帯ユーザー全体のまだ一、二割という感じだ。

谷内は二人を、部屋の奥にあるテーブルに誘った。真っ白で光沢のある素材のテーブルは空豆形で、席についても何となく落ち着かない。相手との距離感が摑めないのだ。

しかし、藤島は特に気にもならない様子だった。予《あらかじ》め話し合っていた通り、今日は彼が事情聴取をすることになっている。一之瀬は手帳を広げてテーブルに置いたが、デスクの微妙なカーブが邪魔になる。仕方なく少し体を離し、腕を伸ばしてメモを取ることにした。

「ザップ・ジャパンを辞められたのは、いつですか?」

「私個人の話が、何か関係あるんですか?」谷内が、嚙みつくように訊ねる。

「まあ、捜査には関係ないですが、お聴きしたいですね。話の流れですよ、流れ」藤島が気楽な調子で先を促した。

「……五年ほど前です」

「それは、入社何年目ですか」

「丸二年、いましたかね」谷内が苛ついた声で答えた。「あの、私の経歴を知りたいなら、うちの会社のホームページを見てもらえます? 全部載せてあるし、嘘はないですから」

「何でザップ・ジャパンを辞めたんですか」

「何でそんなことを知りたいんですか」谷内がさらに表情を強張らせる。

「あそこはブラック企業ではないんですか？」

一之瀬の質問に、谷内がぴたりと口を閉じる。一之瀬は彼の顔を観察したが、「痛いところを突かれた」感じではなかった。藤島の質問の意味を捉えかねているだけだろう。

「ＩＴ系の会社は、いろいろ大変ですよねえ」藤島が手綱を緩める。

「うちは問題ないですよ。労務関係はしっかりやってますから」

「ああ、我々は労基署《ろうきしょ》じゃないんで」藤島が顔の前で手を振った。「自殺者でも出たら別ですけど」

「そんなことは……ないです」

急に谷内の口調が弱々しくなった。まるで本当に自殺者が出たような……一之瀬はさっと振り返り、デスクについた社員たちの顔を見回した。全員、うつむいているが、こちらの会話に意識を集中させているのは間違いない。オープンスペースの職場は風通しはいいだろうが、内密の話をするのは難しい。

谷内の斜め向かいに座っていた藤島が、ぐっと身を乗り出す。一之瀬にも聞こえにくい小声で、ぼそりと言った。

「あのね、自殺者と自殺未遂者は紙一重ですよねえ」

谷内の顔が一瞬痙攣《けいれん》する。本当にそんなことがあったのか？　その情報を、藤島はいつ手に入れたのか？　これも昨夜の「ネタ元」の力なのだろうか。だとしても、妙だ。よほどこの会社の事情に詳しい人でないと、隠されていた自殺未遂事件についてなど知る由もないし……そういう事情を知り得る立場の人がたまたまネタ元、というのも考えにくい。

「ちゃんと手当はしたんでしょう？」藤島が追い打ちをかけた。

「……当然です。話はついてるんですから、変なこと、言わないで下さい」

「いや、安心して下さい。この件をどうこうしようっていう気はないですから」藤島がすっと身を引いた。「とにかく、この業界はいろいろ大変なんでしょう？」

「どこでも同じじゃないですか？　もっとひどい業界だってある」

「ザップ・ジャパンは？」藤島がさらに突っこんだ。

「あの会社では、自殺者なんか出たことはないはずですよ。少なくとも俺は知らない。俺は単に、自分で起業したくて辞めただけですから」

「そうですか……思い切りましたねえ。最近の若い人は、我々なんかより、ずっと勢いがいい。私らが若い頃より、チャンスは増えてるんじゃないですか」

……そうかもしれない。藤島の若い頃というと、まさにバブル全盛期だったはずだ。自分で会社を起こして一国一城の主になるより、就職する方がはるかに簡単で、楽に金も稼げただろう。しかも就職先は選び放題の時代である。今の学生には、就職ではなく起業も選択肢の一つだ。一之瀬の大学の同期にも、就職せずに自分で会社を起こした人間がいる。古着屋で、今は店舗を二つに増やしたから、成功していると言っていいだろう。

「いったい何の話なんですか」谷内が反論したが、口調は弱くなっていた。やはり「自殺者」の話にダメージを受けた様子である。

「ザップ・ジャパンをブラック企業と言ったら、問題ありますかね」

「離職率が高いということだけでは、そういう決めつけはできないと思いますよ」

「持ち株会社の総務課長が殺された事件、聞いてますよね」

「ああ、まあ……」谷内の目がどんよりと曇る。

「被害者をご存じない？」

「名前は知ってますけど……勤めてる時期がちょっと被っていたんで」

「どんな人か、知ってますか？」

「いや、名前だけ……直接会ったことは一回か二回しかないんで」

「なるほど」藤島が手帳に視線を落とした。谷内からは見えないはずだが、実際には何も書いていない白紙のページである。だが、谷内は急に居心地悪くなったようで、体を左右に揺らし始めた。この手帳からどんな爆弾が出てくるのか、不安になったのだろう。「その人も独立する計画を持っていたらしいんですが、辞めるのは簡単だったんですか」

「そうですね」谷内があっさり認める。「去る者は追わずっていう体質ですから。ザップから独立して、自分で会社を始めた人は多いですよ」

「なるほど……ところで、ザップ・ジャパンビジネスリサーチって、どういう会社ですか」

「BRですか」

「略してBR、ね。じゃ、我々もそう呼ばせてもらおうかな……で、BRはどういう会社ですか」

「それ、直接向こうにお聴きになったらどうです？」

「いやいや、まずは外堀を埋めないと」

「どうしてそんなことをする必要があるんですか？」

言葉のラリー。それも、ネット際のボレーの応酬という感じだ。ぽんぽんと行き交うが、どちらもまだ得点できていない。

「この会社は、何か問題はないんですか」

「聞いてません」谷内が一瞬言葉を切る。目を閉じ、何かを思い出そうとしているようだった。やがてゆっくりと目を開き、「知らないことなんで」と続けた。

「グループ企業なのに？」

「あそこは、元々独立系のＩＴコンサルだったのが、ザップ・ジャパンの傘下に入ったんです。外様《とざま》ですよ」

「なるほど。じゃああなたは、BRのことはまったくご存知ない？」

「知らないですね。取り引きもないし」

「古谷さんが、個人的にＢＲを調べていたという情報があるんですがね」

「何ですか、それ」谷内が目を見開いた。「個人でグループ企業を調べる？　意味分からないんですけど」

「私も分からないんですよねえ」

藤島がにこやかな笑みを浮かべると、毒気を抜かれたように谷内が溜息をつく。

「古谷さん、ＨＤの総務課長って言ってましたよね」

「そういう肩書ですね」

「それって、お目付け役というか、尻叩きですよ」谷内が白けた口調で言った。

「尻叩き？」藤島が真顔に戻り、身を乗り出した。右肘《みぎひじ》をテーブルにつき、ぐっと谷内を睨みつける。「グループ企業を統括する仕事だとは聞いてますけど、尻叩きというのは何なんですか」

「いや……」谷内が視線を逸らした。しかし無人の窓ではなく一之瀬の方を向いてしまい、目のやり場を失ってしまった。

「利益を上げるようにせっついていた、ということですよね」我慢できず、一之瀬は確認した。

「それは、持ち株会社としては当然でしょう？　グループ全体の利益を上げるのが最大の目的なんだから」

「そのために尻を叩いたんですか？　あまりいい言葉じゃないですよね」

「いや、それは言葉の綾で……」谷内がまた言葉を濁す。

「普段から、皆そういう風に言ってたんでしょう？　そうじゃなければ、今急に言葉は出てきませんよね」

　谷内が腕組みをして、むっつりと黙りこむ。明らかに自分の言葉がツボを突いた、と一之瀬は確信した。

「まあまあ……」藤島がのんびりした口調で言って、主導権を取り戻す。「あなた、今でもザップ・ジャパンとはビジネスの関係があるっておっしゃってましたよね」

「携帯とスマホのアプリの関係で。ザップ・ジャパンは今後、スマホ市場に本格的に乗り出す予定のようですから」

「じゃあ、悪口は言いづらい」

「そんなこと言うつもり、ないですよ」素っ気ない宣言だった。「そもそも、悪口になるようなことは知らないし」

「この件、表には出しませんよ」

「そうであっても……どこで誰が話したかなんて、結構あっさり漏れますからね」

「なるほど」藤島が背筋をすっと伸ばした。「それは分かります。でも、事は殺人事件なんです。どんなビジネスであろうが、人の命よりも重くはない。それにあなたが喋ったことが、直接ビジネスに影響するとは思えませんけどね」

谷内はなおも口をつぐんでいた。迷っている。藤島が追い打ちをかけた。

「喋ってもらうまで、我々は何度でもここへ来ますよ。あなたは『つきまとわれている』と感じるかもしれないけど、これは正当な業務です。あなたを警察に呼ぶかもしれません……捜査に協力してもらうためにね。そんなことが続けば、それこそビジネスに差し障りが出るんじゃないですか」

「……それ、脅しじゃないですか」

「そう取ってもらっても結構。何だったら、弁護士に相談してもいいですよ。我々には権利も覚悟もあるんです。犯人を挙げるためなら、訴えられようが気にしない。あなたも、覚悟を持ってもらえますか」

谷内の喉仏が、一度だけ上下した。


ビルを出た一之瀬は、コートを持て余した。今日の最高気温は二十度ほどになるはずで、上着さえ邪魔に感じる。無言で歩きながら、あれじゃ脅しだよ、と呆れた。もちろん藤島本人も、それを意識して言っていたのだろうが……何となく話題にしにくい。

視線を上げる。六本木ヒルズが数百メートル先にあるはずだが、ビルの陰になって見えなかった。そう考えると、あそこは東京のランドマークにはならないのだな、と考える。

来年にはスカイツリーが完成するが……さすがに千代田署からは見えないだろう。間に高層ビルが林立しているのだから。

　麻布のこの辺りは落ち着いた住宅街で、道行く人も少ない。麻布十番の駅の方へ歩き出しながら、一之瀬はまだもやもやしたままの手がかりについて考えた。そもそも手がかりと言っていいかどうか。具体的な話は一つもないのだ。ただ、ザップ・ジャパンの社風というか、暗い一面が垣間見えただけで。

「さて、次だ」藤島が疲れも見せずに言った。

「はい」

「何だ、元気ないな」先を歩いていた藤島が立ち止まる。振り返って「腹でも減ったのか」と訊ねた。

「いや、そういうわけじゃないですけど」

「気に食わないことでもあるのか」

「いや……」

「俺が谷内を脅したと思ってるだろう」

「……はい」否定するわけにもいかず、小声で認める。

「こういうことはよくある。でも、相手は何もできないんだ」

「どうしてですか？」

「ここはアメリカじゃないからな」にやりと笑う。「アメリカならすぐ弁護士を立てるかもしれないが、日本にはそういう習慣がない」

「相手の弱みにつけこんでいるみたいじゃないですか」一之瀬は鼓動が早くなるのを感じた。今まで気づかなかったが、谷内は黒い部分を内面に抱えている。

「実際、弱みがあるんだよ。こっちの協力依頼をはねつけたんだから。市民には捜査に協力する義務がある。そうだろう？」

「はあ」バッジを示せば、人は話すものだと思っていた。つい数日前までは、制服の威力も感じていた。だが刑事になってみると、そういうわけにもいかないのだということが、次第に分かってきた。都合が悪ければ、人は喋らない。後でばれれば不利になるかもしれないと分かっていても、口をつぐんでしまうのだ。

「強引にいく時はいかないと。いつも下手《したで》に出てたら、誰も話してくれなくなるぞ」

「はあ」

「それでなくても、警察は段々舐《な》められるようになってきてるんだ。がつんといくべきタイミングがあったら、逃しちゃいけない」

はい、と素直には言えなかった。ああいう強引なやり方は自分にはできない……いや、できるようになるかもしれないが、そうしたら本当の自分を見失ってしまいそうな気がする。もっとも、そもそも「本当の自分」とは何なのか、分からない。

ほどなく広い通りに出る。右折して麻布十番の駅に向かう間も、ずっと藤島から一歩遅れて歩いた。こんなことが当たり前なのか、それとも誰も気分が悪くならない方法で刑事としてやっていけるのか。

小さな棘《とげ》が刺さったような不快感は、いつまでも胸に残っていた。

〈16〉

麻布十番から南北線、丸ノ内線を乗り継いで新宿三丁目まで出る。目指す会社は、靖国《やすくに》通り沿いにあった。

「おかしいな」まだ新しい雑居ビルを見上げながら、藤島がつぶやいた。

「何がですか？」

「えらく稼いでいる人らしいんだが、ずいぶん小さいビルだ」

「会社なんですよね？」

「そのはずだが……」

ビルの七階に上がると、廊下の両側にずらりとドアが並んでいる。ドアの間隔から見て、それぞれの部屋はワンルームマンション程度の広さしかないようだった。

「ここか……」藤島が「Team長沼《ながぬま》」と表札のかかったドアの前に立ち、インタフォンを鳴らす。

「開いてますよ」

インタフォンではなく、生の声で返事があった。藤島がドアを引き開け、隙間から首を突っこんだ。

「どうも……先ほどお電話した警視庁の藤島ですが」

「入って下さい」

藤島が振り返って、一之瀬に目配せした。今度は俺の番か。先ほどのやり取りを思い出すと、どうしても気持ちが萎えてしまう。普通に話してくれる人だといいのだが、と祈るような気持ちになった。

部屋に入った瞬間、普通の人ではない、と予想する。また変人の類いにぶつかってしまったかもしれないと、一之瀬は無意識のうちに由衣の顔を思い出していた。

かすかに汗の臭いが漂っていたのだ。玄関で靴を脱ぐのも、会社ではなく普通のマンションのようだったが、そこにくたびれたジョギングシューズがあるのを見つけた——いや、ジョギング用というよりアシックスの本格的なランニングシューズで、しかもかなり使いこんでいる。

部屋には男が一人でいた。上半身裸、下半身はグレーのスウェットで、ウエスト部分は汗で黒くなっている。一人がけのソファには、くたくたになった汗まみれのTシャツが放り出してあった。濡れた髪を、タオルで乱暴に拭いている。あばら骨が浮き出た体形は、ジョギングで絞り続けた成果だろう。

「すみませんね、ちょうど走り終わったところで」

「運動はいいことじゃないですか」藤島が顔をしかめながら言った。かすかな汗の臭いが気になるのだろう。

「ちょっと待って下さいね……どうぞ、ソファへ」

男が別室に引っこみ、すぐに新しいTシャツとジーンズに着替えて戻って来た。

「どうも、お待たせしまして」

刑事課で一之瀬たちが使っている物の二倍はありそうな広いデスクから、名刺を取り出す。馬鹿丁寧に両手で差し出したので、藤島、一之瀬の順番で交換した。先ほどとは打って変わって、慇懃《いんぎん》な態度である。真っ昼間にジョギングしているのも、健康に気を遣っているだけで、案外まともな人かもしれないと一之瀬は期待した。一人で仕事をしているなら、いつ運動しても問題はないのだし。

長沼玲人《れいじ》。肩書は「Team長沼」代表。「Reiji」をデザインしたロゴの入った名刺の裏には、メールアドレスと携帯電話の番号しかなかった。そう言えば、事務所の中に固定電話は見当たらない。そもそも徹底してシンプルというか、物が少ない事務所で、什器類《じゅうき》はデスク上の二十七インチのパソコン用モニター——本体は恐らくデスクの下だ——とプリンター、それに本棚ぐらいだ。あとは打ち合わせ用のテーブルと椅子が四脚。それ故、壁にかかったポスターがひと際目立つ。A3サイズの大きなものが四枚、ピクチャーレールからぶら下がっているのだ。

……見覚えがある。どこで見た？　一瞬で記憶が蘇った。去年の年末、有楽町阪急《はんきゅう》の壁面にかかっていた巨大な絵と同じタッチである。モチーフも同じ、飛び立つ無数の風船。

「失礼ですが、有楽町阪急のセールのポスターを描いてませんでしたか？」

「ああ、やりましたよ」長沼が気楽な調子で言った。

「間抜けなことを言うんじゃない」藤島がぴしりと言った。

「はい？」

「長沼さんは、世界的デザイナーだぞ。そうですよね？　今度、バドワイザーの新製品のラベルをデザインされるとか？」

「ああ」長沼が苦笑した。「外人さん相手の仕事は疲れますね。間に人が一杯入って、話が伝わりにくくなるし。こんなことなら、直接話ができるように、英語の勉強をしておけばよかったですよ」

藤島は、どこでこんな情報を手に入れたのだろう。例の情報源か……自分にも調べるチャンスがあったのに、と悔いる。「長沼玲人」で検索をかければすぐに分かったはずだ。昨夜はギターを弾いている場合ではなかった、と反省する。

それにしても、海外企業の仕事にも参加するということは、かなりの大物である。そんな人間が——しかも相当若い——ザップ・ジャパンのOBというのが意外だ。分かっていたなら、藤島も事前に教えてくれればいいのに……後で無知をからかわれるのを承知で、一之瀬はゼロから話を始めた。

「以前、ザップ・ジャパンにいらっしゃったんですよね」

「ええ」

「今の仕事とどう結びつくんですか」

「ああ、まあ……」長沼が苦笑した。「あの、誰だって飯は食わなくちゃいけないでしょう?」

「そりゃそうです」

「元々、美大で商業デザインを勉強してたんです。学生時代に、いくつかのコンペでいいところまでいって、将来的には自分の腕一本で食べていけるとは思ってたんですけど、そんなに簡単に『独立してやっていきます』って言えないでしょう? こういう仕事は、運もありますし……それで、保険としてザップに入ったんですよ。ウェブデザインの仕事をしてましたけど、本当につなぎのつもりでした」

「じゃあ、ホームページなんかを作ってたわけですね」

「そうです」長沼がうなずく。「自分のデザインのために時間を作るのは大変でしたけどね。あるコンペで採用が決まって、それから外の仕事も多くなって」

「会社にいながら、外の仕事を受けてたんですか？」一之瀬は目を見開いた。平然とアルバイトしていたのだろうか。

「一年ぐらいは、ダブりでやってました」

「会社の方は、そういうこと……兼業に対して何も言わなかったんですか」

「基本的にあそこは、煩くないんです。結局、何とか先の目処がついたんで、辞めたんですけどね」

「いろいろと問題がある会社だと聞いてますが」

質問を変えたが、長沼は答えなかった。不意に立ち上がり、奥に隠れたキッチンの方へ歩いて行く。すぐに、コーヒーマシンが作動する音が聞こえてきた。彼が消えた時間を利用して、一之瀬は藤島に事情を聴こうとしたのだが、すぐに盆を持って戻って来たので、口をつぐまざるを得なかった。コーヒーカップが三つ。表面には綺麗な泡の膜ができている。

「どうぞ」

「どうも」藤島がすぐに口をつけて、表情を緩める。「美味いですね、これ」

「機械が優秀なんですよ」

「うちの署にも一つ欲しいところだ」

「高いですけどね」

二人がコーヒーの話をしている間に、一之瀬は頭の中で質問の内容をまとめた。長沼は会社の問題点に話題を振った瞬間に口ごもったが、何か話せないことがあるのだろうか？これまでの調子のよさは何だったのだろう。

長沼がカップを口に運び、縁越《ふちご》しに目をすがめて一之瀬を見る。何か言いたいことがあるようだな、と一之瀬は読んだ。

「古谷さんは、残念なことをしましたね」長沼が突然、一番重要な名前を出した。

「個人的にご存じだったんですか」

「いえ……でも、ニュースで見て、びっくりしましたよ。ＨＤの総務課長ですって？」

「そうです」

「一番悲惨な部署じゃないですか」

「らしいですね。尻叩きをするのが仕事だとか」

「私も、子会社と仕事をする機会は多かったんです」カップをゆっくりと下ろす。「グループ企業のウェブデザインは、ザップ・ジャパンネットが全部担当してましたから、子会社の人とはいろいろ話す機会がありました」

「そういう時に、ＨＤの総務課に対する不満が出たんですか？」

「尻叩きもそうですけど、御代官様《おだいかんさま》、とか言ってる連中もいましたね」長沼の唇が歪む。

「年貢《ねんぐ》を取り立てて……」

「取り立てられる方の懐事情にはおかまいなし」長沼が言葉を引き取り、両手で胃を押さえた。「ザップも、今や東証一部上場企業ですからね。連結決算で黒字を出し続けないと、株主にも申し訳が立たないし、世間の評価も下がる。だからグループ企業に対する締めつけは厳しくなるんですよ」

「ＢＲ——ビジネスリサーチ社はどうですか」

長沼がカップに手を伸ばす。摑もうとして躊躇い、結局手を引いた。一之瀬は何とかコーヒーを無視していた。いかにも美味そうだし、今朝はまだコーヒーを飲んでいないからカフェインが必要だったが、話の筋道が通るまでは我慢、と自分に言い聞かせる。

「変な噂がありますよね。何か、違法行為をしているらしいとか」

「いや……知らないです」長沼が右手を拳に固め、その中に咳《せき》をした。「僕は基本的に、もう関係ない人間ですからね」

「あなたに問題があるわけじゃないんです。何か話を聞いてませんか」

「話は……いろいろありますよ」

「例えば」

長沼が溜息をついた。ようやくコーヒーカップを取り上げ、一口飲む。

「さっきも言いましたけど、ザップの締めつけが厳し過ぎるんですよ。だから子会社は、利益を出すために無理をする。そうなると、いろいろと軋《きし》みが出ますよね」

「ええ」

「そういうことです」この抽象的な話が結論だと言いたげに、ぴしりと言う。「以上です」

「BR社に関しては、具体的に何があるんですか」

「元々、コンサルの業務実態は、外には分かりにくいですよね」

「正直言って、どういう仕事なのか、私には全然分かりません」

「いや、僕もよく知らないんですけどね」長沼が笑みを浮かべる。「IT系のコンサル業が、二千億円の市場規模と言われても、ぴんとこないし」

「そんなに？」

「日本の企業のほとんどが、ITのことなんか何も分かってないんですよ。要するに素人相手の商売です。日本の会社は、九十パーセント以上が中小企業って言うでしょう？　IT技術なんか必要ない会社もたくさんあるんです。エクセルとメールだけ使えれば全然OK、みたいな。そういうレベルはITとは言えないでしょう」

「そうですね」

「大きい会社だって同じですよ。経営トップのオッサン連中は、ITネイティブ世代じゃないですからね。基本的にIT技術なんて、金がかかるだけでそんなに役に立つ物じゃないと思ってる。言葉は悪いけど、コンサルは、そういう連中をどうやって騙《だま》してシステム構築を売りつけるかで勝負してるんです。最近は、あまり景気もよくないみたいで、元気がないですけど」

「ITバブルが弾けたせいですか?」ちょうど時代が二十一世紀になる頃だったか……一之瀬自身も、実際にはそれを経験しておらず、後で「歴史」として知っただけだ。

「それもありますし、最近は無料で使えるシステムも多くなりましたからね。何も高い金をかけてシステムを導入しなくてもいい。だからIT系のコンサルは、どこも大変だと思いますよ」

「あの、よく事情をご存じじゃないですか」何も知らないようなことを言っていたのに……一之瀬は少しだけ皮肉をぶつけた。

「いや、一般知識として、です」長沼の耳がかすかに赤くなった。

「BR社も大変なんですか」

「業績はあまり……よくないはずですよ」

長沼が曖昧に言葉を濁す。一之瀬は彼の顔を凝視した。長沼もこちらにちらりと視線を向けてきたが、目は合わせようとしない。言いたいことはあるが、言っていいかどうか分かっていないのだ、と判断する。答えは——ヒントは既に自分の手のうちにあるのだが、何とか彼の口から言わせたかった。

「黒字は黒字なんですか」

「そうでしょうね」

「業績がよくないのに黒字続きというのは、何か変じゃないですか？　よほど必死に経費削減でもしているんですかね」

「どうでしょうね。僕はあの会社の人間じゃないので、中の事情までは分かりません」

「個人でやっていると、誤魔化しは利きませんよね」一之瀬は微妙に質問の方向を修正した。

「そうなんですよ」長沼が身を乗り出した。「経費で落とせる分には限りがあるし、人を雇うのが一番いいんでしょうけど、そういうのも面倒なので」

「でも会社なら、節約のためにいろいろできるんじゃないですか」

「まあ……一般的には」長沼は、まだ話す決心が固まらないようだった。「お金は色々な方法で隠すのも簡単ですし」

「仕事の実態も、ね。どうなっているかは、中で働いている人にしか分からないでしょう」

「そういう情報はなかなか漏れないですよ」

「ＢＲの場合は？」

「いや、そういう具体的な話は……」

「古谷さんは、ＢＲについて調べていたようですよ。会社の仕事としてではなく、個人的に」

「ええ？」長沼が顔を上げた。「それはないでしょう」

「仕事として、ではないんです」一之瀬は繰り返して強調した。「総務課は、グループ企業の監査はしないですよね。監査だったら、総務課とは別に担当の部署がある。総務課は尻叩きが仕事、でしょう？」

「ええ」長沼がまた目を伏せる。

「だから、古谷さんはあくまで個人的に、ＢＲ社の仕事について調べていたはずです。何でそんなことをしたんでしょうね」

「さあ」長沼が大袈裟に首を捻った。

「古谷さんは、正義感が強い人だったんじゃないですか？　不正があったら、自分で追及しようと思うタイプとか……それに、グループ傘下の企業に不正があると、全体に悪影響を及ぼしますよね。ザップ・ジャパン全体の評判を落とすわけにはいかないし、何かあれば、当然持ち株会社として責任を取って、対応しなければならないし」

「古谷さんがどんな人か、よく知らないですから」

いい加減、じれてきた。言いたいことがあるならさっさと言えばいいのに……また、説得を始めなければならないのだろうか。「ここで出た話は内密にする」「あなたの名前は出さない」。回りくどいし、こういう話を持ち出しても納得しない人がいるのが分かってきた。何か、説得するための決定的な一言はないか——。

「粉飾決算ですよ」

内圧が高まっていきなり蓋《ふた》が吹っ飛んだのか、長沼が言葉を吐き出した。それか……谷内は具体的なことを言わなかったが、ここにきてようやく、話がつながった。

長沼の顔には、ほとんど血の気がなかった。気安く噂話《うわさばなし》として話題にできることではないのだろう。今は直接の関係はないとはいえ、長沼もザップ・ジャパンのOBである。この話が表沙汰になったら、自分が情報源として特定される、と怯《おび》えてしまっても不思議ではない。

「あなたの名前は絶対に漏れないようにします」一之瀬はもう一度、定番の説得材料を持ち出した。「だから、安心して話して下さい」

「今言った以上のことは知りませんよ。BR社は、ここ何年か、粉飾決算で会社の業績を誤魔化しているらしい……それだけです。具体的にどんな風にやっているのかまでは分かりません」

「それは、かなり広まっている噂なんですか」

「そんなことはないと思います。本当なら、当然必死に隠しにかかるだろうし」

「でも、漏れてきた」

「いや……別に調べたわけじゃなくて……」長沼の言葉は、また切れが悪くなる。「ＢＲ社と取り引きがある人とつき合いがあるんで……でも、その人も確証を摑んでるわけじゃないです。噂で聞いたっていうだけで」

「その人は誰ですか？」

「それはちょっと……」

「まあまあ」藤島が割りこんだ。「それは今、教えてもらわなくても結構ですよ……でも、あなたが噂を聞いたのは確かなんですよね」

「はい」認めて、長沼が頰の内側を嚙む。

「噂はあくまで噂ですよね」藤島が念押しする。

「聞いただけです。裏を取ったりはしていません」

「そりゃそうだ。あなた、そんな暇、ないでしょう」

「基本的に、僕の仕事には関係ないですしね」肩をすくめる。ようやく少しリラックスしてきたようだった。

「この話、知ってる人は結構多いんじゃないですか？」一之瀬は話を引き取った。「そういう噂って、簡単に広まりそうですけど」

「そうかもしれないですね」

「ザップ・ジャパンの中でも、知っている人は多かったんじゃないですか」

「それは分かりませんけど……機密事項じゃないですか」

「ああ……なるほど」表沙汰にしたくないことはできれば隠蔽《いんぺい》して、そのうち何とか数字のつじつまを合わせようとする――おそらく多くの会社で、そういうことが日常茶飯事に行われているはずだ。

「とにかく僕は、そういう噂を聞いただけですから。詳しいことは知りません」長沼が、それ以上の証言を拒否するように言い切った。

「あなたは知らないかもしれません。でも、知っている人はやっぱりいるんじゃないですか」一之瀬は食い下がった。「会社の関係者……知っている人がいたら、教えて下さい」

「BR社に知り合いはいませんよ」

当たり前だ。それに、BR社の社員に直接突っこんでも、会社の実情を話すとは思えない。

「ザップ・ジャパンの方です。中にいる人、辞めた人……そういう人を教えてくれたら、こっちも接触できるんです」

「だけど、それじゃ……」

「ザップ・ジャパンを裏切ることになる?」一之瀬は畳みかけた。「関係ないですよ。あなたはそのうち、ザップ・ジャパンよりも大きくなるかもしれないでしょう。向こうが頭を下げて、金を積んで仕事を頼んでくるかもしれない。怖がることはないですよ」

「えらく風呂敷を広げたな」新宿の雑踏に出た瞬間、藤島が声を上げて笑った。「ザップ・ジャパンよりも大きくなる、か」

「喋らせるためには仕方ないでしょう」一之瀬は、手にした手帳を強く握った。長沼が教えてくれた、ザップ・ジャパンのOB数人の名前が書きつけてある。いずれも長沼と同期、あるいは一年前後の先輩・後輩である。OBはむしろ、「さっさと辞めた人たち」とでもくくるべきだろうか。いったい離職率はどれぐらいなのだろう……人材が流動しがちな業界だとは言うが、やはり会社に居続ける人の方が少ないのかもしれない。

「とにかく、今教えてもらった人たちに順番に当たっていこう。このリストは使える。特に——岩沢夏美《いわさわなつみ》か？　この人には今すぐ当たろう。古谷と同期だったんだよな」

「ええ。去年辞めたんですね」

「よく保《も》った方かな？」

「それは分かりませんけど」一之瀬は手帳を広げた。金釘流《かなくぎりゅう》の字で、「イースト・カンパニー」という会社名と、四谷《よつや》三丁目の住所が書きつけてある。

「今の件、特捜に報告しておかなくていいですか？」

「移動しながら報告しよう。他の刑事には、他の人間を当たってもらうとして、俺たちは岩沢夏美だな。一番美味しいところを持っていこう」

「……分かりました」

「よし、その前に飯にするか」

藤島が腕時計を見る。一之瀬も釣られて時刻を確認した。十一時半。昼食には少し早いが、食べられるうちに食べておけ、だ。次に四谷三丁目に移動するにしても、丸ノ内線で二駅だから時間に余裕はある。

「ドイツ料理でもどうだ」

「珍しいですね」

「この近くに店があるんだよ。前に一回、行ったことがある。ソーセージでも食って、力をつけよう」

「分かりました」

何だか今日はヘビーな食事が続くな、と思った。胃弱で、それ故あまり体重も増えないのだが……まあ、ソーセージは嫌いじゃないから、と自分を納得させる。

店はほぼ満員で、両隣の席も埋まっていた。左隣が女性会社員の二人連れ、右隣が若い男で、何とはなしに窮屈である。しばらくランチメニューを睨んだあげく、「今日の肉料理」にした。煮こんだ肉と、焼いた肉。それに大量の野菜とポーションされた米がついてくる。ちょっと食べ過ぎかな、とフォークを取り上げる前からげんなりした。しかし藤島は、平気な様子で盛んな食欲を見せている。

「どうした。さっさと食えよ」

「ええ……」仕方なく、機械的に食べる。味つけが一之瀬にとっては少し濃過ぎ、あまり食が進まない。早くも食後のコーヒーが恋しくなってきた。

「しかし、若い連中もいろいろと大変なんだな」皿が半分ほど空になったところで、藤島が心配そうに漏らした。

「そうですか?」

「こっちは公務員だから偉そうなことは言えないが、仕事を変わるってのは大変じゃないのかね」

「そうなんでしょうね」公務員の試験と一般企業の入社試験とは、訳が違うだろうが。最初から警察官一本に絞っていた一之瀬は、試験勉強さえしていればよかったが、周りの友人たちは三十社、四十社とエントリーシートを送っていた。「百社送った奴がいる」と聞いた時には、さすがに都市伝説ではないかと思ったが。だいたい、百社も送って、一社からも反応がないというのはおかしくないだろうか。誰かが話を膨らませていたに違いない。

「自分探しってやつか?」

「俺の大学の同期でも、辞めてる奴は結構いますね」

「こらえ性がないのかねえ」藤島がフォークで皿をこつこつと叩いた。

「実際、ブラックっぽい企業もあるみたいです。拘束時間がやたら長いとか、休みもろくに取れないとか、福利厚生があってないようなものだとか」

「何なのかね」藤島が首を捻る。「昔から、日本のサラリーマンは皆同じように働いてきたはずだよな。『過労死』なんて言葉は昔からあるし、今や外国でも通じるそうじゃないか。つまり、昔からブラック企業はあったわけだろう？　それがどうして今になって、ことさら問題になるのかね」

「会社の体質が変わったのかもしれませんね」また「ゆとりは」などと言われたらたまらないと思い、一之瀬は先手を打った。「昔より露骨に利益追求になって、そのためには社員も平気で犠牲にする……それに、就職難で若い労働力は余ってますから、その気になればいくらでも補充が利くでしょう」

「そういう会社は、どうせ早晩潰れるだろう。いくら人手が余っていても、ひどい会社だっていう評判は広がるんだから。そうしたら誰も、応募してこなくなる。社員がいなければ会社は成立しない」

「ザップ・ジャパンもそうだったんですかね」

「どうかな……辞めて成功している人間がいることを、どう評価していいか分からない。まさにＩＴ系の学校かもしれないぞ。それなら、簡単にブラックだと決めつけるのは筋違いだ」

うなずきながら、一之瀬はフォークの先で肉を突いた。柔らかく煮こまれた肉は、それだけでほろほろと崩れてしまう。ビールか何かで煮こんでいるようで、独特の苦みがいいアクセントになっていた。しかし、食欲は湧いてこない。

「あの二人だって、ザップ・ジャパンを好きな様子じゃなかったですよね」

「辞めて正解ってやつかね。一人は自分で会社を起こして、一人はデザイナーで成功を摑んでる。そういうケースを見てるから、古谷さんも独立を考えたのかもしれない。そういうのが、今の若者気質なんじゃないかな。お前さんはどうなんだ」

「そう、ですね」自分のことに話を振られると、急に喋りにくくなる。

「だいたいお前さん、何で警察官になったんだ」

「ええと……」こんなことを正直に喋ってしまっていいのだろうか、と悩む。父親を反面教師にした安定志向。もちろん、自分が社会の役に立っているという実感が欲しかったせいもある。最近は、大学生の就職先として、警察官も人気だし。

「はっきりしないな。何となく、なんて言うなよ」言葉はきついが、藤島の顔はにやついている。

「正直言えば、安定志向ってやつです」変な作り話はしない方がいいだろう、と思った。

「それが一番大事だ。俺もそうだったし」

「そうなんですか？」

「俺の頃はまだ、大学出で警察官っていうのはそんなに多くなくてね」藤島が耳の後ろを指で掻《か》いた。「俺も、大学に入った頃は警察官になろうなんて考えてもいなかった。ただ、ジイさんが警察官でね」

「というと……結構な昔ですよね」

「結構も何も、戦前からだ」藤島が声を上げて笑う。「戦後もそのまま警察官を続けて、最後は本庁の交通規制課長で辞めた」

「本庁の課長までやったんですか？　すごいですね」

「大昔の話だよ」藤島が面倒臭そうに顔の前で手を振った。ソースで濡れたナイフが鈍く光る。「オヤジは警察の仕事を嫌って、普通のサラリーマンになったんだ。もうとっくに退職して楽隠居だけどな……商社マンだったから海外出張が多くて、あまり家にいなかった。そのせいで俺は、ジイさんの家に入《い》り浸《びた》っている時間が長かったんだけど、そこでいろいろ話を聞かされて、いつの間にか影響を受けてたんだろうな。だいたい、ガキの頃は白バイが格好いいとか思うじゃないか」

「イッセイさん、交通部は経験あるんですか？」

「ない」困ったように目を細めると、笑い皺ができる。「結局刑事になったのは、よかったのか悪かったのか……ジイさんは、交通部ＯＢとして、俺に白バイ隊員にでもなって欲しかったんだろうけどな。所轄の刑事課に上がったのは、ジイさんが入院中で亡くなる直前だったけど、報告に行ったら苦笑いしてたよ。とにかくそういう訳で、俺は隔世の二世警察官ってわけだ。そういう奴、うちにはたくさんいるよ。お前のオヤジさんは?」

「ええ、まあ……警察とは全然関係ないですね」

そもそも行方不明なのだ、とは言えなかった。捜す努力もしていないし、それは母親も同じである。

しかし一之瀬にとって、父親はアキレス腱になりかねない存在である。一之瀬が中学生の頃に家を出て、それきりなのだ。離婚したわけでもなく、とにかく消えてしまったとしか言いようがない。ごくたまに母親に連絡は入るらしいので、行方不明扱いもできない。結局母親も、「どうでもいい」と投げてしまったようだ。二人とも、普段は既にこの世に存在しないものとして無視している。

しかし警察官の採用に関しては、「家」も重要な要素だ。親兄弟に犯歴がある場合は、まず弾かれてしまう。自分の場合、父親は罪を犯したわけではなく、ただ仕事上のヘマを背負って身を隠しているだけなのだが、そういう事情がばれたらどうなるか、とびくびくしていた。面接までこぎ着けた時には、「両親は別居中です」と答え、それ以上は追及されなかったのだが、もしかしたら採用担当者は追跡調査をしたかもしれない。父親は間違いなく日本のどこかにいて、働いて金を稼いでいるらしいのだから、警察なら捜すのは難しくないはずだ。

採用時にどういう事情があったかは分からないが、とにかく一之瀬は無事に警察官になった。だから今は、父親のことなどどうでもいいと思っている。今更事情が知れても、馘にできるものでもあるまい。父親が何か事件でも起こしたら別だが……その可能性は低くはないだろうと考えると、今でも怯えてしまう。父親は「一発屋」なのだ。何か大きなことで金儲けをしようとして、危険な事業に手を染める可能性もある。

「何か、訳ありか？」

「そんな感じです」はっきり言えないのが悔しくもあるが、余計なことは喋らない方がいい。

「ま、別にいいけどね」

藤島はあっさり引き下がったが、その目に疑わしげな光が宿るのを一之瀬は見た。まずいな……いつかはこういう質問をされると思っていたが、どうすべきかは考えてもいなかった。考えても答えの出ないことではあるし。

「それよりこの件、どこへつながっていくんでしょうか」一之瀬は話を仕事の方に引き戻した。

「まだ何とも言えないなあ」藤島が、フォークで大きく切り分けた肉片を口に運んだ。右頬が膨らみ、うっとりとした表情で嚙み続ける。ほどなく目を細く開けると、「お前さんはどう思うんだ？」と逆に聞き返してきた。

「いや、どうなんでしょうね」

「考えろよ」藤島が言葉の刃先を一之瀬に突きつけた。「刑事は考えるのが仕事だ。下っ端は、足を使って動き回ってればいいなんて言う奴もいるけど、そういう言葉は信用するな。刑事は考えてナンボなんだよ。自分の頭で推理するのをやめたら、聞き込みなんて機械にやらせておけばいい」

「そうですか」

「そうだよ。あれこれ推理する楽しさを放棄したら、こんな仕事はやっていられないぞ。ああ、推理って言ったって、下らないミステリみたいなものじゃないからな。だいたい世の中には、パズルみたいな事件はないんだから。犯人は簡単に手がかりを残すし、密室なんてものも存在しない。そういうことじゃなくて、怪しい奴は誰なのか、動機は何なのか、そういうことを考え続けろってことだ」

「イッセイさんも、この事件をずっと考えているんですか」

「もちろん」藤島が皿に残った野菜を一か所に集めた。どうやら野菜はあまり好きではないらしい。

「それで、どういう推理になったんですか？」

「何か思いついてたら、とっくに喋ってるさ」藤島が口の前で、右手を前方に向かってぱっと開いて見せた。「俺はお喋りだからな。言いたいことがあったら、黙っていられないんだ」

「……分かりました。ところで、さっきの聞き込みは何点ですか？」

「ま、次の証人につながったんだから、八十点やってもいいな。捜査では、人のつながりを切らさないのが大事なんだ。一人から話を聞いたら、最後に次の人を紹介してもらうのがベストだな。そうすればいつか必ず、犯人にたどり着く」

「日本人全員を調べるまで行くわけですね」一億人以上に対する事情聴取？　あり得ない……。

「それぐらいの心意気でいろってことだ」藤島が携帯電話を取り出した。「俺は特捜に連絡を入れてくる。お前さんは少しゆっくりしてろ」

「あの……イッセイさん？」

「何だ？」立ち上がった藤島が一之瀬を見下ろした。

「野菜は食べた方がいいと思いますよ。健康のために」

藤島が目を細める。この話題を好んでいないのは明らかだった。

「お前、健康オタクなのか？」

「クソ甘いお菓子を食べた時なんかは、罪悪感に襲われますね」

「一つ言っておく。俺は野菜が嫌いなんだ。俺と食事をする時は、タンメンはＮＧだからな」

そろそろ健康に気を遣うべき年齢なのだが……一之瀬はうなずくしかできなかった。余計なことを言うと、突然怒り出す人もいる。食べ物は人間の基本であるが故に、下手なことは言えない。

〈17〉


岩沢夏美は、面会を要請する一之瀬の電話に難色を示した——というより、事情が呑みこめずに困惑している様子だった。しかし古谷の名前を出すと、すぐに状況を理解した。

「私で分かることがあるとは思えないんですけど……」戸惑いまでは消えていなかった。

「お話を聴かせて下さい。今、新宿三丁目にいるんで、すぐにそちらへ伺えます」

「あ、でも今、仕事中で……」

「お時間は取らせません」一之瀬は間髪《かんはつ》入れずに畳みかけた。胃は重いが、食事のおかげでエネルギーが体に満ちている。「とにかく、会っていただけませんか」

「……分かりました」

会社の詳しい住所を聞き出し、一之瀬は「十五分後に伺います」と言い残して電話を切った。

「ずいぶん慣れてきたじゃないか」藤島がにやにやしながら言った。

「強引な感じは……あまり好きじゃないんですけど」

「警察の仕事はいつでも強引なんだよ。俺たちは殺人事件の捜査をしてるんだぞ。これより大事なことがあるか？」

「……そうですね」まだこの強引な考えについていけない。いつか自分も、これが自然だと思うようになるのだろうか。


丸ノ内線で二駅。岩沢夏美の勤める会社は、四谷三丁目の交差点から外苑《がいえん》東通りを曙《あけぼの》橋《ばし》方面へ歩いてすぐのビルにあった。住所から言えば新宿区愛住町《あいずみちょう》。またも小さなオフィスビルの一角だった。東京には――日本には、本当に中小企業が多いと実感する。

藤島がハンカチを取り出し、額を拭った。今日はぐっと気温が上がり、上着を着ていると汗ばむほどである。一之瀬は夜が遅くなるのを予想して薄いコートを持ってきたのだが、今や邪魔でしかなかった。服装の調整は難しい、と実感する。交番勤務時代は、制服なのであまり考える必要もなかったのだが。

「よし、行くか。今回もお前がやれよ」

「そのつもりです」

「結構だ」

ビルに向かって一歩を踏み出した瞬間、気配が変わったのに気づく。背中を逆撫でされるような嫌な感触……味わったことのない不気味さに、一之瀬は思わず足を止めてしまった。

「どうした」藤島が不審気に訊ねる。

「いや……」どうしよう。確かにおかしいが、何がおかしいか分からない。「ちょっと歩いていいですか」

「どうして」藤島が声を潜める。

「よく分からないんですけど、何か変なんです」

「お前さんの方こそ変だぞ」

「とにかく、歩いてもらえませんか」一之瀬は少しだけ口調を強めた。

「……先に行け。俺は後から行く」

一之瀬は無言でうなずき、歩き出した。外苑東通りを少しだけ北へ向かい、靴屋のある角を左へ曲がる。左側に小さなマンションが立ち並ぶ細い通りで、交通量の多い外苑東通りから少し離れただけなのに、急に静かになった。

一之瀬はコートを右腕から左腕に持ち替え、ごく普通のペースで歩き続けた。遅くもなく速くもなく……しばらく歩いて行くとT字路になり、正面には寺があった。どちらへ行くか。一瞬立ち止まり、携帯を見る振りをした。こういう時、鏡があればいいのではないか、と思う。振り向かずに、後ろに誰がいるかを確認しなければならない時もあるのではないだろうか。

勘に任せて右へ曲がる。この辺は古い一戸建ての家が多い。細い道路は複雑に折れ曲がり、歩きにくいことこの上なかった。明らかに車は入れない通りである。自分が住む下北沢と似ている……右折、左折、また右折。再びT字路にぶつかって左に折れると、外苑東通りに戻ってしまった。額には汗が滲んでいる。コートをかけた左腕は、妙に熱い。クソ、ここからどうする？　いつまでも同じところをぐるぐる回っているわけにはいかない……。

「おい！」

後ろで藤島の声が響く。振り返ると、一人の男が駆け出すところだった。一之瀬からは後頭部しか見えないが……外苑東通りの歩道を、四谷三丁目駅方面へ全力疾走して行く。速い——藤島もダッシュしたが、見る間に引き離されてしまう。何が起きたのか分からぬまま、一之瀬はアスファルトを蹴り続けた。あっという間に藤島を追い越し、男に迫る。正面からのんびり歩いて来た中年の女性が男と接触し、悲鳴を上げながら倒れそうになった。

「大丈夫ですか！」大声を上げてスピードを緩めたが、藤島の「任せろ！」という声を聞いて、一之瀬はダッシュを再開した。歩道と車道を分ける植え込みの葉が体に触れ、がさがさと音を立てる。

クソ、速い……一之瀬も短距離走なら少しは自信があるが、向こうの方がはるかに上だった。あっという間に距離が開いてしまう。しかしこうやって向こうが逃げている限りは、いつか必ず追いつけるはずだ。相手がタイミングよくタクシーでも拾わない限り……次第に息が苦しくなる中、一之瀬は男の特徴を何とか頭に叩きこもうとした。頭にはニットキャップ。丈の短いモスグリーンのフライトジャケットに、カーキ色のチノパンツという格好で、足下はニューバランスのランニングシューズだ。革靴の分、こちらが不利である。

男が一瞬だけ振り向いた。ニットキャップのせいで表情ははっきり窺えないが、鋭い眼光はやけに印象に残る。二十歳……いや、もう少し年上で、自分と同年代ではないだろうか。

「待て!」思わず声を上げてしまって、失敗を悟る。全力疾走している時に声を発すると、酸素が失われるだけだ。思いきり息を吸いこむと、喉の奥が痛くなる。

しかしその一言は、男にプレッシャーを与えたようだった。突然植え込みに向かって向きを変えると、ハードルの選手のように一気に飛び越す。何という跳躍力……すぐにクラクションが飛び交い、急ブレーキの音が鳴り響いたが、男は無視して、外苑東通りを横断し始めた。直前で急停止した車のボンネットに手をついてバランスを保ち、その横の車のボンネットにいきなり駆け上がって、中央分離帯の鉄柵をハードルのように跨《また》ぎ越し、反対車線に飛び出す。

一之瀬も慌てて男を追った。効果があるかどうか分からず、反射的にバッジを掲げて「警察です！」と叫びながら車の間を縫うように走る。しかし男は、既に反対側の歩道に達しており、そのまま四谷三丁目の交差点へ向けて、スピードを落とさずに走り続けた。

一之瀬もクラクションのシャワーを浴びつつ何とか道路を渡り終えたが、既に距離は五十メートルほど開いていた。男が、交差点で曲がりかけたタクシーを停め、強引に乗りこむ。一之瀬のいる場所からは、ナンバーは確認できない。何とか追いついてナンバーを……しかし車はすぐに走り出してしまった。青とベージュの車両——東京英輪《えいわ》タクシーだ。

膝に両手をつき、必死で息を整える。体が震え出し、軽い吐き気を感じた。クソ、情けない……何とか体を伸ばし、携帯電話を取り出した。深呼吸を繰り返してから、藤島の番号を呼び出す。

言い訳はすまい。第一声で「逃げられました」と告げる。

「分かった」藤島の声は冷静だった。

「あの、さっきの女性は？」

「大丈夫だ。怪我はない」

もう一度、深呼吸。胸を突き破りそうに高鳴っていた鼓動は、一気に落ち着いてきた。

「タクシーで逃げました。ナンバーは確認できませんでしたけど、東京英輪でした」

「手配する。四谷三丁目の交差点のところで落ち合おう」

「分かりました」

電話を切り、ゆっくりと歩き出す。脹脛《ふくらはぎ》にかすかな痛みが走り、心底情けない気分になった。それでも必死に自分を鞭《むち》打《う》ち、再び全速力で走り出して交差点に達する。信号が青だったので渡り出すと、ちょうど真ん中辺りで藤島と出くわした。

藤島は、一之瀬が今まで見たことのない難しい表情を浮かべていた。やっぱりヘマしてしまったか……それももしかしたら、致命的なミス。一之瀬は顔から血の気が引くのを感じた。藤島は手を振って、一之瀬に逆戻りするよう命じた。

「タクシーは？」

「左折して新宿通りに入りました」

「東京英輪だったな」

「はい」

藤島が携帯電話を取り出し、どこかへ電話をかけようとした。が、すぐに畳んで背広のポケットに落としこむ。

「お前さん、つけられているのに気づいてたのか？」

「つけられていたかどうかは分かりませんが、何か変な感じがしたんです」

「そうか。よくやった」

褒められたので、一之瀬は驚いて顔を上げた。しかし藤島の顔つきは依然として険しい。

「尾行されていたんですよね？」

「たぶん、な。ただし、相手は素人だろう。俺がちょっと姿を消して逆尾行したのに、気づかなかった。しかし、ミスったな……」藤島が顎を撫でる。「あそこで声をかけない方がよかった」

「何者でしょう」

「分からん」藤島が首を振った。「お前、顔は見たか？」

「はっきりとは見ていません。若い男だったと思いますが」

「そうか……」藤島が顎を撫でる。細く開いた目は、何かを探しているようだった。「おかしいな」

「おかしいです」

「尾行されるような覚えはあるか？」

「まさか」一之瀬は思いきり首を横に振った。「もしもあるとしたら、今回の事件の関係じゃないですか？　俺たちの動きを探りに来てるとか」

「犯人が？」

「あるいは犯人の関係者が」

「あり得ない話じゃないな」うなずき、藤島がもう一度携帯を取り出した。「まず、タクシー会社に手配しよう。上手く割り出せれば、何か分かるかもしれない」

一之瀬は無言でうなずいた。気味が悪い。自分たちは捜査する立場なのに、それがいつの間にか逆転している感じだった。そもそも刑事が尾行されるなど、恥ずかしい限りではないか。

藤島の電話はなかなか終わらなかった。特捜本部と話しているようだが、こちらも情報が少ないので、状況を説明するのも難しいのだろう。一之瀬は背筋を伸ばして交差点に視線をやった。新宿通りと外苑東通りという二本の幹線道路が交差するこの場所は、交通量が多い。仮に追いついても、タクシーを停めることはできなかっただろう。しかし、何とかならなかったものか……考えれば考えるほど、悔しさが膨らんでくる。

「よし、タクシーについては特捜の方で手配してもらった。何か分かれば連絡してくるから、こっちは聞き込みを再開しよう」

「はい」既に時間をだいぶロスしている。夏美は待ち構えているわけではないだろうが、面倒なことは早く済ませてしまいたいと思っているはずだ。申し訳ないことをした……しかし、気づいていなかったらどうなっていただろう。相手がいつから尾行していたか分からないが、早い時間に二人については割り出しているかもしれない。これはあまり好ましくない……下手をすると、彼らに危害が加えられる可能性もあるのだ。後で警告しておく必要があるな、と一之瀬は心にメモした。

「十五分後に」と言って電話を切ってから、既に三十分近くが経っている。夏美の会社に向かう足取りは自然と速くなった。ビルの前に到着すると、藤島が「ここで待ってろ」と言い残してまた歩き出す。周囲の警戒だな、と思いながら、一之瀬は自分も四方に視線を飛ばした。小さな、比較的古いビルが立ち並ぶ一角で、人通りも多い。ちょうど昼食休憩が終わる時間なのか、のんびりした歩調のサラリーマンが目立った。腹が一杯になって一休みして、午後は眠気と戦うのが大変だろう……そう言えば刑事課に来て以来、眠気と戦った記憶がほとんどなかった。それだけ気が張っているのだろう。

三分後、藤島が戻って来た。首を横に振って、「今度は大丈夫だろう」と慎重な口調で告げる。

「行きますか」

「ああ、ここも任せたぞ」

古いビルで、エレベーターの動きがぎこちない。停まる時にも、体が一瞬浮くほどのショックが来た。無意識のうちに身構えているのに気づく。地震の衝撃は、自分の中にまだ残っているのだ。そう言えば、地震の後一週間ぐらいは、体がぐらぐらと揺れている感覚が消えなかった。

夏美の会社は、ビルの一フロアをそのまま使っていた。エレベーターを降りるとすぐ受付があり、ドアの横に内線電話がついている。「ご用の番号を押してお話し下さい」の張り紙を見て、一之瀬は宣伝部の番号をプッシュした。

先ほど電話で話した夏美の声が、耳に響いてくる。

「遅れて申し訳ありません。千代田署の一之瀬です」

「ああ……あの、外へ出ていいですか」

「構いませんよ」

すぐに夏美が出て来た。小柄で肉付きのいい、愛嬌のある顔つきの女性だった。不安そうな目つきをしているのにこんな風に見えるということは、機嫌がいい時には花が開いたような笑顔になるのだろう。

「もしかしたら、お食事がまだですか？」元気のなさは空腹のせいではないかと思って一之瀬は訊ねた。

「ええ、まあ……」

「だったら、食事しながら話をしましょうか」

ちらりと藤島を見る。素早くうなずいたのはＯＫのサインだ。

「あ、でも……食事はいいです」

夏美が遠慮気味に言った。初めて会う刑事の前で食事をするのは、耐え難いに違いない。

それなら、食事はしばらく我慢してもらうしかない。

「とにかく外へ出ましょうか。どこか話ができる場所はないですか」

「喫茶店とかですか？　この辺にはいくらでもありますよ」

「では、行きましょう」

外へ出ると、夏美が両肩を抱くようにした。春らしい暖かさだが、彼女はブラウス一枚である。一之瀬は申し訳なく思ったが、自分のコートや背広を貸すわけにもいかない。

夏美は、会社の隣のビルにあるカフェに入った。道路に面した部分が全てガラス張りなので、店内が明る過ぎるのが気になるが、贅沢は言っていられない。座るなり、夏美が紙に手書きされたメニューを取り上げた。一番上に「本日のランチ」が載っていて、視線はそこに釘づけになっている。しかし小さく溜息をつくと、「ダージリンティーにします」と言った。

「食事をしていただいてもいいんですが」

一之瀬が申し出ると、夏美は小さく首を横に振った。あまり強く勧めても話が進まないので、昼飯の話はそこまでにした。一之瀬と藤島はコーヒー。

「古谷さんの葬儀には来られなかったですね」一之瀬は切り出した。

「平日ですし、遠かったので」

言い訳したが、申し訳なく思っているのは間違いない。遠いと言っても、東京から那須塩原までは新幹線で一時間強である。仕事を途中で抜け出せば、焼香を終えて夜遅くならないうちに帰って来られる。首を振りながら「行きたかったんですけどね」とぽつりと漏らした。

「ついこの前——一年前まで同僚でしたよね」

「ええ」

「あなたはどうして辞めたんですか？」

「私の事情が、何か関係あるんですか」急に夏美の口調が刺々《とげとげ》しくなる。

「話の流れですよ。古谷さんも、独立するような話があったようですが」一之瀬はさらりと言った。どうも夏美は神経質過ぎる。もちろん、いきなり刑事が訪ねて来て、平然と対応できる人も少ないだろうが。

「ああ……起業するとか？」

「そういう話だったんですか？」

「具体的な話じゃないです」夏美がやんわりと否定した。「このまま会社でこき使われるより、自分で会社を作った方がいいって……そういうの、サラリーマンだったら誰でも言うでしょう」

「本気じゃなかったんですかね」

「いや……どうなんでしょう」夏美が首を傾げる。「一度、どれぐらいお金がかかるか、社内の誰に声をかけて自分の会社に引き入れるか、一覧表にしたのを見せてもらったことがありますけど」

「本気でそんな計画を立てていたんですか？」一之瀬は思わず目を剝いた。

「分かりません。本気なのか冗談なのか、分からないタイプだったんで」

「ザップ・ジャパンの仕事は、やっぱりきついんですか」

「なかなか厳しい会社ではありますよね」抽象的な言葉だが、夏美が認めた。

「古谷さんは、相当頑張っていたんですね」

「幹部候補っていうことなんでしょう」

飲み物が運ばれてきたので、会話が一時中断する。夏美はカップからティーバッグを取り出すと、ミルクと砂糖をたっぷり加えた。カロリー補給ということだろう。一口飲んで、カップについた口紅をさっと親指で拭う。また溜息をついてから顔を上げた。

「幹部というのは……」

「ザップに限りませんけど、ＩＴ系は若い企業が多いでしょう？　生え抜きの幹部社員を育てる必要があるじゃないですか」

「古谷さんはそれだけ、会社から買われていたわけですね」

「まあ……一生懸命やる人だから」

曖昧な口調に、古谷に対する夏美の複雑な気持ちが透けて見えた。

「そうでなければ、あの年でＨＤの総務課長にはなれないですよね」

「ええ。でも、あのまま出世するより、自分で会社をやろうと考えても不思議じゃないですけどね。この業界、そういう人は本当に多いんです」

夏美の曖昧な口調は「やっかみ」だろうか、と一之瀬は考えた。同期は順調に昇進し、今やグループ企業全体を統括する立場にある。片や自分は会社を離れ、おそらくずっと待遇の悪い別の会社に転職した——内心、納得しがたいものがあるのかもしれない。

「古谷君、何で殺されたんですか？」夏美がポツリと訊ねる。

「いや、我々もそれを調べているわけで」夏美の逆質問は、一之瀬を動揺させた。何だか責められた気分になる。「あなたは何かご存じなんですか」

「分かりません……でも、危ないんじゃないかとは思ってました」

「いつか殺されるかもしれないと？」

「まさか」夏美が思いきり首を横に振る。「そういう意味じゃなくて、会社に潰されるんじゃないかって」

「失礼ですけど……」一之瀬は一度言葉を切った。辞めたとはいえ、彼女のザップ・ジャパンに対する本音が読み切れない。嫌な思いをして辞めたわけではないかもしれないから、下手に悪口を言えば臍《へそ》を曲げられる恐れがある。しかし、聴かなければ話が先へ進まない。「ザップ・ジャパンにもブラック的体質があるんですか」

「世間一般の常識からすればそうかもしれませんけど、そもそも日本でブラック企業じゃない会社なんかありますか？　どんな大手でも、社員には無理を強いているはずですよ……まあ、それは関係ないですけど」紅茶を一口、また溜息。「古谷君、会社に引き留められていたんです」

「そうなんですか？」やはり「辞めようとした」ことの裏返しか？「退職して起業しようとしていたんですか」

「本気で考えていたと思います。私は、あれはやっぱり冗談じゃなかったと思いますよ」

夏美がうなずく。

「でも会社が引き留めていたんですね」

「だから、ポストとそれに見合う給料を提示したんです。古谷君はそれを呑みました」

「彼が、子会社のＢＲ——ビジネスリサーチ社の調査をしていたことを知ってますか？」

夏美の肩がぴくりと動く。何か知っている、と一之瀬は確信した。

「ビジネスリサーチ社に、粉飾決算の噂があったそうですけど」

「知りません——私は、そういうことを知る立場にはありませんでした」

「それはそうですよね」微妙な言い回しだなと思いながら、一之瀬はわざと明るく返事した。「社員全員が知っていたら、とっくに表沙汰になっているはずですよね」

「……古谷君から聞いてました」

「いつですか？」

「私が辞める時……送別会の二次会で。彼、会社の会合にはほとんど出なかったんで、珍しかったんです。かなり酔ってて、急にそんな話をし始めたんです」

「詳しいことは……」

「聞いてません。ただ『必ず調べ出すから』と言ってました」

「仕事で？」

「個人的に、だと思いました。そんな口ぶりだったから」

「そうですか……」

一之瀬は腕組みをした。ちらりと藤島の顔を見る。手帳に視線を落としていたが、何か書きつけている様子ではなかった。今まで得た供述の裏が取れて満足、という感じである。気を取り直して質問を続けた。

「古谷さんは、正義感の強い人でしたか？」

「分かりません」あっさりと言い切った。

「同期として、結構長いつき合いでしたよね？　そういう性格なら、分かってるんじゃないかと思いますが」

「普通に会社で仕事をしていたら、正義感を発揮する場なんて、ないですよ」夏美の唇が皮肉っぽく歪む。「会社で不正があって、それを叩くために正義感の強い社員が立ち上がる？　そんなこと、まずないです」

「じゃあ、民間の会社に勤める方には、正義感がないって言うんですか？」

「そうじゃなくて、正義感を発揮する場がないだけです」

これは夏美の言い分が正しい、と一之瀬は思った。会社はまず利益を追求するものだし、それによって社員も給料を得ている。よほどの問題——会社だけではなく社会にも影響が出るようなトラブルがあった時には、意を決して内部告発しようとする人間も出てくるはずだが、粉飾決算というのはどういうレベルの問題なのだろう。一般の人にはほとんど影響はない。株主が困るぐらいか……そうだとしても、自分たちが手をつける事件ではない。それこそ捜査二課マターだ。

「古谷さんは、正義感を発揮しようとしていたんですか？　そういう人だったんですか？」一度「分からない」と言われた質問を敢えて繰り返す。「相手が嫌がるまで何度も聴け」とハコ長の秋庭に教えこまれていた。

「分かりませんけど……立場上、そういうことは糺《ただ》そうと思ったかもしれません」

「でも、監査は総務課長の仕事じゃないと聞いてますよ。そのためには別に専門の部署があるそうで……彼は、個人的に調べていた、という話があります」

「彼が言っていたのは、確かにそんなニュアンスでした」

「何のために？」話が堂々巡りになってきたな、と一之瀬は思った。先ほどからまったく前に進んでいない。

「それは、私に聴かれても……」夏美が困惑して、カップを手に取った。一口啜《すす》り、縁を凝視する。そこに、この面倒な状況を抜け出すための方法が、豆粒のような文字で書いてあるとでもいうように。

「粉飾決算は、どれぐらい大きな問題なんですか？」

夏美が顔を上げた。非難するような表情が浮かんでいる。そんなことも知らないのかと馬鹿にされたような気分になって、耳が赤くなったが、一之瀬は下手に出ることにした。

「すみません、その手の話には疎《うと》いもので」

「よくあることだと思います」

「そうなんですか？」

「会社なんて、結構いい加減ですから。大きい会社でも、監査法人の目を誤魔化したり、適当なことをやってますよ」

「詳しいんですね」

褒めると、夏美が不器用に笑った。本当は屈託《くったく》のない笑みが似合いそうな、少し幼い顔立ちなのだが。

「今の会社では……経理関係の仕事をしているわけではないですよね」

「宣伝です」

「ザップ・ジャパン社では？」

「営業でした。営業は、外へ出ていろいろな会社とつき合うじゃないですか。どうしても噂が耳に入ってくるんです」

「なるほど……じゃあ、表沙汰にならないだけで、粉飾決算は結構多いんですね」

「そうだと思います。私は専門家じゃないから、はっきりしたことは言えないけど」

「古谷さんは、そういうことに関しても詳しく知ってましたよね」

「そうでしょうね」

「ビジネスリサーチ社の粉飾決算を調べて、どうするつもりだったんでしょう。仮にそれを世間に公表したとして、彼にとって何かメリットがあるんでしょうか」

「おかしいですよね。私も、おかしいと思いました」夏美が爪をいじった。薄いピンク色のマニキュアは、右手の薬指だけがはがれかけている。「そんなことしたら、会社にいられなくなると思います。もちろん、悪いのは粉飾決算をした方ですけど、社会正義と会社の理念は、簡単には一致しないでしょう」

「そうですね」

大抵は一致する。「悪いのは承知で金儲け」と露骨に考える会社は、ごく一部なのだ。それこそ、暴力団のフロント企業ぐらいではないか。利潤の追求、あるいは社会的に意義のある仕事だと思ってやっていたことが、いつの間にか社会の常識から外れて悪になってしまう場合がほとんどのはずだ。

もちろん、粉飾決算は意図的な犯罪ではあるが、やっている方は「悪いことをしている」意識が希薄ではないだろうか。しかもこの犯罪は、刑法ではなく会社法で「特別背任罪」に設定されているはずだ。刑法とそれ以外の法律では、罪の重みが違う感じがする。

「仮に粉飾決算の事実が明るみに出ても、ザップが子会社に対して何らかの処分をするとは思えないんです。むしろ揉み消しに回るかも……」

「それじゃ、ザップ・ジャパンも犯罪に加担することになりますよ」

「そうなんですけど、ザップは基本的に利益優先ですから。それで子会社を締め上げているわけで、もしも粉飾決算が本当なら、原因はザップにあると言ってもいいんじゃないですか」

「ああ……あまりにも利益を出せとしつこく迫るから……」

「そうです」夏美がうなずく。「コンサルなんて、結構不安定な業種ですから。それで親会社から厳しく締め上げられれば、利益が出ているように見せかけるしかないかもしれません」

「なるほど……」

「ザップそのものは、絶対にブラックじゃないと思います。今は、ですよ？　会社ができた頃は、それこそ全員が二十四時間働いていた時期もあったそうですけど、すぐに会社が大きくなって、勤務状態も落ち着きました。今は、他のＩＴ系企業より、福利厚生もちゃんとしています。ＨＤもそうですし、本体のザップ・ジャパンネットも、昔に比べれば働きやすい会社になってると思いますよ」

「でも、辞める人は多いですよね」

「そういうブラック企業と一緒にしないで下さい」突然夏美が激した口調で言った。「ザップは、ＩＴ業界の学校なんです。あそこで基礎を学んで、外に出て成功している人はたくさんいます……私は違うけど」

「でも、今の仕事は充実しているんでしょう？」何となく同情を覚えて、一之瀬は言った。

「私のことはいいです」自分から言い出しておいて、夏美が否定した。「ザップも、そんなに社員を引き留めないんですよ。むしろ、前向きな退職は奨励しているぐらいですから。あそこを出て外で活躍する人が増えれば、ザップの評判も上がる、という考え方なんです」

「日本的じゃないですね」

「大学っぽいんですよ」夏美が皮肉に笑った。「ザップって、創業者二人がサークルの乗りで作った会社です。いい大人だったんですけどね……当時の雰囲気はまだ残っています。サークル活動から学術活動ぐらいにまでは進化したかもしれませんけど、大学っぽい枠からは出てないと思います」

　それは何となく分かる。そして悪いことではないと前向きに評価もできた。個人のキャリアアップを後押しするのは悪くないことだし、「人材の流動化」の一つの理想ではないだろうか。

「でも、古谷君はその流れから取り残されたわけです」夏美が辛そうに言った。

「彼も辞めたがっていたんですか？　何か別の仕事をしたいと思っていたとか？」

「彼の場合は後ろ向きの理由でしたけどね……とにかく仕事がきつかったから。ただそれは、何でも引き受ける彼の性格のせいでもあるんですよ。会社としては、そういう人は使いやすいですよね。金を稼いでくる社員は貴重な存在だから。古谷君は、上位二割の社員だったんです」

一之瀬はうなずいた。就職活動中に、そんな話を聞いた記憶がある。会社に限らず、組織を引っ張るのは上位二割の人間だけ。下の二割の人間は、仕事をせずにリソースを食い潰す。残り六割の人間は収支とんとんなのだ、と。根拠のある話かどうかは分からないが、妙に納得できたのは覚えている。

「だから会社としては、どうしても古谷君を引き留めておきたい。幹部候補として、将来は会社を支える存在になってもらいたいと思って、優遇していたんです。でも古谷君は辞めたがっていて……一年前に話した時には、さんざん愚痴られましたよ」

「でも、結局働き続けていたんですよね」

「ポストと給料アップを提示されて、それでも辞めようなんて考える人がいますか？　もしかしたら、もうちょっと我慢していれば状況が好転するかもしれないし……もちろん、古谷君がそう考えていたかどうかは分かりませんけど、『君に期待している』なんて言われちゃったら、簡単に『辞めます』とは言いにくいですよね」

「分かります……とにかく最近は、すごく忙しそうにしていたようですね」

「……ええ」

「彼は、何をしようとしていたんでしょう」

「そんなこと、私には分かりません」

強張った口調で言う彼女の表情を見た限り、嘘をついている気配はなかった。古谷とザップ・ジャパンとBR社の関係……古谷は何を考えていたのか。様々な要素が浮かんではいたが、まだ一つにはつながらないのだった。


話を終えて外に出ると、藤島がすぐに携帯を開いた。着信はなかったようで、溜息をついて電話を閉じる。

「さっきの男の件は、まだ分からないみたいだな」

「このまま追跡できないんですかね」

「分からない。タクシー会社から回答がきていないから何とも言えない……とにかく、一度特捜本部に戻ろう。他の連中からの報告も入っているかもしれない」

「そうですね」さすがに今日は喋り過ぎた、という感じもしている。午後もまだ早い時間なのに、頭はくたくただった。こういう時は何も考えずにギターでも弾いてから、十時間ゆっくりと眠りたい……。

再び四谷三丁目の駅に向かって歩き出した瞬間、背後から声をかけられた。

「失礼ですが」

丁寧な口調だったが、一之瀬の気持ちはざわついた。何となく気に食わない。それは藤島も一緒だったようで、一之瀬の顔を見て、不機嫌そうに目を細めた。それでも無視はできなかったようで、ゆっくりと振り向く。一之瀬もそれに倣った。

一見したところ、銀行員のような男が立っていた。三十代半ばというところだろうか……中肉中背。散髪したばかりに見える髪を七三に分け、眼鏡をかけている。三角形の顎は、神経質な性格を表しているようだった。地味なグレーの背広。ネクタイも、目立たないような紺色だった。手には黒いブリーフケース。かすかに、おどおどした気配を漂わせている。そんなことなら、声などかけなければいいのに……もしかしたら落とし物をしたかもしれないと思って歩道を見渡したが、ごみ一つ落ちていない。

「失礼ですが」繰り返し言って、年長の藤島に視線を向ける。「そちら様は、どちら様ですか？」

一之瀬は思わず藤島と顔を見合わせた。何言ってる？　危ない奴なのか？　藤島が、それまで見せたことのない凄味《すごみ》のある表情を浮かべて聞き返した。

「こっちに聞く前に、そっちが名乗るのが筋じゃないか」

「失礼しました」素直に頭を下げる。背広の内ポケットに手を突っこんで名刺を取り出すと、丁寧に両手で持って藤島に差し出した。「証券取引等監視委員会の魚住《うおずみ》と申します」


〈18〉


馴染みのない名前に、一之瀬は一瞬たじろいだ。証券取引等監視委員会？　あれだよな、金融庁の合議制の機関で「日本版ＳＥＣ」とか呼ばれているやつ？

頭の中で、一瞬にして様々な要素が結びついた。

「これはどうも」藤島が馬鹿にしたような口調で言った。「金融庁の関係の方が、我々に何のご用ですか」

「そもそも、そちらはどちら様でいらっしゃいますか？」

おどおどしていたと見えたのは間違いだったようだ。口調は皮肉っぽく、全て分かっていて、敢えてこちらの口から事実を語らせようとしているようである。

「警視庁」藤島がぶっきらぼうに答える。

「警視庁の方が、粉飾決算の捜査をしているんですか?」魚住が大袈裟に目を見開く。「ちょっと」藤島が表情を険しくし、唇の前で人差し指を立てた。「そんなこと、こんな場所で大声で言わないでもらいたいね」

「これは失礼」魚住がさっと頭を下げる。その態度は、やはりこちらを馬鹿にしているようにしか見えなかった。「あの、上を通して話をしてもいいんですけど、どうなんですか? イエスかノーかでお答えいただくわけにはいきませんかね」

「いきなり声をかけてきて、そういう言い草はないですな。社会人としての常識に欠ける」藤島が彼の名刺をひらひらと顔の前で振る。「だいたい、この名刺が本物かどうかも分からないし」

「ああ、本庁に確認していただいてもいいですけど、余計な時間がかかるでしょう? 面倒なことは端折《はしょ》りましょうよ。で、どうなんですか? BR社について、何か調べていたんですか」

藤島が周囲を見回した。人は多い。だが、ほとんどの人は忙しなく歩いているだけで、歩道の真ん中で立ち止まっている一之瀬たちは注目を集めていなかった。一之瀬は、どことなく居心地の悪さを感じながら、二人のやり取りを見守った。

「もしもそうだとしたら、何なんですか」藤島が無愛想に言った。

「いや、こういうこと、よくありますよね。同じターゲットを別々の人間が同時に狙っていて、せめぎ合っている最中に隙間から手がかりが零れ落ちてしまうことが」

「こっちが何かヘマしたとでも言うのか？」藤島が凄む。

「いえいえ」魚住が大袈裟に手を振った。「別々に捜査するのは非効率的、ということです。実際、あなたたちが今日会った連中に関しては、我々は既にマーク済みなんですよ。これから話を聴きに行くんです」

藤島の耳が赤くなるのが分かった。先ほど自分たちを尾行していた人間のことを考えているに違いない……一之瀬も同じ疑問を抱いた。思わずそれを口に出してしまう。

「さっき、おたくの仲間が我々を尾行していませんでしたか」

「は？」

魚住が眼鏡の奥で目を細めた。若造が何を言う、とでも言いたそうな感じである。だが一之瀬は引かなかった。

「とぼけますか？　おたくの仲間だと分かったら、面倒なことになるかな？」

「いやいや、我々はそれほど暇じゃないですから」魚住が肩をすくめる。「そもそも、尾行なんてことはしません。そういう体力勝負の仕事は関係ないんで」

こっちが体しか使っていないみたいな言い方じゃないか。むっとして、一之瀬は思わず一歩詰め寄ったが、藤島が太い腕を遮断機《しゃだんき》のように一之瀬の胸の前に上げる。そうやって制しておいてから、自分は一歩前に出た。今や魚住との距離は一メートルもない。

「書類仕事が全てだと思ってると大間違いだ。そんなことじゃ、海千山千の経営者とは渡り合えないいんじゃないのか」

「私は、人と渡り合うことには慣れてますけどね——もしかしたら、おたくよりもよほど。検察庁から出向してますから」

検事か、あるいは検察事務官。一之瀬は無意識のうちに唾を呑んだ。本当なら、年齢が上な分、自分よりもよほど事件慣れしているだろう。

「で？　うちが手を出すのが気に食わないとか」藤島が目をすがめながら言った。

「いえいえ」魚住が首を横に振る。「捜査権があるんですから、調べるのは自由です。ただし、二つの組織が同じことを調べるのは無駄ですよ——さっきも言いましたよね？」

「だから？」

「協力できるところは協力しないと。うちは、合同で捜査することにやぶさかでないんですよ」

「そんなことは、俺たちのレベルでは決められない」

「もちろん。私のレベルでも決められません」魚住の顔に笑みが戻る。「最後はトップ同士の話し合いでしょう。でも、現場の人間が知り合って、情報を交換できれば、話は早いんじゃないかな。トップ同士が協力を決めても、あくまで表面的なものにとどまるでしょう。でも、現場レベルではもっと密接に、現実的に協力し合えるはずだ」

「一つ言っておきますがね、うちの捜査の主眼はBR社とは関係ないんで」藤島が白けた口調で言った。

「でも、いろいろ調べてるでしょう？」

「正直に言えば手をつけたばかりだし、こっちの本筋は別のところなんですよ」

「うちが追いかけていることが脇筋だとでも？」むっとして魚住が言い返す。

「そんなことは言ってない。おたくはおたくで、目指す結果があるでしょう？　ただこっちに言わせれば、会社が自分のところの帳簿を誤魔化すことなんかより、もっと重大な犯罪があるんでね」

「なるほど」

「あんた、古谷孝也って人間を知ってますか」

「さあ。聞き覚えがないですね」

　その言葉に嘘はなさそうだった。もしもそうなら、古谷と証券取引等監視委員会は何の関係もなかった可能性が高い。彼のタレこみをきっかけに調査を始めたわけではないのか……もちろん、この男が隠しているだけかもしれないが。

「だったら、うちとは直接関係ない。協力できることは何もないと思うね」

「上には話を通しますよ」言葉遣いは丁寧だが、脅し文句を吐く時のように声は低かった。

「あー、ご自由にどうぞ。でもこういうやり方がばれたら、上もいい顔はしないと思うよ。

あんた、どれだけ優秀か知らないけど、常識は知らないね」

魚住の顔が一瞬で赤く染まった。藤島はそれ以上深追いせず、一之瀬に「行くぞ」と声をかけて踵を返してしまった。慌てて彼の背中を追いながら、一瞬だけ振り返る。魚住は依然として赤い顔のまま、こちらを睨みつけていた。

迫力はまったくなかったが。

千代田署に帰り着くまで、藤島は先ほどの一件についてまったく口にしなかった。しかし庁舎に入った途端、「気に食わねえな」と吐き捨てる。

「合同捜査なんて、本気なんでしょうか」

「違うだろう。自分たちの事件を荒らされてると思って、探りを入れてきたんだよ。下らない縄張り意識だ。せいぜい、こっちが摑んだ情報を探り出してやろう、ぐらいにしか思ってないだろう——出せる材料もないけどな」

それを考えると少し情けなくなる。散々動き回って、この程度しか分からないとは……いや、魚住のお陰で一つだけはっきりした。

BR社の粉飾決算は、単なる噂ではなくおそらく事実だ。証券取引等監視委員会も、何の根拠もなしには動かないだろう。

千代田署に戻ると、藤島はすぐにキャップの渕上を摑まえた。渕上も聞き込みから帰ったばかりのようで、しきりに額の汗を拭いながらミネラルウォーターを飲んでいる。

「ああ、藤島さん……タクシーの件はまだ返事がないですよ」

「また後をつけられました」

藤島が告げると、渕上の太い眉毛《まゆげ》が上がる。先に腰を下ろすと、藤島にも座るよう、促した。藤島はテーブルを挟んで渕上と向き合うように座ったが、一之瀬は何となく座りたくなく、近くに立った。

「怪我は?」渕上が訊ねる。

「いやいや、今回の相手は紳士的でしたよ。証券取引等監視委員会の人間でした」藤島が名刺をテーブルに置く。「本当にこういう職員がいるのか、確認します。検察から出向と言ってましたが」

「イッセイさん、いったいどういう地雷を踏んだんですか」

藤島が、魚住とのやり取りを再現する。渕上は相槌も打たずに聞いていたが、藤島が話し終えると小さく溜息をついた。

「これは、面倒なことになりますよ」

「ええ……しかしうちは、向こうと一緒に仕事をしても意味はないですね。元々、粉飾決算の捜査に手を出せるわけでもないし」

「問題は、向こうが古谷を知らないらしい、ということかな」渕上が頬を撫でる。「古谷以外の筋から調べ始めたんでしょうがね……古谷はいったい、何がしたかったんだろう」

「古谷はまだ、事実関係を全部把握できてなかったのかもしれない。全部まとめて風呂敷に包んで、証券取引等監視委員会へ持っていくつもりだったんじゃないですかね」

「しかし、古谷の他にも、情報提供者が誰かいたことになる」

「おそらく、そうでしょうね」藤島がうなずく。

「まったく……」渕上が名刺に視線を落として舌打ちした。

「この件、捜査二課辺りが手をつけている可能性はないですか？」藤島が訊ねた。

「どうかなあ……隣の課がやっていることは分からないけど――仮に手をつけているとしたら、証券取引等監視委員会の動きは知っているはずですよ。もしかしたら、もう協力してやっているかもしれない。その辺も確認しないといけないでしょうね。二課と話をするのは嫌なんだけど」

「まあ、連中も秘密主義ですからねえ」

「とにかく、ちょっと上と話してみます。藤島さんにも同席してもらうかもしれません」

「この男が本当に存在しているかどうか……」藤島が魚住の名刺を取り上げる。「まず、それを先に調べておきますよ。人相も分かってるから、確認できると思います」

「じゃあ、そっちをお願いします」

渕上が立ち上がり、部屋の前方へ歩いて行った。それを見ながら一之瀬は、特捜本部は大学の講堂とよく似ている、とぼんやりと思った。長机が横三列、縦十列に並び、詰めれば百人近い捜査員が座れるようになっている。部屋の一番前には向かい合うように長机が二つ置かれ、そこに電話が三台。ここが特捜本部の中心で、千代田署の宇佐美刑事課長や捜査一課の刈谷管理官、連絡担当の刑事が詰めている。横にはホワイトボード——消し跡がかなり残って、「白」とは言えなくなっているが。中央の壁には、プロジェクター用のスクリーンがあるが、これが使われるのを、一之瀬はまだ見たことがない。

渕上は刈谷の前に立ち、身を屈めて小声で話し始めた。内輪の人間しかいないし、普通の声で話しても何の問題もないはずだが……これが刑事の習性かもしれない。捜査二課の人間でなくても、常に秘密主義。あるいは小声で話すことで、事の重大性を強調する。

藤島が近くの電話に取りつき、早口で話し始める。ぽつんと取り残された格好になった一之瀬は、コーヒーを求めてポットの方へ向かった。すっかり煮詰まったコーヒーを一口飲み、苦みに喉を焼かれながら窓辺に寄る。会議室の窓は日比谷通りに面しており、皇居の日比谷濠が目の前だ。高い位置にあるので、何にも邪魔されず本庁の庁舎が見えている。何となく遠いな、と思った。自分はあそこへ行くのかどうか……秋庭は、「必ず本庁へ行かないと駄目だ」と言っていた。そういう本人はずっと交番勤務を続けているのだが、彼は、一之瀬はそういう仕事に向いていないと判断したようである。一之瀬自身は、まだ自分が何に向いているか分からない。

本庁の捜査一課に上がって、刑事一筋——一度も外へ出ずに捜査一課長になる人も確かにいる。それこそ叩き上げの極致だが、そんなキャリアを送るのは、本当にごく一部だ。それに、そういうキャリアが理想なのかどうか。仕事一筋で、自分の生活は全て犠牲にするしかない人生。そんな生き方に喜びを見出す人間もいるだろうが、深雪はどう思うだろう。彼女には彼女のキャリアがあるし、一之瀬が仕事漬けの人間になって喜ぶだろうか。仕事と私生活のバランスを上手く取って……今はまだ、そんなことを考えるべきではないかもしれないが、近い将来には目の前に迫ってくる問題だろう。

例えば、藤島はどうなのだろう。当然、所轄の刑事課にも人材は必要なわけで、中には本庁と所轄を行ったり来たり、あるいは所轄だけの異動を繰り返す刑事もいるはずだ。何かと落ち着かない生活になると思うが……どこか飄々とした藤島の態度を見ると、そういうのも悪くないかもしれないと思う。

「おい、どうした」

いきなり藤島に声をかけられ、コーヒーを零しそうになる。慌ててバランスを取ると、紙コップの中でコーヒーが派手に波打った。

「いえ、何でも……」

「ぼうっとするな。確認が取れたぞ。魚住という人間は、間違いなく証券取引等監視委員会にいる」

「あいつが、その人の名刺を使ったかもしれないじゃないですか」我ながらひねくれた考えだと思った。

「顔つきを説明したよ。奴、右目の下にほくろがあったの、覚えてないか？」藤島が自分の右目を指さした。

「いえ……」

「しっかりしろ。相手を観察するのは基本の基本だぞ」

藤島が一之瀬の左肩を小突く。今度は本当にコーヒーが零れて、左手が少しだけ濡れた。ぬるいコーヒーだったからよかったが、熱かったらコップごとぶちまけているところである。慌てて左手を持ち上げ、コーヒーを舐め取る。

「いいか、相手の顔の特徴は一発で頭に入れろ。犯人を見逃すわけにはいかないんだからな。俺たちを尾行してた奴の顔だって、もっとしっかり覚えていないと駄目なんだ」

「それは……キャップを被っていたんですよ。眉《まゆ》の上まで下ろしていると、顔ははっきり見えません」

「普通に街を歩いている時でも、向かいから来る人の顔を覚えるようにしろ。何だったら、捜査三課で研修させてもらうか？　連中の記憶力はすごいぞ。窃盗の常習犯の顔が、何百人も頭に入っている」

「はあ」

「何だ、もう気合いが抜けたのか。ぼうっとするにはまだ早いぞ。だいたいお前さんは――」

近くで電話が鳴り始めたので、一之瀬はそれに飛びついた。これで、藤島の説教を聞かずに済む。

「千代田署特捜本部です」

「お世話になります。東京英輪タクシーです」

「東京英輪さん」繰り返して言うと、藤島が素早くうなずいた。説教を中断させられたことに不満気だったが、もちろん捜査が優先である。一之瀬は椅子を引いてきて座り、手帳を広げた。「例の件ですね？」

「はい。運転手が分かりまして……四谷三丁目交差点からお乗せしたお客様ですが、赤坂《あかさか》で降りられました」

四谷三丁目から赤坂……ということは、あの男はすぐに車を降りたわけだ。単にこちらの追跡をまくためだったのだろう。

「赤坂のどの辺りですか」

「千代田線の赤坂駅近くです」

となると……一之瀬は頭の中で地図を広げる。距離的にはワンメーターではないか。取り敢えず、近くの地下鉄の駅に逃げこんだのかもしれない。

「駅に行ったんですか？」

「いえ、近くのビルの前までだったそうですが」

「場所、分かりますか」

「ええ」

相手がいとも簡単に言ったので、一之瀬は逆に警戒した。タクシーの運転手は、そこまで詳しく記録をつけているものだろうか。だいたい「四谷三丁目乗車、赤坂降車」ぐらいの曖昧なものでは？「どうして詳しく分かるんですか」と思わず突っこんでしまった。

「ああ、その……訳ありで」連絡をくれた相手は中年の男のようだが、声に戸惑いが感じられる。

「訳あり？」

ちらりと藤島の顔を見ると、右の眉だけが上がっている。一之瀬はすぐに電話に意識を集中した。

「あの……降ろした場所が、暴力団の事務所が入っているビルの前なんです。お客様もそのビルに入って行きましたので」

「暴力団」言ってまた藤島の顔を見ると、今度は大きく目を見開いていた。「何で分かるんですか」

「それはいろいろ……警察の方から教えてもらうこともありますし。トラブル防止のために、情報の周知は徹底してます」

　なるほど、そういうことか。暴力団員を乗せれば、トラブルになる可能性も出てくる。それを避けるための知恵、ということだろう。

「相手は暴力団員なんですか」

「それは分かりません」

「支払いは……」

「現金でした」

　カードなら身元も割れるのだが……ワンメーターの料金をカードで払う人間もいないか。

「他に何か、分かることがあれば……車内で、暴力団員のような態度だったとかいうことはありませんか」

「そういう話は聞いていませんよ」

　まだ何か引き出せるはずだ……一之瀬は必死に質問を考えたが、出てこない。仕方なく、丁寧に礼を言って電話を切った。

「ヤクザか？」藤島がぐっと近寄って来る。

「断定はできないようです」一之瀬は藤島の質問に答えた。「ビルに入って行くところは見たようですけど、確認できたわけじゃないですし」

「よし、割り出しにかかろう」

「これ、捜査の本筋と関係あるんですか」

「ヤクザに跡をつけられて、気持ち悪くないか？　こういうのははっきりさせておかないと、後々問題が起きたりするんだよ」

「はあ」

「何だ、ヤクザが怖いのか」

「そんなわけ、ないでしょう」一之瀬は思わず強気に出た。残念ながらと言うべきか、交番勤務時代に暴力団と絡んだことはない。これが初体験になるが、どう転がっていくかは分からない——自分が冷静に対応できるかどうかも。

「よし、だったら取り敢えず偵察だ。行くぞ」

一之瀬は仕方なく、残ったコーヒーを一気に飲み干した。苦みが喉に沁みる。だがそれで、気合いだけは入り直したようだった。完全なコーヒー中毒になる日も近いな、と覚悟する。バッグを担いだ瞬間、また目の前の電話が鳴った。無視しようかとも思ったが、「電話が鳴ったらとにかく出ろ」と教えこまれている。仕方なく受話器を取ると、藤島が渋い表情で舌打ちし、椅子に腰を下ろした。

「千代田署特捜本部です」

「私、ザップ・ジャパンビジネスリサーチ社の総務部長、金澤《かなざわ》と申します」

「はい？」いきなり渦中の会社の人間からの電話？　一之瀬は鼓動が跳ね上がるのを感じ

た。

「何か、私どもの関係で動き回っておられると聞いたのですが」

「それは言えません」

「そうですか……こちらは特に思い当たる節がないんですが、どういうことでしょうね」

「捜査の都合がありますので、言えません」

「捜査はしてるんですね」

しまった、と一之瀬は唇を噛んだ。一般論として言ったつもりだが、向こうは曲解したようである。

「とにかく、事件捜査のことに関して、個別の問い合わせには応じられませんので」

「当事者でも?」

「そちらは当事者なんですか?」

「警察がそう判断したんじゃないですか」

「それも申し上げられません」

「――そうですか」金澤という男は、すっと息を呑んだようだった。「では、失礼します。こちらの勘違いですかね」

電話は切れてしまった。藤島が怪訝そうな表情で一之瀬を見て、「何だ?」と訊ねる。

「BR社の総務部長と名乗ったんですが……」

事情を説明すると、藤島の顔から見る間に血の気が引く。まずい、致命的なミスだと、一之瀬の顔も蒼くなった。
「阿呆！」話し終えると同時に藤島が雷を落とす。「そういう時はさっさと電話を切るんだよ。警察に電話してくるような図々しい人間の相手をする必要はない。向こうに捜査の状況を教えることになるんだぞ！」
特捜本部の中は静まり返っていた。視線が突き刺さるのを感じる。謝らないと……と思ったが、一之瀬を置いて藤島はさっさと部屋を出てしまった。

〈19〉

赤坂は、有楽町辺りとはまた違う賑わいの街である。一言で言えば下世話。高級な飲食店も多いのだが、何故か「焼肉」のイメージが強い。東京生まれの一之瀬でも、あまり馴染みのない街だった——実際、東京でも知らない街の方が多い。東京タワーに上ったこともないし、上野動物園でパンダを見た記憶もないのだ。新たな観光名所になるのが間違いないスカイツリーにも行かないだろう。

「なるほどね」藤島がビルを見上げて納得したようにうなずいた。先ほどの怒りはあっさり引いている。

「知ってるんですか？」

「これだけ露骨なら、嫌でも分かるだろう」

「え？」

「ビルの名前だよ。よく見てみろ」

藤島がホールの横にある定礎の石板を指さした。一之瀬は歩み寄り、文字を確認した。

「第一東連《とうれん》ビル　竣工　平成五年七月」ビルの名前は聞いたことがない。「第一」ということは「第二」も「第三」もあるのか……ビル会社の持ち物かもしれない。

一之瀬は藤島のところに戻った。

「第一東連ビル、ですよね」

「それで何か分からないか」

これもテストか。しっかり答えを出したいところだが、まったくピンとこなかった。藤島が鼻を鳴らし、目をすがめる。

「それぐらい覚えておけ。東連——東京連合の略だろうが」

「指定暴力団の？　そういう連中がビルなんか持ってるんですか」

「奴らが直接所有してるわけじゃない。間にいくつも会社が入って、権利関係は複雑になっている。でもこれができた時は、『ヤクザビル』なんて呼ばれて、我々もだいぶ警戒したもんだよ」

「中に入っているのは、関係者ばかりですか」

「そういうこと。ただし、こっちとしてはその方がありがたい。まとめて監視できるから、楽と言えば楽だろう?」

「あの男も、東京連合の人間なんでしょうか」

「どうかな……若い奴だったよな」

「ええ。暴力団関係者には見えませんでしたけど」

「最近の暴力団は、そんなもんだ。ダブルのスーツに黒いベンツなんてのは、もう大昔のイメージだぞ」

「そうですか……で、どうします?」

「しばらく様子を見よう。本格的に張り込みをやるとしたら、俺たち二人じゃ無理だからな……取り敢えず、コーヒーでも飲もうか」藤島が道路の向こうにあるビルに向かって顎をしゃくった。一階に喫茶店が入っている。東連ビルの真向かいなので、人の出入りは観察できそうだ。

さっそく喫茶店に入り、窓際に陣取る。薄くスモークが入った窓から見てみると、外は夕暮れのような光景だった。それにしても煙草臭い……店自体が相当古く、何十年分もの煙が染みついてしまっているようだった。しかも現在も全面喫煙可で、あちこちで煙草を吸っている人の姿が目に入る。禁煙の店が増えてきたせいで、煙草が吸える店には自然と愛煙家が集まってくるようだ。

「参ったな」藤島がぽつりと漏らした。

「何がですか」向かいのビルに視線を向けたまま、一之瀬は訊ねた。

「一年前にやっと禁煙したんだよ。それ以来、煙草の臭いが苦手でね。今時、全面喫煙可の喫茶店なんか珍しいぞ」

「大変ですね」

「普段は何でもないけど、呑み会の時なんかは辛いな」

それで彼が、先日の歓迎会で何となく苛々していた理由が分かった。

藤島がメニューを見て、注文する前に財布を抜き、五百円玉を一枚取り出す。もう出るつもりかと顔を見ると、藤島が「財布、見せてみろ」といきなり言い出した。何事かと思ったが、一之瀬は素直に尻ポケットから財布を抜いた。

「いくら入ってる？」

言われるままに中を覗く。一万円札が二枚、千円札が五枚、あとは小銭……そう告げると、「小銭はいくらある？」とさらに追及された。掌に上に小銭を全部出すと、二百十五円だった。藤島が舌を鳴らす。

「いつも、小銭で千円は持ってるようにしろ。百円玉五枚と五百円玉一枚が基本だ。それに加えて、五十円玉一枚と十円玉五枚で百円あればベストだな」

「何でですか？」やけに細かいな、と不審に思った。

「こういう時のためだよ」藤島がメニューを指さす。ブレンド五百五十円、カフェオレ六百円、紅茶五百円。「分からないか？」

「早く払うためですか？」

「そういうこと」藤島がうなずく。「張り込み中に、急いで出て行かなくちゃいけない時もある。お釣りをもらってる暇もないかもしれない。そういう時は、テーブルにぴったりの金を置かないとな。注文したら、すぐにテーブルに金を出しておくのも手だ。そうじゃなければ――」

「先に払ってしまう」

「そう。ただし、小銭はちゃんと持っているに越したことはない」

「分かりました」

細かい話だが、確かに大事なことだ。いくら公務で仕事中だといっても、お茶を飲んで金を払わず出て行くわけにはいかないし、お釣りを貰わないわけにもいかない。

二人ともコーヒー。一之瀬が千百円を出してテーブルに置き、藤島が一之瀬に五百五十円を渡した。

「また後で、崩しておかないとな。煙草を吸ってる頃は、小銭を作るのも楽だったんだが」言って、藤島が窓の外に視線を向ける。

釣られて一之瀬も、向かいの東連ビルを見た。正面入り口が楕円形《だえん》になっているのが特徴の、五階建てのビルである。この辺りには非常に多い雑居ビルのように見えた。道路に向かった窓は全てはめ殺し、スモークになっており、中の様子は窺えない。人の出入りもまったくなかった。

「東京連合、最近はどんな具合なんですか」

「組対《そたい》五課が動き回ってるらしい」藤島が声をひそめた。

組織犯罪対策第五課。銃器対策が主な仕事だ。

「二か月ぐらい前、赤坂で立て続けに発砲事件があったの、覚えてないか？」

「いや……管内じゃないですし」

「新聞ぐらい、ちゃんと読め」叱責してからまた声を低くする。「その時使われた銃の出所が、ここじゃないかって言われてるんだ」

「あの男も関係してるんですかね」

「それは分からないな。組対の仕事も、極秘潜行が原則だから」

あの男は、何故自分たちの行動を監視していたのだろう。触れてほしくない奴らのポイントに、無意識のうちに触ってしまった？　しかしこちらは、殺人事件の捜査をしていただけだ。あとはそれに付随した、ザップ・ジャパン関連の調査。

　嫌な予感が頭をもたげる。

「東京連合が、ザップ・ジャパンに関係しているとは考えられませんか？」

「滅多なこと、言うなよ」藤島が目を細めたが、怒っているわけではないようだった。

「ザップ・ジャパンみたいに若い会社は、暴力団との絡みはないはずだぞ」

「でも連中は、金になりそうなことなら首を突っこんでくるんじゃないですか？」

「ＩＴヤクザか？　どうかね……」藤島が苛立たしげにテーブルを指先で打った。「あまりぴんとこないが」

「ＢＲはどうですか？」

「同じだろう。コンサルに食いこんで金を引き出すのは簡単じゃないだろう」

　一之瀬は、運ばれてきたコーヒーを一口飲んだ。思わず口がへの字になり、軽く吐き気が襲ってくるほど酸味と苦みが強い。何なのだろう……自分でペーパーフィルターを使って淹れても、絶対にこんな風にはならない。カフェのコーヒーならなおさらで、「苦い」のではなく「深い」味のコーヒーを出す。たぶんこの店は、一度淹れたコーヒーを温め直して出しているのだろう。昭和の喫茶店……昔の人たちは、こういうコーヒーを美味いと思って飲んでいたのか。

「出て来たらどうしますか」

「尾行だな。今日のところは、俺たちで何とかするしかない。まだ、何の容疑かも分からないんだから」

「刑事を尾行したら、罪にならないんですか？　公務執行妨害とか」

「公安の連中みたいなことを言うな」藤島がぴしりと言った。「確かに公妨は相手の身柄を確保するのに便利だが、本筋の捜査に支障を来すこともあるんだ。だいたい、公安の連中なんて、相手を挑発してわざと手を出させてるんだぞ」

「マジですか」一之瀬は思わず目を剝いた。「そんなの、違法捜査じゃないですか」

「だから俺は、公妨が嫌いなんだ。できるだけ避けたいね」

「でも、あの男には容疑はないですよね」

「……まあな」藤島がむっつりとした表情を浮かべて認めた。「とにかく、人定を先に進めよう。何者か分かれば、叩くチャンスも出てくる」

何事もなく三十分が過ぎる。午後も半ばになり、あまりにも静かなので話すこともなくなってきた。さすがに眠気が強くなり、一之瀬はガムを嚙み始める。藤島がちらりと一之瀬を見たが、何も言わなかった。きついミントの香りが鼻に抜けて、眠気が吹き飛んでいく。あとでガムを買って、藤島が言うように小銭を作っておこう——集中力が途切れかけ、ビルから出て来た人間を認識するのに一瞬タイムラグがあった。

「あいつです」

告げた時には、藤島はもう立ち上がっていた。ちらりとテーブルを見て金を確認すると、すぐに店を出て行く。一之瀬も後に続いた。

間違いない。モスグリーンのフライトジャケットは脱いで片手に持っていたが、ニットキャップはそのままである。七分袖のトレーナーで、右の手首に黒い刺青《いれずみ》が入っているのが見えた。暴力団というよりチンピラか……だが、その刺青は格好の目標になった。

男は、赤坂駅の方へぶらぶらと歩き始めた。急いでいる様子はない。藤島は一之瀬の肩を叩き、「お前はこのまま斜め後ろからつけろ。俺は真後ろから行く」と告げ、横棒が四段重なったガードレールを乗り越えて車道を突っ切った。

一之瀬は、二十メートルほどの距離を置いて尾行を始めた。尾行も初めてだ……どうしていいか分からず、一之瀬は相手の右手の刺青に注意しながら歩き続けた。いきなりこれは結構きついよな、と心配になる。普通は、もう少し研修してから実技に入るのではないだろうか。オン・ザ・ジョブ・トレーニングを徹底するにもほどがある。

そのまま地下鉄の駅まで向かうのかと思ったら、男は歩道に違法駐車したバイクに手をかけた。あんなところに置いてあったら、歩くのに邪魔になる。ふざけた男だと思いながら、一之瀬は目を凝らしてナンバーを頭に叩きこんだ。品川ナンバーの大型スクーター。ヤクザの事務所に出入りする人間が使うとは思えない。今はヤクザイコール大型のベンツ、という時代ではないにしても。

ニットキャップを脱ぎ、お椀型のヘルメットを被る。手に持っていたフライトジャケットを羽織って、ジッパーをきっちりと首のところまで上げ、シートに跨《また》がる。マフラーを改造しているようで、すぐに野太く歯切れよい排気音が聞こえてきた。歩道から車道に乗り出し、車の流れに乗って外堀通りの方へ走り去っていく。

逃したか……しかしナンバーが分かっているから何とかなるだろう。向かいの歩道にいる藤島に視線を投げると、軽くうなずいてきた。一之瀬はすぐに道路を横断し、藤島とナンバーを照合した。

「阿呆だな、あれは」藤島が呆れたように言った。「何なんだ、あのスクーターは」

「違法改造じゃないでしょうか。ばれないとでも思ってるんですかね」

「そいつは、捕まえてから聴いてみよう。だいたい、これで容疑を絞りやすくなったんじゃないか」

「まさか、道交法違反じゃないでしょうね」

「何がまさか、だよ」藤島が頬を歪めて笑う。「交通課の連中に手伝ってもらって、追いかけ回すとするか。ああいう阿呆は、必ず尻尾《しっぽ》を出すからな」

「交通課だって忙しいでしょう」

「うちの交通課は暇だよ」藤島が「うちの」を強調して言った。「それでも、こんな件で手伝わせるわけにはいかないけどな」

「個人的な伝は……」

「そんなことしてたら、警察の組織管理は滅茶苦茶になる。交通課はなしだ。自分たちで考えよう……さあ、さっさと帰るぞ。こんなチンピラに関する問題は、今夜中に決着をつけるんだ」

〈20〉

夜の捜査会議の前に、渕上は自分の班のメンバーを集めた。古谷という人間のイメージは、次第に固まりつつある。他の刑事たちが、自分よりも詳しい情報を聴き出しているので、一之瀬は危機感と焦りを覚えた。発端は自分たちが摑んだのだが、その後他の刑事が当たった情報源がよく喋っているということか。

全員が一通り報告を終えた後、メモを取っていた渕上が手帳から顔を上げた。

「話をまとめる——一つ、古谷は会社に能力を買われ、異例の早さで昇進していた。しかし本人は、それを不満に思っていた節がある。不満というか、会社のやり方を疑問視していたのかもしれない。二つ、古谷は総務課長として、傘下の子会社の業務に目を配る立場にあった。三つ、その業務とは離れ——実質的には業務で知り得た情報を基にしたんだろうが——子会社のBR社を個人的に調べていた可能性が高い。四つ、BR社には粉飾決算の疑いがある。これらの情報を総合すると、古谷はBR社関連で何か地雷を踏んでしまって、そのために殺された可能性が否定できない」

そう、筋書としてはそれもあり得る。一之瀬は必死で考えた。例えば、痛い腹を探られたBR社が、口封じのために古谷を殺した——もっと想像を飛躍させれば、グループ企業全体の名誉と利益を守るために、ザップ・ジャパン社の人間が殺した。

いや、それはあまりにも……一之瀬は首を傾げた。粉飾決算は所詮、人が傷つかない経済犯罪である。それにたった一人で、グループ全体で社員八千人を超える会社に反旗を翻《ひるがえ》すとは考えられない。

「まず、粉飾決算の関係だが、証券取引等監視委員会が調査に乗り出しているらしい」

「らしい、ですか」

藤島が皮肉っぽく訊ねる。渕上がわずかに目を細めたが、藤島は平然としていた。藤島の方が数歳年長だが、階級は渕上の方が上……警察は、年齢と階級の関係が複雑に絡み合う。

「藤島さんたちに会いに来た間抜け野郎が、検察出身の人間で委員会に籍を置いているのは間違いない。上を通じて捜査に関する照会をしてもらったが、向こうは誤魔化した」

「あの検事上がりは阿呆ですな」藤島が呆れたように手を広げた。「現場判断で勝手にやっていたんでしょう。それをいきなり我々に突っこまれたら、委員会の上の方も困る」

「迂闊《うかつ》に話に乗らなくてよかったですね」渕上が淡々と言った。「厄介なことになっていたかもしれない」

「で、証券取引等監視委員会の方はどうするんですか」

「無視、でいきましょう。うちの上の方も、現段階で何かするつもりはないそうです。向こうも言ってこないでしょうね。それにそもそも、証券取引等監視委員会と警視庁の捜査一課が一緒に仕事をするのはあり得ない」

「向こうは頭脳労働、こっちは荒事《あらごと》専門ですからね」藤島が耳を掻いた。

「まったく、阿呆が一人いると、話が複雑になって困る」渕上が呆れたように吐き捨てる。

「とにかく、この件は無視でいきます」

渕上の言葉にうなずいたものの、藤島の表情はどこか虚《うつ》ろだった。何か考えている……渕上の指示を無視するつもりではないか、と一之瀬は思った。もしかしたらこの件について、個人的に証券取引等監視委員会と接触するつもりでは……しかし、命令を無視してそんなことをしたら、話が面倒になる一方だ。

「もう一つ、藤島さんと一之瀬を尾行していた男の件だが……」渕上が手帳をめくる。

「乗っていたオートバイのナンバーから、人定ができた。早見雄太《はやみゆうた》、二十四歳、住所は品川区北品川……組織犯罪対策部に確認したが、東京連合、並びに傘下組織の構成員ではない」

「リストにも載っていないチンピラですか」

「そういうことでしょうね」嘲《あざけ》るような藤島の言葉に、渕上が淡々と反応した。「要は、単なる使いっ走りでしょう」

「じゃあ、そいつのことはこっちに任せてもらえますか」藤島がぴしりと腿を打った。

「ふざけた奴には、きちんと説教してやらないとね」

「問題は、どうしてこいつがうちの動きを気にするか、だが……」渕上が顎に手を当てた。

「藤島さん、何かやばいところに当たってる可能性は？」

「どうですかねえ」藤島の返事は曖昧だった。

「捜査情報が漏れて、警戒している連中がいるとか？」

「情報は、どこから漏れてもおかしくはないでしょう」藤島が肩をすくめる。「こっちも、いろいろな人間に当たってるから。まさか、身内からの情報漏れはないでしょうがね」

本当に？　一之瀬は心配になった。故意のリークはないにしても、迂闊に第三者に喋ったことが、回り回って東京連合の耳に入ることもあるのではないか。もしかしたら自分も？……いや、あり得ない。そもそもここ数日、「第三者」と接触すらしていないのだから。俺から情報が漏れた可能性はゼロだ、と一之瀬は自分を安心させようとした。

「今夜は、その仕事に集中します。捜査会議は飛ばしていいですね？」藤島が渕上に確認する。

「ああ……夜はずっとこっちで待機しているから、何か状況に変化があったら連絡して下さい」

「了解」

藤島が立ちあがる。一之瀬も慌ててそれに倣った。午後六時……これから長い張り込みが始まるのだろうか。しかし会議室から廊下に出た瞬間、藤島が振り返って「早見を攻める前にやることがある」と告げた。

「何ですか」

「BR社の粉飾決算の関係、な。あれについて、もう少し詳しく知りたいんだ。古谷が殺されるほどの大問題だったかどうか……」

「まさか、証券取引等監視委員会と取り引きするんじゃないでしょうね」

「取り引き？　こっちから向こうに渡せるほどの材料はないだろうが」藤島が短く笑う。

「手はある。お前さん、酒は大丈夫だよな？」

「はあ……まあ」そう言えば、歓迎会以来酒は口にしていない。

「軽く一杯やった後で、まだ仕事はできるか？」

「大丈夫だと思います」何の話だ？

「よし。だったら、酔っ払わないようにせいぜい気をつけてくれ」

〈21〉

一之瀬は落ち着かない気分になった。ここ数日、酒を呑むどころか、ゆっくり食事をした記憶もない。それが今日は、午後七時といういかにも食事時の時間に、新橋の居酒屋にいる。既に仕事を終えたサラリーマンで満席になっているが、それがまたざわざわした気持ちに拍車をかけた。藤島は個室を予約したのだが、酔っ払いの笑い声が遠慮なく入ってくる。

一之瀬が先に着いて、藤島は少し遅れて来た。どこかで買い物でもしたのか、小さな紙袋をぶら提げている。座るなり、おしぼりでゆっくりと手を拭き始めた。ことさら丁寧に、それこそ指一本一本を拭うように。それを一之瀬にも強要する。

「何でですか？」

「清潔第一は当然だろうが」

居酒屋で出されるおしぼりなど、清潔かどうか分からないと思ったが、口にはしなかった。今夜は明らかに雰囲気が違う。普段緊張した様子を見せることのない藤島も、何故か体が硬くなっているようだ。

「どうも、お待たせ」障子が開き、男が上がりがまちに腰を下ろした。こちらに背を向けたまま、靴を脱いでいる。見た限り小柄……そして髪に少し白髪が混じっていることから、相応の年齢だと分かる。藤島は何も言わなかったが、膝立ちの姿勢になり、男を出迎える準備をした。一之瀬もそれに倣う。

どんな靴を履いているのか、脱ぐのにえらく時間がかかった。ようやく座敷に上がって来ると、二人の正面に座る。

「お忙しいところ、申し訳ありませんね」藤島が馬鹿丁寧に言って頭を下げる。

「いやいや……珍しいね、藤島さんの方から会いたいって言ってくるのは。で、こちらは？」ちらりと一之瀬に視線を向ける。嫌そうな目つきだった。

名乗ろうとしかけて口をつぐんだ。藤島からは「今夜は何も喋るな」と釘を刺されている。だったら連れて来る必要がないではないか、と思ったが……上司の言うことだから、仕方がない。

「うちの若い衆。一之瀬と言います」

「ずいぶん若い人だね」

「刑事になり立てでね。修行で連れ回しているんですよ」

藤島に小突かれたので、慌てて頭を下げる。何も言わないのもあまりにも不自然だと思ったので、「一之瀬です」とだけ短く言った。

「ああ、どうも」男はそれきり、一之瀬に興味をなくしてしまったようだった。「で、酒は大丈夫？」

「もちろん」藤島が障子を開けて身を乗り出し、店員を呼んだ。既に注文は決まっているようで、二言三言交わすとすぐに障子を閉める。

「今夜はあまり時間がないんだ」

男が言って、腕時計に視線を落とす。これは……一之瀬は目を見開いた。パテック・フィリップじゃないか。しかもシンプルなドレスウォッチではなく、文字盤が数字と針で埋まっている複雑系のモデル。おそらく数百万円はする。自分の腕にはまったカシオのG-SHOCKが、ひどい安物に見えてきた——実際、値段は百分の一以下だろう。

「そんなに難しい話ではないですよ」

「それなら結構だが……なかなかゆっくり酒も呑めないね」

「あなたとゆっくり呑んでいたら、潰されてしまいますよ」

藤島の言葉に、男が乾いた声で笑う……しかし、眼鏡の奥の目は笑っていなかった。一之瀬は肩が強張るのを意識しながら、男の姿を観察した。スーツのことはよく分からないが、皺一つないのを見ると、上等な生地なのが分かる。おそらくオーダーメードで、体にぴたりと合っていた。刑事になることが決まった時、量販店で替えズボンつきの安いスーツを二着買うだけで悩んだ一之瀬にすれば、オーダーメードのスーツなど雲の上の世界である。目に痛いほど白いシャツの袖は折り返しつきで、小さな金色のカフスボタンが輝いている。全身で、いったいいくら金がかかっているのだろう。見えていない靴も、エドワード・グリーンかジョン・ロブではないかと想像した。

それにしても、何者だろう。全体の雰囲気は堅い。公務員か金融関係のビジネスマン……公務員ではない、と判断した。服装に金がかかり過ぎている。副業でもしない限り、パテック・フィリップの時計など買えないはずだ。しかし、とても聞ける雰囲気ではない。藤島とは気安く話している——男の方が明らかに年下だが——が、狭い座敷には、妙に強張った空気が満ちていた。

男がおしぼりで丁寧に手を拭い始めた。先ほど藤島がやったように、指一本一本まできっちりと……さらに、薄いブリーフケースからウエットティシュを取り出し、もう一度手を拭った。見ると「プレミアム抗菌」と銘打ってある。なるほど、極度の清潔好きか……それで藤島が、徹底して手を拭っていたのも理解できる。

しかし、男が煙草を取り出して火を点けたので、清潔好きな印象は吹っ飛んでしまった。「喫煙者」と「清潔」という言葉は、同じ文脈で使ってはいけない気がする。煙草は、銀色のシガレットケースに入っていた。ライターも銀。今時煙草に火を点けるのに、百円ライターやジッポー以外を使っている人がいることに驚く。

酒と料理が運ばれてくるまで、藤島と男は当たり障りのない会話を続けていた。天気の話。地震の影響で開幕が遅れているプロ野球の問題。話の内容を聞いている限り、男は特に野球好きではないようだったが、どんな話題にも合わせられるだけの知識を持っているのは間違いない。秋庭の「新聞を読め」というアドバイスは正しいのだな、と改めて思った。聞き込みでも、いきなり本題に入れるとは限らず、雑談で相手の気持ちを解す必要がある時もあるだろう。

酒が出てくるまでの時間が、やけに長く感じられる。ようやく料理と酒が揃った時にはほっとした。焼酎《しょうちゅう》はロック。透明な、いかにも強そうな酒が、氷を含んで輝いている。

参ったな……焼酎は好きじゃないのだが。

「じゃあ、いただきますよ」男が目の高さにグラスを掲げ、一口呑んだ。目を閉じ、しばらく口の中で焼酎の感触を楽しみ、呑み下した途端に満足そうに笑みを浮かべる。「いやあ、この店はさすがだね」

「焼酎の品ぞろえは豊富ですからね」

「『魔王』を必ず置いている店は貴重だ」

「幻の焼酎ですからね」

藤島もグラスに口をつけたので、一之瀬も恐る恐る呑んでみる。まず、舌を刺すような刺激が走り、涙が浮かんでくる。何とか呑み下すと、胃の中がかっと熱くなった。

「そちらの青年は、焼酎はあまりお好きではないのかな？」

問いかけられ、ちらりと藤島を見る。何も言わなかったので「大丈夫です」と答えたが、声は情けなくかすれてしまっていた。男は一之瀬を無視して、藤島との会話に集中し始めた。

「あなた、トラの尾を踏んだかもしれないよ」

「証券取引等監視委員会のことですか？」

「そう。向こうの調査は結構進んでいる。彼らの調査能力は、馬鹿にしたものじゃないですよ」

「馬鹿にしてはいませんよ……それにしても、どうして今、手をつける必要があるんですかね」

「BR社は、近々上場を予定しているんだ。粉飾決算するような会社が上場っていうのは、あり得ないからね。疑わしきは調べる。当然の措置でしょう」

「立件できるんですか？」

「それはまあ、何とも」男が煙草に火を点けた。「私は関係者じゃないし」

証券取引等監視委員会の人間ではない——金融庁でもないだろう。この男が、藤島が以前電話で話していたネタ元なのは間違いないが、立場が分からない。自信たっぷりに情報を話すからには、公的な立場、それも責任ある立場の人間であるような気もするのだが。

「我々に接触してきた人間がいましてね。東京地検から出向している男のようなんですが」

「ああ、あれは笑い話になってますよ。本人は、相当厳しく指導されたらしいけど」

今日の午後の話をもう知っている？　とすると、やはり証券取引等監視委員会の人間なのだろうか。内部の人間でないと、こんな情報は知りえないはずだ。一之瀬は、緊張で胃が痛くなってくるのを感じた。藤島は、どれだけ大物のネタ元を摑んでいるのだろう。しかも、普段の仕事にはまったく関係なさそうなのに。藤島という男の懐の深さにも驚く。

二十三年後、自分はこんな刑事になっているのだろうか。

「うちも、委員会とは特に協力しないようですね」

「そりゃ、担当が違うからねえ。何も経済事件を暴こうとしているわけじゃないんでしょう？」

「基本的に金の話は苦手でしてね」

男が短く笑い、二本目の煙草に火を点ける。

「それはそうだ。藤島さんが細かく帳簿を見てる姿は、想像もできないね」

「いやいや」藤島が苦笑する。焼酎を一口含むと、ゆっくりと呑み下した。「必要とあらばやりますけど、できれば避けたいですねえ……概略が分かればいいんですよ」

「表沙汰にはなってない話ですよ」男がグラスを大きく呷《あお》る。結構なペースで呑んでいるが、酒の影響はまったく出ていなかった。

「委員会は、どこで端緒を摑んだんですかね。内部告発ですか？」

「それは分からない。そうじゃないとは思うが」

「……立件できるかどうかは？」藤島が声を潜める。

「かなり高い確率で、いけるでしょう。証券取引等監視委員会も、経験を積んできているからね。あなたたちに接触してきたのは、情報が欲しかったからだとは思えない。あなたたちが本気で調べているのか、何をするつもりなのかを探りにきたんでしょうね。横槍を入れられたくないんでしょう」

「なるほど……ちなみに、BRと東京連合の関係は？」

「さあ」男が右の眉だけを持ち上げた。「基本的にはないと思う。ザップ・ジャパンは、コンプライアンスに関しては結構しっかりしてるみたいですよ。外向きの問題でトラブルを起こした話は聞いたことがない」

「問題は？」

「ガバナンス。最近はそうでもないけど、数年前までは内部的に結構問題があった。社員の流動が激しいのは、要するに耐え切れずに辞めた人間がたくさんいたということだし」

ブラックではなく、単に流動化が激しいだけだ、と関係者には何度も聞かされた。あれは一種の言い訳だったのか……辞めたとはいえ、一時は籍を置いた連中は、会社の悪口を言うのは気が進まなかったのかもしれない。

あるいは、厳しく口止めされているとか。

「若い人は大変ですねえ」男が突然、一之瀬に話を振ってきた。「ようやく就職できたと思っても、自分のイメージとあまりにもかけ離れていて、離職せざるを得なくなる。時間がもったいないですね。あなたはどうですか？　警察の仕事は性《しょう》に合っていますか」

「いや……」ちらりと藤島の顔を見る。何も言わなかったので、思い切って答えることにした。聞かれているのに無視したら、それはそれで無礼である。「警察官になって三年です。最初の三年の危機は、乗り越えたと思います」

「だったら、向いているんでしょうね。長く勤めるのは大事ですよ。すぐに辞めてしまったら見えないこともあるんです。三年で辞める人は、次も三年で辞める可能性が高いし」

「はあ」何で俺は、こんなところで説教じみた台詞を浴びているのだろう。訳が分からず、一之瀬は間抜けな返事をするしかなかった。

「東京連合の方は気にしない方がいいですかね」藤島が話題を引き戻した。

「それは私がどうこう言えることではないですね。ただ、どうですか？　普段は関係がなくても、必要に応じて使うことはあるんじゃないかな。何というか、飛び道具的に」

「なるほど」

その一言が合図になったように、男が焼酎を呑み干した。藤島がすかさず、膝元に置いていた紙袋をテーブルに載せる。

「上総屋《かずさや》のわらび餅です」

「や、どうも」それまでほとんど笑いのなかった男の顔が緩む。「いつも申し訳ないね」

「いえいえ……では、お先にどうぞ」

男がうなずき、個室を出て行った。脱いだ時と同じペースで靴を履いたが、既に一之瀬たちのことは眼中にないようで、一度も振り返らなかった。立ち上がって出て行く時も、挨拶はなし。

藤島が吐息を漏らし、焼酎を呷った。結局一之瀬は最初の一口だけで、あとはほとんど手をつけていない。何種類か頼んだつまみも手つかずのままだった。

「ほとんど食えなかったな……飯を済ませていこうか」

「はあ」何だか変な感じだ。店内では、サラリーマンたちの宴会がさらに盛り上がっている。笑い声が響き、二人で会話するにも声を張り上げなければならなかった。

「何か腹に溜まるものだな……俺は茶漬けか何かでいいが、お前、どうする？」

「何でも構いません」

藤島が一之瀬にメニューを渡す。焼うどんや握り飯が目に入ったが、食べ物のことよりも、先ほどの男が気になっている。

「今の人、誰なんですか？　この前、藤島さんが電話で話していた人ですよね？」

「そうだよ」

それはあっさり認めるわけか。だが、その先は……。

「Q、だ」

「Qって？」

「アルファベットのQ」

「何ですか、それ」

「お前、『スタートレック』を観たことないのか？」

冗談を言っているのかと、一之瀬は藤島の顔をまじまじと見た。藤島が勢いづいて、説明を始める。Qとは、気まぐれで傲慢な、高次元の存在。一種のトリックスター。映画もテレビもほとんど見ない一之瀬には、さっぱり分からない話だったが、謎めいた人物、ということは理解できた。

「あの、それは名前……なんですよね」

「匿名《とくめい》だよ、匿名。お前があの人の本当の名前を知る必要はない。俺も本名で呼ぶことはまずないし、俺たちの間ではQということにしておこう」

「でも、ご存じなんですよね」

「それがルールなんだ」藤島が急に厳しい声を出した。「余計な詮索《せんさく》はしない。俺はあの人のために、『魔王』を出す呑み屋を押さえておいて、土産《みやげ》に甘い物を渡す。それだけのことだ」

「その金は――」

「自腹に決まってるだろう。大した額じゃないし、精算が面倒なんだよ」

「情報は確かなんですか」

「外れは一度もないな。分からないことは分からないと言うから安心だし」

「ずいぶんいろいろなことを知ってますけど、いったい――」

「それ以上聞くな」藤島が言葉を尖らせる。

「だったら、俺を連れて来なくてもいいじゃないですか」

「何事も勉強だよ、勉強」

　その一言で俺を納得させられると思ったら大間違いだ。気になったら食いついてやる――気持ちはそうだ。しかし今は、とても調べている時間がない。

〈22〉

「ノックするんですか」

「まさか」藤島が首を振った。「まず、周りを一周してみろ。奴のバイクがあるかどうか、確認してくれ」

うなずき、一之瀬は無言で歩き出した。先ほどの「Q」の一件が未だに頭に引っかかっていて、微妙な不快感が抜けない。しかし、仕事は仕事。今優先すべきは、さっさと早見を摑まえて話を聴くことだ。

チンピラ……早見の収入源は何なのだろう。住んでいるのは二階建てのアパートで、一之瀬のマンションの方がよほど新しく立派である。東京連合から何か仕事を請け負って、小遣い稼ぎをしているのだろうか。あるいは薬物か……末端の売人として麻薬を売りさばき、そのうち何割かを自分の稼ぎにしているとか。

いずれにせよ、ろくな人生ではない。

アパートの前には小さな駐車場があり、車が三台停まっている。二台分は空《から》。右側、二階に上がる階段の脇に自転車とバイク置き場があるが、早見のスクーターは見当たらなかった。だいたい、あの狭いスペースに大きなスクーターが入るのかどうか。

裏には、アパートにほとんどくっつくように小さなマンションが建っていた。路上を見て回ったが、違法駐車してあるバイクはない。どこかに駐車場を借りているのか……しかしバイク用の貸し駐車場はまだ数が少ないし、早見がそのために金を出しているとも考えにくい。アパートの前に路上駐車しているのではないだろうか。

となると、あの男はまだ帰って来ていない。

「バイクはありません」戻って藤島に報告する。

「そうか」つまらなそうに言って、藤島が電柱に背中を預ける。街はとうに暗くなっており、人通りもない。静かだ……京急《けいきゅう》本線の新馬場《しんばんば》駅に近い住宅街。山手《やまて》通りから一本入ると、毛細血管のように細い道路が走り、非常に分かりにくい。この街に初めて来た一之瀬は、途中から東西南北が分からなくなっていた。方向感覚はいい方なのだが。

一之瀬は藤島から少し離れた場所に立ち、腕時計を確認した。午後九時……夜になってから急に気温が下がり、一之瀬はコートを着こんでいた。焼酎のアルコール分は、完全に体から抜けている。そう言えば今日、東京でソメイヨシノが満開になったそうだ。本当に？　今日の花見は寒くて大変だろうな、と思った。もっとも、現在の自粛ムードでは花見などする人はいないかもしれないが。とにかくこれからも、張り込みの時は気をつけないと、と気合いを入れ直す。暑いのはともかく、寒さに震えているようでは、いざという時に体が動かなくなってしまう。

藤島は一言も喋らず、腕組みをしたままじっとしていた。動きがあるのは、時々足の位置を替える時だけである。さすがというべきか、退屈した様子もなく、ひたすら集中している。一之瀬は、ともすると集中力が切れるのを意識した——つい「Q」のことを考えてしまう。

藤島にとってはいいネタ元なのだろうし、胡散臭い感じもしない。身元はしっかりした人だと思うが、二人のやり取りを見ていると、秘密主義の臭いがぷんぷんして怪しい。あれではまるで、漫画ではないか。

この先輩についても、まだ知らないことの方が多い。知るべきかどうかも分からないが……冷静に考えれば、一緒に仕事をするのは一年か二年だろう。警察官には異動がつきものなのだ。その間、どういう風につき合うべきか、まだ答えが見つからない。

野太い排気音が遠くから聞こえてきた。あれは……一之瀬はすっと藤島に近づいた。

「来たようだな」藤島の顎に緊張が走る。

「押さえますか」

「まず様子を見よう」

音が次第に大きくなってくる。やがて、夜気を震わせるようなビートになり、一之瀬は耳を押さえたくなってきた。ヘッドライトの光が闇を切り裂き、目に沁みる。黒いボディは闇に沈んでいるが、ヘッドライトだけが巨大な目のように光っている。スズキのスカイウェイブ。有機的なデザインで、生物——それも海の生物をイメージさせるスクーターだ。街灯の下を通った時に、数時間前に見たお椀型のヘルメットが浮かび上がる。間違いない、早見だ。

早見は、アパート前の駐車場の空いたスペースにスクーターを突っこみ、エンジンをかけたままでシートから降りた。ふらつく足取りで自転車置き場まで歩いて行くと、乱暴に自転車をどけ始める。自転車が倒れて派手な音を立てるのを無視して、スクーターを停めるスペースを作った。何が気に食わないのか、唾を吐いてスクーターに戻って来ると、乱暴にアクセルをふかして、空いたスペースに突っこむ。

「よし、いけるぞ」

藤島が駆け出す。一之瀬もすぐ後に続いた。早見はこちらに気づいていない様子だったが、エンジンを切ると急に静かになったので、異変に気づいた。こちらに視線を向けると、大きく目を見開く。慌てて逃げ出そうとしたが、スカイウェイブのシートは結構高さがあるようで、身軽にとはいかない。

しかも酔いが回っている。

藤島が先に到着し、早見の腕を摑んだ。

「何だよ!」早見がどすの利いた低い声で凄む。だが一之瀬は、その目が半分閉じているのに気づいた。やはり、相当酔いが回っている。

「おいおい、ちょっと酒臭くないか」

「呑んでねえよ」

「まあ、降りろよ」藤島が腕を引っ張って、強引に早見をバイクから下ろした。足がシートに引っかかり、バイクがぐらりと揺れる。一瞬ひやりとしたが、スクーターとはいえ相当重量がある。そんなに簡単に倒れることはない。

「離せよ」早見が乱暴に腕を振ったが、藤島の指は肘の上あたりにきつく食いこんでいる。

「何なんだよ、あんた」

「刑事だよ……知ってるくせに」藤島が緊張感のない、緩んだ口調で言った。

「ああ？」

「昼間、会っただろうが」

　一之瀬は二人のやり取りを黙って見ていたが、早見は間違いなく酔っていると判断した。腕を掴まれているのに足下が危なく、崩れ落ちそうになっている。

「知らねえよ」

「ほう？　とぼけていてもいいが、お前さん、飲酒運転だぞ。バイクだって、酒を呑んで運転していいって法はない」

「呑んでねえよ」再度の否定。

「そういうこと言ってると、印象を悪くするぞ」

呆れたように言って、藤島が押し出すように早見の腕を離した。早見がよろけて倒れかける。階段の手すりを摑んで辛うじて踏ん張ったが、足下は怪しかった。

「ちょっと歩いてみろ」

「馬鹿じゃねえか？　拒否だよ、拒否」早見が吐き捨てる。「そんなこと、やってられるかよ」

「どうしてできない？　酔っぱらってなければできるだろう」

「ふざけんな！」

吐き捨て、早見が踵を返す。本人は機敏に動いたつもりかもしれないが、またよろけて倒れそうになってしまった。しかも一之瀬が両手を広げて立ちはだかったので、結局バランスを崩して、左膝からアスファルトに落ちてしまう。

「何すんだよ！　警察官がこんなことしていいのかよ！」

どうする？　交番勤務時代、酔っ払いの面倒は散々見てきたが、こいつは性質《たち》が悪い。助けを求めて藤島の顔を見たが、にやにや笑うばかりで手を貸そうとはしなかった。

仕方なく、一之瀬は早見の右腕を摑んで引っ張り上げた。軽い。ろくに食事などしていないのではないかと思った。強引に、駐車スペースを分ける白線の上に連れて行く。

「この上を歩いてみろ」

「何でそんなことしなくちゃいけないんだよ」

「酔ってるかどうか、調べるためだ」

「よし、来い」いつの間にか、早見の正面に回りこんでいた藤島が声をかけた。「線の上を真っ直ぐ歩け。酔ってないなら、簡単にできるだろう」

「ふざけんなよ」

早見は凄んだが、そう言いながらも体がぐらついている。いい加減、認めればいいのに、と一之瀬は呆れた。いったい何なのか……いや、これが当然である。この男は、どうしても警察に捕まるわけにはいかないのだ。

「このまま警察に行くと、何か都合の悪いことがあるのか?」一之瀬は背後から、早見の耳元に向かって囁いた。「東京連合の上の方から怒られる? 向こうにばれるとまずい?」

胸の内は複雑だった。刑事なら、これぐらいの脅しは当然——ましてや相手は暴力団の関係者なのだ——と思う一方、自分が汚れてしまった感じもする。もっとスマートに説得する方法もあるのではないだろうか……しかし時間がない中、相手を落とすには脅しも効果的な手段だ。

「さあ、歩けよ」

一之瀬は早見の背中を軽く押した。よろめき、前のめりに倒れそうになる。それに加えて、周囲に漂う濃厚なアルコールの臭い。焼酎を一口だけでやめておいてよかった、と心から思った。あそこで呑み過ぎていたら、酒臭い息を吐いているのが誰か、分からなくなってしまっていただろう。

「真っ直ぐ歩けないようだな、ええ？」藤島が前から迫って来た。「酔っぱらってスクーターを運転してるのを現認してるんだよ、こっちは。署まで来てもらおうか」

「ふざけんな」なおも抵抗しているが、早見の声のトーンは次第に弱々しくなっていた。

「歩かないつもりなら、こんなものもあるけど」

一之瀬はバッグを探って、ビニール袋とアルコール検知器を取り出した。こいつのせいでバッグが重くなっていたのだが……自分の勘を褒めたい気分だった。

藤島が突然、声を上げて笑いだす。途端に一之瀬は、自分がひどく間抜けに思えてきた。

「立派に酒気帯び運転だな。三年以下の懲役《ちょうえき》又は五十万円以下の罰金だ」

署に戻ったところで藤島が告げると、早見が「そんなに呑んでねえよ」と反論したが、声は弱々しかった。

「ああ、いいから、いいから。数字は嘘をつかない。とにかく今夜は泊まってもらうぞ」

早見はぶつぶつ言っていたが、それでも最後は大人しく留置場に連れていかれた。その背中を見送りながら、藤島が「あの検知器はどうした」と訊ねる。

「いや……何か、予感がしたんです」

「どこから持ち出した？」

「交通課から借りてきました」

「まいったね、こりゃ」藤島が両手で髪を梳《す》いた。「お前さんの勘は馬鹿にできないな」

「イッセイさんの嫌いな別件逮捕でしたけどね」

「目の前の酒気帯び運転を、黙って見過ごすわけにはいかんだろうが。重罪だぞ」藤島がにやりと笑う。「とにかく奴さんの身柄は手に入った。一晩寝て、酔いが醒めたら突っこんでやろう」

「何か喋りますかね」

「喋らせるのがこっちの仕事だ。容疑者の取り調べはまだ経験してないな？」

「はい」

「だったら、今日の張り込みと尾行に続いて新しいお勉強だ。最初は俺のやり方を見てろ。見るのも勉強だぞ」

「分かりました」

これで今夜は解放されるか……一日、長かった。しかしまだ、報告が終わっていない。

特捜本部に戻ると、渕上に報告する前に千代田署の宇佐美課長に摑まった。

「おい、無茶な逮捕だったんじゃないか」藤島ではなく一之瀬に詰め寄る。どうしても一之瀬に責任を負わせたいらしい。あるいは、頭から押さえつけて言うことを聞かせたいのか。

「まあまあ、課長」藤島が割って入った。「これは正当な逮捕ですから。別件と言っても、酒を呑んでバイクを運転したら、重大な問題ですよ」

「しかしですね、イッセイさん……」

「藤島さん、報告をお願いします」

今度は渕上が割りこんできて、宇佐美は黙ってしまう。

「失礼しますよ、課長」藤島が腰を屈め、手刀を切って宇佐美の前を横切ろうとした。

「イッセイさん、何も若い奴を無理に庇わなくても」宇佐美がなおも食い下がった。

「いやいや」藤島が顔を上げ、にこやかに笑う。「バッグの中にアルコールの検知器を忍ばせておくような発想は、我々にはないでしょう。若者らしく斬新でいいじゃないですか」

結局宇佐美は何も言えなくなってしまった。一之瀬としては、勝ち誇りたい心境ではなかったが。藤島に店で落ち合おうと言われて別れたあと、交通課と交渉したのだが、検知器を借り出すのがどれだけ面倒だったか。結果を出したのだから、交通課も許してくれるだろうか。

「渕上、話をまとめて後で報告してくれ」通りかかった刈谷が命じる。

「管理官も一緒に聞いていただいた方が……」

「タクシー班の方から連絡が入ってるんだ。何か動きがあったらしい。俺はそっちの話を先に聞く」


刈谷が部屋の前方のテーブルへ向かったのを見届け、一之瀬と藤島は渕上に向き合う格好で座った。渕上がちらりと宇佐美に目をやったが、すぐにその存在を頭から押し出したようだった。藤島に向かって訊ねる。

「どれぐらい放りこんでおけますか、藤島さん」

「せいぜい四十八時間でしょうね。送検しても、今の状態だと身柄を押さえておけるとは思えない。検事もいい顔をしないでしょう」

「四十八時間以内に吐かせられますか」

「まだ分かりません。まだまったく話を聴いていませんから。というより、聴けないんですよ。酔っ払いですからね。外堀を埋めた方が早いかもしれない」

またも「外堀」。証拠を集めて周辺から攻めるのは正しいやり方かもしれないが、早見が「本丸」だという保証はないのだ。むしろ彼の背後にいるBR社が本丸である可能性が高い。しかしBR社を調べないと、早見には迫れないかもしれないわけで、それでは本末転倒になってしまう。

その時、特捜本部の一角で大声が上がった。一之瀬は驚いて立ち上がり、そちらを見たが、声を上げているのが刈谷だと気づいてぎょっとした。今まで、刈谷が声を荒らげているのを聞いたことがない。

「何かあったな」

藤島が顎を撫でながら言った。獲物を見つけたように、目が輝いている。渕上もそちらに気を取られているようで、一之瀬たちの報告は一時中断した。

「犯人を乗せた？」その場にいる全員に聞かせるつもりか、刈谷が声を張り上げる。

犯人に直結する情報？　先を越されたか……一之瀬は自分の手柄を横取りされたような気分になり、唇を噛んだ。しかしすぐに、誰の手柄でも関係ないと思い直す。大事なのは、古谷の無念を晴らすことだけなのだ。そして当然だが、誰が捜査の中軸を担ったのか、古谷は永遠に知ることがない。

今日は早く帰れると思っていたが、気になる情報が目の前にあるのに、特捜本部を離れるわけにはいかない。一之瀬は、タクシーの運転手に事情聴取した刑事たちが帰って来るのをひたすら待った。もちろん、報告を受けるのは刈谷たちの仕事で、一之瀬が首を突っこんでいい話ではないだろう。それにどうせ、明日朝の捜査会議では明らかになるはずだ。

それでも帰れない。椅子に浅く腰かけ、腹の上で手を組んだまま、一之瀬はじっと待ち続けた。

自分は揺れていると思う。安定志向と仕事中毒の間で……かもしれない。この仕事を選んだ一番の動機は、よほどのヘマをしない限り失業しないからだ。その背景にあるのは、反面教師としての父親の存在である。生来のギャンブラー。賭け事に手を出すなどというレベルではなく、自分の人生全体を賭けにしたようなものだ。中学生以降の自分の人生は、消えた父親への恨み、それに経済的な苦境の記憶で埋め尽くされている。

実際に警察官になってみると、最初はルールだらけの毎日にうんざりしたものだ。「やるべきこと」ではなく「やってはいけないこと」ばかり。だが慣れてくると、それが楽になった。ルールというのは、無意味に存在するわけではない。それに乗っている限り、快適に、悩まずに仕事ができる。

だが今の自分には、ルールなどあってないようなものだ。ひたすら考え、足を使い、集中力を切らさないようにしながら見えない犯人を追いつめる。身も心も疲れるのに、投げ出したくない。

自分はこんなにやる気のある人間だっただろうか？　学生時代、そして交番勤務時代のことを考えると、良くも悪くも「普通」だったと思う。与えられたことはきちんとやるが、そこからはみ出すのは少し怖い。ルーティンをはみ出して、「余計なことをするな」と誰かに叱責されるのを何よりも恐れていた。

しかしそれは、人間じゃないよな……人間はいろいろなことを考える。与えられた仕事の処理方法だけではなく、「仕事を与える」ために考えることもあるのだ。それは部下に指示することだけではなく、自分で自分に厳しい課題を課する場合もあるだろう。今の俺がそんな感じで……でも、別に悪くはない。

「ほら、寝てるんじゃないよ」

厳しい言葉を浴びせられると同時に、椅子から転げ落ちそうになった。慌てて両足を踏ん張り、目を擦って意識を鮮明にしようとする。寝てた？　寝てたな、この感じは。疲れていないと思っていたのに、知らぬうちに気が張り詰め、自分を追いこんでいたということか。

藤島が、腰に両手を当てて立っていた。表情は険しい。

「特捜本部で堂々と居眠りするぐらいなら、さっさと帰れ。別に今夜は、もう用事はないんだから」

「いや……」一之瀬はもう一度目を擦った。コーヒーが欲しい。それも普通のコーヒーではなく、濃いエスプレッソをたっぷりマグカップ一杯だ。それぐらいないと目が覚めそうにない。「残ります」

「タクシーの話が気になるか」

「ええ」

「だったらしゃきっとしてろ」

うなずき、会議室の中を見回す。壁の時計は十時半を示していた。意識を失っていたのは、ほんの五分ほどだったようだ。

会議室はがらんとしている。これから極めて重大な情報が入ってくるのだが、夜の捜査会議はとうに終わってしまったので、さっさと帰ってしまった刑事たちがほとんどだろう。それはそうだ。事件発覚から五日、休みもなく動き回ってきたのだから、そろそろ疲れがピークに達するはずだ。今の居眠りもそういうことだったのか、と一之瀬は情けなく思った。特捜本部では一番若いのに。

顔でも洗おうかと立ち上がった瞬間、廊下の方からざわざわした気配が流れてきた。どうやらタクシー班の連中が戻って来たようだ。その場で突っ立ったままドアの方を見ると、千代田署の先輩刑事、岡本《おかもと》が意気揚々と部屋に入って来るところだった。一緒にいるのが捜査一課の刑事だろう。こちらは特に自慢気な様子も見せず――こんなことには慣れ切った感じだった――淡々とした足取りで岡本の後に続く。

二人は刈谷のところに直行し、「休め」の姿勢を取った。すぐに、部屋に残った刑事たちが集まって三人を取り囲む。聞かれることを意識してか、岡本が少しだけ大きい声で報告を始めた。

「今日の情報は、最後に残った何人かの一人からでした。個人タクシーの運転手で、江原《えばら》良己《よしみ》、五十四歳。住所は台東区《たいとう》小島《こじま》。事件発生翌日の四月二日から今日まで休暇を取って海外旅行へ行っていたということで、今夜、ようやく接触できました」

「どこへ行ってたんだ？」

「バリ島だそうです」

「バリ島？」刈谷が白けた口調で繰り返した。「犯人を乗せたのに、次の日から呑気に海外か。呆れた話だな」

「いや、本人は犯人を乗せた意識はなかったと言っています。今夜話していて、急に思い出したようで……自宅にあったタクシーのシートから、血痕が見つかりました」

一之瀬は思わず背筋が伸びるのを感じた。もちろん、怪我したままタクシーに乗る人間がいてもおかしくない。だが、そんな人はごく少数のはずだ。

「タクシーはどうした」刈谷が鋭い口調で訊ねる。

「証拠として提出をお願いしました。鑑識がこちらに運んでいます」

「結構だ。商売には差し障るだろうが……」

「仕方ないですね」岡本が肩をすくめる。いい手がかりを手に入れたせいか、どこか余裕が感じられる。「血痕は後部座席のシート左側に付着していました。目視《もくし》した感じでは、直径三センチほどです。犯人が浴びた返り血の可能性が高いですね」

「乗せた時の状況は？」さほど興奮した様子もなく、刈谷が説明を求める。

「時間は午後十一時二十二分、事件の直後と見られます」岡本が手帳を広げて細かい説明を始めた。「場所は帝国ホテルの前ですね。本館ではなくタワーの方です」

事件現場から南に走り、ガードをくぐってすぐの場所だ。山手線のガードが、町を完全に分けている。東側は首都高のガード下の呑み屋街。西側には帝国ホテルや東京宝塚《たからづか》劇場、日生《にっせい》劇場などが集まり、急に高級な雰囲気になる。

「犯人の様子は？」

「普通だった、と証言しています。客待ちをしていたところ、歩道側から近づいて来て、窓をノックしたそうです。車に乗りこむ時もそれほど慌てた様子はなく、声も落ち着いていた、と」

「ずいぶんはっきり覚えているみたいだが、大丈夫なのか？」刈谷の声に疑念が宿った。

「休暇に入る前の最後の客だったのでよく覚えている、と本人は言っています。疑う理由はないと思いますが」少しむっとした口調で岡本が答える。

「分かった。どうして直後に警察に連絡してこなかった？」

「その時は、特に怪しいとは思わなかったそうです。血痕についても、休暇に入る前で、その日だけは車の掃除をしなかったので気づかなかったという話でした」

「今、敢えて怪しいと思う根拠は何なんだ？」

「その客は、一度も顔を上げなかったそうです」岡本が手帳を閉じる。「江原は、タクシー運転手歴二十五年のベテランです。今まで二回、タクシー強盗に遭っているので、客を乗せる時は用心して、一度は必ず顔を見るようにしています。ただし、四月一日に乗せたこの客は、シートに座った時に一瞬顔を上げたものの、後はずっとうつむいていたそうです。しかもサングラスをかけていた、と」

「タクシーの中で？」刈谷の目が細くなる。「夜にサングラスをかけている奴は、それだけでかなり怪しいぞ」

「いや、最初かけていたのをすぐに外したそうですが、管理官の仰る通り、夜にサングラスをかけている人間は怪しいんじゃないかと考えたようで……最初は芸能人ではないかと思ったようですが」

「あの連中は、顔を隠さないとタクシーにも乗れないからな」刈谷が同意した。「他に怪しい点は？」

「ずっと荷物を抱き抱えていたそうです。何て言うんですか、円筒形で、肩紐が一本だけついているやつ……」岡本が両の人差し指で宙に絵を描いた。

「ダッフルバッグです」一之瀬は思わず口出しした。

刈谷が「そうだろうな」と相槌を打ち、岡本に先を促した。岡本は、一之瀬が余計なことを言ったと思ったようで、振り返ってちらりと睨みつけてきた。こんなことで怒るなよ……と一之瀬は呆れてしまった。

その一方で、ダッフルバッグとはどういうことだろう、と考える。荷物が多くて両手を自由にしておきたい人なら、今時はデイパックを使うはずだ。ダッフルバッグは、手に入りにくいのではないだろうか。それこそ御徒町《おかちまち》辺りで、軍の放出品を扱う店にでも行かないと……それにしても、何となく古臭いイメージがある。

「――黒いダッフルバッグだったんですが、それを後生大事に抱えていたそうです。かなり大き目だったので、それがいかにも不自然な感じだったと」

「人相は」

「そこまでは……」

「どこで下ろしたんだ？」

「田町駅前ですが、下ろした後の行く先までは見ていませんでした」

「支払いは現金だな？」

「ええ」

「何か、やり取りはなかったのか？」刈谷の声が次第に熱を帯びる。まるで岡本が取り調べを受けているようだった。

「特には。江原はベテランなので、話していい客とそうでない客は勘で分かる、と言っています。この客は、話しかけて欲しくないタイプだと判断したようですね」

「金の分別はできているか？」

「いや……すぐに家の金庫で一緒にしてしまったようですから、指紋を調べるのは無理かと思います」

刈谷が舌打ちした。そんな細かいことまでチェックするのかと、一之瀬は驚いた。多くの人の手を経てきた紙幣や硬貨から、ちゃんとした指紋が取れるとは思えないが。

「バッグの方はどうなんだ？　何か手がかりはないのか」

岡本がまた手帳を広げる。あまりいい情報がないのは明らかで、それを恥じてか、耳が赤く染まっている。

「黒で、恐らく布製で……一抱えもあったそうなので、相当大きいのは間違いないですが。あと、『ＡＶ』という文字が見えたので、それがブランド名か何かではないかと思うんですが」

アヴィレックスだ、と一之瀬はぴんときた。「ＡＶＩＲＥＸ」。ミリタリーブランドだし、ダッフルバッグも作っているのではないだろうか。それに、比較的手に入りやすいはずだ。

報告が一段落したので、一之瀬は人の輪を離れ、パソコンに向かった。「ＡＶＩＲＥＸ」「ダッフルバッグ」のキーワードで検索をかける。ぞろぞろ出てきた……黒も、大きな文字で「ＡＶＩＲＥＸ」のロゴが入った物もある。縦が七十センチ近くあるから、かなり大きな物でも楽に入りそうだ。

一之瀬はそのページをプリントアウトして持っていった。遠慮がちに人の輪を割り、刈谷に示す。

ない。


「これだと、『AV』も見えると思います」

「ああ、なるほどな……お前、ファッションには詳しいのか?」

「そういうわけじゃありませんけど」一之瀬は耳を赤く染めながら否定した。『Begin』と『モノ・マガジン』を毎号買っていることは、人には——特に先輩たちには知られたくない。

「これがどれぐらい出回っているかだが……一応、調べてみるか。ブツを追うのは基本だからな」

「店よりもネットで買っている人が多いと思います」一之瀬は、刈谷の方針をやんわりと否定した。「ブツ」から犯人の足取りを追うような捜査は、今は相当難しくなっているはずだ。一方で、ネットショッピングは一般的になっているから、クレジットカードの線から追うのは不可能ではない。ただしそれも、犯人が間違いなくこのバッグを持っていたという保証があれば、の話だ。

「いずれにせよ、運転手に確認しないとな」刈谷が、プリントアウトされたページを岡本に渡した。「明日、これをもう一度運転手に見せて、確認を取ってくれ」

「岡本さん……」一之瀬は遠慮がちに手を挙げた。

「ああ?」

岡本が怖い表情を作って振り返る。自分の仕事にいちゃもんをつけられたように思っているのかもしれない。そんなつもりは毛頭ないのだが……しかし何を言われても、喋らなければ負けだと思い始めている。

「その男、服装はどんな感じだったんですか」

「服装？　服装はな……」怒ったように、勢いよく手帳のページをめくる。「黒いトレーナーか、長袖《ながそで》のTシャツ。下は分からない」

「ちょっとおかしくないですか」

「何が」

「一日は、結構寒かったですよね。特に夜は。トレーナー一枚で出歩いてる人なんか、いなかったと思いますよ」

「だから何だよ」岡本が嚙みついた。

「ダッフルバッグの中身は、脱いだコートか何かだったんじゃないですか」

「だったら？」岡本は自分のミスを指摘されたとでも思っているのか、依然としてむっとした口調だった。冷静な判断力を失っている。

「犯人だったら、それぐらいのことはしますよね。軽く着替えた感じで……」

「まあまあ、待て」刈谷が割って入る。「確かにそういう推測は成り立つが、犯人を捕まえてみないことには何とも言えない」

「タクシーに乗った男が犯人である可能性が高くなったと思うんですが」

「少しは、な」刈谷が人差し指と親指の間を一センチほど開いてみせた。「よし、まずはタクシーの血痕の調査待ちだ。被害者とDNA型が一致すれば、犯人がタクシーに乗っていた可能性が高くなる。岡本たちは、引き続き運転手への事情聴取を続行。ダッフルバッグの方もメーカーに確認して調べよう。その件は、明日の朝の捜査会議で割り振る……今夜はこれで解散だ」岡本に顔を向け、「よくやってくれたな」と褒める。

岡本の肩が一センチほど下がって、ほっとしたのが分かった。これが大きな前進なのは間違いなく、犯人逮捕までこぎつければ、岡本は功績大と評価されるはずだ。

ざわざわした雰囲気の中、刑事たちの輪が解ける。振り返った岡本が、何か言いたそうにきつい視線を向けてきたが、結局何も言わなかった。別に自分が間違ったことをしたとは思わないが、一之瀬はさすがに鼓動が高鳴るのを意識した。岡本が無言のまま去って行ったので、息をそっと吐き出し、緊張感を抜いてやる。

「この線は悪くないぞ」すっと近寄って来た藤島が言った。

「そうですね」

「明日以降、こっちに重点を置いて捜査することになるだろうな。田町駅周辺での聞き込みも必要だ」

「タクシーを降りた男が、その後でどこに行ったか、ですね」

「ああ」

「こっちの捜査は……」

「状況次第だな。もちろん、目撃者が新しく出てきたりすれば、そっちを手伝わざるを得ないだろう」

「そう、ですか」

「自分の獲物に関しては、最後まで責任を持ちたいけどなあ」藤島が顎を撫でる。「捜査には、突然勢いがつく時がある。それに乗り遅れるなよ」

「……分かりました」納得したわけではない。自分の仕事もあるのだし……今まで調べ上げてきた事実が、直接犯人を指しているわけではないのだが、中途半端に投げ出すのは気が進まなかった。もしも犯人が捕まり、BR社の粉飾決算とは何の関係もないことが分かったら、積み上げてきたものは放棄するしかないのだろう。証券取引等監視委員会に渡しても、彼らにはあまり役に立つ情報ではないだろうし……向こうはむしろ、しっかりした帳簿——あるいは裏帳簿——の類いを欲しがるのではないだろうか。

常に自分が主役になれるはずもない。

分かり切ってはいるが、気持ちが少し後ろ向きになるのを一之瀬は感じた。

〈23〉


短い、不満足な眠りだった——自宅で寝られただけましだったじゃないかと自分を慰め、一之瀬は何とかベッドから抜け出した。すぐに目に入るのがギター。せっかくの一人暮らしなのに、ほとんど弾けていないな、と寂しくなる。右手で弦を下から上へと撫でると、開放弦の音が豊かに響く。大量生産品のエレキギターにも「個体差」はあるものだが、このギターは「当たり」で、アンプを通さない生音の鳴りが豊かだ。

携帯をチェック。メールは……なし、か。昨夜遅く、深雪にご機嫌伺いのメールを送っておいたのだが、返事はなかった。まあ、午前一時にメールを送られても困るよな、と自分を納得させる。仮に返信がなくても、落ちこまないようにしよう、と決めた。深雪とは短いつき合いではないのだから、少し連絡の間隔が空いたところで、関係にひびが入るようなことはあり得ない。

新聞を引き抜いて家を出る。半分に畳んだまま、一面だけに目を通した。今日も原発関係のニュースがトップにきていて、どうしても気分が暗くなる。ふと城田の顔が脳裏に浮かんだ。偶然彼に会ったのは二日前なのに、ひどく昔のことのように思える。そう言えば、もう東京に帰って来たはずだが……連絡を控えているのかもしれない。

朝の捜査会議では、田町《たまち》駅周辺の聞き込みに十人が割り振られた。自分の名前はない。BR社の件、それに昨日逮捕した早見を何とかするのが今日の仕事だろう。しかし、早見をどうしたものか……今のところ、攻める材料がない。後をつけていたのかそうでないのか、水かけ論のようになってしまう。

一晩経って酔いから醒めた早見は、頑《かたく》なになってしまった。完全黙秘で口を開こうともしない。昨夜のチンピラじみた態度はすっかり影を潜め、ひたすら沈黙を守っている。一之瀬は取り調べの様子を記録する役目を指示されたが、パソコンの画面上に増えていくのは藤島の質問だけである。

「東京連合との関係は？」

「BR社に出入りしていたんじゃないのか」

「どうして俺たちを尾行していた？」

まったく答えがない。十時半頃、組織犯罪対策部から早見の個人情報がもたらされたが、田舎の話をしても、やはり反応しなかった。

早見は宮城《みやぎ》県の出身だった。地震に関して家族の安否を訊ねても、一言も喋らない。藤島の口調は同情に満ちたものであり、一之瀬は迂闊にも涙をこぼしそうになったのだが、その手は早見には通用していなかった。藤島が溜息を零した瞬間、一之瀬はこのやり方では通用しない、と確信した。だからといって、何か代わりの手を思いついたわけではないが。

「一時休憩する」藤島が乱暴に宣言して立ち上がった。

留置係に早見を任せ、取調室から出す。それを見送った藤島が溜息をつき、椅子の背に腕を引っかけた。上体を捻って柔軟体操をすると、体のあちこちからばきばきと音が響く。

一之瀬は、向かいの椅子を引いて座った。早見の体温がまだ座面に残っており、不快感が走る。少しだけたじろいでしまったのに気づいたのか、藤島が鼻を鳴らした。

「そっちに座ってる気分はどんなもんだ」

「あまりよくないですね」

「で？　早見の態度をどう思った」

「あそこまで頑なになるとは思いませんでした。簡単には喋りそうにないですね」

「まったく、強情な奴だよ」藤島が両手で顔を擦った。そのまま掌をテーブルに打ちつける。甲高《かんだか》い音が狭い取調室に響いて、一之瀬の神経を逆撫でした。「しかし、一つだけ分かったな」

「何ですか」

「奴は、何か極めて重要な秘密を握ってる」

「そうですか？」一之瀬は首を捻った。所詮チンピラ――せいぜい突っ張っているだけだ、と思っていたのだが。

「分からないか？　お前さん、案外鈍いな」

「そんなことないですよ」むっとして一之瀬は言い返した。

「あれだけ強情になるには、絶対に理由があるんだ」

「……もしかしたら、誰かを庇っているとか？」

「そう――例えばここで何か話すと、誰かに不利益が及ぶ。それがばれたらひどい目に遭う可能性がある、とかな」

「裏にいる『誰か』は、ＢＲ社ですかね」

「いや、奴が直接ＢＲ社と取り引きしているとは思えない。仮にＢＲ社が反社会的勢力と手を組むとしても、あんなチンピラじゃなくて、もっと上の幹部と接触するだろう。普通のビジネスと同じだ。部長の商談相手は部長ってことだよ」

「じゃあ、東京連合の幹部がＢＲ社と組んでいて、早見は単なる下っ端《したっぱ》として使われていた。余計なことを言えば、ＢＲと東京連合の関係が明らかになるかもしれないから、口をつぐんでいることを決めた――そんな具合でしょうか」

「ご名答」藤島がボールペンを一之瀬に突きつけた。「お前さんも、論理的な考え方ができるじゃないか」

「これぐらいは……」調子に乗って話を合わせようとしたが、途中で言葉を呑みこまざるを得なかった。論理的だが、今のは単なる仮説である。事実は一つも含まれていない。

一之瀬は椅子から立ち上がり、狭い取調室の中をうろつき始めた。本当に狭い……二人が向かい合って座るテーブル、それに記録担当の人間が使う一回り小さいテーブルが置いてあるだけなのに、部屋の大部分のスペースが潰れてしまっている。取り調べ用のテーブルの脇を通り抜ける時には、体を横向きにしないとならないほどだった。窓は小さく、四月の陽光がかすかに入ってくるだけで、照明を消すと薄暗くなってしまう。部屋全体に微妙な異臭——汗と煙草の名残だろうか——が染みついて、鼻の奥がむずむずした。自分はこれから、ここでどれだけの時間を過ごすのだろうと考えると、頭の中が痒《かゆ》くなってくる。

「落ち着け。座れ」

言われて立ち止まったが、座る気にはなれない。このまま時間が経ってしまうのが馬鹿馬鹿しく、何とか早見に喋らせる方法はないかと必死に頭を絞った。デスクに両手をついてうなだれ、頭に血が昇るようにする……そんなことをしても何にもならないと分かっただけだった。馬鹿馬鹿しい。

「まだ構図が見えません」顔を上げ、藤島に告げる。

「そうだな……だったら、東京連合に直接突っこんでみるか？」

「マジですか」一之瀬は思わず目を見開いた。意識しないうちに鼓動が跳ね上がる。

「物理的に突っこむわけじゃない」藤島が声を上げて笑った。「それだと、機動隊の応援が必要だろうが。そうじゃなくて、当たれる人間に当たってみるか、ということだ」

「組対が捜査中なんですよね？　大丈夫なんでしょうか」

「だから、組対に誰かを紹介してもらうんだよ。それなら、あいつらも文句は言わないだろう。あくまで、組対の狙いとは別件なんだし。お前さんもつき合うんだぞ」

「……分かりました」いよいよ暴力団とご対面か。一之瀬は藤島に気取られないよう、唾を呑んだ。


ホテルのロビーを何となく胡散臭く感じるのは何故だろう。建物自体はまだ新しく、陽光が遠慮なく入りこんでくるのに、何故か薄暗い感じがする。これが帝国ホテルだったら、何となく理解できるのだ。暗い色合いの絨毯《じゅうたん》、控え目な照明……足を踏み入れた途端に、歴史の重みに圧倒されそうになる。一方このホテルは、北欧風のデザインとでもいうのだろうか。白を基調に、明るい青や黄色をポイントポイントに配した色使いなのに、何故か明るい気分にならない。

座っているソファのせいかもしれない。微妙に自分の体のサイズに合わず、尻が落ち着かないのだ。もぞもぞと尻を動かしていると、藤島が怪訝そうな顔つきで「何やってるんだ」と訊ねる。

「いや、何でもないですけど……どうもホテルは苦手で」

「何言ってる。人と会うにはホテルが一番なんだぞ。便利だし、匿名性も保てる」

「これから会うのは……」

「東京連合の幹部だよ。組織犯罪対策部の連中の紹介だから、ややこしいことにはならないだろう。連中曰《いわ》く、『紳士的』だそうだ」

「紳士的なヤクザなんかいるんですか」

「最近は、な。奴らだって、生き残りに必死なんだ。毎日ドンパチやってるわけじゃない」

「でも、西の方では相変わらず抗争が続いているみたいですけど」

「向こうは向こう、こっちはこっちだ」

藤島が水を一口飲んだ。まだ飲み物は頼んでいない。コーヒー一杯千五百円。そういうものだと頭では分かっていても、三人で話をするだけで四千五百円もかかると思うと、目眩《めまい》がする。刑事として慣れてくれれば、こういうのも普通だと思うようになるのだろうか。

「藤島さんですか？」

深みのある声に振り向くと、男が一人、一之瀬たちの背後に立っていた。背は高い——自分より高いのではないだろうか。すらりとした体形で、濃紺のダブルの背広を綺麗に着こなしている。ネクタイは無地の暗い赤。靴は綺麗に磨きこまれた黒のプレーントゥだった。顔つきを見ても、暴力団っぽい感じはない。むしろ穏やかな表情だったが、ちらりと横を向いた時、左の頰から顎にかけて長く白い傷跡が見えたので、やはり堅気の人間ではないと分かった。

「どうも、申し訳ないですね。遠くまでお越しいただいて」

藤島が立ち上がったので、一之瀬も慌てて倣う。男が藤島、一之瀬と順番に顔を見て、うなずいた。

「ま、座って下さい。何か飲みますか?」藤島がソファに向かって左手を差し出した。

「コーヒーで結構ですよ」

三人は、三角形のそれぞれの頂点を占める格好で座った。一之瀬は男の左側になったので、顔を見ると嫌でも頰の傷が目に映る。それを見ないようにと、他の部分を観察した。指輪の類いは一切なし。金無垢《きんむく》のロレックスに太い指輪が定番かと思っていたが、それはやはり、昔の暴力団幹部のイメージかもしれない。この男は、金の匂いを漂わせることを排除してさえいるようだった。折り畳んで持っていた新聞を、体とソファの隙間に押しこむように置く、題字が見えたが、何故か「河北《かほく》新報」……宮城の新聞だった。

コーヒーが運ばれてくるまで、藤島は会話を始めなかった。無言の空間……低い音で流れるインストゥルメンタルのBGMと他の客の会話が混じって、ノイズのように一之瀬の耳を刺激する。どうも、やはり落ち着かない。

　コーヒーが目の前に置かれると、藤島がようやく切り出した。

「おたくに出入りしている、早見雄太という男の身柄を押さえたんですがね」

「そういう人間がいるかどうかは、確認できませんねえ」男は静かに言った。

「ああ、まあ、そこはいいです。とにかくおたくのビルから出て来るのを、我々は見ていますから」

「それはどうぞ、ご自由に判断していただいて結構です」男がうなずき、コーヒーをブラックのまま一口飲む。顔をしかめたのは、味が気に食わなかったせいか、熱過ぎたからか。

「容疑は？」

「酒気帯び運転」

「何と」男が目を細めた。「それはよくない。酒を呑む時は車を置いていけと、散々言ってるんですけどね」

「ずいぶん厳しく教育しているわけだ」

「下らんことで、警察といざこざを起こしたくないですからねえ。もちろん、他のことでもですが」

「なるほど。早見雄太も教育してるんですか」

　藤島の指摘に、男が一瞬口籠《くちごも》る。失言だ、と一之瀬は思ったが、男はまったく動じなかった。

「一般論として、ですよ」

「なるほど……最近、早見雄太にはどんな仕事をさせていたんですか」

「そんなこと、言えるわけがないでしょう」

「何故？　犯罪行為だから？」

「そういう決めつけはやめていただきたいですな」男の声が硬くなる。

一之瀬ははらはらしながら二人のやり取りを見守った。藤島の突っこみが徐々に厳しくなる。男はまだ柔らかい表情を浮かべていたものの、答える口調は次第に刺々しくなっていた。このままではまともな情報を引き出せないまま、喧嘩別れになってしまう。

「古谷という男を知りませんか」藤島がいきなり核心を突いた。「古谷孝也」

「さあ」

「殺人事件の被害者なんですが」

「そういうニュースには一々気を配っていないんでね」

「おたくのところと、何か関係があるんじゃないのか」

「いやあ」男が肩をすくめる。「それは言いがかりでしょう。うちは、そういう乱暴なことには手を出さない」

「昔はいろいろあったじゃないか」

「昔は昔、今は今ですよ。だいたい、今時そんなことをやっていたら、警察に目をつけられて、あっという間に潰されてしまう」

「だから陰でこそこそやってるわけだ」

男のこめかみに血管が浮くのが見えた。今のところはまだ「紳士」かもしれないが、限界はあるだろう。藤島は怒らせて本音を引き出そうとしているのかもしれないが、そういう手が通用するのは素人だけではないか。

「あの」一之瀬は思わず声を上げてしまった。藤島が怖い顔で睨みつける。ここへ来る前に「お前は余計なことは喋るな」と言われていたのだ。しかしこのままだと、何も情報を引き出せないまま、時間を無駄にしてしまう。藤島のやり方を否定するつもりはないが、空手で引き上げるわけにはいかない。

「おたくも、ずいぶん若い人を雇ってるんですね」男が、一之瀬の顔をちらりと見た。

「そりゃまあ、毎年新人は入ってくるから」藤島が苦笑しながら言った。

「若い刑事さんは、何歳なんですか」

「……二十五です」何だか馬鹿にされたように感じたが、一之瀬は素直に言った。

「ああ、それはお若い。これからいろいろ経験を積むんでしょうね。でも、組織犯罪対策部はやめておいた方がいい。我々の相手をしていると、時間と予算の無駄ですよ」

「失礼ですが、ご家族はお元気ですか」

男の眉がいきなり吊り上がった。急に凄みが増し、紳士の化けの皮が剝がれ落ちる。

「それがあんたに何か関係あるのか」

ここで引くな——一之瀬は自分に鞭を入れた。大事な話かどうかは分からないが、一度始めたのを途中でやめたら、その時点で負けだ。

「新聞です」一之瀬は、ソファの隅で潰れている「河北新報」を指差した。「それ、仙台の新聞ですよね？　東京だと、わざわざ支社かどこかに買いにいかないと手に入らないですよね。わざわざ持っているのは、東北に気になることがあるからじゃないですか」

男がぐっと顎を引き、新聞を左手で摑む。力が入り過ぎて握り潰してしまったが、慌てて取り上げると皺を伸ばした。その仕草には、先ほどの強面《こわもて》の様子はまったくなかった。

「つい数日前に、郡山に行きました。まだ、復興にはほど遠いですよね」

「のろのろやってやがる連中がいるからな」男が吐き捨てた。「今、復興の指示をしている連中は、絶対に地獄に堕《お》ちる。ろくなことができない……」

「誰か、お知り合いが被害に遭われたんですか」

「あんたには関係ないだろう」一之瀬の質問を突っぱねたが、声に力はなかった。

「郡山でいろいろな人に会って、話を聞きました。皆、まだ呆然としている感じでした」

それは嘘だ。一之瀬の印象では、福島の人たちは想像していたよりもずっと強くてしたたかである。もちろん、見た目以上に強いダメージを受けているだろうが、自分よりもはるかにタフに生きている人たちの姿は、一之瀬の脳裏に強烈な印象を残した。

「皆さん、頑張っていると思います。辛い目に遭った人もたくさんいるのに」

男がぐっと顎を引いた。目が濡れている。まさか泣くことはあるまいと思ったが、涙が一筋頬を伝ったので、一之瀬は内心の驚きを表に出さないように、必死に唇を嚙み締めた。

「……世話になった人が、二人も亡くなった。だけど俺は、葬式に行けるような立場の人間じゃない」

「行けばよかったと思います」

「ヤクザが葬式に来ても、誰も喜ばない」

「亡くなった人には関係ないんじゃないですか」

「知った風な口を叩くな」男が低い声で言ったが、強がりにしか聞こえなかった。

「現地には行ってないんですか」

「行かない。ヤクザが災害の現場に入ると、いろいろ余計なことを言われるからな」

「個人的に行く分には問題ないでしょう」

「あんた、俺をどうしても仙台に行かせたいのか」

男が凄んだが、目がどんよりとしているので、圧力は感じなかった。

「早見も宮城の出身でしたよね。家族の安否を訊ねても、何も言わないんです。家族は大丈夫だったんでしょうか」

「心配ない」

「やっぱり早見のことをご存じなんですね」

男が一瞬、唇を薄く開いた。すぐに、「何も喋らない」と宣言するようにきつく引き結んだが、ゆっくりと時間をかけて口が開く。そこから出てきた言葉は「この野郎、人の故郷を出汁《だし》にするな」だった。

「出汁にしたわけじゃないです。世間話ですよ——でも、早見をご存じですね」

「参ったね」男が藤島に視線を向ける。「あんたのところは、なかなか演技力のある若いのを飼ってるじゃないか」

「いやいや」藤島が曖昧に否定する。その口調からは、何を考えているのかは読み取れなかった。

男がゆっくりと一之瀬に顔を向けた。あっという間に無表情に戻っている。

「あんたね、そういうやり方は古いよ。今時流行《はや》らない。あんたみたいな若い人が使う手じゃないな」

「すみません」

素直に頭を下げると、男が息が漏れるような笑い声を上げた。顔を上げると、薄い笑みが浮かんでいる。しかし、突然一之瀬の存在が消えてしまったように、藤島に向かって喋り出した。

「早見が何をしていたかは、把握していない」

「それじゃ示しがつかないんでは？」

「チンピラのやることまで、面倒見ていられないんでね。何か問題があったら放り出せばいいんだし」

冷酷な言い方に、一之瀬は顔から血が引くのを感じた。暴力団の「放り出す」は何を意味するのか。

「BR社との関係は？」

「うちは今、おたくらが考えているようなことはしない」

「会社を食い物にはしないんだ」

男の傷跡が小刻みに引き攣る。だが、基本的に表情は変わらなかった。

「そういうのは、もう古いでしょう」

「BR社は、食い物にしやすくないのかな？」

男と藤島の視線がぶつかる。一之瀬には、二人の視線の中間で火花が散っているように思えた。だがほどなく、男がふっと表情を緩める。

「何かあるわけですか」男が探るように訊ねた。

「まあ、いろいろと……」

「なるほど」何かに気づいたように、男がうなずく。「粉飾決算の噂は聞いてましたけどね」

「その噂はたぶん正しい」藤島が認める。「よくご存じで」

「情報は」男が耳を引っ張った。「我々にとっても生命線だから」

「警察と同じか」

「裏と表ですかね」男がゆっくりと足を組む。ズボンの折り目が消えるのが嫌なのか、真ん中をつまんで持ち上げ、微妙に直した。「その噂、結構広まってますよ。ただし、我々は何も関知していない。あくまで会社内部の話でしょう」

「早見とBRの関係は?」

「どうでしょうね」男が首を横に振った。「個人がやることに、一々首を突っこむわけじゃないので」

「それが金儲けにつながる話でも?」

「金儲け? 大した額にはならないでしょう。だいたい早見のようなチンピラが、でかい金を動かす仕事ができるわけがない。あいつは数字に弱いから」

「なるほど」藤島が椅子に背中を預けた。ずっと前屈《まえかが》みになっていたので腰でも痛むのか、しきりに尻をもぞもぞさせている。「だったら、早見のことはどうしますか」

「うちとして? 逮捕したのはそっちでしょう?」

「酒気帯び運転でね」

「けしからんなあ」男が呆れたように両手を広げた。「運転免許を持っている人間として、絶対にやってはいけないことだね。厳罰に処すべきじゃないですか」

「切り捨てるのが早過ぎないかね」

「遵法《じゅんぽう》精神は大事にしたいんでね」

一之瀬は思わず、「ふざけるな」と突っこみそうになった。暴力団員が「遵法精神」を口にするほど滑稽なことはない。偽善とかそういうレベルではなく、連中の辞書にはないはずの言葉だ。

「だったら、叩かせてもらうよ」

「うちの人間じゃないということでやってもらって結構です」

「……破門か」

「奴は、破門されるような立場でもないがね。酒を呑んでバイクを運転して、警察に捕まるような阿呆は、うちの人間とは認められない」

藤島がうなずく。これは……自分たちは、早見に対して一気に有利になれる、と一之瀬は確信した。組織から見放されたとなれば、早見は後ろ盾のない一匹狼《いっぴきおおかみ》である――それもひどく弱い狼だ。

「では、これで」男が立ち上がった。「こっちもいろいろ忙しいものでね。コーヒー代は、そちら持ちでお願いしますよ」

「ああ」藤島がうなずく。

一之瀬も立ち上がった。男がちらりとこちらを見る。一瞬のことなのに、上から下まで舐め回されたように感じた。

「あんた、意外にいい刑事になるかもしれないな」

何も言わず、一之瀬は男の顔を見返した。緊張はしているが恐れてはいない、と自分に言い聞かせる。

「そうなったら、対決することもあるだろうが……その時はお手柔らかによろしく」

「お断りします」

一之瀬が言うと、男が目を見開いた。

「全力で叩き潰しにいきますので」

「つくづく面白い男だね、おたくの若いのは」藤島に向かって、苦情とも冗談ともつかない台詞を投げつける。

「それは失礼しましたね。教育が行き届かないもので」藤島が座ったまま、耳を掻いた。

「そこはご容赦を」

男が鼻を鳴らし、踵を返した。一之瀬は、背中を汗が伝い始めるのを感じていた。

〈24〉

ホテルを出て歩道に立った瞬間、一之瀬は足が動かなくなってしまった。額に垂れた汗を指先で拭い、深く息を吐いて吸う――何度か繰り返して少しだけ気持ちが落ち着いたところで、勢いをつけて空を見上げると、目眩が襲ってきた。慌ててガムを取り出し、口に押しこむ。ミントの匂いが鼻に抜け、何とか意識が戻ってきた。

暴力団は反社会的勢力である。何かあったら確実に潰さなければならない。そんなことは警察の人間として常識であり……わざわざ相手に向かって余計なことを言う必要はなかった、と悔いる。これで自分が目をつけられたらどうなるのだろう。自分だけならともかく、深雪や母親まで監視対象になったら。

「どうした、具合でも悪いのか」藤島が素っ気なく訊ねた。

「いえ」

「ヤクザ相手に突っ張って、今になってびびってるのか」

「いや……」一瞬否定したものの、言葉が続かない。

「ま、しょうがないよ。お前さんもまだ半分素人みたいなものだから」藤島が馬鹿にしたように笑う。「心配いらない。お前さんや家族が危害を加えられるようなことはないから」

「どうして分かるんですか」

「お前さんが警察官だからだ」

意味が分からず、一之瀬は首を捻った。今日は気温が二十度まで上がっており、少し暑いほどだ。額を伝う汗は、その暑さのせいなのか、怯えからなのか、自分でも判断がつかない。

「ヤクザは警察官を傷つけない。そんなことをしたら、総攻撃に遭うからな。いくら暴力団が『組織』だとしても、人数、組織力とも警察には敵《かな》わないだろう？　手を出したら、一気に潰される」

「そうかもしれませんけど……」

「ヤクザにとって警察官は、殺すより抱きこむ方が楽なんだよ」

さらりと大胆な言葉を残して、藤島が歩き出す。何でさっさと行ってしまうんだ――一之瀬は慌てて彼の後を追った。横に並ぶと、「抱きこむってどういうことですか」と質問をぶつける。

「男は弱いもんでね」藤島の足取りはゆったりしていた。「金と女を差し出されたら、拒否するのは難しい。それで取りこまれて、ヤクザに捜査情報を流すような馬鹿は、どの時代にもいる」足取りと裏腹に、口調は厳しく激しかった。

「そんなこと、本当にあるんですか」

「今夜家に帰ったら、郵便受けに注意しろ。金の入った封筒が突っこんであるかもしれないぞ」

「まさか」唖然として一之瀬はつぶやいた。

「何がまさか、だ。それぐらいのことは簡単に想像できるだろう。ま、向こうがお前のことを本当にそこまで——抱きこむべき相手だと評価したかどうかは分からないが、もしもそんなことがあったら、手をつけずに持って来い。それだけで奴らの弱みを握れる。その場合、容疑は？」

「……贈賄《ぞうわい》？」

「刑法198条の贈賄は、『賄賂《わいろ》を供与し、又はその申込み若《も》しくは約束をした者』が対象だ。ただし実際に成立させるためには、特定の職務行為を行うか、逆に行わないようにするための誘導があったかどうかがポイントになる」

「はあ」

「何だ、何か不満か？」

「そうじゃないですけど、すごいですね。そんなにすらすら条文が出てくるのは——」

「阿呆、これぐらいは常識だ」藤島は本気で怒っているようだった。「刑法なんて、26

4条しかないんだぞ。全部暗記するつもりでいろ」

「はあ」

「おい」藤島がゆっくりと立ち止まる。体の向きを九十度変えて、一之瀬を見た。仕方なく一之瀬も体を回転させて、正面から向き合う。「お前さん、ちゃんと勉強しないと駄目だぞ。勉強して出世しろ」

「自分は、別に——出世なんて興味ないです」本当は、興味があるのかどうかも分からない。

「組織には、上に立つ人間が必要なんだ。もちろん、ノンキャリアの俺たちが行けるポジションには限界があるけどな……いいか、組織はピラミッドだ」藤島が両手で三角形を作った。「組織全体を支える下側が小さいとバランスが崩れて崩壊するけど、頂点がないと何も決まらない。警察は、指示を出す人間も育てなくちゃいけないんだ」

「俺がそういう——指示を出す人間だって言うんですか？」

「そんなことは分からん。お前さんはまだ白紙だ」

前にもこの台詞を聞いたな、と思い出す。いつだったか……忘れたが、言葉の印象だけは強く残っている。

「だから、勉強しておいて損はない。現場で力を発揮する人間、リーダーとして才能がある人間、様々だ」

「何だか、俺が現場の人間として駄目、みたいに聞こえますけど」

「そんなことは言ってない」藤島がまた、のんびりと歩き出した。

「じゃあ、今の一件……事情聴取は何点でしたか？」

「今のは、点数をつけられないなあ」藤島が伸びをした。とても事件捜査の最中とは思えない、のんびりした態度だった。

「だけど、いろいろ喋らせましたよ」一之瀬は口を尖らせて抗議した。自分でも子どもっぽいとは思うが……仕事に対してすぐに評価が出ないと苛々するのは、自分がゆとり世代の先駆けだからかもしれない、と一之瀬は皮肉に思った。

「『河北新報』に気づいたのは大したもんだよ。俺はまったく見えてなかったからな。だけど、その後はいただけない。昭和の刑事ドラマじゃないんだからさ……今回はたまたま通用したからいいけど、泣き落としが外れたら、相当恥ずかしいことになるぞ」

「当たったんだからいいじゃないですか」自分だって早見に対して泣き落としの手を使ったのに、と一之瀬は腹の中で文句を言った。

「結果論だな」

まったく、どうして人を素直に褒めないのか……褒めて育てる、がこの人のポリシーだったのではないか？　言うべきことは言っておかないと。そう思って口を開いた瞬間、藤島の携帯が鳴った。立ち止まり、歩道の端によけて電話に出る。

「はい、藤島……ああ、課長。はい、ええ……そうですか。DNA型が一致したんですね」

　一之瀬の背筋がすっと伸びた。あのタクシーは、やはり古谷の返り血を浴びた犯人を乗せていたのだ。となると、今後の捜査の中心は、田町駅付近での目撃者探しになるかもしれない。

「早見の方はどうですか？　写真は……ああ、そうですか。そりゃそうでしょうね。ろくに顔も見てないんだから。そこはあまり、突っこめないところでしょう」

　これで運転手が、「乗せたのは早見だ」と証言すれば、話は早い。それを基に、さらに厳しく追及できるだろう。しかしまだ、つながりそうにない。

「はい？　ガサですか？　そうですね、それはやった方がいいでしょう。でも、酒気帯び運転で家宅捜索は大丈夫なんですか？　上も了解してる……それならいいですかね。分かりました。すぐ、そっちに参加します」

　電話を切り、藤島が一之瀬にうなずきかけた。

「お前さんはいいな」とぽつりと言う。

「何がですか？」

「やることなすこと全て初体験で。物珍しくてしょうがないだろう。今度は、家宅捜索を体験してもらう」

「分かりました」

捜査の歯車が動き始めているのかどうか……一之瀬にはまだ判断できなかった。

「どうせこれは持ってないだろう」

藤島に皮肉っぽく言われた。彼が差し出したのは、医者が手術の時にはめるような、ラテックス製の手袋だった。はめてみると、手にぴたりと吸いつき、指先の感触も生きている。それも当然か……手術では指先の微妙な感触が大事なはずだから。

「手袋をするには、二つ、意味がある」藤島がVサインを作った。「一つは、自分の指紋をあちこちにつけないようにするため。もう一つは感染予防だ」

「感染」という言葉が、リアルな恐怖を持って迫ってくる。この部屋は……確かに中に入るだけで何か悪い病気に感染しそうだ。誰かが窓を開けてくれたが、そうしなければすぐに体が痒くなってしまうだろう。しかし、風が吹き抜けるのにまだカビ臭さが消えないのも気になる。これはもしかしたら、室内のどこかで本当にカビが繁殖しているのかもしれない。清潔好き、整頓好きの一之瀬としては、身震いするような環境だ。水周りを調べることにならなければいいが、と真剣に願った。

六畳のフローリングと、同じ広さのダイニングキッチン。キッチンの方はクッションフロアで、かなり古くなっているせいか、ぶかぶかした感触が煩わしい。

キッチンはまだましだった。古く、あちこちに埃《ほこり》が転がっているが、それだけのことである。ここで料理をする機会はほとんどなかったようで、ガス台の周りやシンクは綺麗だった。心配なのは冷蔵庫である。賞味期限を数年過ぎて、どろどろに溶けた食品が入っていたら、吐くかもしれない。

六畳間の方は、ほとんどゴミ置き場のようだった。部屋の中央に布団が敷いてあるが、座れるスペースはそこだけ。あとはとにかく物で埋まっていた。潰した段ボール箱。雑誌。ビデオとDVD。丸められた服。ビールと焼酎の空き瓶……汚部屋《おべや》だ。およそ、独身男性の部屋にありそうな物は全部詰まっている。競馬新聞が広がった状態で伏せられているのだが、かすかに揺れ動いたように見えた。まさか、ゴキブリ？　最近は、ゴキブリもあまり見なくなっているのだが。こんな時でなかったら、片づけてしまうところだ。あるいはいっそ、火を点けて焼き払うか。

「一之瀬、台所を見てくれ」

藤島に指示され、安堵の吐息を吐く。ひとまず、最悪の事態は避けられた。

家宅捜索に割り振られた刑事は、一之瀬と藤島を入れて四人。一之瀬以外の三人はフローリングの部屋に入ったが、すぐに悪態が流れ始めた。まず誰かが「うわ！」と情けない悲鳴を上げる。「床がべたべたしてるぞ」と文句が続いた。それを聞いて、一之瀬ははっきりと戦慄した。何か変な物を踏んでしまったら……自分だったら、即座に靴下を捨てる。

何とか身震いを押さえつけ、台所をざっと見回した。外廊下の方に向かってシンクとガス台、その右側に冷蔵庫、部屋の中央にダイニングテーブルというレイアウトである。小さな食器棚は、テーブルを挟んでガス台の真向かいにあった。ただし、テーブルや食器棚が使われている形跡はない。ガス台には薬缶《やかん》が載っており、持ち上げてみると、少しだけ水が残っていた。ということは、お湯を沸かすぐらいはしているのか。試しにガス台の下を開けてみたが、二リットル入りのミネラルウォーターが一本、見つかっただけだった。

冷蔵庫を後回しにして、先に食器棚を調べる。ガラス扉がついた上の段には、食器類が少しだけ……大小の皿が二枚ずつ、飯碗に汁椀、それにグラスが三つ。下の扉を開いてみると、一種の食料貯蔵庫になっていた。様々なカップ麺が十個ほど……念のために調べていくと、三つは賞味期限が切れていた。ツナ缶と乾パンは、賞味期限を見た限り、最近仕入れたもののようだ。震災対策だろうか。ああいう人間でも、都市部でのサバイバルは考えるのかもしれない。やはり二リットル入りのミネラルウォーターも三本――これだけではとても、震災は乗り切れないと思うが。

さて、冷蔵庫か……扉は三つ。一番上が冷蔵庫、その下が冷凍庫、最下段が野菜庫という感じだろう。ろくに料理もしない人間の冷蔵庫としては、立派過ぎる感じがした。フローリングの間から漏れてくる先輩たちの悪態を聞きながら、一之瀬は意を決して一番上の扉に手をかけた。一つ深呼吸してから、思い切って引き開けたが、予想していたほどひどいことはなかった。というより、ほとんど何もなかった。

冷気を顔に浴びながら、中身を改めていく。缶ビールが三本――ヱビスがお好みのブランドのようだ――と六つに切られたチーズが二パック、輪ゴムで留めたビーフジャーキーが一パック。袋が折れ曲がった部分の大きさから見て、半分ほどは食べたようだった。要するに酒と、酒の肴しか入っていない。冷凍庫は完全に空っぽで、空しく冷気が渦巻いているだけだった。家ではビールより強い酒を呑む習慣がなかったようで、氷も必要ないのだろう。

問題は野菜庫だ、と一之瀬は気持ちを引き締めた。こういうところで、捨て忘れた茄子《なす》が溶けていたりする――しかし開けてみると、少なくとも異臭はしなかったのでほっとした。

こちらもほとんど空である。冷蔵保存する必要のないレトルトパックのカレーの箱が、何故か三つ……いや、別にここに入れておいてもいいのだが、炊飯器もないのにこんな物があっても無意味だろう。何気なく、一つずつ取り出してみると、一番下の箱の封が切られているのが分かった。空箱を冷蔵庫に入れている？　いかにも怪しい。中の物が外に出ないように気をつけて振ってみると、かさかさと小さな音がした。重さはほとんどない。一之瀬は思い切って、開いた口を下にしてみた。左の掌に、小さなビニール袋が転がり落ちてくる。

おいおい――覚醒剤《かくせいざい》か？　一之瀬は、早見の間抜けさ加減に呆れてきた。脇が甘過ぎる。もちろん警察的には、ありがたい話だが。今のところ否認を貫いているが、こんなに簡単に追及の材料が手に入るとは思わなかった。

一之瀬は、覚醒剤らしき物が入ったビニール袋を左手に載せたまま、慎重に立ち上がった。隣の部屋に移り、「こんな物が出てきました」と報告する。藤島は、ちらりと見て嬉しそうな笑みをこぼした。

「シャブか？」

「おそらく」

「どこに入ってた」

「冷蔵庫の野菜庫の中です。レトルトカレーの箱の中でした」

藤島が鼻を鳴らし、「あまり独創的な隠し場所じゃないな」と感想を漏らした。それはそうだ……一之瀬から見ても、早見は用心が足りない。自分で使うためか売るためかは分からないが、家で隠しておくなら、もう少し気の利いた場所を考えるべきだろう。

「よし、これで奴の身柄は押さえておける。あとはバッグも出てくれれば最高だな……キッチンが終わったら、こっちを手伝ってくれ」

「……分かりました」

三人の先輩は、まだ実質的に捜索に入っていなかった。まず、荷物だかゴミだか分からない物を分別し、動き回るだけのスペースを作らなければならないようで、それにどれだけ時間がかかるのか……刑事の仕事は簡単には終わらないものだ、と一之瀬は思い知らされていた。

〈25〉

順調に転がり始めたように見えた捜査は、しかしすぐに壁にぶち当たってしまった。犯人が持っていたと思われるダッフルバッグが、早見の家から見つからなかったのだ。その他、犯行につながりそうな物証もなし。冷蔵庫で見つかったのは間違いなく覚醒剤で、これで再逮捕できたのだが……早見は予想以上に防御が堅い。相変わらずほぼ完全黙秘の状態で、顔色を変えることすらなかった。どうしてここまで気持ちを強く持てるのか、一之瀬は純粋に知りたくなってきた。

早見が、分かりやすい転落の人生を送ってきたのは分かっている。出身地の宮城で、中学時代からグレ始め、高校に入ると地元の暴力団と関係ができた。ほどなく高校は中退。その暴力団が東京連合の傘下だった関係から、すぐに東京へ「修行」に出されたらしい。

以来十年近く、中途半端な立場のままである。本人も覚悟がないのかもしれない。正式に暴力団に入るわけでもなく、ただ雑用をこなす人生は、どれほど不安定で空しいものか。

捜査は暗礁に乗り上げた。田町駅付近では徹底した聞き込みが続けられたが、犯人を目撃した人間は見つからない。

一之瀬は、事件発生から十日目、日曜日に初めて休みをもらえた。しかし、前日の夜にあれこれ考えてしまって寝つけず、結局起きたのは昼過ぎ。その後は部屋の掃除と洗濯、クリーニング店に行ったりで、夕方までの時間が潰れてしまった。夜、深雪と一緒に食事ができたのは、彼女が無理して下北沢まで来てくれたおかげである。明日の朝、七時に出社だという。久しぶりに肌を合わせられるのでは、と期待していたので、心底がっかりした。それだけの関係じゃないんだと自分を宥《なだ》めたが、食事の時も会話が弾まない。

本当は、来てくれただけで感謝すべきなのだ。彼女だって仕事は忙しい。深雪は総合食品メーカーに就職し、バイオ関係の研究部門に籍を置いている。本社は虎《とら》ノ門《もん》で、千代田署の目と鼻の先なのだが、彼女がふだん勤務する研究所は日野《ひの》である。しかも実験の進行状況によっては、朝が早くなったり、夜遅くまで研究所に籠っていたりしなければならないので、勤務は不規則だった。

結局深雪は、午後九時過ぎに引き上げた。駅まで送る道すがら、「選挙、行った？」と聞かれて、今日が統一地方選の投開票日だったと初めて気づく。まいった……成人して初めて、選挙をすっぽかしてしまった。

家に戻り、休日の終わりを寂しく迎える——こんなことは初めてだった。テレビのスウィッチを入れ、開票速報をぼんやりと眺める。統一選前段は知事選がメインなのだが、民主党が惨敗しそうな勢いだった。そりゃそうだよな、とぼんやりと考える。これだけヘマが続いたら、誰だってそっぽを向く。もっとも、選挙にも行かなかった自分には批判する権利などないのだが。

引っ越し祝いにと深雪がプレゼントしてくれたビーズクッションの位置を調整する。ふわふわした座り心地はなかなか面白いのだが、形が流れるように変わるので、腰かけていたつもりが、いつの間にか寝そべってしまっていたりする。今も体は天井を向いたまま、顎を胸に押し当ててテレビを見ていた。

何だかな……もやもやする。一生懸命やってきたつもりなのに、ろくな結果を出せていない。手がかりなどあっという間に見つかり、真犯人にたどり着けるという考えは、やはり甘かったのだ。

明日からはまた、指示通りに動く生活が始まる。おそらく、田町駅付近の聞き込みに回されるだろう。大河に飛びこみ、川底に隠れたコイン一枚を探すようなものだ。他に何かできることはないか……もっと効率よく、一直線に犯人にたどり着くような捜査。

携帯が鳴った。反射的に腕時計を見る。駅まで深雪を送って別れてから、三十分も経っていない。家に着くのはまだ先のはずで……急な呼び出しかな、と心配になった。ここでまた事件でも起きたら、千代田署はパンクしてしまうだろう。

「もしもし——」

「ああ、坊や」

男の声を聞いて、一之瀬は一瞬で頭に血が昇るのを感じた。あの野郎……先日会った東京連合の幹部だ。そもそもどこで、この番号を知ったのだろう。情報流出……相手が相手だけに心配になる。

「何ですか」思い切りぶっきらぼうに答える。向こうのペースに乗ってはいけない、と自戒した。

「ちょっと会えないか」

「それは——」危険だ。本能が危険信号を発する。「できません」

「どうして」

「刑事は二人一組で動くからです」

「そういうのは、おたくらの勝手なルールだろう。俺らが普段つき合っている刑事さんたちは、誰かとつるむのを嫌うよ。ネタ元を人に知られたくないんだろう」

あなたは俺のネタ元じゃない、と一之瀬は口に出しそうになった。一度会っただけで、避けるべき相手だ、と判断してもいた。

「とにかく、無理です」

「手柄が欲しくないのか」

その言葉は胸の奥まで一気に刺さった。しかしそれでも、指示以外のことはやらない方がいいのでは、と弱気がこみ上げる。余計なことをしたら怒られる……だけではなく、自分の身が危険に晒されるかもしれないのだ。

「それとも、わざわざ日曜の夜を潰したくないかね」

「そんなことはどうでもいい」

「可愛い彼女が隣にいるとか?」

耳が熱くなる。まさかこの男は、俺の行動を見張っているんじゃないだろうな。深雪の存在を知られたら、こっちの立場は一気に弱くなる。深雪は間違いなく、自分にとって最大のウイークポイントなのだ。このまま黙って何もせずにいたら、思わぬ時に思わぬトラブルが起きるかもしれない。釘を刺しておかないと……それは、電話ではできない。

何が起きるかは分からない。だが、自分の身は自分で守らないと。警察は大きな後ろ盾だが、何でもかんでも面倒を見てくれるほど暇ではないのだ。相手の真意が読めぬまま、一之瀬は結局会うのを了承するしかなかった。

「分かりました。会いましょう」

「結構、結構。若い刑事さんからやる気を取ったら、何も残らないよ」

「場所は?」

「渋谷。宮下《みやした》公園」

「あそこは今、改修工事で閉鎖中ですよ」

「その下に駐車場がある。そこへ来てくれないか」

「人を殺すにはいい場所じゃないですよ。すぐに見つかる」

一瞬間を置いて、男が爆笑した。「残念ながら、こっちもそんなに暇じゃないんでね……三十分後でいいな?」と言って電話を切ってしまう。

三十分後、というのが引っかかった。下北沢から渋谷までは、井の頭線の急行で五分もかからない。しかし自宅から駅、さらに駅から公園までの距離を考えれば、三十分後に落ち合うというのは理に適った提案だ——ということは、この男は俺の家の場所を知っている?

その辺についてもしっかり聞き出し、警告しておかないと。一之瀬は立ち上がり、薄手のコートを羽織った。夜になって急に気温が下がっており、今は一桁台になっているだろう。宮下公園の地下駐車場がどんな具合になっているか分からないが、風邪を引いたら馬鹿馬鹿しい。

藤島に助けを求めるか……しかし連絡がついても、彼が渋谷まで来るにはかなり時間がかかる。約束の時間までに現場に着けなければ、男はさっさといなくなってしまいそうな予感がした。何か使える物は、と周囲を見回す。デスクの引き出しを乱暴に開け閉めして、取り敢えず「武器」を一つだけ持っていくことにした。何の役に立つかは分からないが……ないよりはましかもしれない。

日曜の夜——渋谷周辺は、一年三百六十五日、どんな時間でも賑わっている印象があるが、宮下公園の地下駐車場にはほとんど車がなかった。これは危険だ……出入りする人が多ければ、向こうも警戒して無茶はできないはずだが。

寒い。予想した以上に気温は下がっている。特に駐車場の中は風が吹かないせいか、重く湿った冷気が滞留しているようで、足下から冷えこんできた。

駐車場の「どこで」待ち合わせるかという話はしなかったので、一之瀬は取り敢えず入り口近くに陣取った。どうにも落ち着かない。腕時計をちらちら見ながら、約束の時間が来るのを待つ。電話を切ってからちょうど三十分後、ヘッドライトの光が駐車場の闇を引き裂いた。あまりのまぶしさに車種が特定できないが……車は一之瀬の前を横切り、空いたスペースの前に横づけした。エンジンはかけたまま——後部座席左側のドアが開き、男が降りて来る。濃紺のコートの前は開けたままだった。ジャケットに、今日はシャツではなくタートルネックのセーターを合わせている。足下はグッチのホースビットローファー。さすがに金には余裕があるようだ。

男が一之瀬の一メートル手前で立ち止まると同時に、車のエンジンが停止する。静寂――話がしやすいようにという運転手の配慮なのだろうが、一之瀬は急に居心地の悪さを感じた。とにかく静か過ぎる。明治通りを走る車の音も、ここまではほとんど入って来ない。

「一人か？」

「見ての通り」一之瀬は胸を張った。気を張っていないと気圧されてしまう。焦るな、ビビるな、と自分に言い聞かせた。コートのポケットに手を突っこみ、ＩＣレコーダーのスウィッチを押す。きちんと録音できるかどうかは分からないが、一応の「抑止力」だ。

「それで、何の話なんですか」

「早見をシャブでパクったそうだな」

「冷蔵庫に隠してましたよ」事情を喋っていいかどうか分からなかったが、つい言ってしまった。もしかしたらその覚醒剤の出所は、目の前にいるこの男かもしれないのに。

「ふざけた野郎だ。好きにしてくれ」

「そんなことを言うためにわざわざ俺を呼び出したんですか」眉間《みけん》に皺が寄るのを意識する。貴重な休みを無駄にされたとは思わない――仕事中毒になりつつあると意識していた――が、何の役にも立たない話を聞かされたら許せない。

「いや。礼を言おうと思ってね」

「は？」

「奴は、うちのルールを破っていた疑いがあった。それが、あんたらのお陰ではっきりしたんだよ」

「ルールって……」一之瀬は困惑し始めていた。

「うちは、シャブには手を出さない」

「へえ」つい白けた口調で返事をしてしまった。薬物は駄目でも銃は許容されているのか……。

「信じてないのか」男が凄む。

「いや、そういうわけじゃないですけど、そんなことをわざわざ俺に言う意味が分からない。それとも、先に弁明しているつもりですか？」

「いや」

「じゃあ、何なんですか」

「奴は今まで、何度も上手く言い逃れしてきた」

「つまり、以前からシャブを扱ってると疑われていたんですね？」

「そう。でも、証拠が摑めなかった。警察はさすがだな」

「それぐらいは当然です」言いながら、褒められているのか馬鹿にされているのか分からなくなってきた。

「ま、そのお陰で、こっちは奴にきちんと罰を与える理由ができた」

罰——嫌な言葉だ。早見には前科がない。覚醒剤の所持では、実刑にはならないのでは、と一之瀬は読んでいた。裁判もさっさと終わるだろうし、執行猶予《ゆうよ》判決が出て外へ出て来た瞬間にばっさり、というのでは洒落にならない。

「早見は馬鹿だと思いますけど、危害を加えるのは警察としては許しませんよ」

「これはこれは。ずいぶん正義感が強いことで」男が肩をすくめる。

「刑事として当然です。あなたの発言を見逃すわけにはいかない」

「いや、ここは聞き流していただこうかな……一々目くじらを立てていたら、警察の仕事なんかやっていけないだろう。それでなくても忙しいんだから」

「いったい何が言いたいんですか？」

「だから、お礼だよ。早見の馬鹿がやったことを炙《あぶ》り出《だ》してくれたのを、ありがたいと思ってる。お返ししないといけないな」

藤島の「札束」の話を思い出して、にわかに緊張した。家の郵便受けに放りこまれるのも困るが、こんな場所で手渡しされるのも迷惑だ。振り切って帰ってしまうべきではないか、という考えが頭の片隅を過《よぎ》る。

だが、男が差し出したのは一枚の紙片だった。一歩踏み出し、右手を突き出す。綺麗に折り畳まれた紙片が、人差し指と中指の間で揺れていた。

「これは？」

「ある人物の名前が書いてある。ＢＲ社の内部事情に一番詳しい人間だ。あんたらが追いかけているやばい話も知っているはずだ」

「あなたの知り合いですか」

「間接的に」

「あなたは事情を知ってるんでしょう？　今ここで話してくれた方が早いんですけど」

「図々しい男だね」男が唇をねじ曲げる。頬の傷もねじれて、弱々しい蛍光灯の光の下で不気味に白く光った。

一之瀬は喉がからからだった。喋っている時は感じないが、言葉を切った途端に「言い過ぎだった」と後悔する。本気で怒らせてしまったら、どれだけ面倒なことになるか。

「いいから受け取れ」

「どうして」

「あんたたちに借りは作りたくないからだ」

「貸したつもりはないけど。早見のシャブを見つけたのは、通常の仕事だから」

「そっちの都合は知らない。こっちにとっては都合が良かったんだ。それにこの情報は、入手するのに金や人手がかかっているわけじゃない。通常の情報収集の中で引っかかってきただけだから、あんたが気にする必要はない」

「贈賄の申しこみになる」

「警察への情報提供は、市民として奨励されるべきことでは?」

一種のタレコミか……しかしこの男が、本気で「お礼」をしようとしているとは思えない。早見を始末するための捜査を警察がした——そんなことは理屈が通らないし、これからさらに何かを引き出そうとして、事前に賄賂を渡しておこうとでも考えているのではないか。

「あんたも度胸がないね。若いのにやけに歯向かってくるから、少しは骨のある奴だと思ったが」

「変な申し出を断るぐらいには骨がある」

「それも理屈だな……しかし、どうする？　あんたは、例のザップ・ジャパンの社員殺しを解決したいんじゃないのか。こいつは、そのヒントをくれるかもしれない人間の名前と連絡先だ」男が、紙片を持った右手を小刻みに上下に動かした。ひらひらとした紙片の動きは、白い蝶の舞のようにも見える。「どうする。いらないのか」

「それは……俺が動けば、あんたらを利することになるんじゃないのか」

「そんなことはない」

「信じられないな」

「信じる、信じないはあんたの自由だ」男が首を振り、胸の高さに上げた腕をぱたりと落として体の脇につけた。「しかし、たまには人の好意を素直に受け取ってもいいんじゃないか。だいたいあんた、殺し担当の刑事だろう。人の命を奪うのは、最悪の犯罪じゃないのか。犯人を捕まえなくてどうする？　そのためには何でもするんじゃないのか」

正論だ。しかしそれをヤクザに言われると腹が立つ。一之瀬は無言を貫いた。

「まあ、いい」男がもう一度右手を上げる。ぱっと手を広げると、指の隙間から紙片が落ちた。二度、三度と左右に揺れながら駐車場の床に着地する。一之瀬はずっと男の顔を凝視していたが、紙片が落ちたタイミングを見計らい、床を見た。ちょうど二人の中間地点に落ちている。

「拾うも捨てるもあんたの自由だ。これは確かに、俺の自己満足かもしれない——金以外の貸し借りは、計算できないからな。俺は取り敢えず、あんたに渡そうとはした。その事実だけで満足するよ」

男が一之瀬の顔をじっと見る。本音が読めない。骨のある男だと思っているのか、それともただ突っ張っているだけの、無知な若造だと呆れているのか——どちらでもいい。とにかく一之瀬は、ヤクザから提供された情報を素直に貰う気になれないのだ。実は先日、初めてこの男に会った時にも、嫌な気分を抱えていた。事件解決は大事だが、いくら何でもヤクザの手を借りなくても……。

男がゆっくりと車に向かって歩き出す。一度も振り返らなかった。後部座席のドアを開けてシートに滑りこむと、すぐにエンジンがかかる。巨大な車――レクサスの最上級モデル、LSのハイブリッド車だと分かった――は、空いたスペースで器用に方向転換し、駐車場を出ていく。男は一度も、一之瀬を見る様子がなかった。既に眼中にないということか……。

車が通り過ぎる時に起きたかすかな風で、床に落ちていた紙片が舞い上がる。それも意外に高く。一之瀬の頭の上まで上がって、やがてゆっくりと落ちてくる。顔の前を通過する瞬間、素早く右手を伸ばして紙片を摑んだ。

震える手で開いてみる。中身を確認した途端、一之瀬は衝撃が脳天を走り抜けるのを感じた。まさか、こんなことが……気づくと、床にへたりこんでしまっていた。

この情報をどう生かすべきだろう。藤島には相談しなければならないが、全てを打ち明けるべきかどうか、分からない。一之瀬は無意識のうちに、紙片をポケットに落としこんだ。指先にICレコーダーが触れたので、震える手で引っ張り出してスウィッチを切る。ちゃんと録れているかどうか……聴いてみる必要はないだろう。二人の会話そのものには、ほとんど中身がなかったのだから。

残ったのはこの紙片。おそらく、情報の中心に迫る人名が書いてある。一之瀬は、無意識のうちに紙片を財布にしまいこんだ。

〈26〉

「お前さん、本当に大丈夫だったのか？」翌朝、特捜本部で顔を合わせるなり、藤島が訊ねてきた。

「大丈夫です」

「そうか？　昨夜、奴と会った後で電話をかけてきた時には、死にそうな声だったじゃないか」

「それは……緊張しましたから」

「ＩＣレコーダーは？　録音したって言ってたよな」

「録れていませんでした」自分でも理由が分からぬまま、嘘をついた。二人の声は、辛うじて聞き取れるぐらいのレベルで録音されていたのだが。

「そうか。変な要求はされなかったな？」

「ええ」

「金は？」

「そんな雰囲気じゃなかったですよ」一之瀬は苦笑しながら答えた。「とにかく、情報が手に入ったんだから、いいじゃないですか」

「簡単に言うな」藤島がぴしりと言った。「ここから先は難しいぞ」

「分かってますけど、まずその人間に会うのが先決だと思います。確かにBR社のことを一番よく知っている人間ですから、粉飾決算についても情報を握っているかもしれません」

「お前さん、どうかしたのか」藤島が一之瀬の顔をまじまじと見た。

「何がですか」居心地が悪くなって、一之瀬は頬を撫でた。

「何だか開き直ったみたいだぞ」

「ヤクザと一対一で対決して、無事に切り抜けたら、そんな気にもなりますよ……それより、自分のところに電話があったのが気に食わないですね」

「どうして」

「何で番号が分かったんでしょう」

「奴らも色々な手を持っている。気にするな」

「それに何だか、舐められたみたいです。俺なら御しやすいと思われたんじゃないですかね」

「そりゃそうだろう。お前さん、甘ったるい顔してるからな」厳しい話はここまでと考えたようで、藤島の表情が緩んだ。「まあ、経緯はともかく、情報は手に入ったんだからよしとするか。まず、問題の人間に会えるように手を打とう」

「特捜には報告するんですよね」朝の会議室はざわついている。あと五分で朝の捜査会議が始まるのだ。

「今は言わない」藤島が宣言した。「話が複雑だし、情報の出所を探られると説明が面倒だ。会議が終わってから、幹部にだけ話す。それでできるだけ少人数で——俺とお前さんだけで動くんだ。目立たないようにした方がいい。だからお前さんも、会議では余計なことは言うなよ」

「言いませんよ」

「そうか？　お前さん、ちょっとお調子者の気《け》があるからな」

一之瀬はむっとして口をつぐんだ。東京連合の男の真意は分からないが、とにかく自分が情報を取ってきたのは間違いないのに……何故馬鹿にされなければならないのか。

週の頭の会議のためか、今朝は坂元捜査一課長も顔を出していた。表情は渋い。最初に見た時に感じた人相の悪さは、今日も同じである。壇上から刑事たちの顔を見渡したが、粗探《あらさが》しをしているようでもあった。

「捜査は着実に進んでいる」不機嫌そうな顔つきとは裏腹に、最初に景気のいい話を持ち出した。「ここまで大変だったと思うが、もう少しだけ、実力以上の力を発揮して頑張ってくれ。諸君らの頑張りは十分承知しているが、もう少しだけ、だ」

　ああ、こういうのを聞くと、外部の人間はそれこそ「ブラックだ」と思うかもしれない。長い拘束で生活のペースは不規則に乱される。だが一之瀬は、自分たちの仕事は「ブラック」ではないと確信している。利益のためではなく、ただ、殺された古谷の無念を晴らしたいだけ。そんな純粋な思いに駆られて自分の体に鞭打っているわけだ。誰かに尻を蹴飛ばされたから走っているのではない。

「細かい情報が集まっているが、今後はさらに新しい情報を探すこと、それに集まった情報をつなぎ合わせる努力をして欲しい。今のところ、一番使えそうな手駒は、早見という男だ。相変わらず黙秘を続けているようだが、必ず何か知っているはずだ。そうでなければ黙秘しない。奴は、誰かのために警察の動きを監視していたに違いない。今まで以上に厳しく絞り上げてくれ……それと、千代田署の一之瀬刑事は？」

　いきなり名前を呼ばれ、一之瀬は慌てて立ち上がった。助けを求めて、隣の藤島の顔を見たが、ニヤニヤ笑うだけで何も言わない——こんな雰囲気で何か言えるわけもないが。

「ご苦労」坂元がうなずく。「よく早見の部屋から覚醒剤を見つけてくれた。あれで再逮捕できて、時間の余裕ができたからな。今後も、注意力を発揮して仕事をしてくれ」

「はい！」叫んだつもりだったが、緊張のあまり声はかすれていた。みっともない……足の震えを我慢しながら腰を下ろすと、藤島が肘で小突いてきた。

「あれが坂元課長のやり方だ」

「はい？」

「褒めて育てる上手さは超一流だ。俺もあの人を見習ってる。怖い顔で褒めるから、褒められた方はむしろ感動するんだ。単なるテクニックの問題だから、褒められたからってあまり調子に乗るなよ」

「はあ」せっかく気持ちが高揚してきたのに……藤島が得意なのは、褒めて育てることではなく、人の気持ちに水をぶっかけることではないかと思った。


もう一着スーツを買わないと駄目だな、と一之瀬は痛感した。二着あれば毎日交替で着替えられるから十分だろうと思っていたのだが、傷みが早そうだ。皺になってしまったが、アイロンをかけている暇もない。

クリーニングから戻ってきたばかりのシャツと、刑事になる時に買った真新しいネクタイをしていることだけは救いだ、と自分に言い聞かせる。黒地に金色のドットが散ったネクタイは、我ながら洒落ている。たぶん、実年齢よりは少し年上に見えるはずだ。相手に舐められないためには、こういう地味な格好をした方がいいだろう。

それにしてもこのマンションは……一之瀬は、無意識のうちにたじろいでいる自分に気づいた。広大な敷地を贅沢に使い、横に広がる造りになっている。コの字型に並ぶ三棟は、それぞれがまた大きい。十階建てだが、全体では何戸になるのだろうか。

　セキュリティもしっかりしており、目的の部屋に辿り着くだけでも一苦労だった。メインエントランスのロックを解除してもらってから部屋のドアに辿り着くまでに、さらに三回インタフォンを鳴らさねばならなかった。これではどんなに腕のいい泥棒でも、途中で音を上げるだろう。

「いくらするのかね、このマンション」藤島が何故か不機嫌に言った。

「さあ……」山手線の内側、麻布にこんな真新しい巨大マンションを造るだけの土地があったのも不思議な感じではある。東京の土地は、もう開発し尽くされていたのではなかったのか。

「億、じゃ足りないだろうな」喧嘩をふっかけるような言い方だった。

「億かける二、ぐらいでしょうか」

「冗談じゃない」藤島のつぶやきは、分厚い絨毯が敷かれた内廊下の中で消えてしまう。

「こっちは、退職金でやっとローンを払い終えるんだぞ」

　やっかみか……ご愁傷様です、という台詞が頭に浮かんだが、口に出す前に何とか呑みこむ。自分は家を買うどころか、結婚さえまだ未定の身である。住宅ローンで苦しむ人を揶揄する権利はない。

　ようやく目的のドアの前に立った時には、何だかくたびれてしまっていた。ネクタイを締め直して気合いを入れようとしたが、緊張感が増すばかりだった。

「どうする？　お前さんが突入するか？」

「やります」唾を呑んでから、インタフォンのボタンを押す。インタフォンの音質は普通なんだ、と変なことを考えてしまう。ドアはいかにも重そうな造りで、見ただけで高級なのが分かったが。

「はい」

「千代田署の一之瀬です」お願いします、とつけ加えようとしてやめた。何もへりくだる必要はないではないか、と自分に言い聞かせる。これは捜査なのだから。

「はい、どうぞ……今開けますよ」

少し下がって待つ。数秒後ドアが開いたが、空気が抜ける「しゅっ」という微音が聞こえた。よほど部屋の気密性が高いのだろう。顔を出した男は、五十絡み――藤島と同い年ぐらいだろうか。耳を覆うほどの長さに伸ばした髪は半白。無精髭も半ば白くなっていた。薄青いシャツにジーンズという軽装で、かすかに煙草――葉巻かパイプかもしれない――の香りを漂わせている。

「警察の人が、何の話ですか」

「捜査の関係でお伺いしたいことがあります」

「私が容疑者ってわけじゃないでしょうね」深刻そうな表情で言ったが、口調は明るい。

警察に調べられることを、何とも思っていない様子だった。東京連合のあの男も同じようなものだったが、おそらく質は違う。暴力団は、警察に「慣れて」いる。一方この男は、警察を「抑える方法」を知っているような感じだった——どんな方法を使うかは分からないが。

「違います」

「そう、ですか」何事か思案している様子だった。「ま、どうぞ。時間はかかりますか?」

「それは、どれぐらいのペースで話していただけるかによります」

「私次第、ということですか」

「そうですね」

男——寺脇貞友《てらわきさだとも》。BR社の創業者である。暴力団の男が渡した紙片に名前があった男。ザップ・ジャパンへ会社を売却して巨額の富を得た、と言われている。

そういう人間に相応しいマンションなのだ、と改めて思った。玄関だけで、一之瀬の部屋そのものぐらいの広さがある。廊下の壁にかかっている絵に見覚えはなかったが、それだけで一財産なのかもしれない。

廊下の床は大理石。そして長い。何となく、廊下は家の中では無駄な空間ではないかと思っていたのだが、少なくとも来客に、「この家は広い」と思わせる効果はあるのだと、一之瀬は思い知った。

この分だと、リビングルームはどれだけ豪勢なのか。つい腰が引けたが、部屋は広さではなく別の意味で一之瀬の予想を裏切った。

グリーン一色なのだ。

三十畳ぐらいあるリビングルームのそこかしこに観葉植物が置いてあるせいで、むしろ狭く見える。温室か、小さな植物園のようなものだ。寺脇は二人をソファへ誘導しようとしたのだが、ドアから真っ直ぐ辿り着けない。

「すみませんね、こういう物はいつの間にか増えるので」笑いながら言い訳した。

一之瀬は、寺脇が右足を軽く引きずっているのに気づいた。ソファに座った瞬間、その話から切り出す。

「脚、怪我されてるんですか？」

「ああ、これ？」寺脇が苦笑して右膝《みぎひざ》を撫でる。「古傷でね。学生時代にアメフトで怪我して、それを放っておいたら最近どんどんひどくなってね。近々手術を受けることになりました。年寄り臭くて嫌な話だけど」

「今は、仕事は……」

「ぼちぼちね」その軽い言い方に、働かなくても金に困らない、という実情が透けて見えた。「膝の手術待ちですよ。その後もしばらくリハビリがあるので、まともな仕事はできないでしょうね。まあ、ここでのんびりメルマガでも書いてます」

「ほう。それで金になるんですか」藤島が訊ねる。

「ぼちぼちね」苦笑しながら寺脇が繰り返す。「それで、どういうご用件でしょうか」

「実は、御社——以前あなたが経営していたBR社で、粉飾決算が行われているという情報があります」一之瀬は切り出した。

「粉飾決算」低い声で確認し、寺脇が二人の名刺を取り上げた。「警察の刑事課も、そういうことを調べるんですか？」証券取引等監視委員会の仕事じゃないんですか？」

「委員会も動いているようです」断言はしなかったが、

「ほう」軽い調子で言ったが、寺脇の表情は真剣だった。

「寺脇さんは、会社の経営から離れられて——もう三年になりますね」

「そう、それぐらいですかね」両手を組み合わせ、膝に置く。「古い話ですよ」

「それ以来、まったくかかわっていないんですか」

「株主ではありますけど、あくまで普通の株主ですよ。今は、影響力はほとんどありません」

「粉飾決算の話は、聞いていませんか」

「そういうのは、会社の外には漏れてこない話です」

「株主の寺脇さんにも？」

「経営に直接タッチしているわけではないですから」肩をすくめた。ふいに思いついたように、ガラス製のテーブルに乱暴に放り出してあった電話の子機を取り上げる。二人を完全に無視して、「あ、すみませんが、シャンパンをお願いします」とだけ告げて電話を切った。

誰と話していたのか……すぐに、どこからか中年の女性が姿を現した。銀色の盆の上にシャンパンのボトルとトールグラスが三つ。盆から下ろしてテーブルに置くと、一度引っこんでまたすぐに戻って来た。今度は氷が縁近くまで入ったアイスバケットを携えている。

「開けますか？」低い声で確かめた。

「いや、自分でやりますよ」

気軽な感じだが距離のある話し方から、妻ではないな、と一之瀬は判断した。手伝いの人を雇っているのだろうか。

寺脇は、慣れた手つきでシャンパンの栓を開ける。ぽん、と軽い音がしてコルク栓が飛び、ワンバウンドして、床に直置きされた巨大な液晶テレビの画面にぶつかった。何と乱暴なことか、と一之瀬は呆れた。こんな時間からシャンパン……「朝からシャンパンを呑む金持ち」を小説で読んだのか映画で観たのか、絶対に何かの影響に違いない。しかしシャンパンにジーンズは似合わない。成金が生まれつきの金持ちのライフスタイルを自己流でカジュアルに崩して、「こういうのが格好いいんだ」と自慢している感じだった。

「申し訳ないが、お酒はいただけませんよ」藤島が釘を刺す。

「おやおや、警察の方は堅いですね」馬鹿にしたように寺脇が言って、グラスにシャンパンを注いだ。「クリュッグですが、大した値段じゃない。これぐらいなら賄賂にもなりませんよ」

一之瀬はさっと手を伸ばし、トールグラスを奪った。寺脇が目を見開き、「私のだぞ」と子どもっぽい口調で抗議する。

「申し訳ないですが、これは遊びではないんです。酒を呑みながらできる話じゃない。ちゃんと話してくれたら、お返しします」

「グラスはあと二つあるけど」寺脇がちらりとそちらに目をやった。

「同じことです。一人でいる時に呑むのは勝手ですけど、私たちと話している時はやめて下さい」

沈黙。寺脇の目つきは、酒を知らない貧乏人に何が分かる、と馬鹿にしているようだった。しかし一之瀬は引かなかった。思い切り気合いを入れて見詰め返す。しばらくして、寺脇がふっと溜息をつき、肩を小さく上下させた。

「真面目なんですねえ」

「人命がかかっているんです」

「粉飾決算の話ではなく？」

「そもそもの原因は粉飾決算かもしれませんが、結果的に殺人事件になりました」

寺脇が一瞬目を瞑《つぶ》る。細く息を吐き出しながら、何か考えている様子だった。やがて薄目を開けると、シャツの胸ポケットから細い葉巻とライターを取り出した。火を点けると、一之瀬には馴染みのない香りが漂い出す。

「私は、あの会社を二十年前に作ったんです。三十歳を過ぎた頃でね……元々外資系のコンピューター関係の会社にいて、システムエンジニアや、システム構築のコンサルタントとして仕事をしてきた。その後、ベンチャーキャピタルの手を借りて会社を立ち上げたんですが……タイミングがよかったんだと思う」

「会社の設立は、正確にはいつですか」

「……九一年。ちょうど二十年前だね。その数年後に、ウインドウズ95の大ブームがきて、それまでパソコンに見向きもしなかった人が普通に使うようになったのは知ってるでしょう？　それで、下町の中小企業もネット環境の導入に積極的になっていった。そういうところへ入りこんで仕事をして、やがて取り引きする会社の規模がどんどん大きくなって。この業界では成功した方ですよ」

臆面もなく自分史を語ったが、一之瀬はそれを好意的に解釈した。刑事に向かって自分の仕事を膨らませても意味はないのだから、これは本当の話だろう。

「何故手放したんですか？」

「簡単な話です。アメリカの起業家に憧れていたんですよ」寺脇の顔の前で葉巻の煙が立ち上る。「若い頃に会社を立ち上げて育てる。やがて大きい会社にきちんと評価してもらって売り渡す。その金で残りの人生を送りながら、ボランティア活動や文化活動に精を出すのが理想でした」

「そんな生活が長く続くとは思えませんけど」金だっていつかはなくなるものだ。

「いやいや……金がなかったら、こんなマンションには住まないでしょう？」寺脇が両手を広げる。「それに、被災地に一千万円単位で寄付はできない」

一之瀬は少しだけ呆れ始めていた。あけすけなのにも限度がある。寄付した自分は高潔な人間だと、アピールしたいのだろうか。

「粉飾決算の話ですが……」水を向けた。

「あなたたちは、決算の数字に触るようなことはないでしょう？」

「金の計算は、経費の精算ぐらいです」

寺脇がうなずく。葉巻を吹かすと、顔の前で雲のように煙が渦巻いた。

「帳簿を見ていて、最初の位の数字が『1』じゃなくて『7』や『9』だったら、と溜息をつく感じ、分かります？　あるいは『0』が一つ多かったら、と」

「ええ」

「金に関しては、誰でもそんな風に思うでしょう。赤を出している会社の経営者は特にそうですし、黒字でも同じですね。人間の欲望には限りがないので」

「つまり……」

「だけど、そう思うことと、実際に帳簿を改竄《かいざん》することとの間には、高い壁がある」寺脇が右腕をすっと上に上げた。「でも、いきなり壁が崩れる瞬間はあるんですよ。粉飾決算なんて、簡単なものです。方法はいくらでもある」

「そんなに頻繁に行われているんですか」

「……よくないことではありますがね」寺脇が恨めしそうにシャンパンのボトルを見た。「元経営者としては複雑な気持ちです。今は株主として見守るだけですが……会社を売る先として、ザップ・ジャパンは間違いだったかもしれない」

「あそこは締めつけが厳しいそうですが」

「昔の部下に、散々泣きつかれましたよ。どうして自分たちを見捨てたんだって」寺脇が苦笑した。「読めなかったんですねえ。社風は、外から見ているだけでは分からない。ザップ・ジャパンの場合は、持ち株会社化してから変わったんでしょうね。利益優先は当然ですが、自分たちは手を汚さないで、子会社に圧力をかけて無理をさせるというのは、どうも……よろしくない。日本のＩＴ産業のリーディングカンパニーとしてはいかがなものかと思いますね」

「ＢＲ社の粉飾決算については……」

「その事実はあります」

認めた——東京連合の男がもたらした情報は正しかったのだ。一之瀬は右手をきつく握り締める。一之瀬の緊張が読み取れなかったのか、寺脇の口調は淡々としていた。

「それほど詳細なものではないですが、私も資料を持っています。どうやら、ザップ・ジャパンから送りこまれてきた幹部の判断が大きかったようですね。気持ちは分からないでもないが……若くして、期待されて子会社に送りこまれてきたら、いい結果を出して本社に返り咲きたいと思うのは自然でしょうね。でも、粉飾はやってはいけないことだ。我々株主を騙すことになるし、上場の予定にも差し障る」

「その件が、ザップ・ジャパンの人に漏れていました。個人的に調べていたようですが、殺されたんです」

寺脇がゆっくりとうなずく。顔を上げると、今度は喉仏が上下するのが見えた。緊張している……何だったらシャンパンで緊張を解してもらってもいいと思ったが、さすがにそんなことは言えない。酔っぱらって話ができなくなったら、元も子もないのだ。

「聞いてますか？」

「聞いてますよ」寺脇がぱっと顔を上げる。

「あなたは、実際にはどこまで知ってるんですか」

寺脇の喉仏がまた上下した。部屋は南向きで、陽光が遠慮なく射しこんでくるので暑いぐらいである。しかしそういう事情を除いても、彼の額には汗が滲んでいた。必死で計算している、と一之瀬は見て取った。自分が不利にならないように……。

「藤島さん、この人を殺人の事後共犯で逮捕できませんか」

藤島がぱっと顔を上げる。何を馬鹿なことを言ってるんだ、という呆れ顔——の演技だとすぐに分かった。

「共犯……」寺脇の顔が蒼褪める。「何を馬鹿なことを」

「知っていて、警察に隠していたら——」

「噂を聞いただけだ。あくまで噂だ」

知っているな、と確信する。しかし、そこは突っこまないことにした。

「噂を知っているだけでは罪に問えません」

寺脇がそっと息を吐く。天秤《てんびん》は、こちら側に傾いていると一之瀬は実感した。こういうやり方が正しいかどうかは分からないが。

「一つ、教えてもらえませんか」寺脇が急に、へりくだった口調になった。

「何ですか」

「粉飾決算の件は、明らかになるんですか」

「なると思います。うちだけじゃなくて、証券取引等監視委員会も調査しているようです し」

「私はいつでも、資料を提出できますよ」

どうしてこんなに協力的になる？　一之瀬は首を傾げたが、寺脇はそれに気づかない様子で、早口でまくしたてた。

「今、私は株主として話しているわけではありません。BR社の創業者という立場で話している。正式には私の手を離れた会社ですが、一緒に働いていた仲間はまだいるんです。私が自分で採用を決めて、苦楽を共にしてきた仲間たちだ。そういう連中から情報は入ってくるし、助けたい」

「しかし、会社に不祥事があったら――」

「社員には問題はありません」寺脇が首を横に振る。「粉飾決算は、金に触れる人間、金の整理ができる人間、それに最終的に決定権のある人間だけが責任を負うべき犯罪です。普通の社員は関係ないんです。彼らの責任が問われるわけではないし、仮に会社が大揺れになっても、必ず立ち直れます。うちのような会社の場合、顧客もよく理解してくれていますから。現場を担当する社員一人一人はしっかりしているし、新しい、しっかりした経営陣がいれば、必ず元通りになります――ただそのためには、ザップ・ジャパンから離れる必要があると思いますが」

「悪いのは親会社ですか」

「私、かもしれない」寺脇が親指で自分の鼻を指差した。「売り先を間違えた。もちろんその時点では、ザップ・ジャパンがこんな風にグループ企業を厳しく締め上げるような体質になるとは思いませんでしたけど、見抜けなかったのはあくまで私の責任です。だから私には、社員を助ける義務がある」

「……これからBR社の社長に返り咲くつもりですか？」

「必要だと思えば。それが私の責任です。そのためには、膿《うみ》を出し切らなければならない」

一之瀬は寺脇の本音を読み切れなかった。本当に会社のことを心配しているのか、それとも暇な暮らしに飽きて、また「社長」と呼ばれたくなっただけなのか。

「そのためには、知っていることを全部話してもらう必要があります。さらに同じことを、証券取引等監視委員会にも話してもらわなければなりません」

「時間ならありますよ。半分隠居の身ですからね」寺脇が肩をすくめる。

「分かりました。では、あなたの知っていることを全て教えて下さい」

寺脇が葉巻を灰皿に置き、ソファに浅く腰かけ直した。背がすっと伸びる。

彼が語る言葉は、複雑な事件の背景を次第に明らかにしていった。

〈27〉


「……そうか」管理官の刈谷は、静かに言って腕組みをした後、黙りこんだ。

一之瀬はひどく緊張したまま、「休め」の姿勢を取っていた。捜査会議で喋ったわけではないが、一人で本庁の管理官に説明するのは、それ以上に緊張する仕事だった。当然、藤島が報告するのだろうと思っていたのだが、彼は「お前さんがやれ」と突き放してきた。何でこういう大変なことを……と不安になったが、これも修行だと自分に言い聞かせる。

「かなり面倒なことになると思います」

「確かに、話が広がり過ぎるな」刈谷が同意する。

「しかし、やるべきことをやらないと、事件は解決しません」

「そうだな……」刈谷が右手で顔を思い切り擦った。左手は右の脇の下にさしこんだまま。はっきりと迷いが透けて見える。

「あの……」一之瀬は遠慮がちに申し出た。

「何だ。言ってみろ」まるですがるように、刈谷が身を乗り出す。

「まず、早見を叩くことだと思います。あの男が吐けば、外堀は完全に埋まります」

「そうだな」一応同意してみたものの、あまり乗り気ではないようだった。

「刈谷さん……」

「少し時間を貰うぞ」刈谷が顔を上げた。「お前がやってくれたことには感謝するが、事件の背景が大き過ぎる。でかい相手に対する時には、普段以上に慎重にやる必要がある」

「まさか、圧力に負けて捜査を中断するようなことはないでしょうね」

「一之瀬！」藤島が鋭い声で叱る。

「それはない。お前、刑事ドラマの見過ぎだ」刈谷がいち早く否定した。「とにかく、少し待て。上と相談する」

「……分かりました」どうしてすぐ動けないのか。納得はいかなかったが、無理に反論する場面でもない。一之瀬は素直に頭を下げて引き下がった。

刈谷がすぐに電話をかけ始める。二言三言話しただけで切り、上着を摑んで部屋を出て行った。本庁に行って捜査一課長と相談するのでは、と一之瀬は想像した。刈谷の姿が見えなくなった瞬間、藤島が注意する。

「余計なことは言うな」

「余計なことって何ですか」

「俺たちは事実を報告すればいい。どう捜査するか決めるのは、上の連中だ」

「自分の頭を使えって、イッセイさんも言ったじゃないですか」

「頭は推理に使うんだ。大きな捜査方針を決めるのに、お前さんが脳みそを絞る必要はない。それは上層部の仕事だからな……そういう仕事がしたいんだったら、早く出世しろ」

もっと、こう――フレキシブルに、スムーズに動くのが捜査だと思っていた。刑事たちが意見をぶつけ合って……今は、官僚主義の典型を見た想いである。急を要することなのに、決済をもらわないと先へ進めない。

「ちょっと頭、冷やしてきます」

「好きにしろ」

冷たい台詞だな、と思いながら一之瀬は部屋を出た。ガムを口に放りこみ、冷たい感触を口中に広げる。それで頭が冷えるわけではなかったが。

署の正面玄関から外へ出て、日比谷通りの前に佇む。春の風……お壕《ほり》の緑が目に沁みた。両手で顔を擦り、苛立ちを何とかこそげ落とそうとする。静かに、気持ちを落ち着けたい。しかし携帯電話が鳴り出し、その思いは一気に叩き潰された。

見慣れない番号。しかし出ないわけにもいかない。

「千代田署、一之瀬です」

「ああ、宮原由衣です」

「宮原さん」どうして電話してきた？　あまり友好的な会見ではなかった、と思い出す。

「ちょっと言い忘れたことがあって。っていうか、言わなかったんだけど」

「どういうことですか？」

「言いにくかったから」

「聞かせて下さい」彼女がまだ情報を隠していたとすると、今後の捜査に役立つかもしれない。

「古谷ね、本当に独立するつもりだったのよ。ウェブ系のデザイン会社を作って、起業する予定だったの」

「予定、ですか」つもりと予定ではだいぶ違う。

「私も声、かけられてたから」

「本当ですか？」一之瀬は電話を握り直した。

「震災の前に、電話で話した時にね……デザイナーは当てがついたけど、いいプログラマーが見つからないからって。そんなこと私に言われても、困るわよね。ウェブ系の方は専門じゃないし」

「彼は本気だったんですね？」

「本気よ。資金の目処もついたって言ってたから、取り敢えず五百万あるから、それで最初の一歩は踏み出せるって」

五百万、という数字が頭の中で点滅した。古谷が自分の口座に入れた金額と一致する。

「その五百万円はどうしたんですか」

「そんなこと、聞いてないけど」由衣が不機嫌に言った。

「それであなたは、どうしたんですか」

「断るつもりだったけど、ちょっと考えさせてって言って……でも、震災が起きたから、その話は自然に流れちゃったけどね。彼も、他にお金が必要になったし」

「起業のためではなく？」

「家のためよ」

「家って……実家のことですか？」

「あそこも壊れちゃったから。何とかしないとって、結構焦ってたわ」

「彼は、実家とはあまり折り合いがよくなかったようですが」実際、父親はそう感じていたのだ。震災後、一度も親に会っていないのもその証拠ではないか。

「そうだけど、これだけの災害だったら話は別でしょう。家を建て直すためのお金をどうするかっていう話をしてたわ」

「どうやって話したんですか？」古谷の通話記録を見た限り、由衣の携帯にかけた形跡はない。

「彼、震災の直後にはまだフェイスブックのアカウントを持ってて、それでやり取りしてたから。何だか、急にやめたと思ったら、こんなことになっちゃって」

「そうですか……どうしてこの前、話してくれなかったんですか？」

「あなたには分からないかもしれないけど、私だって動揺するんだよね。警察官と話せば緊張するしさ。言っていいことかどうかも分からなかったし」

「分かりました」

直接事件につながる情報なのかどうか……礼を言って電話を切ったが、一之瀬の頭の中は混乱していた。この件をどう整理しようか、と考えているうちに声をかけられる。

「あの、一之瀬さん、ですよね」

自信なさげな声は——東日の吉崎だった。今日も型崩れしたジャケットにジーンズ姿。目の下には隈ができている。しかし一之瀬は、相手の様子そのものよりも、自分の名前が知られていることにショックを受けた。余計なことは言わないようにと、唇を引き結ぶ。

「そろそろ大詰めだって聞いてるけど」一之瀬が年下だと分かっているようで、ラフな口調だった。

「そんなこと、言えませんよ」

「言えないっていうのは、やっぱり大詰めだからでしょ」吉崎がにやりと笑った。「その前に一休みって感じですか」

「別に休んでませんけど」むきになって一之瀬は反論した。

「まあ、どうでもいいけど」吉崎が人差し指で顎を掻く。剃り残しの髭が目立った。

「話してるとまずいんで」庁舎の前で警備に立っている同僚の目が気になる。

「そんなこと気にする必要、ないですよ」吉崎が肩をすくめた。「刑事と記者なんて、似たようなものなんだから。何かあれば、協力し合えることも多いんです」

「そうは思えないけど」記者は上手く利用しろ、と藤島は言っていた。しかし今、彼を利用する手は考えつかない。むしろ、この重要なタイミングでまとわりつかれたら邪魔なだけだ。

「まあ、そのうち分かりますよ」吉崎がにやりと笑った。「それじゃまた、近いうちに」

冗談じゃない。もう近づかないでくれ——そう言おうとしたときにはもう、吉崎は庁舎に消えていた。もっさりした外見には似合わない、風のような速さだった。その動きが妙に気になる。こんな男とつながりができたらたまらないな、とうんざりした。

大きな歯車は、簡単には動き出さない。大きく重い物を動かすには、それなりの動力源が必要なのだ。大筋で捜査の方針は決まっているが、細部を詰めるのに時間がかかっている。もしもここに、もっと大きな「動力源」があれば、一気に計画を進められたかもしれないのに。

事件が起きてから三度目の週末。震災の影響で遅れていたプロ野球がようやく開幕し、春の気配が濃くなってきた。一之瀬は十六日の土曜日が休み、翌日は出番になった。この日がいよいよ、本番のスタートになる。早見を叩くための材料が揃った。

しかも意外なところから。

しかも土曜日の夜になって。

連絡があった時、こういうこともあるのか、と一之瀬は驚いた。特捜本部とはまったく関係のない捜査から出てきた証拠である。担当部署が、まったく気づかずに見過ごしてもおかしくはなかったのだが、誰かが特捜の捜査状況を把握してくれていたのだ。

それから東京連合に対する非公式な事情聴取が続き、全ての矢印が早見を指した。

一之瀬は気合い十分だった。土曜日はたっぷり寝て、午後から深雪と会い、一緒に夕飯を作って食べた。彼女はそのまま部屋に泊まり、日曜日の朝の一之瀬は久しぶりに満ちたりた気分で目覚めた。午前七時半、部屋を出る時に見送られて、何だかくすぐったい気分になる。結婚すると、こういうのが日常になるのだろう。自分は間違いなくそれを望んでいる、と意識したが、プライベートな話は先送りだ。今は目の前に事件があり、晴らさなければならない被害者の無念がある。

「何だ、えらく気合いが入ってるな」藤島が不審気に言った。「そういうのは、お前さんたちの世代には似合わないぞ」

「やる時はやるんです」自分はゆとり世代ではないと弁明するのも面倒で、一之瀬は強い言葉で宣言した。

「ならいいがね……一つ忠告しておくが、焦るな。じっくり落とせ」

「早見はきっと、挽けますよ」今までの頑なな態度を思い出すと、気合いが削がれてしまう。

「ブツがあるんだから、今度は逃げ切れない」

「そうだといいんですが」

「特捜本部総出の成果だぞ。お前がその代表としてぶつけるんだ。死ぬ気で落とせ」

急に両肩が重くなってきた。重大な事件の容疑者を取り調べる——そんなことはベテランの刑事の仕事だとばかり思っていた。刑事になってまだ半月しか経っていない自分がそんな仕事を任せられるのは、誇らしい反面、プレッシャーが大きき過ぎる。かすかに胃の痛みさえ感じた。しかしここは、自分にとって勝負どころだ。

取調室のドアを開ける。既に早見は席についていた。相変わらず何も考えていないような無表情。その中に、ふてぶてしさが混じっていることに一之瀬は気づいた。覚醒剤のことはともかく、他の件については完全黙秘で通してきたのである。今更突っこまれることもないだろうと、舐めてかかっているに違いない。

一之瀬はゆっくり椅子を引いた。音を立てないように気をつけながら座り、両手を揃えて腿に置く。

「物を隠す時は、もう少し気をつけないと」

早見がのろのろと顔を上げる。困ったように目を細めていたが、まだ抵抗する意思は消えていないようだった。

「覚悟はできたか？」

「はあ？」久しぶりに早見の声を聞いた。

「覚悟だよ。これからお前は、組織にも追われることになる——否認すれば」

「否認って、何を否認するんだよ」こめかみを汗が一滴流れる。今までと様子が違うことを、敏感に感じ取ったようだった。

「古谷孝也を殺したことを——」

「知らないね」一之瀬の言葉に被せるように吐き出す。

「じゃあ、どうして凶器が出てきたのか、教えてくれ」

「そんな物は、知らない」否定し続けたが、緊迫した内心が漏れ出たのか、声は少し高くなっていた。

「だったら、東京連合に責任を押しつければいい。向こうは当然認めないだろう。そして、お前が罪を被せようとしたことに、怒るよ。暴力団が怒るとどうなるかは、よく分かってるはずじゃないか？　今はどうやって落とし前をつけるんだろう」

早見の喉仏が大きく上下する。一之瀬は両手を組み合わせ、テーブルに置いた。記録席についた藤島にちらりと視線を向けると、すかさず気づいたようで、自分の足下に置いていた段ボール箱を持ち上げる。早見の前に置き、ゆっくりと開けて中に手を突っこみ、ことさら大袈裟な仕草で、ビニール袋に入った証拠を取り上げた。段ボール箱を床に下ろしてから、改めて証拠を一之瀬の前に横向きに置く。ダッフルバッグ。長辺七十センチと、かなり大きなサイズである。担いだら、背中が丸々隠れてしまうほどの大きさだ。

黒で、「AVIREX」のロゴ入り。バッグそのものはパンパンに膨らんでいた。藤島がサイドについたジッパーを開き、中に入った物を取り出す。薄手の黒いコート。何かを包んだバスタオル。コートを脇によけてタオルを慎重に開くと、中からナイフが出てきた。ハンドル部分にはカモフラージュ柄が入っており、サバイバルナイフの雰囲気が濃い。ラテックス製の手袋をはめた藤島が、刃を引き出した。刃渡り約八センチ、重さは二百グラム、と一之瀬はデータを思い出した。刃は汚れている——まるで血液がそのまま乾いたかのように。実際、この刃についた血液のDNA型は、古谷のそれと一致した。

「このナイフ、ずいぶん高い物だそうだな」藤島がぽつりと言った。「でも、人を殺したら、いくらもったいなくても凶器は始末しておけ。それぐらい、ヒットマンの常識だろう？　コートもそうだ……こっちは安物だが」

藤島がコートを大きく広げて翳《かざ》す。色が黒いせいで血痕があるかどうかは見えないが、広範に返り血が飛び散っていたことは判明している。

「お前、馬鹿か」藤島があざけるように言った。「組織に疑いが向くようなことをして……ここで東京連合は関係ないって否定しておかないと、後々面倒なことになるぞ」

「俺は何も――」

「いい加減にしろ！」一之瀬は声を荒らげた。「これがどこで見つかったと思う？　東京連合のビル――第一東連ビルの中だぞ。しかもお前らチンピラが使っている部屋のロッカーだ。何であんな所へ隠したんだ？　いつか見つかるに決まってる」

「それは……」早見が歯を食いしばった。「何でそんな場所を……」

「知らないのか？　警察は、暴力団に嫌がらせをするのが趣味なんだ」藤島がからかうように言った。「銃刀法違反事件で、組織犯罪対策部がガサをかけた時に見つかったんだ。お前さんのお仲間たちは大慌《おおあわ》てしてたらしいぜ。当たり前だよな。いきなり、身に覚えのない殺しの証拠がロッカーから出てきたんだから。その時、組織犯罪対策部の連中は、殺しの犯人が東京連合の中にいると思って、だいぶ突っこんだらしい。それに反発した奴が殴りかかって逮捕されたそうだ。まあ、組に対する容疑はなくなったんだがね。何しろ見つかった場所は、他の誰でもないお前のロッカーだったんだから」

「どうする？」一之瀬は話を引き取った。「まだ自分の物じゃないと言い張るか？　もちろんそれはお前の自由だ。ただし、このバッグと中に入っている物からは、お前の指紋がたくさん検出されている。それをあくまで、東京連合の誰かがやったと言いたいなら、それはお前の自由だ。ただし、無事に表に出られても、その後の方が怖いよな。警察も、そこまで面倒は見ていられない」

「おい、冗談じゃない――」

早見がいきなり立ち上がろうとした。藤島が素早く後ろに回りこみ、両肩を押さえて座らせる。一之瀬は、早見の体がゆっくりと沈みこむのをじっと観察していた。握った両手が震え、嚙み締めた唇は白くなっている。目を合わせようとしなかったが、こちらの勝ちだと一之瀬には分かっていた。最初に逮捕した時とは状況が違っている。今、自分の犯行ではないと否定すれば、組の誰かがやったと主張するも同然である。

その時一之瀬は、ある出来事を思い出していた。早見が最初に自分たちを尾行していた時……あの直前に、ドイツ料理店で食事をしていたのだが、隣に座っていた若い男は早見だったのではないか？　そうだ、間違いない。どうしてもっと早く気づかなかったのだろう。

一之瀬は、その疑問を早見にぶつけた。肯定も否定もしなかったが、ぴくりと動いたので、当たりだ、と確信する。

「あの時、俺たちはザップ・ジャパンの話をしていた。それが耳に入ったんだろう？　だから気になって尾行したんじゃないか？」

早見は相変わらず無言だったが、この件は裏取りできるかもしれない、と一之瀬は思った。店に確かめれば、早見がいたことが確認できるのではないか。まあ、これは後回しで構わない……今は、本筋で早見に圧力をかけ続けることが大事だ。

「殺人だと、懲役何年かな」一之瀬は身を乗り出した。「刑事がこういうことを言っちゃいけないかもしれないけど、死刑にはならないと思う。だけど、組は法律に関係ないからな。お前が認めなければ、裏切り者になる。そうなったら——」

「やめろ！」早見が声を張り上げた。しかし甲高い声は震えている。目には涙の膜が張っていた。

落ちた、と一之瀬は確信した。これでどうしようもなければ、最初はまったく通用しなかった故郷の話をまた持ち出すしかないと覚悟していたのだが、どうやらその必要はないようだ。

よし、本番はここからだ。一之瀬は気合いを入れ直し、一番知りたかった質問を持ち出した。

「それで、お前を雇ったのは誰なんだ？」

「第一段階突破だな」取調室を出た瞬間、藤島が言った。「本番はこれからだ」

「分かってます」一之瀬は体が中から熱くなるのを感じた。そう、これは嘱託殺人である。実行犯の早見もそうだが、そもそもこの計画を立てた人間の方がより悪質だ。絶対に炙り出してやる、と気合いを入れ直す。

しかし特捜本部は、まだ慎重な方針を貫いていた。実行犯が犯行を自供し、誰が指示したかも分かったのに、まだ本丸を落としに行く指示が出ない。検察、それに証券取引等監視委員会とも何か相談をしているようだ。それはトップに近い人間同士の話であり、一之瀬たちに知らせる必要はないということなのだろう。どうせなら、全部オープンにしてくれてもいいのに。どうして今更、自分たちを置き去りにする必要がある？　一之瀬は苛立ったが、反論するだけの知恵も度胸もなかった。根拠があれば反論するのだが。

計画が決まってゴーサインが出たのは、日曜の夜だった。火曜日――十九日の朝に、一斉に関係者に事情聴取を始める。担当の割り振りは、月曜夜の捜査会議で指示。

多分自分は外されるな、と思った。早見を自供に追いこむことには成功したが、それはほぼ組織犯罪対策部の手柄である。あの証拠が出てこなければ、早見は未だにのらりくらりと攻撃をかわしていたかもしれない。

それでもいい。実行犯を落とした事実は残るのだから。刑事として、上々のスタートじゃないか。お前はよくやったんだよ、と一之瀬は自分を褒めた。

週が明け、事件発生から十八日目。その日、気になるニュースが流れた。

ザップ・ジャパンビジネスリサーチ社が、東証二部に上場した。初値が二千二百円。当然一之瀬は株式市場のチェックなどしておらず、藤島から情報として聞いたのだが……彼は、非常に渋い表情でこの話を打ち明けた。

「何か、問題ですか？　上場は予定通りですよね」

「証券取引等監視委員会が調査に入ってるんだぞ。そんな状況で、上場は可能なのかね」

「情報が外に出ていなかったら、問題ないんですかね……粉飾決算の話なんか、簡単には表沙汰にはならないと思いますけど」しかし今まで、この件を知っている人間には何人も出会っている。案外話は広まっていたのではないだろうか。

「分からんな……噂はあったと思うんだ。実際に知っていた人間もいるわけだし」藤島が腕組みして首を捻った。「ただ、あれか……一般の株主は知り得ない事実だろうな」

「ええ」

一之瀬は、会議室の前方に陣取る幹部に目をやった。渕上や刈谷が、顔を寄せ合って何事か話し合っている。この件なのだろうか。それともまったく別の、捜査の話……宇佐美が急に立ち上がり、「イッセイさん」と藤島を呼ぶ。

一之瀬も釣られて立ち上がったが、藤島に「お前さんは待ってろ」と制止された。何だよ、ここまできて仲間外れなのか……下っ端の悲哀を味わいながら、一之瀬はゆっくりと椅子に腰かけた。携帯電話を取り出し、「新規上場　株　日程」のキーワードで検索をかける。ちょうど上場予定を掲載しているサイトがあったのでBR社についてチェックすると、確かに上場日は今日、四月十八日だった。公募価格は千円で百株単位。株のことはよく分からないが、予め購入できる株の価格がかなり低目に抑えられていたことは理解できる。ということは、仮に百株買った人は、今日すぐに手放せば十二万円もの儲けになるわけだ。実際には、もっと多く購入している人が多いはずで、濡れ手に粟ではないか。ご祝儀相場ということもあるのだろうが、金が金を生む状況は、一之瀬には魔法のようにしか見えなかった。

ちらりと会議室の前方を見ると、藤島も話し合いの輪に入っていた。表情は深刻そうで、かなり難しい話だと分かる。五分ほど、一之瀬はそのまま待った。藤島が戻って来ると立ち上がり、「何かあったんですか」と訊ねる。

「計画はそのまま続行だ。今日の上場については無視する」

「そう、ですか」頭の中で考えを転がす。要するに、捜査には直接関係ないということか。だが、何かが引っかかった。「監視委員会の方は、これで問題ないんですか」

「コメントを拒否されたそうだ」

クソ、気に食わない。魚住の顔が脳裏に浮かぶ。無神経だし、何だか間抜けな男だが、彼が委員会の代表というわけでもない。もっと鋭く、厳しい視線を持った人がいくらでもいるはずだ。

「今までは、そんな感じでもなかったですよね」

「ああ。状況が変わればやり方も変わるんだろうが……本庁の上の方が手を回して調べたんだが、委員会は相変わらず粉飾決算の件を調べている。どうも、機嫌を損ねたようだな」

「どういうことですか？」

「本当なら、上場の予定日までに粉飾決算の事実を明らかにして、摘発したかったんだと思う。それが、株式市場を混乱させない一番いい手だろうしな。中途半端な状況で公表すると、逆に相手の名誉を毀損《きそん》することにもなりかねない。切歯扼腕《せっしやくわん》、という状況だったんじゃないかな」

「でもそれは、自分たちの責任じゃないですか。もっと早く調査を進めていれば——」そこまで言って、一之瀬は自分たちも同じなのだと気づいた。これから捜査が核心に迫れば、それこそ株価に影響を与える可能性が高い。上場前に摘発できていれば、株主を不安がらせることもなかったわけで……いや、そんなことを気にしながら捜査するのは邪道だ。ただ、被害者のためだけに——しかし実際には、事件には様々な背景がある。単純明快な事件は一つもないのだ。「簡単な事件なんか、ないんじゃないかと思います」。秋庭に言った自分の台詞が、記憶の底から蘇る。

「俺たちは俺たちの仕事をするだけだな」藤島が膝を叩いた。「委員会が、こっちに何か言ってきたわけじゃない。今のところ、捜査を妨害されてるわけでもないし、とにかくこのまま進むんだ。こっちは、ぎりぎりのところに手をかけてるんだから——明日の朝、予定通り一斉に関係者の事情聴取を始める。お前も取り調べを担当するんだ」

「はい」一之瀬の気持ちは一瞬で切り替わった。すぐに不安が這《は》い寄《よ》ってきたが。「でも、俺でいいんですか？　次の取り調べは、核心に迫ることでしょう」

「いいんだよ」藤島が、踊るように顔の前で掌をひらひらとさせた。「俺が推薦《すいせん》——ごり押ししたんだ」

「イッセイさん、どうして俺にそんなに仕事を振るんですか」

「何だ、仕事が嫌いなのか」藤島の顔に、本当に嫌そうな表情が浮かぶ。

「違います。そうじゃないです」慌てて否定する。「仕事は……好きですよ」

「そうか。それで、お前さんの担当はＢＲ社の金澤総務部長だからな」

「マジですか」因縁の相手だ。以前、特捜本部に堂々と電話をかけてきて、捜査の進捗状況を探ろうとした男。迂闊に喋ってしまって、藤島に雷を落とされた。「本丸じゃないですか。何で俺が？」

「びびってるのか？」藤島の表情が真剣になる。

「そういうわけじゃないですけど、大事なこと……肝になることに関しては、もっとベテランの人がやるのが普通じゃないんですか」

「ルーキーにチャンスを与えないチームは、駄目になるんだよな」藤島がようやく腰を下ろした。一之瀬は相変わらず立ったまま。「成績のいいベテランがいれば、監督もコーチも優先的に使いたくなる。だけど、腕は実戦でしか磨かれないだろう？　ベテランばかりが試合に出て、ルーキーがベンチを温めていたら、育成なんかできないんだよ。だから今、警視庁では積極的に若い連中に仕事を投げている。その分、俺たちがフォローしなくちゃいけないいんだが」

「すみません」

「謝ることじゃない」藤島が首を横に振った。「それがチームの仕事ってもんだ――おい、二〇〇七年問題って知ってるか」

「あ、はい。聞いたことがあります」

団塊世代の大量退職。日本の雇用制度の歪みを端的に表す現象である。一九四七年から四九年にかけて生まれた団塊の世代が、大量退職するのが二〇〇七年から。一之瀬の親よりも少し上の世代が積み重ねてきた仕事のノウハウが一斉に失われる、ということだ。警察学校でも、この件は話題に出た。警察の仕事の多くは、マニュアル化されていない。もちろん、規定――それこそ書類の書き方などについて――はきっちりとあって、そこからはみ出すようなやり方は許されないが、取り調べのノウハウなどに関しては、先輩たちが編み出した手法がしっかりした形では残されていないのだ。そういうことは一緒に仕事をして学べ、という職人的な常識がまかり通っている世界なのである。

「警察も、ベテランが一気に減った。だから即戦力が欲しいんだ。そのためには、現場で鍛えるしかない。お前は、その一例なんだよ。何も特別なわけじゃないから、調子に乗るなよ」藤島が悪戯っぽく言った。

「分かってます」城田の顔を思い浮かべていた。あいつはたぶん、自分は社会の役に立っているという実感を抱いているに違いない。自分はどうか……まだまだだ。

だったらこれをきっかけにしよう。一之瀬は両手できつく拳を握った。

〈28〉

金澤雅道《まさみち》、三十八歳。広い額はきれいな長方形で、髪を短く刈りこんでいるせいか、余計に広く見えた。銀縁の細い眼鏡の奥の目が、落ち着きなく動く。それはそうだろう、と一之瀬はかすかに同情した。家を出たところでいきなり声をかけられ、そのまま近くの所轄へ連行されたのだ。任意なので拒否できる、と告げたのだが、拒否するだけの度胸はないようだった。

金澤は、交通違反で切符を切られたことすらない。ということは、警察、そして取り調べに対する免疫はないはずで、少し強く押せばすぐに落ちるのでは、と一之瀬は予想した。しかしあくまで、慎重にいくことにする。一気に攻めて落とすよりも、まず周辺の状況を喋らせてからにしたい。気持ちが解れた方が、より正確に本当のことを喋るのではないだろうか。

一之瀬は上着を脱いで、椅子の背に引っかけた。今日はあまり気温が上がらない予報なのだが、この取調室は風の通りが悪く、蒸し暑い。かといって、エアコンを使うのも大袈裟だった。肘まで袖をめくり上げ、意識して低い声で金澤に告げた。

「暑ければ、脱いで下さい」

「いや……」

金澤が目を逸らしたまま、曖昧に返事をする。目を逸らしているというよりも、床に置いたブリーフケースに意識を取られているのだと分かった。まるで、そこにあると汚れてしまうと心配するように。それも当然だと一之瀬は思った。バッグは特徴的なモノグラムの柄で、ルイ・ヴィトンだとすぐに分かる。何十万円もするバッグが汚れるのはたまらないだろう。

「バッグ、テーブルの上に置いてもらっていいですよ」

金澤がテーブルを見下ろした。しばらく凝視していたが、やがて力なく首を横に振る。テーブルは不潔なわけではないが、あちこちに傷や染みがあり、とても綺麗とは言えない。

ではご自由に、という言葉を呑みこみ、一之瀬は素早く深呼吸した。

「昨日、上場したんですね」

金澤が顔を上げる。いきなり目の下が痙攣するように引き攣っていた。ああ、もしかしたら……証券取引等監視委員会は、既にこの男から事情聴取しているのかもしれない。

「その件については、警察には関係ありませんので」

その一言に、金澤が露骨に安堵の吐息を漏らす。やはり粉飾決算の事実はあり、調査に怯えている……問題はここからだ。粉飾決算を話題にすると、監視委員会の調査を妨害することになりかねない。この件については、警視庁の上層部が委員会と調整を続けているが、今朝の段階ではまだ折り合いがついていなかった。こちらとしては、粉飾決算の話をきっかけに、殺人容疑に関する自供が欲しいところである。それによって身柄を押さえてしまえば、粉飾決算の隠蔽工作もやりにくくなるはずだ。

「あなたは、ザップ・ジャパンからの出向組ですね」

「ええ」

「出向すると、どんな感じなんですか」

「いや、別に……同じグループ企業なので、あまり変わりません。給与体系も同じですし」

「立場が変わると状況も変わると思いますが」

「意味がよく分かりませんが」金澤が首を傾げる。

「ザップ・ジャパンは、子会社に対して相当厳しく締めつけていたようですね。確実に利益を出すことを要求される——ザップ・ジャパンも社会的信用を大事にする会社ですから当然かもしれませんが、御社はかなり無理をしていたと聞いていますよ」

「それは……どの会社でも同じじゃないですか。常に利益を求めているんですから」

「やり過ぎ、ということもありますよね」

「意味が分かりませんが……うちのようなコンサル系の場合は、無理な金額を吹っかけることもできないんですよ。必ず見積もりを取られますから、むしろどれだけ安くするかが勝負なので」

「利益を大きく見せかけることはできますよね」

言ってしまった。柔らかく簡単な言葉にしたが、実質的には「粉飾決算した」と指摘したも同様である。当然言葉の意味に気づいた金澤は、唇を引き結んでしまう。

突然、携帯のバイブ音が聞こえた。取調室にいる三人が三人とも自分の携帯に手を伸ばしたが、実際に電話に出たのは藤島だった。無言で相手の言葉に耳を傾けて、最後に短く「了解」と言って電話を切る。突然両手を叩き合わせたので、金澤がびくりと身を震わせた。

「一之瀬、いっていいぞ」

「はい？」

「監視委員会が、ゴーサインを出した」

藤島が立ち上がる。記録用のデスクは窓と反対側の壁に押しつける格好で置かれており、記録担当の刑事は容疑者と取調官に背を向けて座る。藤島は素早く身を翻し、取り調べ用のデスクに両手をついた。金澤に圧力をかけるように、ゆっくりと身を前に乗り出す。金澤は怯えた表情を浮かべ、身を引いた。椅子の脚が床を引っかき、耳障りな金属音を立てる。

「だから、はっきり言っていいぞ、一之瀬」

障害はなくなった。一之瀬は声を張り上げ、一気にまくしたてた。

「あなたたちの会社は、公表されているよりずっと業績が悪かった。しかし親会社のザップ・ジャパンは、業績をアップしろと厳しく言ってきている。しかも上場を控えて、新規に株主を集める必要があった。そのためにも、良好な営業成績を上げていることにしなければならなかった――そういう条件を満たすためにあなたたちが選んだ方法が、粉飾決算です」

「そんなことはない！」

金澤が叫んだが、一之瀬は無視した。金澤の怒りの声はいつの間にか萎み、どこかへ消えてしまった。

「その事実は、私たちではなく監視委員会が明らかにしてくれると思います。もう一人、この件に気づいていた人がいた。ザップ・ジャパンの古谷孝也さん――今回の被害者です。古谷さんはご存知ですか？」

金澤が首を横に振る。まあ、いい……個人的には知らないという意味だと取って、一之瀬は話を先へ進めた。

「古谷さんは、持ち株会社の総務課長として、傘下の会社に目を配るのが仕事でした。要するに、利益を上げるように尻叩きをしていたわけですね。しかしその過程で彼は、ＢＲ社で粉飾決算が行われていた事実を摑んだ。そして個人的にこの件を調べ始めたんです。もちろん、直接の担当は他の部署なんですが……ＢＲ社にとって、彼は邪魔な存在になりましたね」

「いったい何のことだか……」

「自主的に話してもらえますか？　その方がありがたい」

「話すことはない」

「だったら、私が全部説明しましょうか？」一之瀬は金澤を睨みつけた。「それでもいいんですか？」

金澤は無言だった。損得を計算しているのだろう。このまま睨み合いを続けていても彼の決心は固まらないだろうと考え、一之瀬は先を急いだ。

「古谷さんは、自分の時間を全て潰すような勢いで、粉飾決算について調べていました。目的が何だったかは不明です。もう聴くこともできませんし……しかし、相当詳しく調べていたのは間違いないと思います」

不思議なのは、書類がまったく出てこなかったことだ。粉飾決算は複雑な数字の犯罪である。調べて、頭の中だけで完結するものではない。しかし古谷の部屋、あるいは使っていた会社のパソコンからは、資料が一切見つかっていない。もしかしたらウェブ上のストレージサービスを使っていたのかもしれないが、それなら発見するのはまず不可能だろう。

「早見という男を知っていますね？」

金澤の肩がぴくりと動いた。やはり、警察慣れしていない。次々と新しい事実を突きつけられ、知らぬ振りをしていることができないのだ。この点では、早見の方がよほどふてぶてしい。

「古谷さんを殺した実行犯です。この男は四月一日、公衆電話から二度に亘って古谷さんに電話をかけ、呼び出しました。BR社の人間だと名乗り、粉飾決算に関する情報を持っていると嘘の餌を撒いたんです。古谷さんはこれに引っかかった。一人で調べるのも、限界だったのかもしれない。それでのこのこと有楽町まで出かけて行って、そこで刺されて殺されました。ほぼ即死状態だったようです。彼を刺した凶器は見つかりましたし、実行犯の早見も全面自供しています。そして、あなたから依頼されたと証言しているんですよ」

「まさか」

「何がまさかなんですか」一之瀬は小さなつぶやきを聞き逃さなかった。「気づかれるはずがないとでも思っていたんですか?」

「私がそんなことをするわけがない」

「では、早見の証言が嘘だと言うんですか? そんなことをして、何の意味があるんですか」

「それは——私に罪を押しつけようとしたんじゃないですか」

「何故あなたなんでしょう」一之瀬は身を乗り出した。「早見は、広域暴力団の東京連合に出入りしていたチンピラです。そんな人間があなたの名前を出したのはどうしてでしょう。住む世界がまったく違うはずですよね」

「それは……私は知らない」

「早見はあなたを知っていたようですが」

「そんな名前は聞いたことがない」

「では、これは?」

藤島が段ボール箱の中から証拠品を取り出した。一枚の名刺——金澤の名前があった。またも金澤の喉仏が上下する。まるで喉の具合が悪いかのようだった。藤島が芝居がかった仕草で裏返すと、手書きで携帯電話の番号が書きつけてある。非常に丁寧で読みやすい文字だった。

「あなたの携帯——会社のではなく、私用の携帯の番号ですよね」藤島が名刺を人差し指で何度も突く。その度に名刺が、数ミリずつ金澤の方に寄っていった。それに合わせるように、金澤が小刻みに身を引くと、また椅子が甲高い金属音を立てる。

「早見は、これをどこで手に入れたんでしょう」一之瀬は名刺を取り上げ、裏側が金澤の方に向くようにして両手で持った。ゆっくりと、金澤の顔に近づけていく。「これはあなたの字ですよね」

「違う」

「筆跡鑑定は簡単ですよ。すぐに結果が出ます。今やってもいいですか?」

「拒否する」

「そうですか……」一之瀬は大袈裟に溜息をついた。「別に構いません。あなたが手書きしたものぐらい、いくらでも見つかりますから、この字と比較するのは簡単です。そして、あなたが協力を拒否した事実は残ります。我々の印象として、あなたは非常に非協力的だった、ということになるんです。後々、よくない影響が出ますよ」

言いながら、一之瀬は嫌悪感を覚えていた。これでは完全に脅しではないか。相手が認めない時には思い切って突っこんでいい、と藤島が事前に許可してくれたが、その「度合い」まで詳しく話し合って調整している暇はなかった。だから、今自分が話している内容、声の調子が正しいかどうかは分からない。相手が「脅された」と受け取れば、後で問題になりかねないし……。

だが、遠慮してはいけない。藤島もストップをかける様子はないし、このまま続けるのが正解だ。

「早見は、あなたから接触があったと証言しています。仕事を頼まれた、と」

「まったくそんな事実はない」微妙に不自然な言い回しは、内心の動揺をそのまま反映しているようだった。

「では、どうしてあなたの手書きの字が入った名刺を早見が持っていたんですか」

「そんなことは知らない……名刺なんか、どこでも渡すから」

「会社は大事ですか」

金澤が黙りこんだ。一瞬体の力を抜いたが、すぐにまた肩が盛り上がる。

「私は公務員ですから、民間の会社のことはよく分かりません。だから、教えて下さい。会社は、人を殺してまで守らなければならないものなんですか」

「会社は、多くの人によって成り立っている」金澤がぽつりと言った。「もしも会社に何かあれば、多くの人に影響が出る。うちの会社は、たかだか二百人ほどの小さな会社ですけど、社員の家族や株主、それに親会社まで含めると、何かあった時の影響は小さくないんですよ」

「だから、影響を最小限に止めようとしたんですか？」

「一度会社に入って歯車になると、心地好いものです。組織が自分を守ってくれるし、組織を大事にするという価値観も生まれる。何をやるにしても、自分の軸がしっかりしている感じなんです」

本当に？　警察官になって四年目の一之瀬は、警察によって生かされている、支えられているという意識をまだ持っていない。組織の一員になり切れていない、ということか。何となく今は、組織の歯車になるのが格好悪いような風潮もあるのだが……同世代の人間がすぐに会社を辞めたりするのは、仕事の内容が合わないということのほかに、組織の一員として生きるのを生理的に嫌うからかもしれない。義務、圧力、見えない規則……「組織が自分を守ってくれる」という金澤の印象も本音だろうが、それは縛りつけられていることの裏返しでもある。

「足場を失うわけにはいかなかったんですね」

「当然じゃないですか」

「そして粉飾決算の事実が表沙汰になれば、会社の上場にも影響が出る」

「上場は、三年以上もかけて準備してきたんです。私はそのために、ザップ・ジャパンからＢＲ社に来た」金澤の喋りは熱を帯びてきた。「無事に上場させて、ＢＲ社をザップ・

ジャパンの中核企業にするのが私の仕事なんです」

「それができなければ、ザップ・ジャパンには戻れないということですか」

金澤の顔から血の気が引いた。何気なく言った一言が、事の本質を突いたのだと一之瀬は確信した。

「無事に成果を挙げて、凱旋《がいせん》したかったんですね」

「出向は、厳しいんですよ」金澤がぽつりと言った。「立場が変われば人は変わるんです。昨日まで同期の友人だったのが、急に上司面し出して……特にBRは、ザップ直系の会社ではありません。買収した会社に出向させられるのは、他の子会社に行かされるよりも、一ランク下の人事なんです。いつまでもそういう状態ではいられませんよ。必ず戻るつもりだった」

「ということは、成果を挙げて……しかも粉飾決算の事実は絶対に隠さなければならなかった」

「……そうです」

「それで古谷さんが邪魔になったんですね？　だから殺そうとした？」

「私が言ったわけじゃない」

「どういう意味です？」一之瀬は椅子に背中を預けた。座面に尻がつくのが分かる。尻が浮くほど乗り出して話をしていたのだと気づいた。道理で無理な姿勢を強いられた太腿やふくらはぎが緊張していたわけだ。焦ることはない。時間はいくらでもある、と一之瀬は自分を宥めた。

金澤が額の汗を人差し指で拭い、体をよじるようにして上着を脱いだ。椅子の背に乱暴に引っかけ、ワイシャツ一枚になる。脇に軽い汗染みができているのが見えた。そこまで暑くはないのだが……右側の尻を浮かしてズボンのポケットからハンカチを取り出すと、額を叩いてからテーブルに置いた。そこに載せた左手が細かく震えているのに一之瀬は気づいた。このままだと追いこみ過ぎるかもしれない。どこか逃げ場を用意してやるべきではないか。

いや、そんなことは考えなくていい。この男は人殺しを指示したのだ。共犯というより、むしろ主犯である。金澤が会社を守る——自らの保身のためにこんなことをしようと考えなかったら、不正を糺そうとした古谷が死ぬことはなかった。

「早見が何を言っているか、具体的に説明します」

金澤がちらりと一之瀬の顔を見た。目は虚ろで、一之瀬の存在が意識の中に入ってこないようだった。あるいは無理矢理頭から追い出しているのか。

「早見は宮城県出身です。本人は高校を中退して、暴力団の世界に入っていきましたが、正式な構成員ではない。いわゆるチンピラです。そのせいかどうか、田舎の知人ともまだつき合いがあった。あなたは、彼の中学の先輩だそうですね。年次は……十年以上違うんですか？　当然、直接の顔見知りではない。でもあなたは、彼のことを知っていた」

「それは……」

「あなたは頻繁に里帰りしていたし、宮城に残った知人とも積極的に連絡を取っていましたね。特に今年、地震の後は何度も地元に戻って、ボランティア活動をしていた」立派なことです、と言いそうになって一之瀬は言葉を呑みこんだ。行動は立派でも、裏で人殺しに手を染めているような人間は評価できない。「その時に、早見の存在を知ったんじゃないですか。誰かに教えられたとか……あなたはかなり追いこまれていたはずです。震災で被害を受けた故郷のことは気になる。しかし会社の上場は迫っていて、粉飾決算についても隠すための上手い方法を考えなければならない。結局、本社サイドで調べ回っている古谷さんを始末することで、事態を隠蔽しようとしたんですね」

　金澤は何も言わない。ハンカチを握り締め、必死に何か考えているようだ。反論の方法か、それとも情状《じょうじょう》酌量《しゃくりょう》に逃げるべきか……一之瀬はさらに畳みかけた。

「早見は、あなたの方から接触があったと証言しています。三月二十七日——事件が起きる五日前ですね。あなたは、古谷さんの殺害を彼に依頼した。報酬は五十万円を先払い、上手くいったら残り五十万円を払う、という約束でした。あなたは、その金を自腹で出したんですか？　早見の銀行口座に、振り込まれた記録が残っていました。普通、こういう時は証拠が残らないように手渡しするものだと思うんですが」

「……何度も会う相手じゃない」

きた。一之瀬は一気に鼓動が跳ね上がるのを感じた。短い一言は、自分の関与——いや、事件を主導していたことを認めるものである。そのことを頭に刻みつけておいて、一之瀬はさらに話を先に進めた。

「結局早見は、あなたから合わせて百万円を受け取りました。本人も認めていますし、何より銀行の記録が証拠になります。当然、あなたの口座も調査対象になりますよ」

現段階では任意で——拒否もできるが、一之瀬は説明しなかった。この男を逮捕できる確率は高くなっている。それなら、余計な説明抜きで、強制的に口座を調べられるのだ。

「きちんと説明してもらえませんか。古谷さんを殺すほどのことだったんですか」

「会社は……個人より重い」

「会社の利益のためだったら人を殺してもいいんですか」自分は冷静さを失った、と意識した。だが、言葉を抑え切れない。「そんな馬鹿な話はないでしょう。人は、組織なんかのために犠牲になっちゃいけないんだ。あなたが会社を守ろうとする気持ちは純粋かもしれないけど、そのために人を殺す権利はない！」

「一之瀬」藤島が鋭く警告を飛ばす。

一之瀬はいつの間にか立ち上がっていたのに気づき、意識してゆっくりと腰を下ろした。藤島の視線が気になる。冷静に、熱くならずに調べろ、か。しかし、そんな取り調べに意味があるのだろうか。商談でもするように淡々と数字を並べ、互いのメリット・デメリットを検証するような腹の探り合い……それでいいはずがない。これは戦いなのだ。人を殺すよう指示した人間と、その事実を明らかにしようとする自分のぶつかり合い。多少言葉が荒くなるのも仕方ないではないか。

だが、藤島が自分を抑えようとした気持ちも理解できる。ここで自分が暴力でも振るったら、全てはぶち壊しだ。そもそも俺には暴力衝動なんかない——子どもの頃からずっとそう思っていた。殴り合いの喧嘩どころか、口喧嘩したことさえない、根っからの平和主義者。警察官になってもそれは変わらなかった。しかし今は、かすかな暴力衝動の芽生えを意識している。自分でも分かっていなかっただけで、人を叩きのめしてやりたいという、どす黒い欲望を心に飼っていたのかもしれない。あるいは刑事になってからの短い期間に、それが目覚めたのか。

警察は、暴力の養成システムなのか？

一之瀬は素早く首を振った。集中だ、集中……自分のことなどどうでもいい。今は目の前の金澤に集中しなければ。

「早見の発言を認めますか」

無言。金澤はまたハンカチをテーブルに置き、掌を載せた。

「古谷さんを殺すように指示したのはあなたですか」

ふいに金澤が顔を上げた。決死の表情ではないが、何かを決めたのは明らかだった。それが「自白する覚悟」であることを祈りながら、一之瀬は彼の言葉を待った。

「忖度《そんたく》、という言葉を知ってますか」

「それぐらい、分かりますよ」馬鹿にしているのかと憤りながら一之瀬は答えた。

「指示はなくても、相手の顔色を窺《うかが》いながら、希望に添うように仕事の段取りをつける。そういうことは、公務員でもあるでしょう？」

ない。少なくとも現段階では。一之瀬はここまで「無言の了解」で仕事はしてこなかった。常に明確な指示があり、それに従ってきただけである。

一之瀬が何も言わないでいると、金澤も押し黙ってしまった。しかしほどなく、決心したように口を開く。声は低くなり、重心が安定したようだった。

「会社員なんか、弱いものです。どんな人間でも——もしかしたら社長でさえ、組織よりは大きくない。常に組織の利益を考え、自分より優先させなければならない。しかも上の顔色を読んで、はっきりとした指示がなくとも、相手が何を望んでいるか予想して、意図に添って動かなければならない」

一之瀬は居心地の悪さを感じ始めていた。金澤の説明は、事件がさらなる広がりを見せる可能性を示唆している。これはもしかしたら、タマネギを剝《む》くようなものではないか。一枚めくってもすぐ下にもう一枚の皮があり、どんどん剝がしていくうちに、ついに何もなくなってしまう——最後に残るのはタマネギの香りだけだ。その「香り」は、タマネギの本質なのだろうか。

　もしもそうだったら、この事件の真相には絶対に辿り着けないのではないか。忖度や暗黙の了解で行われる犯行があるとは思えなかったが、もしもそうだとしたら、本当の主犯が誰かは決して分からなくなる。

「誰の気持ちを忖度したんですか」それでもなお、一之瀬は突っこんだ。

「それは……」

「ザップ・ジャパンの人ではないんですか。例えば……古谷さんの直接の上司に当たる役員。子会社担当の人がいるんですよね？　その人の役目は、子会社を締めつけ、利益を上げさせることです。当然、普段から厳しく『指導』していたはずですよね。そんな人にとっては、粉飾決算も許せるわけがない。だけど、それを調べて是正させようと勝手に動いている部下の存在も許容できなかったはずです」

　想像で喋りながら、一之瀬はそれが単なる想像ではないと確信しつつあった。金澤は無言を貫いているが、額に滲む汗は垂れるほどになり、先ほどからハンカチを弄る手の動きが止まらない。しかし間違いないと思う一方、一之瀬は「あり得ない」とも考えていた。確かに古谷は、会社にとって危険分子である。しかし、殺すまでのことはないのではないか？　事実が漏れれば、粉飾決算以上のスキャンダルになる。古谷にプレッシャーをかけるか、ポストと金を与えて口を閉じさせておく方がよほど安全だ。あるいは馘にしてしまうとか……いや、プレッシャーをかけようが馘にしようが、古谷の心を折ることはできなかったのかもしれない。むしろ彼は反発し、絶対に事実を明らかにする、世間に向けて公表すると気合いが入ってしまったのではないか。

だからこそ、物理的に黙らせるしかなかったということか……しかし金澤も危険過ぎる。忖度するとはいっても、向こうが何を考えているか、確認しなかったのだろうか。

二人のやり取りが勝手に頭に浮かぶ。

『分かってるんだろうな』

『はっきり仰っていただかないと』

『会社を守るために何をすべきか、君ならはっきり言わなくても分かるはずだ』

『はい……』

『だったら、すぐにやるべきことをやりなさい。そして君一人の胸に止めておくんだ』

『つまり、古谷を……』

『私は何も言わない。君が判断しなさい。上手くいけば、当然君の将来についても考慮する』

「金澤さん、あなたが全部背負いこむことはないんですよ」一之瀬は両手を緩く組み合わせた。ペースダウン。ぎりぎりまで追いつめられた金澤の気持ちを解し、少しだけ安心させてやろう。「誰かの意図を忖度したとしても、あなたは主犯ではない。あくまで誰かの意を受けてやっただけです。その人を表に引きずり出さないと、捜査は終わりません。それに、あなた一人が悪役になったら馬鹿馬鹿しいでしょう。そんなことになって、ご家族や故郷の知り合い、会社の仲間に顔向けができますか？　あなたが一人で全部ひっかぶる必要はありません」

「組織は個人より大きい」

「それは分かってます。でも、組織の方が個人より大切とは限らないでしょう。だいたい組織は、結局あなたを助けてくれないじゃないですか。あなたが警察に引っ張られたのに、誰も訪ねて来ないし、問い合わせの電話一つもないんですよ」

「俺は……見捨てられたのか」金澤が目を伏せ、歯軋《はぎし》りした。歯が折れるのではないかと思えるほどの音が聞こえる。

「残念ながら、その可能性が高いと思います。粉飾決算の方はどうしようもない。監視委員会の調査で、事実は明るみに出るでしょう。でも、殺人事件に関しては別だ。あなたに全ての責任を押しつけて、会社としては知らぬ存ぜぬで通すかもしれません。それでいいんですか？　愛した会社から、そんな仕打ちを受けて我慢できますか？」

金澤の喉仏が上下する。この取調室に入って、確か三回目だ。唾液が、何かの薬にでもなると信じているのかもしれない。

「あなたたちは……古谷のことをどう思っているんですか」ふいに金澤が切り出した。

「どういう意味です？」

「自分の会社の不正を暴こうとした正義の味方？　内部告発者？」

「違うんですか？」思わず聞き返した。実のところ、古谷の狙いはまったく分からないのだ。死んでしまったし、誰かと一緒に行動していたわけではないので、真意を知る者は一人もいないだろう。もちろん、一之瀬たちが分かっていないだけで、仲間がいたかもしれないが。

「違います」金澤が断言した。

「だったら何のために――」

「私だって、自分が人を殺すような羽目に陥《おちい》るとは思わなかった。しかし古谷だって、聖人君子じゃない。むしろ悪人です。そういう人間から会社を守るためには、やはり消えてもらうしかなかった」

「悪人？　どういう意味ですか」

「分からないんですか？」挑発するように金澤が言った。

「分かりません。下手な想像はしたくない」

「そうですか」

しかし一之瀬は、無意識のうちに想像してしまった。

五百万円。

古谷が求めていたのはそれだけなのか？


〈29〉


大きな歯車について考えたことを、一之瀬は思い出した。重いが故になかなか動き出さないが、一度動き出すとスピードが乗ってしまい、止めるのが難しくなる。歯車ではなく、むしろ巨大タンカーのようなものか。タンカーが完全に停止するためには四キロの距離と十五分がかかる、と聞いた記憶がある。

慌ただしい日々が始まった。ＢＲ社では金澤が殺人の共犯として逮捕され、証券取引等監視委員会は、正式に粉飾決算の調査に入った、と発表した。上場したばかりのＢＲ社の株価は一気に下がり、危険水域に入っている。

そこまでＢＲ社を追いこんでも、まだ捜査は終わらない。むしろ本番はこれから、という感じだった。タマネギを剝く作業……外側だけは剝がれたが、まだまだ剝くべき物は残っている。そしてやはり最後に残った部分が、事件の本丸になるだろう。証言させられれば、最高のエンディングになる。社会的な影響も少なくない。しかし、喋るかどうかは微妙——いや、無理だろうと一之瀬は諦めていた。

さすがにこのレベルの相手になると、一之瀬はお呼びではなかった。実際には金澤の取り調べで精一杯だったのだが。それでも藤島は、本丸——ザップ・ジャパン社の専務である真岡の取り調べを見学するよう、一之瀬に命じた。その間、金澤の取り調べは中断。もっとも「見学」と言っても、ただ見ているだけではない。記録係として取調室に入ることになった。

一度顔を合わせたことのある真岡は、記憶にあるよりも大柄で堂々とした男だった。若いザップ・ジャパンにあっては、「長老」とも言える四十七歳。元々外資系のコンピューターメーカーにいたのだが、ザップ・ジャパンの立ち上げ時に誘われ、会社をここまで大きく育て上げてきた。最初はエンジニア、技術者のリーダー格として会社の基礎を作り、ほどなく経営サイドに回っている。創業者の二人が離脱した後も、経営の中心人物として会社を支え続けてきた。

「今のザップ・ジャパンはアメーバ経営」と金澤は説明していた。若いベンチャー起業によくある、独創性とカリスマ性に溢れた経営者が一人で引っ張って行くタイプではなく、何かを決める時には基本的に合議制。それでもビジネスの動きが速いのは、それこそＩＴ技術の恩恵だという。社内のどこにいても会議ができるから、わざわざ集まって時間を無駄にする必要もない。役員会も含んだ通常の会議は、単なる承認の場になっている。

もちろん、締めるべきところは誰かがきっちり締めなければならない。金澤に言わせれば、その役目を負っているのが真岡だった。本人はトップに立つことに縁も興味もなく、ナンバーツーとして組織を大きく育てることにだけ専念している。滅私奉公、昔から日本人が大好きなタイプのようだ。

最初に会った時のラフな格好から一転して、今日は地味なグレーの背広に、青いストライプのシャツというサラリーマン標準のスタイルである。ネクタイは濃い紫色。足下は、微妙に色むらがある茶色のダブルモンクだった。ああいう色の処理をした靴は高いんだよな……と余計なことを考えてしまう。

自分がどうしてここへ呼ばれたかは当然分かっているだろうが、不安な内心はおくびにも出さなかった。初めての商談の相手と相対するように、ゆっくりと椅子を引いて丁寧に腰を下ろす。今にも名刺をさし出しそうな雰囲気さえ漂わせていた。

取り調べは渕上が担当した。過不足ない……と言ったら先輩に失礼だが、さすがに質問の流れに澱《よど》みはない。人定に関する質問でウォーミングアップを終えると、すぐに粉飾決算の問題を切り出した。

「その件については、まことに申し訳ありません。こちらの監督がなっていませんでした」謝罪会見のように深々と頭を下げ、しばらくそのままの姿勢をキープする。顔を上げた時にも、表情に変化はなかった。

それを機に、一之瀬は記録席に座った。横にもう一人、捜査一課の若い刑事。二人とも、向き合った渕上と真岡に背中を向ける格好になった。声しか聞こえないのがもどかしくてならない。これまでに一之瀬は、相手の顔を見て話すのがどれだけ大事か、学んでいた。「顔色を窺う」というのは本当にあるのだ。時には言葉よりも表情の方が、よほど豊かに本音を語る。

「それは、私たちがどうこうする問題ではありません」渕上がすぐに話題を引っこめた。

「問題は、古谷さんがこの問題を知って個人的に調べていたことです。彼の行動を、感知していなかったんですか」

「まったく気づきませんでした」

「それは、会社として問題ではないんですか」

「まことにお恥ずかしい話で……仰る通りです。個人が勝手にやったことで、会社としてトラブルに巻きこまれて、大変なことになりました」

「個人が勝手に、ね」かつかつ、と甲高い音が響く。渕上が、手にした鉛筆でテーブルをリズミカルに叩いているのだろう。「そんなこと、勝手にできるものなんですか？　個人的にやる意味は何なんですか」

「古谷君が亡くなっていますから、何とも……」真岡が言葉を濁す。

「まったく把握していなかったんですか」

「ええ」

「おかしいですねえ」渕上が鉛筆をテーブルに置いたようで、音が聞こえなくなった。「金澤は、本社サイドも事情を知っていたと証言しているんですが、どういうことでしょう」

「適当なことを言ってるんじゃないですか」真岡が開き直る。「あの男は、少しいい加減なところがあります。会社のためを思ってあんなひどいことをしたのかもしれませんが、間違っている。もちろん我々の方から、変な指示を出すこともあり得ません」

「変？ 例えば古谷さんを殺せ、とかですか」

真岡が一瞬言葉に詰まった。振り返って顔を直接見たいという欲望と、一之瀬は必死に戦った。今は記録するのが俺の仕事だ。

やがて真岡が口を開く。

「そんなことを指示する必要はないでしょう。いくら会社が大事でも、人を殺すこととはウエイトが違う」

「指示ではなく、示唆《しさ》では？」

「示唆？」

「一之瀬、メモを」

言われて、金澤の証言を箇条書きにしたメモを持って立ち上がる。渕上に渡すタイミングで、ちらりと真岡の顔を見た。やはり無表情。顔は白いが、別に蒼褪めているわけでなく、極めて平静な状態にいるのだろう。今のところ渕上は、この男にまったくダメージを与えていない。自分がやれれば……と思ったが、すぐに慢心を戒めた。金澤の時はたまたま上手くいったが、その「運」が真岡相手に通用するかどうかは分からない。

渕上が一つ咳払《せきばら》いをして、メモを手にした。それを見届けて、決められた席に戻る。渕上がどうやって真岡を追いつめていくか、気になって仕方なかったが、後ろを向くわけにはいかない。そうか、これはラジオドラマだ。声の調子だけで二人のやり取りのニュアンスを正確に理解しなければならない。

「さて、このメモは金澤の証言から抜き書きしたものです。あなたに見せるわけにはいきませんから、簡単に内容をお知らせします。まず粉飾決算に関してですが、あなたは古谷さんが知る前、昨年の春の段階で、古谷さんの前任者から既に簡単な報告を受けていた。報告というのは正確ではないかもしれませんが、とにかく聞いていた」

「いや、そんなことない」真岡が即座に否定する。前から知っていたとしたら、監視委員会の調査は、親会社であるザップ・ジャパン社も対象になるだろう。

「一々否定していただかなくても結構です。とにかく聞いて下さい」渕上がぴしりと言った。「続いて、今年の二月二十五日、あなたは再度金澤から報告、そして相談を受けました。今度は、古谷さんが個人的に粉飾決算を調査している、という内容でした。あなたは、少し検討する時間が必要だと言って、一週間後の三月四日に、金澤を本社に呼び出しました。そこで初めて、事態をしかるべく処理するようにと金澤に指示したんです。金澤は困惑しました。この指示が、具体的に何を示すのか、分からなかった——分かろうとしなかった、と言った方がいいかもしれません。本質的に、犯罪の臭いを感じ取っていたんでしょう。しかしあなたは、具体的なことを言わず、曖昧な指示に徹底した。『古谷を上手く遠ざけろ』『そのための手はいくらでもある。考えろ』『古谷が今いなくなっても、誰も困らないだろう』『馘にするのではなく、完全に消えてもらう』等々、ですね。『殺せ』とは一言も言っていません」

「当然です、そんなつもりはないから——」

「その後で東日本大震災が起きました。金澤は現地でボランティア活動もしていたんですが、それはあなたにとっては余計なことだったでしょう。早く古谷さんを始末することこそ、喫緊《きっきん》の課題だった。だから金澤を急かし、彼を精神的に追いこんだ。そして金澤は、たまたま荒事に使えそうな人間を見つけて、百万円で古谷さんの始末を頼んだんです。たった百万円で」言葉を切ったのは、真岡の頭に意味が染みこむのを待つためだろう。「これは金澤の個人的な犯行だと主張しますか？」

「実際、そうじゃないですか。私は変なことは一言も言っていない」強弁《きょうべん》したが、真岡の声は甲高くなっている。焦りが透けていた。

「その辺は、公判で話してもらってもいいんですよ」

「脅しですか」

「予想、と言うべきかもしれません。それよりあなたの会社、滅茶苦茶じゃないですか」

「冗談じゃない。言いがかりだ」

「ほう。だったら、社員が子会社を脅しても問題はないと言うんですか」

返事はない。これが、この事件の一つの肝である。一之瀬たちはずっと、古谷を「正義の人」だと思っていたのだ。子会社の粉飾決算に対して義憤に駆られ、正義感から糺そうとしたのだと。

勘違い——思い込みだった。人は様々な動機で動く。正義感も人を動かす大きな要素だ。特に今回は、「粉飾決算」という悪に対する行為だったが故に、単純に「正義」だと思いこんでしまっていたのだ。金澤がやり取りを録音していたために、古谷が「公表されたくなければ金を用意しろ」と脅迫していたことがはっきりした。そして実際、金澤は五百万円を古谷に手渡していた——古谷が独立を考えていたのは間違いないだろう。脅迫で得た金で、彼は会社を起こそうとしていたのだ。そして震災後、さらなる金の要求。由衣の証言を考えると、これは実家を建て直すための費用だったのかもしれないが……恐喝犯は、絶対に引かない。何度でも金を要求する。それを悟った金澤が最終手段に出ても、おかしくはない。

　この件が明るみに出た時、一之瀬は脱力した。被害者の無念を晴らすために、身を粉にして働いてきたつもりだったのに、それは犯罪者——恐喝犯のためだったのだ。

「どうしますか」渕上が迫った。「古谷さんが金澤を脅していたことに関しては、証拠もあります。金の動きも、ある程度までは証明できるでしょう。この件を今さら立件はできませんが……会社として問題がなかったとは言えませんよね。そして、古谷さんが殺されたのは事実だ。実行犯も、その男を雇って金を払った人間も分かっている。しかし、それだけで十分ではないんです。我々は、本当の黒幕が誰だったのかを知りたい。この件全ての裏で糸を引いていたのは誰なんですか？　それとも、何となく決まってしまったとか？　だったらとんでもない人命軽視ですね。何事についても、そういう社風なんですか」

「失礼な」真岡の声が尖る。「人の会社を侮辱するのはやめてもらおう」

「失礼。ありのままに話したら、侮辱になってしまいましたね」

「君は！」椅子が床を引っ掻く音がした。慌てて振り向くと、真岡が立ち上がってテーブルに両手をつき、渕上に覆い被さるようにしていた。ゆっくりと立ち上がった一課の若い刑事が真岡の後ろに回りこみ、両肩に手をかける。じわじわと力をかけて押さえこみ、何とか椅子に座らせる。

　一之瀬は鼓動が激しく打つのを意識しながら、三人の様子を見守った。真岡のスーツは着崩れ、ネクタイは曲がってしまっている。息は荒く、しきりに肩を上下させていた。

「落ち着いて下さい」渕上が冷静な声で言った。

「私が、この会社にどれだけ力を注ぎこんできたか、分かるか？」

「想像はできますが、分かるとは言いません」渕上が素っ気なく言った。

「創業者の二人がいなくなった後、私は全てをこの会社に注ぎこんだ。会社は子どものようなものなんだ。子どもを守るのは当然だと思わないか？」

「喩《たと》え話《ばなし》としては理解できますが、納得はできませんね。この場面で使う比喩《ひゆ》ではないと思いますよ。それに、犠牲になったのは会社じゃないんです。一人の、生身の人間です」

「会社は私の全てだ」真岡が言い切った。「会社を守り切れないなら、私は死ぬしかない」

その瞬間、一之瀬は立ち上がった。「やめろ！」と叫び、飛ぶようにして殴りかかる。左ストレートが真岡の顔の真ん中に命中し、拳に鋭い痛みが走った。真岡が椅子にへたりこみ、呆然として口を開けた。一之瀬はズボンのポケットから引っ張り出したハンカチを、真岡の口に突っこんだ。ハンカチはすぐに血だらけになり……ああ、これ、深雪がわざわざ洗ってアイロンをかけてくれたのだ。そもそも彼女がプレゼントしてくれたものじゃないか。

「一之瀬！」一課の若い刑事が、慌てて一之瀬の前に立ちはだかった。「何してるんだ、お前！　ぶち壊しだぞ！」

「いいんだ」

　渕上が立ち上がり、真岡の口を調べた。真岡は全身の力が抜けてしまったように、両腕をだらりと垂らし、体を折り曲げている。渕上が背中を伸ばすと、若い刑事に向かって「自殺しようとしたんだよ、この人は」と告げた。

「まさか、舌を嚙んだ……」若い刑事が目を見開く。

「そうだ。一之瀬はそれを止めたんだよ。何も殴る必要はなかったけどな。真岡さん、どうします？　問題にしますか？　それとも自殺を止めたこの男に感謝しますか？」

　真岡は答えなかった。相変わらず呆然としたまま、体からはすっかり力が抜けている。

一之瀬は微塵も後悔していなかった。後悔しているとしたら、もっと激しく殴りつけ、致命的なダメージを与えられなかったことかもしれない。

　この男は人殺しだ。しかし罰を受けるかどうかは、今の時点では分からない。だったら俺が——一之瀬は、自分の中に沸き出した暴力衝動に啞然とした。そしていつか、これが自分を滅ぼすことになるのでは、と恐れた。

〈30〉


「処分はないそうだ」

藤島に告げられ、一之瀬はほっとした。真岡の顔を殴りつけた翌朝……絶対に問題になると、一晩中怯えていたのだ。刑事を馘になるどころか警察も辞めさせられ、しかも傷害事件の犯人として責任を負わされるかもしれない。

「真岡は告訴しない。あの場で自殺しようとしたことは認めている。もちろん、止めたお前さんに感謝しているわけでもないが」

「別に感謝してもらおうとは思ってません」精一杯の突っ張りだった。

「そうか……気をつけろよ。今回の件は、あくまで自殺を防ぐためだったけど、お前さん、意外と暴力的なのかもしれないな」

認められなかった——自分でも意識しているが故に。

「とにかく、これで事件は一段落だ。真岡まで逮捕できれば十分だろう」

「そうなんですかね」一之瀬はまだ心配していた。社長まで行き着かないと、結局真相は分からないのではないか。しかし一方で、ここが限界だろうとも思っている。最後は、会社の存続を優先した真岡が、「経営陣を慮《おもんぱか》って」犯行を認めた。

「贅沢は言うな。引《と》き時もある」

二人は、昼食を摂るために署を出た。こんな風に、ごく普通の時間に、あまり心配する事もなく食事ができるのはいつ以来だろう……刑事になって初めてかもしれない。今朝、久しぶりに体重計に乗ってみて、三月の終わりに比べて体重が二キロ減っているのに気づいて驚いた。ちゃんと食べておかないと、深雪に怒られそうだ。

今日は少しだけ肌寒い。最高気温は二十度に届かず、冬物のスーツの上着を着ていてちょうどいいぐらいである。何となく背筋が丸まってしまうのは、気持ちがしゃきっとしていないからか。

「一つ、嫌な話がある」晴海通りに出て、署が見えなくなった瞬間、藤島が口にした。

「何ですか」

「東京連合のあの男、いたよな。俺たちが会ったあいつ」

「ええ」

「奴が売り抜けた」

「どういうことですか？」

「文字通りだよ。ＢＲ社の株を事前に手に入れていて、公開された日に、一気に全部放出したそうだ。監視委員会が調査していることを公表する前に……要するに、一番高値になったところで売ったことになる」

「それは……」

「奴らは、情報を食って生きてるからな」藤島が鼻を鳴らした。

「俺たちと喋ったことが、何かヒントになったんじゃないでしょうね」一之瀬は、顔が蒼褪めるのを意識した。

「それは分からない。奴は、粉飾決算の話をもう知っていたしな。俺たちの発言が、奴の知っていた情報を裏づけたかもしれないが」

「問題になりますか」

「いや」藤島が振り返る。無表情だった。「大したことじゃない。殺しに比べたら、どうでもいいことだ」

「暴力団の資金源になったじゃないですか」

「些細《ささい》なことだ」

どこが些細なんだ、と一之瀬は憤りを覚えた。仮にもあんな奴を利することは許されないのではないか……しかし、あの男を追及すれば自分にも責任がのしかかる。

気に病んでもいないのか、先を歩く藤島の足取りは軽い。仕方なく追いつき、何も喋らず二歩後ろを歩いた。ガード下のダイナー――この店に一緒に来るのは二回目だった――

に入り、奥の席に陣取って二人ともハンバーガーのセットを頼む。交通の便もいい場所にある店なのに、何故かいつも客は少ない。ふかふかのバンズが個性的な、なかなか美味いハンバーガーを食べさせるのだが。

「自分が少しだけ悪くなったと思ってるだろう」

いきなり悩みの真ん中を突かれ、一之瀬は黙ってしまった。それはそうだ……取り調べでは平気で相手を脅したり嘘をついたりしたし、最後は暴力だ。

「俺たちが相手にしているのは、悪だ。悪に対峙《たいじ》するのに悪を気取る必要はない。警察はいつでも、正義の味方でいいんだよ。でも大事なのは、もしかしたら自分は悪いことをやったかもしれないと意識することだ。そういう気持ちがなくなったら、本当に悪くなってしまう」

「はい」自然に背筋が伸びた。

「いつも悪と接触してると、自分も悪に染まったような気分になるんだ。でも、ここをしっかり磨き上げておけば大丈夫だから」藤島が左胸を拳で叩いた。「今の気持ちを忘れるな。そうすれば、お前は悪くならない」

「……はい」

「すっきりしないんだったら、彼女にでも慰めてもらうんだな」

「いや、それは……」

「まあ、いいか」藤島が小さな笑みを浮かべた。「プライベートなことでは突っこまないのが、お前さんたちゆとり世代を上手くコントロールするコツらしいな」

「そもそもゆとり世代じゃないんですけど」

「お前さんがそう言うのは勝手だよ。でも、俺から見れば、ゆとりの特徴が出まくりだけどな」

「あ、そうですか」ふてくされて言ったが、ふと気になって訊ねる。「今の俺は、まだ白紙ですか？」

「うん？」

「前にそう言ってましたよね。白紙だって」

「そうだな……薄く色はついたかな？　でもまだ薄過ぎて、黒なのか赤なのか分からない。俺には見えないし、お前さんも自分でも分からないだろう」

その通りだ。そんな自分が、これから他人の心を丸裸にする仕事にかかわっていく。一つだけ決めた。自信がなくても、表に出さないようにしよう。自信があるように振る舞うことで、自信は出てくるはずだ。

ふと思い出し、古谷の二度目の脅迫の話を持ち出した。最初の五百万以外に、また金を奪おうとした件。

「それが？」藤島が不審気な表情を浮かべる。

「二度目の脅迫で金を受け取ったら、実家を建て直すために使おうとしていたんだと思います」

「ああ、宮原由衣の話か」

「その件、お父さんに教えるべきじゃないですかね」一之瀬は携帯電話を取り出した。

「親子仲はよくなかったかもしれないけど……本当はご両親のことを考えていた、と知ったら、少しは気が休まるんじゃないですか」

「やめておけ」

意外な藤島の言葉に、一之瀬ははっとして顔を上げた。「どうしてですか」と訊ねると、藤島が寂しそうに笑う。

「本当かどうか分からないからさ。今さら証明しようがない」

「しかし……」

「無理に喜ばせる必要はないんだ。いずれ、宮原由衣の口から、ご両親の耳に入るかもしれない。俺たちは、事件を解決すればそれでいいんだよ」

「そう、ですか」

「こういう正義もあるんだ」

被害者の遺族とどう向き合うべきか……それも刑事の大事な仕事だろう。しかし今回の件に関しては、藤島の言う事にも一理ある。裏が取れない情報でぬか喜びさせるのが、いいことなのかどうか。

自分は刑事としての一歩を踏み出したばかりだ、と一之瀬は自覚した。

この作品はフィクションで、実在する個人、団体等とは一切関係ありません。

本書は書き下ろしです。

中公文庫

ルーキー
——刑事《けいじ》の挑戦《ちょうせん》・一之瀬《いちのせ》拓真《たくま》

2014年3月25日　初版発行
2016年6月25日　4刷発行

著　者　堂場《どうば》瞬一《しゅんいち》

発行者　大橋善光

発行所　中央公論新社
〒100-8152　東京都千代田区大手町1-7-1
電話　販売 03-5299-1730　編集 03-5299-1890
URL http://www.chuko.co.jp/

DTP　ハンズ・ミケ
印　刷　三晃印刷
製　本　小泉製本

Published by CHUOKORON-SHINSHA, INC.
Printed in Japan　ISBN978-4-12-205916-0 C1193

堂場瞬一　好評既刊

警視庁失踪課・高城賢吾 シリーズ

舞台は警視庁失踪人捜査課。
厄介者が集められた窓際部署で、
中年刑事・高城賢吾が奮闘する！

①蝕罪　②相剋　③邂逅　④漂泊
⑤裂壊　⑥波紋　⑦遮断　⑧牽制
⑨闇夜《あんや》　⑩献心